Mara Laue

Das Collier der Lady Ira

Ein Edinburgh-Krimi mit Glen Kincaid

DRYAS
Edinburgh-Krimi

Laue, Mara: Das Collier der Lady Ira. Ein Edinburgh-Krimi mit Glen Kincaid. Hamburg, Dryas Verlag 2021

1. Auflage 2021
ISBN: 978-3-948483-49-4

Dieses Buch ist auch als ePub erhältlich und kann über den Handel oder den Verlag bezogen werden.
ePub-eBook: ISBN 978-3-948483-50-0

Lektorat: Martin Blath, Frankfurt
Korrektorat: Claudia Lezár
Satz: metiTec Satzsystem, me-ti GmbH Berlin
Umschlaggestaltung: © Guter Punkt, München
Umschlagmotiv: © catuncia/AdobeStock, Bildnummer: 186509456 (Schloss), © Aitormmfoto/GettyImages, Bildnummer: 526257975 (Vordergrund), © gyro/GettyImages, Bildnummer: 845199426 (Collier), © SlobodanJr/GettyImages, Bildnummer: 507920973 (Himmel), ©jessicahyde/GettyImages, Bildnummer: 475724982 (Rahmen/Textur)
Bildmotiv Innenteil: Vecteezy.com, marcolivolsi04

Bibliografische Information der Deutschen Nationalbibliothek: Die Deutsche Nationalbibliothek verzeichnet diese Publikation in der Deutschen Nationalbibliografie; detaillierte bibliografische Daten sind im Internet über https://dnb.d-nb.de abrufbar.

Der Dryas Verlag ist ein Imprint der Bedey und Thoms Media GmbH, Hermannstal 119k, 22119 Hamburg

---

https://www.dryas.de
Gedruckt in Deutschland

das Collier der Lady Ira

Anmerkung der Autorin

Alle im Roman beschriebenen Orte sind authentisch, mit Ausnahme von Forthwater Manor, der Agentur Currie & Stewart und Glen Kincaids Haus. Diese Gebäude sind reine Fiktion. Wenn Sie aber den Ort besichtigen möchten, wohin Forthwater Manor gestellt wurde, so finden Sie ihn am Aussichtspunkt Cramond Causeway und erreichen ihn über die Cramond Road, Cramond Glebe Road und die Cramond Village Road. Im danebengelegenen *The Cramond Inn* kann man auch sehr gut essen.

Ebenfalls frei erfunden sind alle Personen und Handlungen. Ähnlichkeit mit tatsächlichen Personen oder Ereignissen wären Zufall.

1.

Donnerstag, 27. März

Gwyn Harrington blickte zum wiederholten Mal auf die Uhr. Acht Uhr siebenundzwanzig. Sie hasste Unpünktlichkeit. Erst recht, wenn sie einem Kunden einen so späten Abholtermin einräumte. Normalerweise schloss sie ihr Geschäft Punkt acht Uhr abends. War es zu viel verlangt, dass ein Kunde, wenn er schon nicht wie vereinbart pünktlich um fünf vor acht erschien, dann doch wenigstens innerhalb der sprichwörtlichen akademischen Viertelstunde auftauchte? Mit jeder Minute, die verstrich, nahm Gwyns Ärger zu.

Sie ging zum Eingang, öffnete die Tür und sah auf die Straße. Der Feierabendverkehr in Edinburghs Innenstadt war zumindest in der Clerk Street vorüber, und vor Gwyns Geschäft parkte kein Auto. Sie gab dem Kunden noch fünf Minuten. Sollte er dann nicht gekommen sein, würde sie den Laden schließen und nach Hause gehen. Die Schutzgitter vor den Fenstern waren bereits heruntergelassen und die Alarmanlagen bis auf die für die Eingangstür eingeschaltet. In den Auslagen befanden sich ohnehin nur die billigen Schmuckstücke zum Anlocken der Laufkundschaft und der Touristen. Sollten die gestohlen werden, konnte sie das verschmerzen, denn in den Laden selbst kämen Einbrecher nicht, weil hinter den Auslagen Stahljalousien die Fensternischen zum Verkaufsraum und den hinteren Räumen abriegelten.

Gwyn seufzte, kehrte in den Laden zurück und vergewisserte sich nochmals, dass der Tresor im Hinterzimmer abgeschlossen und dessen Alarmanlage ebenfalls aktiviert war. Die Türklingel ließ sie zusammenzucken, obwohl sie auf das Geräusch gewartet hatte. Trotzdem blickte sie erst auf den Überwachungsmonitor, der ihr zeigte, wer den Laden betreten hatte. Sie atmete auf, als sie den erwarteten Kunden erkannte.

Am liebsten hätte sie den Kerl zur Strafe für seine Verspätung wieder weggeschickt unter dem Vorwand, sie habe seine Bestellung im Tresor eingeschlossen, weil sie nicht mehr mit seinem Erscheinen gerechnet habe, und der Tresor ließe sich bedauerlicherweise vor Montag früh um acht Uhr nicht wieder öffnen. Letzteres entsprach zwar der Wahrheit, aber Gwyn hatte das Schmuckstück nicht dort deponiert.

Sie ging in den Verkaufsraum. Der Mann lächelte und machte ein zutiefst zerknirschtes Gesicht.

»Mrs Harrington, ich bitte tausendmal um Entschuldigung für die Verspätung! Ich wurde in der Firma aufgehalten. Ein dringendes Gespräch mit einem ausländischen Kunden, der auf der anderen Seite des Erdballs wohnt und dem nicht bewusst war, dass bei uns schon Abend ist. Erlauben Sie mir, Sie für die Wartezeit mit einem Bonus zu entschädigen.«

Gwyns Ärger verflog. »Das ist nicht nötig, Sir«, versicherte sie. »Bitte kommen Sie in mein Büro. Ich schließe nur schnell die Vordertür ab, damit niemand uns stört.« Sie deutete auf die Tür zum Büro.

Der Mann ging voran, und Gwyn schloss die Vordertür ab. Vorsichtig betrat sie anschließend das Büro. Vorsichtig deshalb, weil man nie wissen konnte, ob ein Kunde nicht nur vortäuschte, Kunde zu sein, um sie leichter überfallen und ausrauben zu können. Aber der Mann hatte sich in einen Sessel gesetzt und sah ihr erwartungsvoll entgegen.

»Einen Augenblick bitte, Sir, ich hole Ihr Schmuckstück.« Denn selbstverständlich befand sich der Safe für die Zwischenlagerung nicht im Büro, wo jeder Gast ihn sehen und möglicherweise auch erkennen konnte, welche Kombination Gwyn ins elektronische Schloss eintippte.

Zwei Minuten später legte sie eine blausamtene Schatulle vor den Kunden hin. Feierlich klappte sie sie auf und ließ ihn den Inhalt sehen. Hielt die Luft an und wartete gespannt auf sein Urteil. Seinem Gesichtsausdruck nach war er nicht nur zufrieden, sondern schwer beeindruckt. Das entlockte Gwyn ein erleichtertes Lächeln.

Dem Kunden ebenfalls. »Ein Meisterwerk!«, lobte er. »Meine Frau wird vor Freude aus dem Häuschen sein.« Er strich mit einem Finger sanft darüber und seufzte. »Echte Diamanten kann ich mir leider nicht leisten, sonst würde ich ihr die schenken. Aber so muss es eben die schmuckliche ›Zweitgarnitur‹ sein, wenn ich das mal so salopp sagen darf.«

»Sie dürfen. Die Superreichen, die sich einen solchen Schmuck mit echten Edelsteinen leisten können, sind eher auf der arabischen Halbinsel oder im Königshaus zu finden. Aber ich bin sicher, Ihre Frau versteht die Symbolik und ist begeistert. Denn ich versichere Ihnen, dass nur Fachleute erkennen werden, dass das gute Stück aus Halbedelsteinen besteht.«

»Das glaube ich gerne.« Er nahm das Schmuckstück und untersuchte es intensiv – Millimeter für Millimeter, wie Gwyn den Eindruck hatte.

Sie schielte zur Uhr. Viertel vor neun. Wenn sie nicht bald nach Hause kam, würde Ken ihr wieder eine Szene machen. Oder noch schlimmer: Er stand in den nächsten zehn Minuten vor der Tür, würde wissen, dass sie da war, weil im Verkaufsraum noch Licht brannte, und Sturm klingeln. Wenn sie ihm öffnete, würde er sofort ins Büro stürmen. War der Kunde dann noch da, wäre er überzeugt, Gwyn hätte heißen Sex mit ihm gehabt. Und sie wollte sich seine Reaktion darauf nicht ausmalen. Sie sollte sich scheiden lassen. Seine Eifersucht hatte inzwischen unerträgliche Ausmaße angenommen.

Doch davor hatte sie Angst. Er würde sie umbringen, wenn sie ihn verließ. Und sie konnte ihr gutgehendes Geschäft nicht Knall auf Fall aufgeben oder im Stich lassen, um vor ihrem Ehemann zu fliehen. Das würde Vorbereitungen erfordern, die er garantiert merkte.

Der Kunde legte das Schmuckstück endlich in die Schatulle zurück. »Hervorragende Arbeit«, lobte er und nickte anerkennend. »Wenn Sie mir die Rechnung geben, begleiche ich die sofort. Ich kann doch mit Kreditkarte bezahlen?«

»Selbstverständlich, Sir. Einen Moment bitte.« Sie ging zum Ablagekorb auf ihrem Schreibtisch, in den sie die Rechnung bereits gelegt hatte. In fünf Minuten konnte sie endlich nach Hause.

2.

Freitag, 28. März

Forthwater Manor. Glen Kincaid parkte seinen Wagen auf dem großen Hof vor dem imposanten Gebäude, das am östlichen Ufer der Mündung des Almond in den Firth of Forth lag. Er fühlte sich beim Anblick der Burg um Jahrhunderte zurückversetzt. Mauerwerk aus großen Steinen, deren Farben von sandgelb bis aschgrau reichten, angereichert mit vermutlich unbeabsichtigten Akzenten aus rostroten Steinen. Sie waren so angeordnet, dass sie wirkten, als habe ein Riese die Mauer mit einem Breitschwert verletzt, die aus dieser großen Wunde blutete, denn die roten Steine verteilten sich von dieser Ballung aus wie eine Fontäne aus Blutstropfen abwärts auf der Mauer.

Glen stieg aus und öffnete die hintere Wagentür. Sein blonder Labrador Shade sprang heraus, rannte zum nächsten Busch und hob das Bein. Glen nahm seinen Aktenkoffer aus dem Kofferraum, verriegelte die Tür und wartete, bis Shade sich erleichtert hatte, ehe er einen leisen Pfiff ausstieß und zum Haupteingang des Manors ging. Shade sprintete an seine Seite und trabte neben ihm her. Glen verzichtete auf eine Leine, wo er die nicht wegen irgendwelcher Vorschriften benutzen musste, denn er hatte Shade bestens erzogen, sodass der Hund ihm aufs Wort – oder Handzeichen oder Pfiffe – gehorchte.

Forthwater Manor stand unter Denkmalschutz, weshalb die Tür immer noch ein aus Eichenbohlen gefertigtes, mit silberfarbenen Beschlägen versehenes Monstrum war. In der Mitte prangte das schmiedeeiserne Clanwappen der Moncreiffes, die die Burg erbaut hatten: ein sich aufbäumender Löwe mit dem Clanmotto »Sur Esperance« – »über allem die Hoffnung« – halbkreisförmig darüber. Darunter befand sich ein riesiger Klopfer, der als »Klingel« fungiert hatte, bevor neben der Tür ein echter Klingelzug angebracht worden war. Glen zog daran. Tief in der Burg erklang ein Gong. Shade knurrte leise.

Glen warf ihm einen verweisenden Blick zu. »Benimm dich!«, forderte er den Hund auf. Shade sah ihn treuherzig an, wedelte mit dem Schwanz und hechelte, was aussah, als würde er Glen anlächeln. »Keine Chance! Auf die Unschuldsmiene fall ich nicht rein.«

Als hätte Shade ihn verstanden, ließ er die Ohren hängen.

Hinter der Tür erklangen gedämpfte Schritte. Sekunden später wurde sie von einem Mann um die fünfzig geöffnet. Dessen Lächeln gefror bei Glens Anblick, und er starrte ihn schockiert an. Zwar machte der Schock gleich darauf einer von Erröten begleiteten Verlegenheit Platz, aber der Mann konnte seine spontane Reaktion beim Anblick der Narben in Glens Gesicht, die sich über das Auge, die rechte Wange und den Hals bis unter den Hemdkragen zogen, nicht ungeschehen machen. Er war gewöhnt, dass man ihn entweder schockiert, mitleidig oder verächtlich ansah, denn die Narben fielen jedem als erstes ins Auge, selbst wenn er wie heute einen Anzug trug und wie aus dem Ei gepellt wirkte. Dennoch verspürte er immer noch jedes Mal einen Stich im Inneren.

Er enthob den Mann weiterer Verlegenheit. »Mr Ian Craig?« Glen reichte ihm eine Visitenkarte. »Glen Kincaid von der Versicherung *Currie and Stewart*. Ich komme wegen Ihres Antrags auf Versicherung eines Colliers.«

Der Mann nickte, nahm die Karte und blickte flüchtig darauf. »Ich habe Sie erwartet. Bitte, kommen Sie herein.«

»Darf mein Hund mit? Ich versichere Ihnen: Er weiß sich zu benehmen.«

»Gerne.« Craig öffnete die Tür weit, lächelte Shade zu und vermied, Glen noch einmal ansehen zu müssen. »Ich hatte früher auch Hunde. Traditionelle Jagdhunde, obwohl ich schon lange nicht mehr jage. Aber so eine ganze Meute frisst einem die Haare vom Kopf. Deshalb habe ich sie schließlich abgeschafft. – Hier entlang, bitte.«

Glen folgte dem Mann in ein relativ kleines Büro, dessen moderne Einrichtung in krassem Kontrast zum altertümlichen Äußeren der Burg stand.

Craig forderte ihn mit einer Handbewegung auf, vor einem Schreibtisch Platz zu nehmen, hinter den er selbst sich setzte. »Weil Forthwater Manor unter Denkmalschutz steht, darf ich das Äußere nicht verändern und muss auch einen großen Teil des Inneren erhalten. Aber wenigstens mein Büro konnte ich einrichten, wie ich wollte.«

Glen setzte sich, und Shade legte sich neben ihn. Der Hund kannte die Prozedur und wusste, dass er sich bei

Kundenbesuchen möglichst ruhig und unauffällig zu verhalten hatte.

»Ja, Denkmalschutz ist Segen und Fluch zugleich«, stimmte Glen ihm zu. Er öffnete seinen Aktenkoffer, nahm einen Stapel Papiere heraus und reichte ihn Craig. »Wenn Sie sich den Vertrag bitte sorgfältig durchlesen wollen, Sir.«

Craig nickte, war aber in die Betrachtung der Visitenkarte vertieft. Er runzelte die Stirn und blickte Glen flüchtig an. »Sie sind – Versicherungs-*Detektiv*?«

Glen glaubte, einen Hauch von Entsetzen, in jedem Fall aber Empörung, in der Frage zu hören. »Im Hauptberuf. Aber da auch eine renommierte Versicherung wie *Currie and Stewart* nicht jeden Tag mit Versicherungsbetrug zu tun hat, fungiere ich auch als Bote, der Verträge überbringt.« Glen deutete auf den Vertrag, den Craig vor sich hingelegt hatte. »Und natürlich vergewissere ich mich in Fällen wie diesem, dass der zu versichernde Schmuck echt ist. Haben Sie das Gutachten über das Collier schon erstellen lassen?«

»Ja, wie gewünscht.« Craig zog eine Schublade auf, nahm einen Schnellhefter heraus und reichte ihn Glen. »Der Gutachter hat es erst gestern geliefert, obwohl ich ihn schon vor über zwei Wochen damit beauftragt hatte. Hatte angeblich zu viel zu tun.« Das klang vorwurfsvoll und ungläubig.

Glen nahm den Hefter und setzte seine Lesebrille auf, bevor er ihn öffnete. Im Briefkopf prangte das Logo von John MacBean als vereidigtem Schmuckgutachter neben dem Clanwappen, einer aufgerichteten Katze, die eine Pfote auf einem Schild abgestützt und die andere wie zum Schlag erhoben hatte. Dazwischen standen MacBeans Name und Kontaktdaten. MacBean war in der Branche ein bekannter und geachteter Mann. Seine Gutachten und Wertschätzungen galten als akkurat und korrekt.

MacBean hatte das Collier ausführlich beschrieben, bestehend aus einzeln in Gold gefassten einundzwanzig Saphiren im Altschliff – dem Vorläufer des Brillantschliffs – mit Rose Cut, bei dem die Steine ohne untere Spitze in die Fassung gebettet waren, die eine Köcherfassung mit massivem Goldboden darstellte. Den Mittelpunkt bildete ein lupenreiner schwarzer Diamant im Tropfenschliff, eingebettet in zwei Reihen aus dreiundvierzig einzeln gefassten Diamanten, ebenfalls mit Altschliff. Zwischen den Saphiren saßen zwanzig winzige goldgefasste Rubine wie Perlen, und einer verdeckte die goldene Öse des schwarzen Diamanten. Der war etwa fünfmal so groß wie die Saphire. Die Schließe bildeten zwei goldene Haken, die wie winzige Drachen geformt waren, die ihre Köpfe umeinander wanden, wenn sie geschlossen wurde. MacBean hatte die Karatzahl jedes einzelnen Steins angegeben und den reinen Materialwert mit 841.093 Pfund Sterling beziffert. Da es sich aber um ein verarbeitetes Schmuckstück und somit ein Kunstwerk und außerdem um eine Antiquität handelte, gestand MacBean ihm den Wert von anderthalb Millionen Pfund zu. Und zu diesem Preis wollte Craig das Collier versichern.

»Das Collier ist eine Legende«, erklärte Craig. »Zumindest eine Familienlegende. Einer meiner Vorfahren – Angus de Monncrefe, dessen Vater im siebzehnten Jahrhundert diese Burg bauen ließ – hat es für seine Frau, Lady Ira, als Hochzeitsgeschenk anfertigen lassen. Sie stammte aus einem Nebenzweig des Königshauses, und die Ehe war nur ein politisches Arrangement, mit dem eine Allianz zementiert werden sollte, die dem Haus Gloucester eine zusätzliche Zahl von Kämpfern sicherte. Vermutlich war das der Grund, warum die beiden – Ira und Angus – einander nie geliebt haben.«

Glen blickte von MacBeans Gutachten auf. »Lassen Sie mich raten: Ihr Vorfahre hat die Lady mit anderen Frauen betrogen.«

Craig nickte. »Mätressen waren zu der Zeit nicht ungewöhnlich. Und ein Laird wie Angus hat sich natürlich auch bei den weiblichen Untergebenen bedient. Den Skandal, der zu der Legende führte, hat aber Lady Ira verursacht. Sie nahm sich nicht nur ebenfalls einen Geliebten, der obendrein ein Pferdebursche und nicht standesgemäß war, sondern ist auch mit ihm bei Nacht und Nebel mitsamt ihrer Schmuckschatulle und diesem Collier verschwunden.« Craig deutete auf das Gutachten, in dem Glen soeben zu einem ganzseitigen Foto des Colliers geblättert hatte. »Zumindest glaubte man das. Angus jagte seine Leute hinter den beiden her, aber man fand sie nicht. Sie sind nie wieder aufgetaucht, und man glaubte schließlich, es sei ihnen gelungen, sich auf irgendwelchen Schleichwegen nach Irland oder Frankreich oder anderswo hin abzusetzen, weit weg von Schottland.«

Glen klappte den Schnellhefter zu, legte ihn zur Seite und setzte die Brille ab. »Was ein Irrtum war«, stellte er fest, denn der Fund des Colliers war vor drei Wochen durch alle Zeitungen gegangen. Da hing das Collier noch um den Hals der toten und offensichtlich ermordeten Lady Ira, deren sterbliche Überreste sowie die eines Mannes im Keller von Forthwater Manor bei Renovierungsarbeiten entdeckt worden waren.

Craig nickte. »Wie sich jetzt herausgestellt hat, hat Angus seine Frau und offenbar auch ihren Liebhaber umgebracht und im Schlosskeller einmauern lassen. Denn ich bezweifle, dass er das eigenhändig getan hat.« Er zuckte mit den Schultern. »Oder vielleicht doch, denn er konnte sich keine Mitwisser leisten.«

Glen vermutete eher, dass der Laird den einen Mann oder die höchstens zwei Männer, die die Drecksarbeit für ihn erledigt hatten, nicht aus den Augen gelassen hatte, bis ihre Arbeit vollendet war, und sie hinterher ebenfalls umgebracht hatte. Zwei Leichen in der Nacht im Forth verschwinden zu lassen, wäre nicht schwer gewesen. Und wenn die beiden nicht zum Stammpersonal der Burg gehört hatten, konnte man sie nicht mit Angus de Monncrefe in Verbindung bringen, falls sie irgendwo flussabwärts gefunden worden waren. Idealerweise waren sie ins Meer gespült worden, sodass man ihre Leichen nie gefunden hatte.

Craig seufzte. »Für die Polizei war das erst mal ein Tatort, weil man ja nicht wusste, wie lange die Leichen dort gelegen haben. Hätte ja sein können, dass ich jemanden umgebracht und die Leichen dort unten eingemauert habe.« Er lachte und schüttelte den Kopf. »Aber wer ist denn heutzutage schon so blöd und mauert eine Leiche im eigenen Haus ein.«

»Überraschend viele Leute, Sir, weil sie wie Ihr Vorfahre davon ausgehen, dass man bei ihnen zu Hause zuletzt sucht, wenn sie das Gerücht in die Welt setzen, die Betreffenden wären verreist, durchgebrannt, abgehauen oder etwas in der Art.«

Craig blickte ihn beinahe schockiert an. Vermutlich konnte er nicht glauben, dass so viel Dummheit existierte.

»Ich würde jetzt gerne das Collier sehen und vor allem den Ort inspizieren, an dem Sie es aufbewahren. Wie ich verstanden habe, wollen Sie es nicht in einem Banksafe deponieren.«

»So ist es.« Craig stand auf und deutete zur Tür. »Wenn Sie den Safe gesehen haben, werden Sie mir zustimmen, dass es dort am sichersten ist.«

Er verließ das Büro, und Glen folgte ihm. Shade trabte neben ihm her.

»Ich habe mir schon überlegt, ob ich das Ganze nicht als Touristenattraktion ausschlachten soll und statt der einfachen Renovierung des Kellers, die ich ursprünglich geplant hatte, ein Plastikskelett in die Mauernische setze, ihm eine Nachbildung des Colliers umhänge und weitere Nachbildungen aus Strasssteinen als Souvenirs verkaufe.«

»Die finden bestimmt reißenden Absatz, wenn Sie die Legende richtig vermarkten«, stimmte Glen ihm zu.

Pro forma. Er hielt nichts davon, den Tod von Menschen zur Touristenattraktion zu machen. Auch nicht, wenn sie seit Jahrhunderten tot und auf spektakuläre Weise ermordet worden waren. In seinen Augen war das pietätlos. Aber man hatte ihn schon öfter als Dinosaurier bezeichnet, der an überkommenen Moralbegriffen festhielt. Vermutlich hatten diese Leute Recht und Glens Einstellung war nicht mehr zeitgemäß. Aber er konnte sich gerade deswegen immer noch jeden Tag im Spiegel in die Augen sehen, ohne vor Scham im Boden zu versinken, weil er seine Ideale verraten oder missachtet hatte, nur weil fremde Menschen der Meinung waren, sie seien nicht mehr »zeitgemäß«. Als ob Moral und Anstand ein Verfalldatum hätten.

»Ich mache ja schon Führungen durch das Haus«, fuhr Craig fort, »aber die bringen nicht viel Geld ein. Zu wenig, um jemanden als Guide dafür anzustellen. Und ich kann die auch nur am Wochenende anbieten, weil ich mich um meinen Job kümmern muss. Ich bin Ingenieur und arbeite im IT-Bereich. Mikroprozessoren, künstliche Intelligenz und so.«

»Das stelle ich mir sehr interessant vor.«

Craig nickte. »Das ist es. Besonders die Forschungsarbeit.« Er lächelte; es wirkte gequält. »Wird zwar sehr gut bezahlt, aber das Manor frisst fast alles auf.« Er zuckte mit den Schultern. »Aber es ist das Familienerbe seit Jahrhunderten. So was verkauft man doch nicht einfach.«

Er blieb in einem Bücherzimmer stehen, in dem fast jeder Quadratmeter Wand mit Regalen und Schränken verstellt und behängt war. Alle waren dicht an dicht mit Büchern gefüllt, von denen etliche sichtbar antiquarisch waren und bestimmt auch ein kleines Vermögen darstellten. Neben dem gemauerten Kamin stand eine mindestens zwei Meter große Standuhr mit Pendeln in einem geschnitzten Holzkasten, deren Ticken den Raum erfüllte. Auf der anderen Seite des Kamins thronte eine lebensgroße, halb nackte Frauenstatue aus poliertem weißen Stein, die in der einen Hand eine Schreibtafel und in der anderen einen Griffel hielt und demnach wohl Kalliope, die Muse der epischen Dichtung, darstellen sollte. Unter einem Fenster mit Blick auf den ausgedehnten Garten stand ein Schreibtisch. In der Mitte des Zimmers verteilten sich vier Ohrensessel um einen massiven Holztisch mit geschnitzten Beinen. Neben jedem Sessel standen eine Leselampe und ein Beistelltischchen.

Craig machte eine ausholende Handbewegung. »Finden Sie den Safe, Mr Kincaid.«

Glen blickte sich um. Die üblichen Verstecke für Safes hinter Bildern gab es hier nicht, weil nirgends ein Bild hing. Die Tische kamen ebenfalls nicht infrage, weil sie zu unsicher waren, selbst wenn sie gut versteckte Geheimfächer mit ausgeklügelten Öffnungsmechanismen hätten. Wenn man wusste oder vermutete, dass sich Wertsachen darin befanden, scheuten Diebe sich nicht, den ganzen Tisch zu zerschlagen, um das Fach zu öffnen. Die Statue der Kalliope konnte Glen ebenfalls ausschließen; es sei denn, der Safe wäre im Sockel versteckt oder im Boden darunter.

Er ging hinüber und ging leicht in die Knie. Nur leicht, weil er seit dem desaströsen Autounfall vor fünf Jahren ein Knie nur noch eingeschränkt bewegen konnte. Seit fast einem Jahr nahm er mehrmals wöchentlich Kampfkunstunterricht. Die Trainerin, Rowan Lockhart, verstand auch etwas von Akupunktur und hatte ihm entsprechende Sitzungen angeboten, um die Beweglichkeit des Knies zu verbessern, nachdem sie bemerkt hatte, dass er manchmal etwas hinkte und den Grund erfahren hatte. Glen war anfangs skeptisch gewesen, aber die Sache hatte Erfolg.

Der Sockel der Statue und auch die Figur selbst zeigten nirgends eine »Naht«, die darauf hingewiesen hätte, dass irgendwo ein Fach eingearbeitet war oder Sockel und Figur aus zwei Teilen bestanden. Offenbar war die gesamte Figur aus einem einzigen Stück Stein geschnitten und gemeißelt worden. Sie ließ sich auch nicht bewegen, und auf dem Steinboden sah Glen nirgends Kratzspuren, die darauf hindeuteten, dass die Statue irgendwann mal verrückt worden war. Vermutlich stand sie an dieser Stelle, seit sie im Schloss aufgestellt worden war.

Die Standuhr mit gut einem halben Meter Breite käme da schon eher infrage. Sie stand mit dem Rücken an der Wand, so dicht, dass allenfalls ein Blatt Papier dazwischen gepasst hätte. Jedoch war die Nische, in der sie zwischen dem Kamin und einem Bücherregal stand, zu schmal, als dass man sie hätte zur Seite schieben können, um einen Safe dahinter freizulegen. Aber nach vorne?

Glen blickte auf den Boden vor der Uhr. Im ersten Moment sah er nichts. Als er aber einen Schritt zur Seite trat, sodass das Sonnenlicht durch eines der Fenster auf den Boden fiel, erkannte er kaum wahrnehmbare Schleifspuren. Er zog an der Uhr, und sie glitt relativ leicht, aber nicht zu leicht, nach vorn. In der Wand dahinter befand sich die Tür eines eingemauerten Safes.

»Verdammt!«, entfuhr es Craig. »Ich dachte, der wäre dort absolut sicher.«

»Sehen wir davon ab, dass es absolute Sicherheit nicht gibt, Sir: Ich bin Profi. Ich sehe von Berufs wegen Dinge, die anderen nicht auffallen.« Glen deutete auf die Bücherregale und die Schränke. »Jeder Einbrecher vermutet einen Safe erst einmal hinter einem Gemälde oder Wandbehang, weil die Dinger dort am häufigsten versteckt sind, und wird sich deshalb alle Zimmer ansehen, in denen Bilder hängen. Als Erstes aber Ihr Büro und andere Räume, die wie Arbeitszimmer aussehen. Dieser Bibliothek wird man zunächst keine Beachtung schenken. Wie viele Zimmer hat das Manor?«

»Siebenundzwanzig. Plus fünf Badezimmer und drei Gästetoiletten. Und natürlich die Kellerräume und die ehemaligen Stallungen, die heute Lagerräume und Garagen sind.«

Glen nickte. »Wenn Diebe endlich auf die Idee kommen, dass ein Safe in diesem Raum sein könnte, werden sie ihn erst einmal hinter den Bücherregalen oder in einem Geheimfach in irgendeinem der Schränke vermuten, weil das nach den Bildern und Wandbehängen die nächsten üblichen Verdächtigen für Safeverstecke sind. Die Uhr macht einen sehr massiven und schweren Eindruck. Dass sie auf Rollen steht, die so in ihren Boden eingearbeitet sind, dass man sie unter der Zierblende nicht sehen kann, darauf kommt man so schnell nicht. Außerdem ist der Zeitfaktor ein guter Schutz. Diebe haben es eilig. Wenn sie nicht innerhalb von Minuten lohnende Beute gefunden haben, geben sie auf. Und«, Glen deutete in die Runde, »bei den teilweise antiquarischen Werken hier wird man sich eher an den Büchern bedienen, statt Zeit mit der Suche nach einem gut versteckten Safe zu vergeuden. Immer vorausgesetzt, die Diebe kämen an den Alarmanlagen vorbei, die Sie überall installiert haben.« Er blickte Craig an. »Weiß jemand von der Existenz dieses Safes?«

Craig schüttelte den Kopf. »Außer der Firma, die ihn vor zwanzig Jahren dort eingebaut hat – niemand. Das heißt«, er wiegte den Kopf, »meine Tochter Brenda weiß natürlich auch, dass er sich dort befindet. Aber erstens habe ich zu ihr schon seit Jahren keinen Kontakt mehr.« Er seufzte. »Sie gibt mir die Schuld am Tod ihrer Mutter, aber das war ein Unfall.«

Glen verspürte einen leichten Stich im Herzen und eine Welle von Mitgefühl für Ian Craig. Er konnte gut nachempfinden, wie der Mann sich fühlte. Seit dem Autounfall, der seine Frau Davina das Leben gekostet hatte, gab seine Schwägerin Blair ihm die Schuld daran und verfolgte ihn nimmermüde mit ihrem Hass.

»Zweitens«, fuhr Craig fort, »kennt sie den Öffnungscode nicht, denn ich benutze keine Allerweltskombination oder irgendeine leicht zu erratende oder zu recherchierende Ziffernfolge wie meinen Geburtstag oder den meiner Frau oder Tochter oder die in Zahlen umgewandelten Buchstaben meines Namens – oder was die Leute sonst so an leichtsinnigen Kombinationen wählen.« Er nickte Glen zu. »Wenn Sie sich bitte umdrehen würden, denn ich habe nicht vor, Sie die Zahlen sehen zu lassen, die ich eintippe.«

Glen gehorchte. Anhand der leisen Töne, die die gedrückten Tasten von sich gaben, konnte er erkennen, dass die Kombination aus elf Ziffern bestand und entweder zweimal dieselbe Taste doppelt gedrückt wurde oder zwei unmittelbar nebeneinanderliegende Tasten, weil der Abstand zwischen den anderen Tönen länger war.

»Aber um ehrlich zu sein«, ergänzte Craig, »ist natürlich nicht ausgeschlossen, dass jemand, der mich sehr gut kennt, trotzdem auf diese Kombination kommt, wenn er oder sie Zeit genug hat, alle infrage kommenden Möglichkeiten auszuprobieren.« Er seufzte. »Wie Sie schon sagten: Absolute Sicherheit gibt es nicht. – Hier ist es.« Craig reichte ihm eine hölzerne Schatulle.

Glen öffnete sie. Lady Iras Collier strahlte ihm in seinem ganzen Glanz entgegen, gebettet auf einen samtartigen roten Stoff. Ein wunderschönes Schmuckstück, das jeden Penny wert war, den der Gutachter dafür veranschlagt hatte.

»Ich würde es mir gern in Ihrem Büro genauer ansehen, Sir«, bat Glen.

»Bitte.« Craig führte ihn zurück.

Glen nahm aus seiner Aktentasche die Lupenbrille, setzte sie auf und bewunderte das Collier in der Vergrößerung, durch die deutlich zu erkennen war, dass jedes Einzelteil Handarbeit war, denn alle hatten individuelle Merkmale, die das geübte Auge erkennen konnte.

»Sind Sie Juwelier oder so was?«, wollte Craig hörbar verblüfft wissen.

»Nein. Ich muss nur überprüfen, ob die individuellen Details des Schmuckstücks mit denen auf den Detailfotos, die der Gutachter gemacht hat, identisch sind.«

»Genügt Ihnen das Gutachten nicht?« Das klang deutlich empört.

»Nur bedingt.« Glen blickte Craig an. »Meine Versicherung vertraut bei einer so hohen Versicherungssumme nicht blind einem Gutachten. Auch Gutachter sind nur Menschen und nicht gegen Versuchungen gefeit. Und haben vielleicht Angestellte, die die Gunst der Stunde nutzen, um sich unrechtmäßig zu bereichern.«

Craig räusperte sich. »Sie haben ja mit einem ganz schönen Sumpf zu tun.«

Glen nickte und widmete sich wieder der Prüfung. »Sie ahnen nicht, auf was für Ideen Menschen kommen, um sich illegal zu bereichern.«

Craig setzte sich und ließ Glen nicht aus den Augen. Der verkniff sich ein genervtes Seufzen. Er mochte Gesellschaft nicht und zog das Alleinsein vor. Genau deshalb hatte sein Schwager Carson Stewart, der sein bester Freund und gleichzeitig Boss war, ihm diesen Job gegeben, der Glen zu Kontakten mit Menschen zwang.

Andernfalls hätte er sich in seinem Haus eingeigelt, in Selbstmitleid gebadet und sich irgendeine Tätigkeit gesucht, bei der er zu Hause arbeiten konnte.

Anfangs hatten die Narben nicht nur hässlich, sondern richtig übel ausgesehen: Dicke, rötliche Gräben, deren Ränder sich aufwölbten und seine Züge ins Groteske verzerrten; immerhin war die Haut bis auf den Knochen aufgerissen gewesen. Ein Wunder, dass die plastische Chirurgin die Muskeln und vor allem die Nerven fast vollständig hatte zusammenflicken können. Inzwischen waren die Narben zu bleichen, aber noch breiten und unübersehbar tiefen Rillen verblasst, was zwar nicht mehr übel, aber immer noch hässlich aussah. Und wenn er lächelte, wurde der Anblick wieder grotesk. Deshalb hatte er sich angewöhnt, nach Möglichkeit gar nicht zu lächeln. Wenn er das doch einmal tat, dann nur mit der linken Gesichtshälfte.

Es gab nur sehr wenige Menschen, in deren Gegenwart er sich sicher genug fühlte, um richtig zu lächeln. Carson war einer von ihnen. Rowan Lockhart und ihr Co-Trainer und Ehemann Rory Lennox waren die beiden einzigen anderen. Und wann hatte er zum letzten Mal richtig gelacht? Er konnte sich nicht erinnern. Das war in jedem Fall vor Davinas Tod gewesen. Ebenso lange war es her, dass er sich glücklich gefühlt hatte. Wenn Shade nicht wäre …

Er spürte Craigs Blicke auf sich und fühlte sich belauert. Zwar konnte er verstehen, dass der Mann ihn und vor allem das kostbare Collier nicht aus den Augen ließ, aber es hätte genügt, nur anwesend zu sein und nebenbei irgendetwas anderes zu tun, statt Glen anzustarren. Er blendete das Starren aus. Auch eine Fähigkeit, die er beim Kampfkunsttraining gelernt hatte: sich auf das Wesentliche zu fokussieren und alles andere zu ignorieren.

Nach einer Weile hatte Craig wohl ein Einsehen und las sich den Versicherungsvertrag durch. Glen atmete auf.

Eine halbe Stunde später legte er das Collier zurück in die Schatulle. »Alles in Ordnung. Dem Vertragsabschluss steht von unserer Seite aus nichts im Weg.«

Craig schien auf dieses Signal gewartet zu haben, denn er unterzeichnete unverzüglich, beinahe schon hastig den Vertrag und reichte ihn Glen. »Wann erhalte ich den Versicherungsschein? Ich muss morgen früh eine mehrtägige Reise antreten und hätte die Papiere gerne vorher sicher deponiert.« Er lächelte entschuldigend. »Ich fühle mich dann einfach wohler.«

Das konnte Glen nachvollziehen. Wenn einem der Zufall einen Gegenstand mit so hohem Wert bescherte, dann wollte man höchstmögliche Sicherheit.

»Ich werde dafür sorgen, dass das noch heute über die Bühne geht«, versprach er. »Wenn Sie den ersten Beitrag sofort begleichen, ist das Collier mit Wirkung zum ersten April versichert.«

Ian Craig holte ein Scheckbuch aus einer Schublade. »Der erste Jahresbeitrag beträgt dreitausend Pfund?«, vergewisserte er sich.

Glen nickte. Craig schrieb den Scheck aus und reichte ihm den. Glen steckte ihn zusammen mit dem Vertrag und dem Gutachten in seine Aktentasche.

»Vielen Dank, Sir. Sie erhalten den Versicherungsschein heute noch. Wenn Sie erlauben, möchte ich mir Ihren Safe noch etwas genauer ansehen. Nicht den Inhalt, aber die Konstruktion.«

»Gern.« Craig stand auf, nahm die Schatulle und ging voran. »Ich habe eine zusätzliche Sicherung nachrüsten lassen. Wenn es jemandem gelingen sollte, den Safe gewaltsam aufzubrechen, wird bei der Sicherheitsfirma, die für die Grundstückssicherung zuständig ist, Alarm ausgelöst. Falls dort nicht schon vorher die Sirenen schrillen, weil die potenziellen Diebe erst mal ins Haus einbrechen müssen, bevor sie den Safe knacken können.«

Sie hatten die Bibliothek erreicht. Craig forderte Glen erneut auf, sich umzudrehen, bevor er den Code eintippte, legte die Schatulle in den Safe, verschloss ihn und lud Glen mit einer Handbewegung ein, ihn näher zu inspizieren. Glen setzte wieder seine Brille auf und besah sich die Konstruktion. Der Safe war nicht nur passgenau in die Mauernische eingelassen und die rückwärtige Wand vermutlich mit dem Mauerwerk verdübelt. Zusätzlich waren die äußeren Mauersteine an allen Frontseiten so weit nach vorne, nach unten und oben gezogen worden, dass sie den Rahmen verdeckten und nur die Tür freiließen. Das machte es unmöglich, den Safe aus der Mauer zu reißen, ohne vorher das halbe Mauerwerk abzutragen, weil kein Greifwerkzeug einen Ansatzpunkt fand. Glen vermutete, dass gerade die äußeren Steine innen miteinander und mit dem umgebenden Mauerwerk durch Bewehrungsstahl verbunden waren. Das Ding hätte man allenfalls aus der Wand bomben können, wodurch aber der Inhalt ebenfalls zerstört worden wäre.

Glen schob die Standuhr wieder an ihren Platz, und nahezu nichts deutete mehr darauf hin, dass sich in diesem Raum ein Safe befand. Er wandte sich Craig zu. »Ich würde mal sagen: Ihr Safeinhalt ist sicher, solange

Sie niemandem die Kombination für das Schloss verraten.«

Craig hob abwehrend die Hände. »Ich werde mich hüten!«

»Aber Ihnen ist klar, dass gewiefte Diebe mit elektronischen Codeknackern arbeiten, die in wenigen Minuten alle Kombinationsmöglichkeiten ausprobiert haben und die richtige finden.«

Craig lächelte. »Bei normalen Schlössern, ja. Aber Ihnen ist sicherlich aufgefallen, dass die Tastatur nicht nur Ziffern, sondern auch Buchstaben und Sonderzeichen enthält. Darauf habe ich damals bestanden und mich im Vorfeld erkundigt, wie ich ein Passwort generieren muss, bestehend aus Ziffern, Sonderzeichen und Buchstaben. Mein Code ist elfstellig. Den knackt auch ein elektronischer Dietrich nicht so schnell.« Er winkte ab. »Und etwaige Diebe müssen das Ding erst mal finden. Wie Sie selbst sagten, ist der auch für die Profis gut genug versteckt. Also, haben Sie vielen Dank für Ihre Bemühungen. Ich werde Ihre Versicherung gerne weiterempfehlen. Und wenn ich das mit der Touristenattraktion realisiere, komme ich wieder auf Sie zu wegen einer Haftpflicht- und Unfallversicherung für die Touristen.«

»Jederzeit gerne, Sir. Auf Wiedersehen.«

Craig begleitete ihn hinaus. Als er die Tür hinter ihm schloss, hatte Glen das Gefühl, dass der Mann sehr erleichtert war, ihn los zu sein. Aber vielleicht bildete er sich das auch nur ein. Seit er die Narben im Gesicht trug, war er in manchen Dingen ein bisschen empfindlich. Er ließ Shade sich noch einmal erleichtern und fuhr ins Büro.

3.

Detective Inspector Morven Boyd hätte an einen verfrühten makabren Aprilscherz geglaubt, wäre die Leiche im Laden von *Harrington's Fine Jewellery* nicht echt gewesen. Gwyn Harrington, die Inhaberin, lag erdrosselt in ihrem Büro. Der Ehemann, der sie gestern Abend gefunden hatte, hockte weinend auf einem Stuhl und hatte die behandschuhten Hände vors Gesicht geschlagen. Seit Morven und ihr Team eingetroffen waren, weinte er fast ununterbrochen, weshalb sie darauf verzichtet hatte, ihn zu befragen. Kaum hatte er sich mal für fünf Minuten beruhigt, ging das Schluchzen wieder los. Sie konnte ihn aber auch nicht nach Hause schicken, obwohl nicht nur ihr sein Jammern mittlerweile gewaltig auf die Nerven ging. Solange nicht feststand, ob er etwas mit dem Mord an seiner Frau zu tun hatte, hätte er zu Hause Beweise beseitigen können. Da er aber offensichtlich entschlossen war, noch endlos weiterzuheulen, und ein Beruhigungsmittel des Notarztes abgelehnt hatte, reichte es ihr.

Sie trat zu ihm. »Sir, mein aufrichtiges Beileid zu Ihrem Verlust«, versicherte sie erneut. »Ich weiß, wie schlimm die Situation für Sie sein muss. Aber fühlen

Sie sich trotzdem in der Lage, mir ein paar Fragen zu beantworten?«

Er nickte und nahm die Hände vom Gesicht. »Fragen Sie«, schluchzte er und wischte sich die Tränen mit dem Ärmel seiner Jacke aus dem Gesicht. Seine Augen waren mittlerweile blutunterlaufen und geschwollen.

Morven zückte ihren Notizblock und einen Stift. »Wann genau haben Sie Ihre Frau gefunden?«

Er schüttelte den Kopf. »Weiß nicht. Muss so um halb zehn gewesen sein. Gwyn schließt den Laden immer um acht. Dann ist sie ungefähr um halb neun zu Hause. Heute – eh, gestern – hat sie gesagt, dass es später werden könnte, weil ein Kunde kurz vor Schluss noch was abholen wollte. Aber Abholen dauert doch nicht so lange.«

Täuschte Morven sich oder hörte sie tatsächlich Eifersucht in Ken Harringtons Stimme? »Kam das öfter vor?«, wollte sie wissen.

»Nein. Darum war ich ja so – beunruhigt, als sie auf meine Anrufe nicht geantwortet hat.«

Diesmal war die Eifersucht klar herauszuhören. Und die kurze Pause vor »beunruhigt« – bestimmt hatte er ein anderes Wort gebrauchen wollen, das seinen wahren Gefühlen näherkam: misstrauisch.

»Und dann?«, hakte Morven nach.

»Als sie um neun noch nicht da war, bin ich hergefahren. Im Verkaufsraum war alles dunkel, aber an der Vordertür war das Gitter nicht runtergelassen.« Er machte eine fahrige Geste zur Tür hin. »Als ich die Klinke runterdrückte, war die Tür nicht abgeschlossen. Ich bin rein, habe nach Gwyn gerufen, aber sie antwortete nicht. Ich bin hier ins Büro, habe das Licht eingeschaltet – und da lag sie! Tot!« Er deutete auf den Paravent des Tatortteams, hinter dem die Leiche lag, und fing wieder an zu weinen. »Ich habe noch ihren Puls gefühlt, aber sie war tot!«, heulte er.

Morven blickte sich um. Sie konnte keine Kampfspuren erkennen mit Ausnahme von Abriebspuren auf dem Fußboden, wo Gwyn Harrington vermutlich mit den Füßen gestrampelt hatte in dem Versuch, die Schlinge um ihren Hals zu lockern. Falls dabei etwas umgefallen war, hatte der Täter es wieder an seinen Platz gestellt. Aber würde eine Juwelierin, die Schmuck im Wert von zig Tausenden Pfund im Geschäft hatte, sich relativ spät am Abend allein mit einem Kunden treffen? Die mangelnden Kampfspuren deuteten darauf hin, dass sie ihren Mörder gekannt und ihm genug vertraut hatte, um ihm den Rücken zuzudrehen, denn sie war von hinten erdrosselt worden. Vermutlich mit einem Strick, aber der fehlte.

Etwas anderes fehlte auch: Einbruchspuren. Und wie es aussah, war auch nichts gestohlen worden. Sowohl der Tresor als auch der kleinere Safe im Büro waren unberührt. Zumindest gab es keine sichtbaren Spuren, dass jemand sich gewaltsam daran zu schaffen gemacht hätte. Aber das wollte nichts heißen.

»Mr Harrington, kennen Sie die Kombination zum Safe und zum Tresor?«

Harrington schüttelte den Kopf. »Das Geschäft gehört meiner Frau. Ich arbeite in einer Bank.«

War das ein Grund, dem Ehemann nicht die Kombinationen zu nennen, damit er in einem Notfall Zugriff auf den Inhalt hatte? Oder gab es einen anderen Grund für Gwyn Harrington, die Nummern für sich zu behalten?

»Ma'am!« Detective Sergeant Nathan Durie deutete auf den Computerbildschirm, vor dem er saß.

Sie ging zu ihm und blickte auf den Schirm. »Der Terminkalender der Toten, Ma'am. Wie Sie sehen, ist für gestern Abend kein Termin notiert. Der Letzte war gestern Nachmittag um drei für ein Paar, das Trauringe aussuchen wollte. Und sehen Sie hier.« Durie deutete auf den seitlich neben dem Computer stehenden Bildschirm, der offensichtlich zum Überwachungsequipment des Ladens gehörte. »Gemäß dem Timecode sind die Kameras um acht Uhr zwei ausgeschaltet worden. Der letzte Kunde hat das Geschäft um sieben Uhr siebzehn verlassen. Danach ist keiner mehr gekommen.«

Was bedeutete, dass der Täter nach acht Uhr zwei das Geschäft betreten haben musste.

»Ich habe noch etwas gefunden.« Durie hielt Morven sein Smartphone hin, mit dem er offensichtlich eine polizeiliche Abfrage zu den Harringtons gemacht hatte.

Morven zog die Augenbrauen hoch und warf einen Blick auf Harrington. Also hatte sie vorhin richtig gelegen mit der Eifersucht, die sie in seiner Stimme gehört zu haben glaubte. Seine Frau hatte mehrfach die Polizei gerufen wegen häuslicher Gewalt. In der Akte, die Durie aufgerufen hatte, war auch eine Drohung von Harrington dokumentiert, die den Mord in einem ganz anderen Licht erscheinen ließ.

»Mr Harrington.« Morven nahm Duries Smartphone und hielt es ihm hin. »Sie sind schon mehrfach wegen Gewalt gegen Ihre Frau aufgefallen. Beim letzten Mal, als die Kollegen Sie aus dem Haus entfernen mussten, haben Sie vor Zeugen gedroht, Ihre Frau ›kaltzumachen‹, sie ›abzustechen‹ und«, sie blickte ihn scharf an, »ihr ›die Lebensluft abzuschnüren‹.« Sie warf einen Blick auf die Leiche. »Haben Sie die Drohung gestern Abend in die Tat umgesetzt?«

Der Mann starrte sie sekundenlang mit halb offenem Mund an. »Sind Sie komplett verrückt geworden?« Er sprang auf und ballte die Fäuste. »Ich habe Gwyn geliebt!«

Morven legte vorsorglich die Hand an die Waffe. »Ja, so sehr, dass Sie sie mehrfach geschlagen, bedroht und einmal so übel zugerichtet haben, dass sie ins Krankenhaus musste. Wenn das Liebe ist, möchte ich nicht wissen, wie Sie Menschen behandeln, die Sie hassen.«

»Sie sind ja verrückt!«, schnauzte er.

»Das wird sich zeigen. Sie sind jedenfalls vorläufig festgenommen wegen des Verdachts, Ihre Frau getötet zu haben.«

Weiter kam Morven nicht. Harrington rannte zur Tür – und wurde nach wenigen Schritten von zwei Kolleginnen abgefangen, zu Boden gerungen und mit Handschellen fixiert.

»Unschuldige laufen in der Regel nicht weg«, meinte Morven und wandte sich an die Kolleginnen. »Ziehen Sie ihm die Handschuhe aus. Die müssen wir auf Spuren untersuchen. Und jemand soll nach einem Strick, Seil oder ähnlichem Ding suchen, mit der die Tote erdrosselt worden ist. Falls sich hier im Geschäft nichts findet, suchen wir auch in den Abfallbehältern der Umgebung. Und ich besorge einen Durchsuchungsbeschluss für Mr Harringtons Auto.« Allerdings glaubte sie nicht daran, dass er so dumm gewesen war, das Mordinstrument in seinen Wagen zu legen. Oder vielleicht doch, wenn er davon ausgegangen war, dass die Polizei ihm seine Story glaubte. Morven war jedenfalls zuversichtlich, Gwyn Harringtons Tod sehr bald aufgeklärt zu haben.

***

Glen öffnete die Eingangstür zur Agentur, und Shade rannte ihm erwartungsvoll voraus. Der Hund blieb vor dem Schreibtisch der Empfangssekretärin stehen und wedelte mit dem Schwanz.

Bell Robertson nickte ihm lächelnd zu. »Guten Tag, Mr Kincaid.« Sie stand von ihrem Platz auf und ging in die Knie. »Hi, Shade!«, säuselte sie. »Ja, wo ist denn mein süßer Hund?« Gesprochen in einer Fistelstimme, die bestimmt nicht nur Glen in den Ohren schmerzte. Außerdem war Shade nicht ihr Hund, sondern seiner.

Er fand die sinnfreie Ausdrucksweise, mit der manche Erwachsenen mit Hunden sprachen, ebenso lächerlich, wie wenn sie die Babysprache imitierten. Aber Shade gefiel sie. Oder ihm gefielen die Leckerli, die Bell immer für ihn parat hatte, und er ignorierte deshalb ihr Gesäusel. Er trabte zu ihr, ließ sich umarmen, die Ohren wuscheln, einen Kuss auf die Stirn drücken, nahm gleich darauf drei Hundekuchen in Empfang und forderte hechelnd mehr.

»Fresssack«, beschied ihm Glen. »Sie verwöhnen ihn viel zu sehr, Ms Robertson.«

Die Tür zu Carsons Büro wurde schwungvoll geöffnet, und der Vorraum wurde spürbar kälter; zumindest fühlte es sich für Glen so an. Seine Schwägerin Blair erstarrte bei seinem Anblick mitten im Schritt. Ihr eben noch lächelndes Gesicht wurde eisig. Wenn Blicke töten könnten, wäre Glen in diesem Moment tot umgefallen, durchbohrt von Dolchen aus Eis, die aus Blairs Augen schossen. Shades Nackenfell richtete sich auf. Er zog die Lefzen hoch und grollte tief in der Kehle.

»Wie wäre es, wenn du deinen Köter mal erziehst?«, zischte Blair. »Oder noch besser: Lass ihn einschläfern.« Hoch erhobenen Hauptes marschierte sie an ihm vorbei.

»Ich wünsche dir auch einen guten Tag, Blair«, schickte Glen ihr hinterher. Obwohl er sich beherrschen musste, um nicht heftig auf ihren Anwurf zu antworten, würde er ihr doch niemals den Triumph gönnen, ihn aus der Fassung gebracht zu haben.

»Blair!« Carsons Stimme hätte vorwurfsvoller nicht klingen können.

Doch seine Schwester zeigte ihm, vielmehr Glen, lediglich den Stinkefinger, ohne sich umzudrehen.

Carson schüttelte den Kopf und bat Glen mit einer Kopfbewegung in sein Büro. Shade folgte dieser Aufforderung als Erster, denn Carson hatte nicht nur ebenfalls Leckerli für ihn, sondern immer auch eine Wasserschüssel für Besucherhunde bereitstehen. Glen setzte sich unaufgefordert vor Carsons Schreibtisch und schnalzte missbilligend mit der Zunge, als Shade an der Schublade mit den Leckerli schnüffelte. Shade ließ die Ohren hängen und legte sich seufzend neben ihm.

Carson lächelte flüchtig und setzte sich ebenfalls, ehe er Glen ernst ansah. »Ich wünschte, du würdest Blair endlich die Wahrheit sagen. Oder mich das tun lassen.«

»Nein.«

Carson seufzte und schüttelte den Kopf. »Aber warum denn nicht, um alles in der Welt? Soll sie ewig glauben, dass du an Davinas Tod schuld bist, und dich hassen bis zum Jüngsten Gericht?«

»Damit kann ich leben.«

Carson seufzte erneut und sah ihm eindringlich in die Augen. »Ich weiß aber nicht, ob ich das auf Dauer kann.«

»Wirst du wohl müssen«, meinte Glen, zuckte mit den Schultern und wechselte das Thema. »Ich kann einen vollen Erfolg für uns vermelden.« Er holte den Vertrag und das Gutachten aus der Aktentasche und reichte beides Carson zusammen mit Ian Craigs Scheck. »Das Collier ist laut Gutachten echt und mindestens die anderthalb Millionen Pfund wert, für die wir es versichern. Liebhaber würden garantiert noch mehr zahlen, wenn es versteigert wird. Allein schon wegen der mit ihm verbundenen Gruselgeschichte.«

Carson zog die Augenbrauen hoch. »Gruselgeschichte?«

Glen berichtete ihm, was Craig über Lady Ira de Monncrefes mysteriöses Verschwinden erzählt hatte.

Carson nickte. »Gruselig in der Tat. Wie sieht es mit der Sicherheit für das Collier aus?«

»Solider, in die Wand gemauerter Safe, hinter einer Standuhr verborgen. Man muss schon detektivisches Gespür aufwenden und an ungewöhnlichen Stellen nach einem Safe suchen, um die winzigen Spuren auf dem Boden zu bemerken, mit der die Uhr zur Seite gerollt werden kann. Und Mr Craig versichert, dass er der Einzige ist, der die Kombination kennt, die aus elf Zeichen – Zahlen, Buchstaben und Sonderzeichen – besteht und angeblich nicht so leicht zu erraten ist.« Er nickte. »Das Collier ist darin mindestens so sicher wie in einem Bankschließfach.«

Carson seufzte erleichtert. »Beruhigend. Anderthalb Millionen Pfund auszahlen zu müssen, würde uns zwar nicht ruinieren, aber doch ein empfindliches Loch in die Kasse reißen. Zumindest für dieses Jahr.«

Das war auch Glen bewusst. »Das Collier wird wohl nicht lange dort bleiben. Mr Craig will es versteigern lassen. Zumindest hat er die Möglichkeit angedacht. Und er möchte gern heute noch die Police haben, weil er morgen beruflich verreisen muss.«

Carson stand auf, nahm den Vertrag, ging ins Vorzimmer und beauftragte Bell Robertson, unverzüglich die Police dafür zu schreiben. Anschließend kehrte er zu Glen zurück und setzte sich wieder. »Und wie geht es dir so, alter Freund?«

Glen hörte einen gewissen Unterton in Carsons Stimme, der seine inneren Alarmglocken schrillen ließ. »Warum fragst du so scheinheilig? Was hast du vor?«

Carson machte ein unschuldiges Gesicht. »Scheinheilig? Also bitte! Darf ich mich nicht nach deinem Befinden erkundigen? Schließlich bist du mein bester Freund.«

Glen nickte. »Und das letzte Mal, als du das in demselben Ton getan hast, hast du mich *scheinheilig* zu einem gemütlichen Fernsehabend eingeladen, um uns ›mal wieder einen tollen Männerabend zu machen‹ – und rein *zufällig* tauchte dann deine attraktive Nachbarin auf, die *angeblich* Hilfe brauchte, weil sie eine schwere Kiste nicht in den Keller bekam und du ebenfalls *ganz* zufällig dringend aufs Klo musstest, weshalb nur ich als Helfer übrig bleib.« Er schüttelte den Kopf. »Dein Manöver, mich zu verkuppeln, war mehr als deutlich. Und du erinnerst dich noch bestimmt, wie das ausgegangen ist.«

Carson errötete. »Tut mir wirklich leid. Ich konnte nicht ahnen, dass Billie so eine gefühlsblinde Idiotin ist. Den Eindruck hat sie auf mich nie gemacht.«

Vermutlich, weil sie noch nie mit einem »Krüppel« zu tun gehabt hatte, als den sie Glen ungeschminkt bezeichnet und taktlos gefragt hatte, wie es sich denn als solcher lebe und ob die »hässlichen Narben« in seinem Gesicht nicht durch eine Schönheits-OP getilgt werden könnten, damit sein Gesicht wieder »halbwegs gut« aussehe. – »Gefühlsblind« in der Tat! Glen hatte ihr kommentarlos die Kiste in den Keller getragen, sich höflich verabschiedet und ihr Angebot, mal gemeinsam essen zu gehen, ignoriert.

Carson machte ein reuiges Gesicht. »Aber diesmal …«

»Nein!« Glen hob abwehrend beide Hände. »Lass es! Ich bin durchaus in der Lage, mir selbst jemanden zu suchen, wenn ich das will.«

Carson nickte nachdrücklich. »Genau das ist das Problem: wenn du *willst*. Du willst aber offensichtlich nicht.«

»Was mein gutes Recht ist.« Er blickte seinen Schwager ernst und, wie er hoffte, warnend an. »Carson, wenn du mein Freund bleiben willst, dann unterlass bitte alle Verkupplungsversuche.«

Carson seufzte. »Es ist für mich nur schwer zu ertragen, wie du dich isolierst.«

»Ich isoliere mich nicht. Ich gehe mehrmals die Woche zum Sporttraining, arbeite in einem Job, in dem ich mit Menschen zu tun habe, besuche regelmäßig meinen Pub und die Heimspiele der ›*Hearts*‹. Meines Wissens sieht Isolation anders aus.«

Carson schüttelte den Kopf. »Komm mir nicht mit solchen Spitzfindigkeiten, denn du weißt genau, was ich meine. Ja, du gehst raus, aber du bist innerlich nicht beteiligt.« Er beugte sich ein Stück vor. »Glen, Vina ist seit gut fünf Jahren tot. Sie fehlt mir auch unendlich. Aber ich habe deshalb nicht aufgehört zu leben.«

Weil sie seine Schwester gewesen war und nicht die Frau, die er über alles geliebt hatte. Die zweite Hälfte seiner Seele, welche ihm gewaltsam herausgerissen worden war und eine Leere hinterlassen hatte, die durch nichts gefüllt werden konnte.

Auch Glen beugte sich ein Stück vor. »Carson, es geht mir gut. Zugegeben, mit Davina an meiner Seite ginge es mir noch sehr viel besser, aber ich habe mein Leben im Griff und bin zufrieden. Und ich empfinde deine Verkupplungsversuche als höchst unwillkommene Einmischung. Also lass sie bleiben. Ein für alle Mal!«

Bell Robertsons Eintreten enthob Carson einer Antwort. Sie brachte die ausgefertigte Police, legte sie Carson zur Unterschrift hin und verließ sein Büro. Carson unterschrieb, heftete ein Exemplar in eine Versicherungsmappe und reichte sie Glen.

Er nahm sie und stand auf. »Falls du keinen Sonderauftrag für mich hast, werde ich mir die Collins-Sache noch mal ansehen, nachdem ich Mr Craig die Police gebracht habe. Irgendwas an dem angeblichen Unfall, vielmehr an dem von Mrs Collins geschilderten Hergang, stimmt nicht mit dem Ergebnis des Gutachtens überein.«

Carson nickte. »Tu das.« Er zog eine Schreibtischschublade auf. Shade sprang auf, lief zu ihm und wedelte mit dem Schwanz. Carson schüttelte den Kopf. »Etwas diskreter bitte, Shade, sonst weiß dein Herrchen doch sofort, dass ich dich heimlich verwöhne.«

»Von wegen heimlich«, brummte Glen, schüttelte den Kopf und lächelte. »Komm, Shade, wir haben zu tun.« Er wandte sich zur Tür.

»Glen.«

Er blickte Carson über die Schulter hinweg an.

»Ich werde das Thema nie wieder anschneiden. Und du hast Recht: Es war eine Einmischung, für die ich dich um Entschuldigung bitte.«

»Okay«, nahm Glen sie an und verließ das Büro.

Carson meinte es gut, keine Frage. Trotzdem nervte gerade das, weil es Glen das Gefühl gab, hilfsbedürftig zu sein und nicht allein zurechtzukommen. Er schüttelte die düsteren Gedanken ab und konzentrierte sich auf seine Aufgabe.

Als er eine halbe Stunde später zum zweiten Mal an diesem Tag Forthwater Manor betrat, standen zwei gepackte Trolleys in der Eingangshalle.

»Danke für die schnelle Lieferung, Mr Kincaid.« Ian Craig nahm die Versicherungsmappe entgegen, schlug sie auf und überflog den Inhalt.

»Wohin geht die Reise, wenn ich fragen darf?« Das interessierte Glen zwar nicht, aber diese Art von Small Talk erwartete man in der Regel zur Überbrückung von Pausen, die sonst ein unangenehmes Schweigen verursacht hätten.

»Cambridge. Ich muss zu einem Seminar an der Universität. Gastvortrag.« Er lächelte flüchtig. »Manchmal buchen mich Firmen oder Universitäten für Vorträge.« Er klappte die Mappe zu. »Alles wie besprochen«, lautete sein Urteil. »Danke.«

»Gern geschehen.« Glen nickte ihm zu. »Gute Fahrt.«

»Danke.« Craig begleitete ihn zur Tür und ließ ihn hinaus. »Wiedersehen.«

Bevor Glen darauf antworten konnte, hatte Craig schon die Tür geschlossen, als könnte er es kaum abwarten, ihn los zu sein. Eine Reaktion, der er seit dem Unfall oft begegnete. Glen ließ Shade, der im Vorgarten gestöbert hatte, in den Wagen, stieg ein und fuhr nach Clovenstone, um Mrs Collins wegen ihres Autounfalls noch einmal auf den Zahn zu fühlen.

4.

Samstag, 29. März

Morven saß zusammen mit Nathan Durie im Verhörzimmer einem Häufchen Elend gegenüber. Ken Harrington hatte geweint. Sein Gesicht war gerötet und um die Augen herum leicht geschwollen. Falls er tatsächlich so gebrochen war, wie er wirkte, würde er gestehen, seine Frau erdrosselt zu haben. Dass die Tatwaffe noch nicht gefunden worden war, wollte nichts heißen. Der von der Rechtsmedizin ermittelte Todeszeitpunkt zwischen acht Uhr dreißig und neun Uhr und Harringtons Anruf bei der Polizei um neun Uhr achtunddreißig hatte ihm mehr als genug Zeit gegeben, das Corpus Delicti unauffindbar zu entsorgen.

Laut Obduktionsbericht und der Spurenanalyse stammten Faserspuren, die sich durch die Strangulation am Hals abgelagert hatten, von einem nagelneuen weißen Polypropylenseil, wie man es in jedem Baumarkt und Supermarkt kaufen konnte. Dass sich keine anderen Spuren und auch keine DNA außer der des Opfers an den Fasern gefunden hatten, deutete in doppelter Hinsicht auf eine vorsätzliche Tat hin. Offenbar hatte Harrington das Seil frisch gekauft, vermutlich nur für diesen Mord. Außerdem trug er, als Morven und ihr Team am Tatort eingetroffen waren, immer noch Lederhandschuhe, die er nicht ausgezogen hatte, obwohl es nicht so kalt war, dass man Handschuhe tragen musste – schon gar nicht in einem geheizten Raum. Außerdem hatte er behauptet, seiner Frau den Puls gefühlt zu haben. Das war mit Handschuhen nicht möglich.

»Mr Harrington, es sieht nicht gut für Sie aus«, eröffnete Morven das Verhör. Er blickte sie an, als hätte sie in einer fremden Sprache gesprochen und er kein Wort verstanden. »Sie haben für den Todeszeitpunkt Ihrer Frau kein Alibi. Theoretisch hätten Sie lange vor Ihrem Anruf bei der Polizei im Geschäft sein und die Tat begehen können. Sie hatten in der Zwischenzeit genug Gelegenheit, die Waffe und Ihre Kleidung mit den verräterischen Spuren der Tat zu beseitigen.«

Harringtons Augen füllten sich mit Tränen, die ungehindert seine Wangen hinunterliefen. Er schüttelte den Kopf, langsam zunächst, dann immer heftiger. »Ich habe ihr nichts getan!«, heulte er los. »Ich habe sie doch geliebt!« Er verbarg das Gesicht in den Händen und schluchzte.

Durie schnaubte. »Sie haben Ihre Frau mehrfach geschlagen, und zwar so sehr, dass Nachbarn die Polizei gerufen haben und Ihre Frau sogar zweimal im Krankenhaus behandelt werden musste. Das nennen Sie Liebe?« Er schüttelte den Kopf. »Dann möchte ich nicht erleben, wie Sie Ihre Feinde behandeln.«

Harrington antwortete nicht.

»Sie haben Ihre Frau mit Eifersucht verfolgt, die nach Aussagen Ihrer Nachbarn und Verwandten völlig unbegründet war«, fuhr Durie fort. »Das soll Liebe sein? Ich sage Ihnen mal was von Mann zu Mann. Wenn man eine Frau liebt, vertraut man ihr und bezichtigt sie nicht völlig grundlos der Untreue. Erst recht schlägt man sie nicht. Das tun nur Schlappschwänze.«

Morven zuckte bei der Verachtung in Duries Stimme zusammen, musste ihm aber Recht geben. Harrington reagierte immer noch nicht.

»Und ich sage Ihnen noch was, was Ihnen wahrscheinlich nicht gefallen wird. Eifersucht ist kein Ausdruck von Liebe, sondern von mangelndem Selbstwertgefühl des Eifersüchtigen und vor allem von mangelndem Vertrauen. Hätten Sie mal an sich gearbeitet, um Ihre Eifersucht und deren Ursachen in den Griff zu bekommen, wäre Ihre Frau noch am Leben.«

Das erzeugte endlich eine Reaktion. Harrington riss die Hände vom Gesicht und starrte Durie an. »Aber ich habe sie nicht umgebracht! Ich war das nicht! Das schwöre ich bei Gott, Jesus, Maria und allen Heiligen!« Er hob die Hand zum Schwur – und brach zusammen. Er legte beide Arme verschränkt auf den Tisch, vergrub sein Gesicht in der Armbeuge und weinte zum Gotterbarmen.

Morven empfand gegen ihren Willen Mitleid mit ihm. Außerdem glaubte sie ihm. Er müsste schon ein extrem guter Schauspieler sein, um auf Kommando echte Tränen produzieren zu können und eine solche Verzweiflung vorzutäuschen. Ausgeschlossen war das zwar nicht; Morven hatte schon einmal mit einem eiskalten Verbrecher zu tun gehabt, der eine ähnliche Show geboten hatte, die sich als Fake entpuppte. Aber der hatte nicht schon vor der Vernehmung geweint.

Doch wenn Harrington seine Frau nicht umgebracht hatte – wer dann?

»Bitte beruhigen Sie sich, Mr Harrington«, sagte sie sanft. »Können Sie uns ein paar Fragen beantworten?

Wenn Sie wirklich unschuldig sind, können Sie uns vielleicht helfen, den wahren Täter zu finden.« Sie holte ein Päckchen Papiertaschentücher aus der Hosentasche und schob es ihm hin.

Er nahm es, zog mit zitternden Fingern ein Taschentuch heraus, wischte sich die Tränen ab und schnäuzte sich. Starrte erst auf die Tischplatte vor sich und warf Morven nach einer Weile mit gesenktem Kopf einen flackernden Blick zu. Schließlich nickte er. »Fragen Sie.« Seine Stimme war kaum mehr als ein Flüstern.

»Danke. Zunächst ein unbedeutendes Detail. Sie haben vor Ort ausgesagt, dass Sie Ihrer Frau den Puls gefühlt haben.«

Harrington runzelte die Stirn, ehe er nickte.

»Der Verdächtige hat genickt«, diktierte Durie dem laufenden Aufnahmegerät.

»Ja«, bestätigte Harrington.

»Aber bei unserem Eintreffen haben Sie Handschuhe getragen.«

Wieder ein Stirnrunzeln. Schulterzucken. »Habe ich das?«

»Haben Sie«, bestätigte Morven. »Mit Handschuhen kann man aber keinen Puls fühlen. Sind Sie sicher, dass Sie Ihrer Frau den Puls gefühlt haben?«

Harrington starrte auf die Tischplatte, knetete das Papiertaschentuch und runzelte erneut die Stirn. »Ja«, antwortete er nach einer Weile. »Ich habe einen Handschuh ausgezogen.«

»Und ihn dann wieder angezogen?«, hakte Durie nach. »Das ist zumindest ungewöhnlich.

Kopfschütteln. »Daran erinnere ich mich nicht. Aber das muss ich wohl getan haben.« Harrington sah auf. »Ist das wichtig?«

»Wir versuchen nur, die Dinge logisch nachzuvollziehen«, beruhigte ihn Morven.

»Ich mag nicht gerne Dinge anfassen. Ohne Handschuhe fühle ich mich …« Er zuckte mit den Schultern. »Also, ich habe den vermutlich wieder angezogen. Als Reflex.«

Das war zumindest eine nachvollziehbare Erklärung, die aber noch zu prüfen sein würde.

»Hatte Ihre Frau Feinde?«, wollte Morven wissen.

Harrington schüttelte den Kopf, erinnerte sich aber wohl daran, dass seine Aussage aufgezeichnet wurde und ein Kopfschütteln oder Nicken als Antwort nicht genügte. »Nicht, dass ich wüsste«, fügte er hinzu. »Zumindest hat sie nie so was erwähnt.«

»Keinen Streit mit nervtötenden Kundinnen oder Kunden, die mit ihrer Arbeit unzufrieden waren?«, hakte Durie nach. »Manche sind ja so anspruchsvoll, dass sie sich über alles aufregen.«

Harrington nickte und schüttelte erneut den Kopf. »Klar, das kam ab und zu vor. Aber Gwyn hat nie erzählt, dass jemand sie bedroht hätte.«

»Was ist mit der Konkurrenz?«, fragte Morven. »Wie wir inzwischen wissen, hat Ihre Frau als Goldschmiedin einen hervorragenden Ruf. Sie hat sogar zweimal einen Designerpreis gewonnen. Das hat doch bestimmt so manchen Neider auf den Plan gerufen.«

Harrington zuckte mit den Schultern. »Vielleicht. Wenn ja, hat sie darüber nicht geredet.«

Morven schüttelte innerlich den Kopf. Wenn sie einen Partner gehabt hätte, sie hätte ihm als Erstem von solchen Vorkommnissen berichtet. Das gehörte für sie zu einer Partnerschaft. Man tauschte sich aus, wie der Arbeitstag gewesen war und was es an Neuigkeiten gab. Offenbar hatte in der Ehe der Harringtons so einiges nicht mehr gestimmt, und Ken Harringtons Eifersucht war nur eine Baustelle von vielen.

»Wie war das an ihrem Todestag? Sie haben vor Ort gesagt, Ihre Frau habe schon im Vorfeld ein verspätetes Heimkommen angekündigt wegen eines Kunden, der zu Ladenschluss oder vielleicht noch später etwas abholen wollte.«

»Ja.«

»Kam das öfter vor?«

Harrington schüttelte den Kopf. »Nein. Darum dachte ich ja …« Er warf Durie einen kurzen Blick zu. »Darum habe ich mir Sorgen gemacht, als sie eine halbe Stunde nach der üblichen Zeit noch nicht wieder zu Hause war.«

Nicht nur für Morven war offensichtlich, dass Harringtons »Sorgen« die pure Eifersucht gewesen war. Wieder einmal fand sie bestätigt, dass Eifersucht das logische Denken aushebelte. Kein Mensch, der den Partner oder die Partnerin betrog, würde das zu einem Zeitpunkt tun, der Misstrauen erregte wie ein vorgeschützter später Kundenbesuch, sondern den Betrug durchführen, wenn keine Gefahr bestand, erwischt oder im Vorfeld überhaupt verdächtigt zu werden: in der Mittagspause, bei einem angeblichen Meeting während der normalen Arbeitszeit …

»Mr Harrington, wissen Sie, wer Zugang zum Laden Ihrer Frau hat? Schlüssel, Passwörter für die Buchhaltung und so weiter.«

Harrington nickte. »Ihre Assistentin, Fiona Gall. Sie arbeitet im Verkauf, während Gwyn in der Goldschmiede …« Wieder flossen Tränen. »Sie hat so wundervolle Sachen hergestellt!« Wieder legte er den Kopf auf die Arme und heulte.

Morven sah keinen Sinn in der Fortsetzung der Vernehmung, die sowieso nichts brachte, weil Harrington zu wenig wusste. Mit etwas Glück konnte Fiona Gall ihnen mehr helfen. »Ende der Vernehmung: zehn Uhr fünfzehn«, sprach Morven ins Mikrofon und schaltete das Aufnahmegerät aus. Sie gab Constable Morris, der stumm in der Ecke neben der Tür stand, einen Wink, Harrington in die Zelle zurückzubringen. Seufzend lehnte sie sich zurück und schüttelte den Kopf, kaum dass Harrington draußen war.

»Sie glauben ihm seine Unschuldsbeteuerung?«, vergewisserte sich Durie.

»Sie nicht?«

Durie wiegte den Kopf. »Ich schließe nicht aus, dass er unschuldig sein könnte. Aber meine Vorgesetzte sagt immer, dass wir nur den beweisbaren Tatsachen glauben sollten.« Er zwinkerte ihr zu.

Morven grinste flüchtig. »Womit sie Recht hat«, stimmte sie ihm zu. Sie sah auf ihre Armbanduhr. »Wir können ihn noch bis Montag ohne Haftbefehl festhalten. Wenn wir bis dahin keine stichhaltigen Beweise oder zumindest Indizien für seine Schuld gefunden haben, müssen wir ihn gehen lassen.«

Durie wiegte den Kopf. »Der Knackpunkt ist das Seil. Wenn wir das finden, müssten sich daran außer DNA vom Opfer auch Faserspuren von Harringtons Handschuhen befinden. Vorausgesetzt, er ist der Täter. Und vorausgesetzt, er hat es nicht irgendwo entsorgt, wo alle Spuren zerstört oder kontaminiert wurden. Zum Beispiel in einem Gully.«

Morven schnitt eine Grimasse. »Dann würden wir es sowieso nicht finden, denn wir können nicht jeden Gully entlang der Straße, in der das Geschäft liegt, nach dem Seil absuchen. Ganz abgesehen davon, dass die Kanalisation es längst sonst wohin gespült hat, falls der Täter es tatsächlich in einen Gully geworfen hat.« Sie stand auf. »Wir befragen die Assistentin. Sicherlich kann sie uns mehr sagen.«

»Wenn sie nicht nur Mrs Harringtons Assistentin, sondern vielleicht auch ihre Freundin war, ganz bestimmt«, stimmte Durie ihr zu.

Sie verließen den Verhörraum. Vor der Tür kam ihnen Detective Sergeant Molly MacKay entgegen, einen Folder in der Hand, mit dem sie den beiden zuwinkte.

»Die Berichte über die Durchsuchung von Harringtons Haus und Auto und die Untersuchung seiner Kleidung, die er am Tatort getragen hat. Ich fasse kurz zusammen. Weder im Haus noch im Auto noch anderswo auf dem Grundstück wurde ein Seil gefunden oder ein Rest davon, das zu den Fasern an der Leiche passt. An seiner Kleidung befinden sich keine Spuren der Kleidung, die seine Frau am Todestag getragen hat. Die Handschuhe weisen ebenfalls keine signifikanten Spuren auf. Nur ein paar wenige Hautzellen seiner Frau, die aber zum Beispiel bei einem Handschütteln zum Abschied übertragen worden sein können oder dass sie die Dinger beiseite geräumt hat, als sie ihr im Weg lagen. Hätte er seine Frau erdrosselt, müsste erheblich mehr DNA vorhanden sein – und auch an anderen Stellen der Handschuhe, beispielsweise auf den Fingerrücken.«

Und Harrington hatte keine Zeit gehabt, die Kleidung zu wechseln, um unkontaminierte anzuziehen, bevor er die Polizei rief.

»Außerdem haben zwei Nachbarn unabhängig voneinander ausgesagt, dass Harrington am Tatabend um ungefähr neun Uhr weggefahren ist«, ergänzte MacKay. »Man weiß das deshalb so genau, weil er, ich zitiere: ›mal wieder die Garagentür geknallt hat, dass die Wände wackelten‹. Offenbar hat er noch ein mechanisch schließendes Tor.« Sie reichte Morven die Akte. »Wie es aussieht, ist Mr Harrington nicht der Täter.«

»Scheiße«, murmelte Durie und schüttelte den Kopf. »Er hätte trotzdem verdient, im Gefängnis zu schmoren.«

Morven lächelte traurig. »Leider ist Eifersucht – krankhaft oder nicht – nicht strafbar.«

»Leider!«, stimmte er ihr nachdrücklich zu.

Sie schüttelte den Kopf. »Okay, Harrington ist höchstwahrscheinlich nicht der Täter. Hoffen wir, dass die Assistentin mehr weiß.«

***

Fiona Gall, eine Mittdreißigerin mit blauen Augen und einer flammenroten Lockenpracht, die an das Mädchen aus dem Film »*Merida*« erinnerte, war sichtlich mitgenommen vom Tod ihrer Chefin. Das Gesicht blass, der Ausdruck tieftraurig, die Bewegungen fahrig, und ihre Hand zitterte, als sie sich Tee einschenkte, den sie auch Morven und Durie anbot, die aber beide dankend ablehnten.

»Wer tut denn so was?«, fragte sie und trank einen Schluck Tee, an dem sie sich den Mund verbrannte, die Tasse klirrend auf die Untertasse setzte und auf den Tisch zurückstellte. »Wie kann ich helfen?«

»Mrs Harrington hat am Abend ihres Todes angeblich einen Kunden erwartet, der noch spät etwas abholen wollte«, antwortete Morven. »Zumindest hat sie das gegenüber ihrem Mann behauptet. Wissen Sie etwas darüber?«

Fiona Gall nickte. »John MacDonald. Er hatte bei ihr ein Schmuckstück bestellt, das er seiner Frau zum Geburtstag schenken wollte.«

Morven und Durie sahen einander an. Also hatte es den späten Kunden wohl tatsächlich gegeben.

»Aber in dem computergeführten Terminkalender war dieser Termin nicht eingetragen«, teilte Durie ihr mit.

»Was?« Fiona Gall schüttelte den Kopf. »Das kann nicht sein. Ich habe ihn selbst eingetragen, nachdem Mr MacDonald ihn am Tag zuvor telefonisch mit Mrs Harrington vereinbart hatte. Ich habe ihn noch extra rot markiert, weil er so spät war und Mrs Harrington immer sehr pünktlich Feierabend machte. Sie musste – wollte immer sehr pünktlich zu Hause sein.«

»Wollte sie das oder musste sie, weil sonst ihr Mann einen Eifersuchtsanfall bekommen hätte?«, hakte Durie nach.

Fiona Gall errötete leicht. »Das wissen Sie also schon.« Sie seufzte. »Sie musste. Mr Harrington hat einmal einen Riesenaufstand gemacht. Wir – also, Mrs Harrington und ich – saßen gemeinsam über dem Jahresabschluss. Irgendwas stimmte nicht, und wir haben verzweifelt den Fehler gesucht, der sich einfach nicht finden lassen wollte. Wir waren so vertieft darin, dass wir nicht auf die Zeit geachtet haben und Mrs Harrington deshalb vergessen hat, ihren Mann anzurufen und ihm Bescheid zu sagen, dass sie sich verspätet.«

Morven ahnte, wie die Geschichte weiterging.

»So ungefähr gegen neun Uhr platzte Mr Harrington ins Geschäft und machte eine Szene, weil er glaubte, seine Frau wäre mit einem anderen Mann zusammen.« Fiona Gall schüttelte den Kopf. »Er hat alles durchsucht, wo sich ein Mensch hätte verstecken können. Aber denken Sie bloß nicht, dass er an die Unschuld seiner Frau geglaubt hat, als er keinen nackten Mann im Kleiderschrank fand.« Ihre Stimme triefte vor Sarkasmus, und sie verzog angewidert das Gesicht. »Stattdessen hat er ihr unterstellt, ihr Lover wäre schon gegangen, und er hätte ihn bloß verpasst. Und obwohl ich ihm versichert habe, dass ich die ganze Zeit mit seiner Frau zusammen war und wir wirklich nichts anderes getan haben, als den Fehler zu suchen, hat er das nicht geglaubt und mir ins Gesicht gesagt, dass ich lüge, um seine Frau zu decken.«

»Haben Sie?«, hakte Durie nach.

»Himmel, nein!« Fiona Gall hob abwehrend beide Hände. »Für so was gebe ich mich nicht her.« Sie schüttelte den Kopf. »Das würde ich nicht mal für meine beste Freundin tun.«

Womit sie klargestellt hatte, dass sie nur die Angestellte ihrer Chefin, aber nicht ihre Freundin gewesen war.

Sie blickte Morven und Durie bedrückt an. »Ich glaube, er hätte sie geschlagen, wenn ich nicht da gewesen wäre.« Sie schnaufte. »Wäre ja nicht das erste Mal gewesen. Mrs Harrington hat schon manches Mal ein blaues Auge gehabt. Und sie hat sich nur nicht scheiden lassen aus Angst, dass er sie dann umbringt.«

»Hat sie das gesagt?«

Fiona Gall nickte. »Mehrfach. Und an dem besagten Abend habe ich das auch mit eigenen Ohren gehört. ›Wenn du einen anderen hast oder mich verlässt, bringe ich dich um!‹, hat er gedroht. Und die Faust gegen sie geschüttelt. Wie gesagt: Ich bin mir sicher, dass er sie geschlagen hätte, wenn ich nicht da gewesen wäre.« Sie nickte heftig, um ihren Worten Nachdruck zu verleihen.

Das warf ein neues Licht auf die Sache. Harrington hatte seine Frau vielleicht nicht selbst umgebracht, könnte aber durchaus jemanden dafür engagiert haben. Zum Beispiel Mr John MacDonald.

»Was ist mit diesem MacDonald?«, fragte Morven aus diesem Gedanken heraus. »Hatten Sie den Eindruck, dass es ein echter Auftrag ist oder nur ein Vorwand?«

Fiona Gall blickte sie verständnislos an. »Vorwand – wofür?« Sie schüttelte den Kopf. »Ich habe nie mit dem Mann persönlich zu tun gehabt. Er war nur einmal da, um mit Mrs Harrington den Auftrag zu besprechen, und da war ich gerade in der Mittagspause. Und sie hat mir nichts weiter darüber gesagt, außer dass er ein Schmuckstück in Auftrag gegeben hat, dessen Anfertigung eine Weile dauern würde.«

»Um was für ein Schmuckstück handelte sich?«, hakte Durie nach.

»Das weiß ich nicht. Mrs Harrington hat mich in die Kundenaufträge nur eingeweiht, nachdem sie das jeweils bestellte Schmuckstück fertig hatte. Dann hat sie es mir gezeigt und nach meiner Meinung gefragt. Aber vorher durfte niemand etwas Konkretes wissen und es erst recht nicht ansehen, bevor es nicht fertig war.« Fiona Gall zuckte mit den Schultern. »Sie war in dem Punkt ein bisschen abergläubisch. Und ich habe auch nie nachgefragt. Ging mich ja nichts an. Aber ich glaube, es muss entweder eine mehrreihige Halskette oder ein dicht an dicht mit kleineren Edelsteinen besetztes

Armband gewesen sein, denn andere Anfertigungen dauern – dauerten bei Mrs Harrington in der Regel nicht ›eine Weile‹ in dem Sinn, den sie gemeint hat.«

»Von welchem Zeitraum sprechen wir?«, erkundigte sich Durie.

»Mindestens vier Wochen. Und das auch nur, wenn sie die benötigten Zutaten – Materialien – vorrätig hatte oder sie leicht zu besorgen waren. Zum Beispiel das Besorgen eines schwarzen Opals dauert seine Zeit, weil diese Steine nicht nur selten sind, sondern sehr verschieden in der Qualität und natürlich im Grad ihrer Dunkelheit.« Sie lächelte flüchtig. »Denn im Gegensatz zu ihrer Bezeichnung sind schwarze Opale niemals vollständig schwarz. Sie haben immer diesen für Opale typischen perlmuttartigen Farbschimmer, sonst sind es keine Opale. Und natürlich mussten das Material auch schon weitgehend verarbeitungsfertig, also vorgeschliffen sein. Wenn sie zum Beispiel einen Rohdiamanten selbst komplett schleifen musste, dauerte das seine Zeit. Sie hat auch ein Zertifikat als Edelsteinschleiferin und die entsprechenden Gerätschaften in der Werkstatt.«

Morven empfand einen Anflug von Ungeduld. Sie wollte keinen Vortrag in Edelsteinkunde und deren Verarbeitung, sondern hatte einen Mord aufzuklären.

Fiona Gall musste ihr das wohl ansehen oder spüren, denn sie wurde ernst und räusperte sich, was verlegen klang. »Aber es gibt Akten über jeden Spezialauftrag«, kam sie wieder zum eigentlichen Thema zurück. »Die sind im Computer hinterlegt. Weil Mr MacDonald seine Bestellung an dem Abend abholen wollte, muss das Schmuckstück ja fertig gewesen sein. Mrs Harrington hat immer akribisch dokumentiert, was die Kunden wünschen, damit hinterher niemand behaupten kann, dass sie etwas nicht so gemacht hat, wie sie beauftragt wurde.«

»Kam das vor?«, wollte Durie wissen.

Fiona Gall nickte. »Mindestens einmal, aber das war vor meiner Zeit. Und seitdem hat sie diese Akten geführt, wie sie mir mal sagte. Und von jedem fertigen Schmuckstück hat sie natürlich auch Fotos gemacht und die der Akte beigefügt.« Sie lächelte flüchtig. »Falls mal ein Stück noch im Laden oder später beim Kunden gestohlen wird, hätte sie der Polizei mit dem Foto helfen können.«

Morven fand das sehr vorausschauend, denn nicht alle Menschen fotografierten für ebenso einen Fall ihre Wertsachen. »Hatte Mrs Harrington Feinde oder Neider, die ihr das Leben schwer gemacht haben?«, stellte sie eine der üblichen Routinefragen.

»Außer ihrem Mann, der meiner Überzeugung nach ihr größter Feind ist – war, wüsste ich niemanden. Sie hat immer ordentliche – nein: beste Arbeit geleistet, und die Kundschaft war immer sehr zufrieden; zumindest soweit ich weiß. Falls mal jemand unzufrieden war, habe ich das nicht mitbekommen.«

»Wie es aussieht, wurde im Geschäft nichts gestohlen, obwohl dort eine Menge Wertsachen quasi auf dem Präsentierteller liegen«, sagte Durie. »Können Sie sich vorstellen, wer außer dem Ehemann ein Motiv haben könnte, Ihre Chefin zu töten?«

Fiona Gall schüttelte den Kopf. »Niemanden.« Sie zuckte mit den Schultern. »Wir haben auch nicht so besonders viel miteinander geredet. Ich war vorn im Laden und sie die meiste Zeit in der Werkstatt. Ab und zu saßen wir beim Tee zusammen, wenn wir Pause gemacht haben. Und da haben wir dann ein bisschen geplaudert. Aber Mrs Harrington hat außer ihrem Mann nie jemanden erwähnt, mit dem sie Ärger hatte. Aber das will ja nichts heißen.«

In der Tat. Persönliche Probleme, sofern sie einem nicht auf der Seele brannten, besprach man nicht mit Angestellten.

»Noch mal zurück zu dem Termin mit Mr MacDonald«, bat Durie. »Sie sind sich wirklich sicher, dass Sie den eingetragen haben?«

»Ja.« Fiona Gall nickte nachdrücklich. »Hundertprozentig. Ich habe den Eintrag noch am Donnerstagmorgen gesehen, als ich für nächsten Mittwoch einen Beratungstermin für ein Brautpaar eingetragen habe.« Sie schlug sich die Hand vor den Mund. »Oh Gott, ich muss alle Termine absagen. Das habe ich total vergessen.«

»Könnte es einen Grund geben, warum Mrs Harrington ihn vielleicht gelöscht hat?«, hakte Durie nach.

Kopfschütteln. »Das hat sie nie getan. Außer wenn ein Termin abgesagt wurde. Schließlich ist der Terminkalender auch ein Nachweis ihrer Arbeit. Manchmal hat sie nicht nach dem Wert des Endprodukts abgerechnet, sondern nach Stundenhonorar für die tatsächlich geleistete Arbeit. Sie hat ihn am Jahresende immer ausgedruckt und in den Ordner mit den Jahresabschlüssen geheftet.«

»Wann haben Sie am Donnerstag Feierabend gemacht?«, wollte Morven wissen.

»Um sieben. Ich musste noch etwas besorgen. Und um die Zeit, noch dazu am Donnerstagabend, war sowieso selten noch was los.«

Morven und Durie sahen einander an.

»Wann gehen Sie gewöhnlich?«

»Um acht oder kurz danach, je nachdem, ob es noch was aufzuräumen gibt.«

Offenbar hatte der geheimnisvolle Mr MacDonald bewusst den späten Abholtermin gewählt, weil er dann sicher sein konnte, dass Gwyn Harrington allein im Laden war. Möglicherweise hatte er den Laden beobachtet und gesehen, dass Fiona Gall schon früher gegangen war und er freie Bahn hatte. In dem Fall hätte er zwischen dem Mord und dem Eintreffen von Ken Harrington noch genug Zeit gehabt, um nicht nur zu verschwinden und vorher die Überwachungsvideos zu löschen, sondern auch die Tatwaffe unauffindbar verschwinden zu lassen.

Morven beugte sich leicht vor. »Hat Mrs Harrington zufällig erwähnt, ob Sie diesen John MacDonald persönlich kennt? Also, ob sie ihn schon kannte, bevor er ihr den Auftrag erteilte.«

Fiona Gall schüttelte den Kopf. »Nein. Aber – ausgeschlossen ist das natürlich nicht.«

»Kennt jemand außer Ihnen und Ihrer Chefin die Passwörter zum Computer, dem Sicherheitssystem, dem Safe?«

Erneutes Kopfschütteln. »Niemand. Und Mrs Harrington hat sie meines Wissens auch nie aufgeschrieben und ich ebenfalls nicht.« Sie blickte Morven und Durie abwechselnd an. »Was wird denn nun mit dem Geschäft?«

»Das muss am Ende Mr Harrington entscheiden«, antwortete Morven. »Er ist, falls seine Frau keine näheren erbberechtigten Verwandten hat, der Erbe. Im Moment ist das Geschäft sowieso noch ein Tatort. Also können Sie davon ausgehen, dass Sie bis auf Weiteres Urlaub haben. Und sicherlich wäre es nicht verkehrt, wenn Sie sich vorsorglich nach einem neuen Job umsehen.«

Fiona Gall nickte. »Das ist wohl das Beste.«

»Eine letzte Frage«, sagte Durie. »Wissen Sie noch, wann Mr MacDonald das Schmuckstück bestellt hat?«

Kurzes Nachdenken. »Vor ungefähr sechs Wochen. Wenn ich mich recht erinnere, war das etwa Mitte Februar.« Erneutes Nachdenken. »Um den zehnten herum, glaube ich, aber bestimmt nicht später als den fünfzehnten.« Sie nickte. »Ich weiß nicht, ob das wichtig ist, aber es muss wirklich ein besonderes Stück gewesen sein, denn ich glaube, schon am nächsten Tag hat Mrs Harrington fast nur noch in der Werkstatt zugebracht und Steine geschliffen.« Sie verzog das Gesicht. »Obwohl die schallgedämmt ist, hört man dieses jaulende Geräusch, das wie der Bohrer beim Zahnarzt klingt. Und nach dem Auftrag von Mr MacDonald lief das Ding fast den ganzen Tag. Also denke ich, dass sie da ausschließlich an seinem Auftrag gearbeitet hat.«

Morven reichte ihr eine Visitenkarte. »Falls Ihnen noch etwas einfällt, auch wenn es Ihnen unwichtig erscheinen sollte, melden Sie sich bitte. Und bestimmt haben wir später noch die eine und andere Frage. Außerdem brauchen wir den Code für den Safe. Vielleicht befindet sich etwas darin, was uns einen Hinweis gibt.«

Fiona Gall zögerte, nahm dann einen Zettel und notierte vier Zahlenreihen. »Der Erste ist für den Safe, der Zweite für den Tresor, der Dritte für den Computer und der Letzte für die Alarmanlage. Falls Sie den brauchen.«

»Vielen Dank, Ms Gall.«

Morven und Durie verabschiedeten sich und verließen Fiona Galls Wohnung.

»Also hat es den geheimnisvollen Kunden tatsächlich gegeben«, resümierte Durie auf dem Weg zu ihrem Dienstwagen. »Hat er den Termin gelöscht?«

Morven schüttelte den Kopf. »Dann müsste er das Passwort für den Computer kennen.«

Durie schüttelte ebenfalls den Kopf. »Als wir am Tatort ankamen, war der Computer noch eingeschaltet; zwar im Stromsparmodus, aber eingeschaltet. Wenn Mrs Harrington ihn noch gar nicht ausgeschaltet hatte, wäre es für ihn kein Problem gewesen, den Termin zu löschen. Und seine Akte gleich mit.«

»Scheiße«, murmelte Morven. »Wir sollten unbedingt nachsehen.«

Auf dem Weg zurück ins Präsidium betete sie inständig, dass wirklich nur der Termin gelöscht worden war.

***

Die »Hexe« warf Morven und Durie nur einen kurzen Blick zu, als sie deren Allerheiligstes betraten. Aber der sprach Bände und signalisierte die deutliche Warnung, sie bloß nicht zu stören.

»Tut mir leid, Ally, aber wir können auf dein Bedürfnis nach Ungestörtheit keine Rücksicht nehmen«, antwortete Morven auf die stumme Botschaft.

Allison Brady grunzte nur und ließ ihre Finger weiter über die Tastatur tanzen in einer Geschwindigkeit, dass Morven sich nicht zum ersten Mal fragte, wie sie überhaupt die richtigen Tasten treffen konnte, ohne ihre Finger zu verheddern. Nicht nur diese atemberaubende Geschwindigkeit im Tippen war für Allys Spitznamen verantwortlich. Sie war eine Hexenmeisterin am Computer und steckte nahezu alle Kolleginnen und Kollegen in ganz Schottland, wahrscheinlich sogar des ganzen Königreichs und etliche ausländische Koryphäen, in die Tasche.

»Was immer ihr wollt, die Antwort ist Nein«, beschied sie den beiden.

»Wie schade«, meinte Morven scheinheilig. »Ich wollte dich zum Essen einladen.«

»Nein«, beharrte Ally, zwinkerte ihr zu, und beide lachten.

Sie waren seit ihrer gemeinsamen Zeit auf dem Police College befreundet. Vorübergehend hatten sich ihre Wege nach dem Abschluss getrennt, weil Ally eine Spezialausbildung zum Computercrack absolviert hatte, aber seit ein paar Jahren waren sie im selben Revier in Corstorphine und hatten ihre Freundschaft nahtlos fortgesetzt.

»Ich weiß schon, weshalb ihr gekommen seid«, war Ally überzeugt. »Die Überwachungsaufzeichnungen vom Computer aus dem Juweliergeschäft.« Sie schüttelte den Kopf und blickte Morven an, ohne das Tippen zu unterbrechen. »Gelöscht. Aber nicht einfach nur gelöscht, sondern mehrfach überschrieben. Da war ein Profi am Werk, der oder die genau wusste, was er oder sie tun musste, damit ich die Dateien nicht wiederherstellen kann.« Sie fletschte die Zähne und knurrte. »Ich hasse so was!«

»Du hast mein volles Mitgefühl«, versicherte Morven. »Aber wir sind nicht nur deshalb hier. Auf dem Computer befinden sich die Dateien über die Aufträge, die das Opfer ausgeführt hat. Der Auftrag, der uns interessiert, stammt von einem John MacDonald, und Mrs Harrington hat für ihn ein Schmuckstück angefertigt. Wir brauchen seine Adresse, die in der Akte stehen müsste.«

Ally rollte mit ihrem Stuhl zu einem Nebentisch, auf dem ein anderer Computer stand. Morven erkannte in ihm den, den sie aus Gwyn Harringtons Geschäft mitgenommen hatten. »Ich lasse auf dem Überwachungscomputer ein Suchprogramm nach versteckten oder kürzlich gelöschten Dateien laufen«, erklärte sie. »Aber Fehlanzeige. Wie gesagt, wer immer die Überwachungsaufzeichnung nach acht Uhr abends gelöscht hat, ist ein Profi.« Sie rief einen Dateiordner auf, der mit »Aufträge« bezeichnet war und öffnete ihn. »Ich finde hier fünf John MacDonalds mit unterschiedlichen Adressen.« Sie zuckte mit den Schultern. »Kein Wunder. Die MacDonalds sind der größte Clan des Landes, und John ist kein seltener Vorname. Wann wurde der Auftrag erteilt?«

»Vermutlich zwischen dem zehnten und fünfzehnten Februar«, antwortete Durie.

Ally blickte auf den Bildschirm und schüttelte den Kopf. »Die Ordner für drei John MacDonalds tragen ein Bearbeitungsdatum von diesem Jahr, aber die letzte Bearbeitung stammt vom zwanzigsten Januar.«

»Würdest du uns die Dateien aller John MacDonalds ausdrucken?«, bat Morven.

Ally lächelte sie liebenswürdig an. »Wie war das mit der Einladung zum Essen?«

Morven lachte. »Heute Abend bei mir. Mein Onkel hat gestern Lachse geangelt und mir ein fangfrisches Exemplar gebracht. Babymöhren, dazu meine Spezialsoße und ein gepflegter Wein.«

»Deal«, stimmte Ally zu. Sekunden später erwachte ein Drucker zum Leben und spuckte fünfzehn Seiten aus, die Ally nahm und Morven reichte. »Und bevor du fragst: Keine Drohmails auf dem Computer, keine Malware, keine Erpressungen der Toten gegen irgendwen oder von irgendwem. – Bis heute Abend, dann!«

Morven nahm die Blätter, verabschiedete sich und ging mit Durie in ihr Büro. Sie setzte sich und reichte ihm die Hälfte der Ausdrucke. Sie las sich das erste Blatt durch. John MacDonald aus Morningside hatte einen Armreif aus massivem Gold bestellt mit einem ovalen Stein aus dunkelgrüner Jade, in den das Clanwappen eingraviert war und auf der Innenseite »Für Roana in ewiger Liebe«. Morven hoffte, dass die Liebe des Paares tatsächlich ewig halten würde. Und mit einem Anflug von Neid wurde ihr bewusst, dass noch niemand ihr ein so wertvolles Geschenk gemacht hatte. Aber wenn sie wollte, konnte sie sich das auch selbst schenken. Der mit vierhundert Pfund angegebene Preis war zwar der pure Luxus, aber ein solches Geschenk machte man sich nur einmal im Leben.

Der Armreif war bereits im November in Auftrag gegeben und laut Mrs Harringtons Eintrag Anfang Dezember fertiggestellt worden. Ein Weihnachtsgeschenk also, das der Auftraggeber in zwei Raten gezahlt hatte, die letzte im Januar. Der nächste MacDonald hatte einen Diamantring bestellt, der dritte eine Halskette aus Tigeraugen- und Goldperlen mit einem passenden Armband. Die beiden MacDonalds, deren Akten Durie sich angesehen hatte, hatten ein Halsband aus neun silbernen Efeublättern und ein Bernsteinhalsband mit einer Achatgemme bestellt. Kein Auftrag hatte laut Gwyn Harringtons Notizen länger als zwei Wochen gedauert. Demnach konnte keiner von diesen MacDonalds derjenige mit dem »eine Weile dauernden«

Auftrag gewesen sein. Es sei denn, er hätte nur diesen gelöscht und frühere im Computer gelassen. Doch das erschien Morven wenig sinnvoll.

Sie griff zum Telefon und rief in der IT-Abteilung an. »Ally, wie lange braucht man, um Dateien so komplett zu löschen, dass nicht mal du sie wiederherstellen kannst?«

»Ein paar Minuten, wenn man nur eine einzige Datei löschen will und genau weiß, was man tut. Wenn man erheblich mehr löschen will«, Morven hörte das Grinsen in Allys Stimme, »formatiert man die Festplatte. Dann ist alles weg. Das hat nur den unbedeutenden Nachteil, dass man danach den Computer nicht mehr benutzen kann. Zumindest nicht, bis man das Betriebssystem neu aufgespielt hat. Aber alle gespeicherten Daten sind dann weg. Unwiederbringlich.«

»Nur ein paar Minuten also. Hm. Danke, Ally.« Morven legte auf und blickte nachdenklich auf die Ausdrucke vor sich.

»Stimmt«, sagte Durie.

»Was stimmt?«, fragte Morven irritiert.

Er lächelte. »Ihre Überlegung, dass der Täter mehr als genug Zeit hatte, Mrs Harrington umzubringen, alle Spuren einschließlich seiner Dateien und des Überwachungsvideos zu beseitigen und über alle Berge zu sein, ehe Mister Eifersucht angerast kam, um seiner Frau die Hölle heißzumachen. Was bedeutet …« Er blickte Morven bedeutsam an.

»Dass die ganze Sache sehr sorgfältig geplant wurde.« Sie lehnte sich zurück. »Wir können wohl zweifelsfrei davon ausgehen, dass Mrs Harrington das Ziel war.« Sie blickte nachdenklich auf das Bild der handgeschmiedeten Efeublattkette. »Die Frage ist nur: warum?

Ist es etwas Persönliches oder hat es mit dem Schmuckstück zu tun, das sie für ihren Mörder angefertigt hat?« Sie deutete auf das Bild des vierhundert Pfund teuren Armreifs. »Möglicherweise war das Ding sehr teuer, und der Kunde hatte das Geld nicht.«

»Und deshalb bringt er die Goldschmiedin gleich um?«

Morven nickte. »Wir wissen doch, dass Menschen andere schon für weniger Geld umgebracht haben. Vielleicht hätte er sich das nie leisten können und hat von Anfang an den Mord zusammen mit der Bestellung geplant.«

Aber das erschien ihr doch recht abwegig, denn normale Menschen besaßen in der Regel eine hohe Hemmschwelle, um jemanden kaltblütig zu töten. Im Affekt, in Notwehr – kein Thema. Aber so akribisch geplant? Dazu gehörte nicht nur eine Menge krimineller Energie, sondern auch eine gehörige Portion Abgebrühtheit.

Morven griff wieder zum Telefon und rief Fiona Gall an. »Ms Gall, gibt es eine Möglichkeit festzustellen, welches Material in den letzten vier Wochen verbraucht wurde? Also, Edelsteine, Edelmetalle und so weiter.«

»Aber ja. Auch das wird akribisch in der Buchhaltung aufgelistet. Und zusätzlich im Materialverzeichnis. Wir müssen doch wissen, wann wir etwas nachbestellen müssen.« Kurze Pause. »Wenn Sie mir Zugang zum Computer geben, kann ich das für Sie herausfinden.«

»Danke, das schaffen wir schon. Aber können Sie heute Nachmittag trotzdem zu uns aufs Revier kommen? 28 Meadow Place Road. Vielleicht können Sie uns anhand der Listen sagen, was für ein Schmuckstück

Mrs Harrington für diesen Mr MacDonald angefertigt haben könnte. Das ist doch möglich?«

»Ja klar, denn solche Spezialaufträge kommen nicht so häufig vor. Und wir haben erst Anfang Januar fürs neue Jahr die große Inventur gemacht. Ich muss nur die Listen der damaligen Bestände mit den aktuellen vergleichen, dann kann ich Ihnen zumindest sagen, welches Material verbraucht wurde und daraus wahrscheinlich auch einen Schluss ziehen, um was für einen Schmuck es sich handelte.«

»Das wäre super. Passt Ihnen nachher um vier?« Samstag oder nicht, bei einem Mordfall gab es leider kein Wochenende.

»Ich werde da sein«, versprach Fiona Gall.

Morven beendete das Gespräch, rief nochmals Ally an und bat um die Zusammenstellung der Listen aus Gwyn Harringtons Computer. Anschließend betrachtete sie die für die fünf MacDonalds angefertigten Schmuckstücke, während Nathan Durie die Auftraggeber durchtelefonierte und unter dem Vorwand, »einen wichtigen Zeugen namens John MacDonald« zu suchen, deren Alibis überprüfte und auch fragte, ob sie Mitte Februar bei *Harrington's Fine Jewellery* ein neues Schmuckstück bestellt hatten.

Die Antworten fielen vorhersehbar negativ aus. Selbst wenn einer von ihnen der geheimnisvolle Kunde und mutmaßliche Mörder wäre, würde er garantiert nicht zugeben, über den dokumentierten Auftrag hinaus bei Gwyn Harrington etwas bestellt zu haben. Außerdem: Falls wirklich einer dieser MacDonalds der Täter sein sollte, hätte er sich bestimmt nicht die Mühe gemacht, nur diesen einen Auftrag aus dem Computer zu löschen, sondern seine gesamte Akte, damit nach Möglichkeit keine einzige Spur zu ihm führte. Obwohl die angegebenen Alibis selbstverständlich noch überprüft wurden, war Morven sich sicher, dass keiner der fünf der Täter war.

Doch was hatte der Mörder für ein Motiv gehabt?

»Ich glaube«, sagte Durie in ihre Gedanken hinein, »dass das Schmuckstück der Knackpunkt sein könnte.« Er blickte Morven bedeutsam an, hob die Hand und zählte an den Fingern auf. »Erstens: Edelsteine allein, selbst wenn sie bereits fertig geschliffen sind, sind nicht so viel wert wie ein daraus angefertigtes Schmuckstück. Zweitens: Die Dinger zu stehlen wäre recht aufwendig, weil Edelsteine immer sehr gut gesichert sind. Eine Person allein kann das kaum bewerkstelligen, weil der Transport schwer bewacht wird. Selbst Einzelkuriere liefern meines Wissens nicht ohne Bodyguards aus. Drittens: Gerade Diamanten sind, sofern sie aus seriösen Quellen stammen, nummeriert und entsprechend registriert. Wenn sie gestohlen werden, kann man sie trotzdem ganz leicht identifizieren, was ihren Verkauf weniger lukrativ macht, weil die Käufer sozusagen eine Gefahrenzulage vom Kaufpreis abziehen.«

Morven nickte. »Worauf wollen Sie hinaus?«

»Nehmen wir viertens an, dass Mrs Harrington wie immer akribisch den Materialverbrauch, dessen Kosten und die Registriernummern der verwendeten Edelsteine dokumentiert hat.« Er deutete auf die Ausdrucke der MacDonald-Aufträge. »Und nehmen wir ferner an, der Mörder hat sie erst umgebracht, nachdem sie ihm eine Rechnung übergeben hat.« Er blickte Morven bedeutsam an. »Wenn er sie getötet hat, bevor er sie beglichen hat – wovon wir wohl getrost ausgehen können –, dann hat er dadurch den Nachweis, dass er der rechtmäßige Eigentümer des Schmuckstücks ist.

Mit anderen Worten: Er kann es jederzeit ganz legal verkaufen. Nachdem er seine Spuren in Mrs Harringtons System getilgt hat, kann man ihn nicht mit dem Mord in Verbindung bringen. Er hat praktisch ein gestohlenes Schmuckstück, von dem niemand weiß oder nachweisen kann, dass er es gestohlen hat, und kann es für Tausende von Pfund verkaufen.«

Morven überdachte das. »Der Knackpunkt ist aber seine falsche Identität. Die hypothetische Rechnung lautet auf John MacDonald. Wenn das nicht sein richtiger Name sein sollte …«

»Aber was, wenn es sein richtiger Name ist? Wie die Hexe – ich meine Ms Brady schon gesagt hat: MacDonald ist der größte Clan des Landes und John wahrlich kein seltener Vorname. Es dürfte alles in allem landesweit mindestens hundert John MacDonalds geben. Wenn er klug ist, wohnt er nicht mal in Edinburgh, sondern ist für den Coup extra angereist.« Durie nickte. »Und schon haben wir ein Szenario, das einen perfekten Sinn ergibt.« Er zuckte mit den Schultern. »Möglicherweise gehört er zu einer Bande, die das gewerbsmäßig macht oder er brauchte einfach nur viel Geld.« Er seufzte. »Und Sie wissen ja: Ohne einen konkreten Anfangsverdacht haben wir keine Handhabe, eine Wohnung auf die Vermutung hin zu durchsuchen, dass bei einem der zig John MacDonalds eine Rechnung nebst Schmuckstück von *Harrington's Fine Jewellery* zu finden sein könnte.«

Morven nickte. »Und wenn er klug ist, bewahrt er beides sowieso nicht zu Hause auf.« Sie schüttelte den Kopf. »Falls Ms Gall tatsächlich herausfinden kann, welches Material verbraucht wurde, kann sie vielleicht auch Rückschlüsse daraus ziehen, um was für ein Schmuckstück es sich handelt. Dann wissen wir wenigstens, wonach wir bei potenziellen Verdächtigen Ausschau halten müssen.«

Durie schnitt eine Grimasse. »Wenn wir denn überhaupt erst mal einen vernünftigen Verdächtigen hätten«, brachte er das Hauptproblem auf den Punkt. »Nachdem Mister Eifersucht leider nicht der Täter ist, fehlen uns bislang alle Anhaltspunkte, wo wir suchen müssen.«

Da hatte er Recht. Morven hoffte, dass die gegenwärtig laufende Haus-zu-Haus-Befragung in der Nachbarschaft der Harringtons und des Geschäfts eine neue Spur lieferte. Wenn nicht …

***

Morven las sich die Liste, die Fiona Gall zusammengestellt hatte, zum dritten Mal durch und fühlte sich enttäuscht. »Und Sie sind sich wirklich sicher, dass das alles ist?«, vergewisserte sie sich zum wiederholten Mal.

»Ja.« Fiona Gall nickte. In ihrer Stimme lag ein deutlicher genervter Unterton. »Es tut mir leid, aber das sind die einzigen Materialien, die in den letzten Monaten verbraucht wurden. Wie ich Ihnen hier aufgeschrieben habe, sind die wertvollen Steine davon ausnahmslos diesen Kundinnen und Kunden zuzuordnen.« Sie deutete auf eine Spalte des obersten Blattes. »Falls Mrs Harrington nicht vergessen hat, etwas zu notieren, was ihr meines Wissens noch nie passiert ist, dann kann sie für den Auftrag von Mr MacDonald nur Halbedelsteine verwendet haben.«

Und damit war die Theorie, dass der Mörder sich mit dem Verkauf des gestohlenen Schmuckstücks hatte bereichern wollen, vom Tisch.

»Wie viel wären diese Sachen denn wert?«, fragte Morven dennoch.

»Bei der Menge«, Fiona Gall wiegte den Kopf, »ein paar Hundert Pfund. Der Arbeitslohn kostet erheblich mehr als das ganze Material. Falls sie nicht doch noch an etwas anderem gearbeitet hat, dann hat Mrs Harrington seit der Auftragserteilung wochenlang fast den ganzen Tag an diesem einen Schmuckstück gearbeitet. Und sehen Sie hier«, sie deutete auf eine andere Spalte, »sie hat die Steine als Rohlinge oder Trommelsteine gekauft, musste sie also erst in die bestellte Form schleifen.«

»Was sind Trommelsteine?« Morven kam sich gänzlich unwissend vor, was sie hinsichtlich Edelsteinen tatsächlich war.

»Steine, die nicht per Hand geschliffen werden, sondern in einer Stahltrommel mit Schleifsand. Die Rotation der Trommel schleift die Steine dann glatt. So ähnlich wie Kieselsteine vom Wasser glatt geschliffen werden, nur in erheblich kürzerer Zeit. Weil Trommelsteine schon vorgeschliffen sind, spart das Zeit, weil man dann nur noch die bestellte Form herausschleifen muss und nicht einen ungeschliffenen Rohling komplett bearbeiten muss.«

»Was könnte man denn aus diesen Steinen machen?«, wollte Durie wissen.

Fiona Gall blickte nachdenklich auf die Liste. »Nahezu alles. Von der Menge her würde ich sagen, entweder eine aufwendige Halskette oder eine Kette mit einem dazu passenden Armband. Je nachdem, wie groß Mrs

Harrington die einzelnen Steine geschliffen hat, können es auch zwei Ketten oder zwei Armbänder sein. Ein Diadem käme auch noch infrage, aber so was wird nur selten gekauft, weil es kaum noch jemand trägt. Außer in Adelskreisen, und die begnügen sich nicht mit halbedlem Schmuck. Obwohl Mrs Harrington den natürlich perfekt imitieren konnte. Sie ahnen nicht, wie oft sie Kopien von Prinzessin Dianas Verlobungsring anfertigen musste, die vom Original nicht zu unterscheiden waren.«

Die Bemerkung weckte Morvens Neugier. »Wie das?«

»Nun, diese Bergkristalle zum Beispiel kann man wie Brillanten schleifen, und dann sehen sie auch genauso aus. Was das Funkeln und die Lichtbrechung betrifft, die an Diamanten so faszinieren, so wird das nur durch den Schliff, die Facetten und ihre Anordnung zueinander erzeugt. Man kann sogar Glas so schleifen, dass es wie Brillanten aussieht oder in gefärbter Form wie Smaragde, Rubine und andere klare Steine. Granate und Rhodolite gehen als Rubine durch, und Fluorit oder Uwarowit mit Smaragdschliff sehen aus wie ein echter Smaragd, wenn die Farbe nicht zu hell ist. Und notfalls kann man mit Wärmebehandlung nachhelfen und einen Stein dadurch nach Wunsch einfärben. Nur die Farbe sollte mit denen der edlen Steine übereinstimmen, dann muss man die schon mit Spektralanalyse untersuchen, weil auf den ersten Blick der Unterschied nicht zu erkennen ist.« Sie zuckte mit den Schultern. »Vielleicht kann sich Mr MacDonald echten Schmuck von diesem vermutlichen Umfang nicht leisten und hat deshalb einen aus Halbedelsteinen anfertigen lassen.«

»Möglicherweise«, stimmte Morven zu, obwohl sie daran nicht glaubte. »Haben Sie vielen Dank für Ihre

Mühe, Ms Gall. Sollten wir noch Fragen haben, melden wir uns.«

Sie begleitete Fiona Gall aus dem Gebäude und kehrte ins Büro zurück. Durie saß an seinem Tisch und studierte die Liste.

Er sah auf, als Morven eintrat. »Die Theorie mit dem Diebstahl zwecks Bereicherung und Mord zur Vertuschung können wir wohl vergessen«, stellte er bedauernd fest. »Aber die Möglichkeit, dass das Ganze nur der Vorbereitung zum Mord diente, vielleicht sogar Auftragsmord, erscheint mir immer wahrscheinlicher.«

Morven setzte sich, lehnte sich zurück und überdachte das. »Das scheint mir aber ein bisschen viel Aufwand, nur um einen Mord zu begehen. Dafür hätte der Täter sich kein Schmuckstück anfertigen lassen und die Spuren seiner Bestellung hinterher wieder löschen müssen. Er hätte einen Beratungstermin machen und den so spät legen können, dass Ms Gall schon weg ist, damit er freie Bahn hat. Oder Mrs Harrington abpassen, wenn sie auf dem Weg zu ihrem Wagen gewesen wäre, und hätte das Ganze als Überfall tarnen können.« Sie schüttelte den Kopf. »Ich bin mir ziemlich sicher, dass wir den Auftragsmord ausschließen können.«

»Hm.« Durie nickte. »Auch wieder wahr. Wo also stehen wir?«

»Ich glaube, das Schmuckstück ist der Angelpunkt und höchstwahrscheinlich auch das Motiv für den Mord.« Sie schüttelte den Kopf. »Ich habe nur noch keine Ahnung, wie das zusammenhängen könnte. Jemand lässt sich unechten Schmuck anfertigen, der wohl ziemlich aufwendig, aber nicht übermäßig viel wert ist, und bringt hinterher die Juwelierin um ...« Sie schüttelte erneut den Kopf. »Das ergibt keinen rechten Sinn.« Sie seufzte. »Und wenn die Kollegen nichts bei der Befragung von Mrs Harringtons Umfeld ausgraben, haben wir nichts.« Was sie zutiefst frustrierte. Der Fall hatte so eindeutig ausgesehen, dass Chief Super Intendant Lamont nicht mal für nötig gehalten hatte, ein größeres Team für die Ermittlungen zu bilden. Und nun standen sie vor dem Nichts.

Der Gedanke ging wohl auch Durie durch den Kopf. »Wer sagt es dem Chef?«

»Ich«, entschied Morven. Schließlich war sie die Ranghöhere und Durie erst seit Jahresbeginn im Revier. »Aber erst sehen wir uns noch mal im Geschäft um. Vielleicht gibt es dort irgendwo einen Hinweis auf den geheimnisvollen John MacDonald. Und wir fragen Mr Harrington, ob er den Namen kennt.«

»Was seiner Eifersucht neue Nahrung geben dürfte«, bemerkte Durie süffisant.

»Vermutlich.« Sie blickte ihn nachdenklich an. »Warum reagieren Sie eigentlich auf eifersüchtige Männer so allergisch?«

»Weil ich mal mit so einem Exemplar liiert war, und er hat mir dadurch das Leben zur Hölle gemacht.« Er schnitt eine Grimasse. »Wahrscheinlich habe ich das immer noch nicht vollständig überwunden, und deshalb packt mich jedes Mal die Wut, wenn ich so einem Typen begegne. Ich reagiere übrigens auch ›allergisch‹ auf eifersüchtige Frauen.« Er schüttelte den Kopf. »Eifersucht ist, wie ich Harrington schon indirekt an den Kopf geworfen habe, einfach nur krank.« Er winkte ab. »Fragen Sie bei Harrington nach, und ich sehe mal, was die Tatortermittlung ergeben hat?«

Morven nickte und griff zum Telefon.

Doch beide Nachfragen ergaben nichts. Ken Harrington kannte keinen John MacDonald, und seine Frau hatte mit ihm grundsätzlich nicht über ihre Kunden gesprochen, allenfalls mal über die von ihr angefertigten Schmuckstücke. Nein, über den für Mr MacDonald anzufertigenden Schmuck hatte sie kein Wort verloren, nur erwähnt, dass sie seit ungefähr Mitte Februar einen größeren Auftrag bearbeitete.

Die Kriminaltechnik hatte zwar eine Menge Spuren gefunden, auch an der Kleidung der Toten, aber bisher keine, die einen Rückschluss auf den Täter zuließ. Die vielversprechendste Spur war ein kurzes, dunkles Haar, dessen DNA aber erst aufwendig geklont werden musste, bis eine Sequenzierung möglich war. Doch ob das dann zum Täter führte, war fraglich. Ganz abgesehen davon, dass das Haar schon vor längerer Zeit auf den Pullover gekommen sein konnte, zum Beispiel als Gwyn Harrington einer Kundin beim Anlegen einer Halskette geholfen hatte, bedeutete das DNA-Profil ohne eine Vergleichsprobe nichts. Und ohne einen Verdächtigen, von dem man eine DNA-Probe nehmen konnte und durfte, nützte das sowieso nichts.

Auch Ally hatte nichts Neues zu melden. Morven und Durie fuhren zum Geschäft und suchten in den Schränken, Schubladen und im Lager. Aber auch dort fand sich nichts, was einen Hinweis auf John MacDonald oder das Schmuckstück gegeben hätte, das Mrs Harrington für ihn angefertigt hatte.

Bevor Morven nach Hause fuhr, um das versprochene Abendessen für sich und Ally zuzubereiten, ging sie noch zu Superintendant Lamont, um ihm den Fehlschlag zu melden, damit sie das Unangenehmste hinter sich hatte. Lamont hörte sich ihren Bericht an und versprach, mehr Leute auf den Fall anzusetzen. Obwohl er kein Wort des Tadels äußerte, fühlte Morven sich dennoch als Versagerin. Vor allem, weil sie sich ohne konkreten Anhaltspunkt hilflos fühlte. Doch ein solcher war nirgends in Sicht.

5.

Donnerstag, 11. April

Glen betrat die Agentur und merkte sofort, dass etwas nicht stimmte. Bell Robertson machte ein besorgtes Gesicht und blickte ihn ernst an.

»Guten Morgen, Mr Kincaid. Mr Stewart erwartet Sie.«

Keine Begrüßung für Shade, keine Leckerli … »Auf welche Katastrophe muss ich mich einstellen, Ms Robertson?«

»Auf anderthalb Millionen Pfund. Es sei denn, Ihr detektivischer Spürsinn kann die Agentur davor bewahren.«

Lady Iras Collier! Das war gegenwärtig der einzige Gegenstand, der so hoch versichert war. Doch wie hatte es gestohlen werden können? Er klopfte an Carsons Bürotür.

»Herein!« Auch das klang besorgt.

Glen trat ein. Carson legte ein Schriftstück zur Seite, das er gelesen hatte, und blickte ihn nicht minder besorgt an, als Bell Robertson das getan hatte.

»Setz dich und lies das.« Er schob ihm das Schriftstück hin. »Mr Craigs Collier ist verschwunden. Aber damit nicht genug: Stattdessen lag eine exzellente Fälschung im Safe. Der Tausch ist nur aufgeflogen, weil das Auktionshaus, das es nächste Woche versteigern wollte, es noch einmal selbst auf seine Echtheit überprüft hat. Das ist der Bericht.« Er deutete auf das Blatt.

Glen setzte sich, nahm das Blatt, setzte seine Brille auf und las. Darin wurde bestätigt, dass die goldenen Fassungen zwar echt, die Steine aber weder Diamanten noch Saphire oder Rubine waren, sondern aus billigen Halbedelsteinen bestanden: Bergkristall, Blautopas und Granat. Und der ursprüngliche schwarze Diamant war durch einen schwarzen Turmalin ersetzt worden. Alles in allem war das Collier nur ein paar Hundert Pfund wert.

Glen reicht Carson das Blatt, lehnte sich zurück und spielte in Gedanken alle Möglichkeiten durch, wie das Collier vertauscht worden sein könnte. Er schüttelte den Kopf. »Auf Anhieb bin ich versucht zu sagen, dass das unmöglich ist.«

Carson schnaubte und deutete auf das Echtheitsgutachten des Auktionators. »Sieht das für dich nach ›unmöglich‹ aus?« Er schüttelte den Kopf. »Du hast doch das Schmuckstück selbst überprüft. Und da war es noch echt, oder?«

Glen nickte. »Ich bin zwar kein Experte, was Edelsteine angeht, aber das mir vorgelegte Collier stimmte mit den Detailfotos des Gutachters MacBean überein.«

Carson schüttelte den Kopf. »Wenn es uns nicht gelingt, das echte Collier aufzutreiben oder Mr Craig oder wem auch immer einen Betrug nachzuweisen, fällt dieses Jahr der Weihnachtsbonus für uns alle aus.«

Glen verstand das als Wink, sich an die Arbeit zu machen. »Wurde die Polizei schon eingeschaltet?«

Carson zuckte mit den Schultern. »Falls Mr Craig das noch nicht getan hat, tun wir das. Ich melde denen den Diebstahl in jedem Fall schon mal. Fahr hin. Ich kündige dich an.« Sein Blick flehte Glen an, er möge das verschwundene Collier finden.

Glen nickte ihm zu – ein stummes Versprechen, von dem er hoffte, dass er es einhalten konnte. Während Carson zum Telefon griff, verließ er das Büro. Wie hatte das Collier verschwinden können? Ein Diebstahl erschien ihm bei allen Sicherheitsmaßnahmen, die Ian Craig aufgefahren hatte, um sein Haus und besonders den Safeinhalt zu schützen, schon unwahrscheinlich genug. Aber wie es möglich sein sollte, dass das Collier vertauscht worden war, konnte er sich beim besten Willen nicht vorstellen.

Darüber rätselte er immer noch, als er Forthwater Manor erreicht hatte. Auf dem Parkplatz standen zwei Wagen, von denen eines mit »Henderson Auctioneers« beschriftet war. Offenbar war ein Vertreter des Auktionshauses schon da.

Als Glen an der Tür klingelte, wurde ihm fast augenblicklich geöffnet. »Gut, dass Sie da sind«, begrüßte Ian Craig ihn und bat ihn mit einer Handbewegung herein. »Man unterstellt mir Betrug! Mir!« Er klopfte sich empört gegen die Brust.

»Ich unterstelle Ihnen gar nichts«, sagte der Mann, der in der Halle stand und entweder gerade gekommen war oder gehen wollte. »Ich habe lediglich festgestellt, dass das Collier, das Sie mir zur Versteigerung übergeben wollten, nicht aus den Komponenten besteht, die das Gutachten ausweist.« Er nickte Glen zu. »Jack Henderson, Auktionator.«

Henderson war Mitte bis Ende fünfzig, ein schlanker Mann mit vollem grau meliertem Haar und blauen Augen, die Glen aufmerksam ansahen. Er trug Jeans und einen Blazer und wirkte nicht so, wie Glen sich Auktionatoren immer vorgestellt hatte und sie von der einzigen Auktion kannte, die er je besucht hatte, sondern eher wie ein Lehrer. Shades Anblick entlockte ihm ein Lächeln.

»Glen Kincaid, Versicherungsdetektiv«, stellte Glen sich vor. »Darf ich das Collier bitte sehen? Aber«, er blickte Craig an, »vielleicht nicht unbedingt hier in der Halle.«

»Entschuldigen Sie. Bitte hier entlang.«

Craig führte ihn und Henderson in sein Arbeitszimmer. Er wirkte beinahe panisch, in jedem Fall aber komplett von der Rolle. Kein Wunder, denn er hatte nicht nur das Ungeheuerliche zu verkraften, dass er trotz aller Sicherheitsvorkehrungen bestohlen worden war, sondern befürchtete offensichtlich auch, dass man ihn der Tat verdächtigte. Schließlich hatte er gegenüber Glen stolz verkündet, dass niemand an das Collier herankommen könne und es in seinem Haus absolut sicher sei.

»Haben Sie schon die Polizei benachrichtigt, Mr Craig?«, wollte Glen wissen.

Craig schüttelte den Kopf. »Ich möchte die Polizei nicht involvieren.«

»Tut mir leid, Sir, aber das geht nicht«, stellte Glen klar. »Hier steht ein nicht unerheblicher Diebstahl im Raum, eventuell sogar ein Betrugsversuch.« Er nickte zu Henderson hin. »Davon abgesehen wird unsere Versicherung nur zahlen, wenn weder unsere eigenen noch die Ermittlungen der Polizei das Schmuckstück aufgespürt haben. Und die Polizei hat erheblich umfangreichere Ressourcen als wir.«

»Verdammt, ich bin der Bestohlene, kein Krimineller!«, fuhr Craig auf.

Shade knurrte ihn an und erntete einen bösen Blick von ihm.

Henderson lächelte. »Guter Hund«, lobte er und deutete damit an, dass er Craigs Ausbruch ebenfalls für unangemessen hielt.

Craig beruhigte sich etwas, setzte sich und fuhr sich mit einer Hand über das Gesicht. »Das ist ein Albtraum!«

»Darf ich das Collier sehen, bitte?«, wiederholte Glen.

Craig deutete auf den Tisch, wo die Schatulle lag.

Glen nahm sie und klappte sie auf. Er blickte Henderson an. »Ich meinte vorhin selbstverständlich nicht, dass Sie der Betrüger wären.«

Der Auktionator grinste. »Das habe ich auch nicht so aufgefasst. Außerdem hat man mich schon Schlimmeres geschimpft.«

Glen wandte sich wieder an Craig. »Wenn Sie bitte jetzt die Polizei informieren würden, Sir.«

Craig griff widerstrebend zum Smartphone und tätigte den Anruf.

Glen holte seine Lupenbrille aus der Jackentasche, nahm das Collier und betrachtete es. Er schüttelte den Kopf. »Es sieht so aus wie das Stück, das ich letzte Woche untersucht habe.« Fragend sah er Henderson an. »Ich gestehe, ich kann die Fälschung nicht erkennen.«

»Die ist auch sehr gut gemacht, keine Frage«, bestätigte Henderson. »Und Laien wie Sie könnten die Fälschung auch nur in der Spektralanalyse erkennen. Aber ich habe sehr viel Erfahrung darin, echte Steine von billigen zu unterscheiden.« Er grinste flüchtig. »Wie ich Mr Craig schon sagte, hat man sich erhebliche Mühe gegeben, das gute Stück so nachzubilden, dass jedes sichtbare Detail mit den Fotos des Gutachters übereinstimmt. Wirklich exzellente Arbeit, aber nichtsdestotrotz ist das Ding nicht die anderthalb Millionen wert, die das Mindestgebot sein sollen. Nicht mal im Entferntesten.«

Glen besah sich das Collier von allen Seiten. Es wirkte tatsächlich echt. Er entdeckte leichte Einkerbungen und winzige Dellen, die man von einem antiquarischen Schmuckstück erwartete, das Jahrhunderte alt war. Wenn das eine Fälschung war, dann musste er Henderson Recht geben: Wer immer sie angefertigt hatte, hatte sich immense Mühe gegeben. Und besaß nun wohl das echte Collier. Aber wie war der- oder diejenige an das Original gelangt?

»Mr Henderson, warum haben Sie das Collier nochmals prüfen lassen? Die Expertise des Gutachters hat dessen Echtheit doch bestätigt.«

Henderson lächelte verschmitzt. »Wenn ich mich jemals auf solche Gutachten verlassen hätte, wäre ich schon mehrmals kräftig übers Ohr gehauen worden. Deshalb habe ich mir zur Angewohnheit gemacht, alle mir angebotenen Schmuckstücke, Antiquitäten, Kunst und ähnliche Dinge nochmals selbst zu prüfen.«

»Sie sind vom Fach?«, vergewisserte sich Glen.

Henderson nickte. »In doppelter Hinsicht. Bevor ich solide wurde, hatte ich den Ruf, der beste Fälscher des ganzen Landes zu sein. Was kein Geheimnis ist, weshalb ich auch keins draus mache. Ich wage zu behaupten, dass es keine Fälschung gibt, die ich nicht entdecke.«

Das war eine überraschende Information. »Ich schätze Ihre Offenheit, Sir. Aber befürchten Sie nicht, dass Sie sich mit diesem Geständnis verdächtig machen, selbst der Fälscher zu sein?«

Henderson schüttelte den Kopf. »Absolut nicht, denn wenn ich der Fälscher wäre, hätte ich die Fälschung versteigert und das Original selbst verkauft und nicht den Betrug aufgedeckt. Außerdem kann ich mir bei meiner Vergangenheit ein krummes Ding nicht mehr leisten. Wenn später entdeckt worden wäre, dass das Collier ein Imitat ist, raten Sie, wen man als Ersten verdächtigt hätte.« Er deutete mit dem Daumen auf sich. »Außerdem habe ich das Stück vorgestern Morgen zum ersten Mal gesehen, als ich es für die Auktion abholen wollte. Ich hätte also gar keine Gelegenheit gehabt, eine Fälschung anzufertigen und sie hier zu deponieren.«

Aber er hatte schon seit Wochen von der Existenz des Colliers gewusst. Ein Mann wie er, der sich sicherlich nicht nur mit Fälschungen, sondern vermutlich auch mit Einbrüchen auskannte, hätte durchaus eine Möglichkeit finden können, die ausgeklügelten Sicherheitssysteme zu knacken. Aber Glen wollte ihm nichts unterstellen. Außerdem wäre es in der Tat reichlich dumm, das Collier zu fälschen und dann den Besitzer auf die Fälschung aufmerksam zu machen.

Glen wandte sich an Craig. »Hatten Sie an dem Nachmittag oder Abend vor Ihrer Abreise nach Cambridge noch Besuch?«

Craig schüttelte den Kopf. »Und glauben Sie mir, ich habe vor meiner Abfahrt sämtliche Türen, Fenster und Schlösser kontrolliert. Alle waren verriegelt und die Alarmanlagen eingeschaltet.« Er hob die Hand wie zum Schwur. »Ich habe sie sogar dreimal überprüft.«

»Und es gibt wirklich niemanden, der Ihr Passwort kennt?«

»Nie-man-den!« Craig betonte jede Silbe und schüttelte erneut den Kopf. »Und ich habe das Collier auch nicht noch mal aus dem Safe geholt, nachdem ich es in Ihrem Beisein hineingetan hatte. Nicht einmal nachgesehen, ob es noch drin ist, denn wie hätte es herausspazieren sollen?« Das klang ausgesprochen sarkastisch.

Glen ignorierte den Sarkasmus und betrachtete nachdenklich das Collier.

»Und bevor Sie fragen: Eingebrochen wurde auch nicht. Zumindest hat ein hypothetischer Einbrecher nirgends Spuren hinterlassen, die Alarmanlage ist auch nicht losgegangen – nichts!« Er schüttelte zum dritten Mal den Kopf. »Ich kann mir beim besten Willen nicht erklären, wie das Collier verschwinden konnte.«

Glen stellte sich dagegen die Frage, wie es jemand geschafft hatte, ohne das Original als Vorlage eine so perfekte Fälschung anzufertigen, dass sie mit den Detailfotos des Gutachters übereinstimmte. Dafür kam für Glen nur eine Person infrage: der Gutachter selbst.

»Wie lange, sagten Sie, hatte der Gutachter den Schmuck in Verwahrung?«, fragte er aus diesem Gedanken heraus.

»Gut zwei Wochen.« Craig blickte ihn ungläubig an. »Sie glauben doch nicht etwa, dass der es gestohlen hat?« Er schüttelte den Kopf. »Das kann ich mir nicht vorstellen.«

Das konnte, vielmehr wollte Glen sich auch nicht vorstellen. Aber er konnte es auch nicht ausschließen. Schließlich war das Schicksal den Menschen nicht immer wohlgesinnt, und wenn es jemanden so richtig übel beutelte, ihm alles nahm und in die Not trieb, blieb manchmal bei selbst den aufrichtigsten Menschen die Moral auf der Strecke und sie taten Dinge, die sie normalerweise nie tun würden. Die Fälschung und der Diebstahl eines millionenteuren Colliers gehörten in so einem Fall noch zu den harmloseren Verbrechen. Glen fragte sich nicht zum ersten Mal, was wohl aus ihm geworden wäre, wenn Carson, sein Schwiegervater und vor allem Shade ihn nach Davinas Tod nicht ins Leben zurückgezwungen hätten. Vermutlich nicht gerade ein Verbrecher, obwohl er dafür nicht die Hand ins Feuer legen wollte, aber garantiert ein Säufer. Und ob er sich aus dem Sumpf je wieder hochgekämpft hätte – ob er das dann überhaupt gewollt hätte –, hielt er für äußerst fraglich.

»Außerdem, wie sollte Mr MacBean hier reingekommen sein, ohne einzubrechen und Alarm auszulösen?«, brachte Craig den Fehler in Glens Verdacht auf den Punkt. Er schüttelte den Kopf. »Er kennt weder den Code für die Alarmanlage, noch weiß er, wo mein Safe versteckt ist.«

»Ich kenne MacBean«, wandte Henderson ein. »Der Mann ist grundehrlich.«

Was noch zu prüfen sein würde. »Mr Henderson, wissen Sie, wie lange man braucht, um eine solche Fälschung anzufertigen?«

Wieder grinste der Mann und nickte. »Ziemlich genau sogar. Wenn ein Experte wie ich das macht, braucht man vier bis sechs Wochen, weil man jeden einzelnen Stein schleifen muss. Und schleifen Sie mal insgesamt sechsundachtzig Kristalle. Besonders die Kleinen dauern ihre Zeit, weil sie millimetergenaue Präzisionsarbeit sind.«

»Schneller geht es nicht?«, vergewisserte sich Glen.

»Vier Wochen Minimum«, bestätigte Henderson und wiegte den Kopf. »Bei der Präzision, die hierfür erforderlich ist, dauert es definitiv länger, wenn man nicht will, dass die Fälschung auf den ersten Blick zu erkennen ist. Und wie gesagt, diese hier ist sehr gut gemacht.«

Glen wandte sich an Craig. »Wann, sagten Sie, haben Sie das Collier gefunden?«

»Am achten März. Das können die beiden Bauarbeiter bestätigen, die die eigentlichen Entdecker sind.«

Auch das würde Glen überprüfen.

»Das war Freitag, das weiß ich noch genau. Am folgenden Montag, dem elften März, habe ich das Collier Mr MacBean anvertraut. Und wie gesagt, er hat sich mit dem Gutachten über zwei Wochen Zeit gelassen und es mir erst am Tag vor unserem Vertragsabschluss«, er nickte Glen zu, »mitsamt dem Collier gebracht. Die Zeit bei MacBean ist der einzige Zeitraum, in dem es außer Haus war.«

Damit passte das Zeitfenster nicht. Es sei denn …

»Mr Henderson, ist es möglich, so ein Collier mit einem Drei-D-Drucker herzustellen?«

»Nein. Diese Drucker können zwar viel, aber nicht alles. Ja, es gibt schon Schmuck aus dem Drucker, aber dabei handelt es sich ausschließlich um neu designte Stücke. Grundsätzlich könnte man diese ursprünglichen Edelsteine in gefärbtem Glas ausdrucken. Aber dazu muss man den Drucker für jeden einzelnen Stein programmieren. Weil die Maschine jedes Stück exakt kopieren soll, müsste jedes gesondert einprogrammiert werden. Und so ein Programm zu schreiben, ist selbst für Profis nicht in fünf Minuten geschafft. Ich wage zu behaupten, dass das länger oder mindestens genauso lange dauern würde, wie alle Steine von Hand anzufertigen.«

»Kann man die Formen nicht einscannen und dann das Collier als Gesamtstück ausdrucken? Ich glaube, ich habe so was mal in einem Film gesehen.«

Henderson lachte. »Ja, im Film geht alles. In der Realität nicht. Ein solcher Scanner hat keinen Röntgenblick. Er könnte nur die äußeren Formen scannen und das drucken, worauf er programmiert ist und mit den Materialien, mit denen er gefüttert wurde. Aber zum Beispiel hier.« Er deutete auf einen der Pseudosaphire. »Sehen Sie diese kleine Kerbe am Boden der Fassung? Die ist nur durch den Stein hindurch zu sehen, und sie existiert auch nicht auf der Unterseite der Fassung, sondern nur im Fassungsbett. Solche Dinge nimmt der Scanner nicht wahr und kann sie entsprechend auch nicht kopieren. Und es gibt noch andere Kleinigkeiten, die der Scanner nicht erfassen und der Drucker entsprechend nicht kopieren kann. Mit anderen Worten: Eine Fälschung aus dem Drucker wäre sogar für Laien auf den ersten Blick erkennbar.«

Glen betrachtete, was er sich ansehen sollte, und fand Hendersons Angabe bestätigt.

»Der langen Rede kurzer Sinn: Ein so kompliziertes Schmuckstück exakt oder weitgehend exakt zu duplizieren, kann ein Drei-D-Drucker nicht leisten.«

Womit die ganze Angelegenheit ein komplettes Rätsel war, von dem Glen keine Ahnung hatte, wie er es lösen sollte.

***

Morven hatte ein mulmiges Gefühl im Bauch, als sie Chief Super Intendant Lamonts Büro betrat. Sie und ihr Team waren im Mordfall Gwyn Harrington immer noch keinen Schritt weitergekommen. Die Befragung der Nachbarn in der Wohngegend der Harringtons hatte keinen Anhaltspunkt auf den Täter ergeben. Jeder, der eine Vermutung geäußerte hatte, zeigte mit dem Finger auf den Ehemann wegen seiner im ganzen Viertel bekannten Eifersucht. Nein, man hatte Gwyn Harrington nie mit einem anderen Mann gesehen. Sie war eine treue Seele bis ins Mark und nicht der Typ fürs Fremdgehen. Und »Mister Eifersucht« hatte sie und ihre Treue gar nicht verdient.

Auch die Inhaber der umliegenden Geschäfte von *Harrington's Fine Jewellery* wussten, wenn überhaupt etwas, nur Gutes über Gwyn Harrington zu sagen. Aber niemand hatte den späten Kunden kommen oder gehen sehen, der sie vermutlich ermordet hatte. Entweder waren die Leute aus den anderen Geschäften zum mutmaßlichen Tatzeitpunkt schon nach Hause gegangen oder hatten sich in den hinteren Räumen ihrer Geschäfte aufgehalten, von wo aus sie die Straße nicht einsehen konnten. Und deren Überwachungskameras erfassten nur das Innere ihrer eigenen Geschäfte, waren aber nicht auf die Straße ausgerichtet, auf der es in diesem Bereich auch keine Verkehrskameras gab.

Trotzdem hatte Morven Kopien aller Aufzeichnungen des fraglichen Abends einsammeln lassen, und zwar von allen Geschäften und Restaurants entlang der Clerk Street. Denn bei manchen erfassten die Kameras auch kleine Ausschnitte der durch die Schaufenster sichtbaren Straße. Die Auswertung, die vermutlich ohnehin nichts brachte, dauerte noch an.

In Ermangelung einer besseren oder überhaupt einer Spur hatten Morven, Durie und ein paar Constables die umliegenden Mülltonnen nach der Tatwaffe abgesucht und nichts gefunden. Auch eine nochmalige gründliche Inspektion des Geschäfts hatte nichts gebracht. Ken Harrington war so kooperativ gewesen und eine neuerliche Durchsuchung seines Hauses auch ohne richterlichen Beschluss zu gestatten. Da er ein Alibi hatte, war er nicht mehr verdächtig. Aber der Schock über den Tod seiner Frau hatte ihn nachhaltig erschüttert. Er wollte unbedingt wissen, wer dafür verantwortlich war und war deshalb bereit, alles zu tun, worum Morven und Durie ihn baten. Natürlich spielte sein Bestreben, seine Unschuld zu untermauern, dabei ebenfalls eine Rolle. Aber auch im Haus der Harringtons war nichts gefunden worden, was auch nur den geringsten Anhaltspunkt geliefert hätte. Kein Hinweis auf eine Affäre, keine Unregelmäßigkeiten auf den Konten – nichts.

Auch die inzwischen überprüften Geschäftskonten waren in Ordnung. Es gab keine Steuer- oder andere Schulden, und Computerhexe Ally hatte auch nichts gefunden. Bedauerlicherweise konnte sie die von »John MacDonald« gelöschten Daten nicht wieder herstellen. Der Fall steckte in einer Sackgasse, wie Morven sie noch nie erlebt hatte. Sie fühlte sich als komplette Versagerin. Und garantiert wollte ihr Vorgesetzter sie deswegen sprechen und ihr einen Einlauf verpassen, der sich gewaschen hatte.

Lamont blickte nur kurz auf, als Morven auf seine Aufforderung hin eintrat und widmete sich weiterhin dem Unterschreiben der Tagespost.

»Sie wollten mich sprechen, Sir«, wagte sie zu sagen, nachdem er sie fast fünf Minuten ignoriert hatte.

»Geduld ist wohl nicht ihre Stärke, Boyd«, stellte er fest.

Morven fühlte, wie sie errötete. »Nein, Sir, im Moment nicht.«

Er gestattete sich ein flüchtiges Lächeln, schrieb aber weiter. Morven blieb nichts anderes als zu warten, bis er die Unterschriftsmappe zuklappte.

»Ich ziehe Sie und Durie vom Harrington-Fall ab.«

Eine Ohrfeige oder ein Schlag in den Magen hätten nicht schmerzhafter sein können. Deutlicher konnte Lamont ihr nicht demonstrieren, dass sie versagt hatte.

»Sie fahren nach Forthwater Manor. Dem Eigentümer ist sein wertvolles Collier gestohlen worden. Klären Sie den Fall auf.«

Morven hörte aus seinem Tonfall: ›Klären Sie wenigstens *diesen* Fall auf, wenn Sie den anderen schon nicht schaffen.‹ »Warum ich – wir, Sir?«, fragte sie dennoch.

Lamont starrte sie an, die pure Missbilligung im Blick. »Erstens: Weil ich das so anordne.«

Morven fühlte, dass sie noch tiefer errötete.

»Zweitens: Weil Sie damals den Skelettfund im Manor untersucht haben und der Eigentümer Sie kennt. Drittens: Weil Sie mit dem Harrington-Fall ohnehin nicht weiterkommen. Oder haben Sie inzwischen eine heiße Spur? Oder überhaupt irgendeine?«

»Nein, Sir.« Morven war sich sicher, dass ihr Gesicht inzwischen die Farbe einer reifen Tomate haben musste.

»Und viertens: Die halbe Abteilung liegt mit Grippe im Bett. Ich habe niemanden, den ich sonst rausschicken könnte. Nehme Sie jemanden von der Spurensicherung mit. Vermutlich wurde eingebrochen, und dafür muss es Spuren geben. Und am besten auch jemanden von der Computerabteilung, um die Alarmanlage zu checken.« Er machte eine scheuchende Handbewegung.

»Ja, Sir.«

Morven verließ Lamonts Büro. Ihr erster Weg führte in den Waschraum. Ein Blick in den Spiegel zeigte ihr, dass ihr Gesicht immer noch gerötet war. Sie tauchte ihre Wangen in kaltes Wasser und atmete ein paar Mal tief durch. Anschließend ging sie in ihr Büro zurück und begrüßte bei näherer Betrachtung die Gelegenheit, sich auf etwas anderes zu konzentrieren als den festgefahrenen Harrington-Fall. Mit etwas Glück war der Diebstahl in Forthwater Manor schnell aufgeklärt.

Sie ging zu Durie, der ihr erwartungsvoll entgegenblickte. »Wir sind zu einem anderen Fall abkommandiert worden. Sie erinnern sich an den Skelettfund in Cramond? In dem Haus ist Schmuck gestohlen worden. Und wir sollen hin, weil der Eigentümer uns kennt.«

»Oh, gut!«, freute sich Durie und sprang von seinem Stuhl auf. »Mal was anders als diese langweilige Suche nach der Nadel im Heuhaufen, die wahrscheinlich nicht mal existiert.«

Er war also genauso frustriert wie Morven, dass sie im Harrington-Fall nicht weiterkamen. Das tröstete sie ein wenig. Sie griff zum Telefon und benachrichtigte das Tatortteam und Ally und bat sie, sie im Forthwater Manor zu treffen. Anschließend zog sie ihre Jacke an und ging mit Durie zum Parkplatz.

»Was machen wir falsch?«, überlegte er, als er auf dem Beifahrersitz Platz nahm.

»Nichts«, war Morven überzeugt und fuhr los. »Der Täter hat seine Tat offensichtlich extrem gut geplant und akribisch durchgeführt. Aber zu unserem Glück gibt es das perfekte Verbrechen nicht. Deshalb bin ich zuversichtlich, dass wir ihn kriegen.«

»Fragt sich nur, wann.«

Das war in der Tat der entscheidende Punkt. Manche Morde wurden erst nach Jahrzehnten aufgeklärt. Oder nach Jahrhunderten, wie im Fall der Lady Ira de Monncrefe. Und es gab durchaus welche, die nie aufgeklärt worden waren. Morven hoffte inständig, dass der an Gwyn Harrington nicht dazugehörte.

»Was mir zu denken gibt«, riss Durie sie aus ihren düsteren Gedanken, »ist, dass die ganze Tat trotz sorgfältigster Planung doch gewisse Unwägbarkeiten enthält.«

»Zum Beispiel?«

»Der Plan basierte offenbar darauf, dass der Täter mit dem Opfer allein im Geschäft war. Wenn nun noch ein später, unangemeldeter Kunde dort gewesen wäre? Der hätte ihn identifizieren können. Oder jemand hätte auf der Straße vorm Geschäft vorbeigehen und ihn sehen können. Oder hätte gesehen, dass er das Geschäft verlässt. Oder ihn beim Entsorgen der Tatwaffe und vielleicht anderer belastender Dinge beobachten können. Nicht zu vergessen«, er verzog das Gesicht, »Mister Eifersucht hätte reinplatzen und alles zunichtemachen können.«

Morven nickte. »Theoretisch«, stimmte sie zu. »Aber Sie wissen, wie das mit dem menschlichen Gedächtnis ist. Wenn sich der Täter nicht besonders auffällig verhalten hat, hätte niemand ihm Beachtung geschenkt. Dann wäre er einfach nur ein später Kunde gewesen, der das Geschäft betritt oder verlässt. Oder ein Angestellter, der nach dem Aufräumen nach Hause geht. Niemand hätte ihm einen zweiten Blick gegönnt und ihn später entsprechend beschreiben können. Und wäre Mr Harrington überraschend aufgetaucht … Ich bin mir sicher, dass jemand, der so sorgfältig und sicherlich auch kaltblütig einen Mord plant, in dem Fall Harrington auch umgebracht hätte. Oder ihn zumindest bewusstlos geschlagen, alle Spuren beseitigt hätte und abgehauen wäre.« Sie schüttelte den Kopf. »Wenn nicht ein extremer Zufall ihm einen Strich durch die Rechnung gemacht hätte, konnte gar nichts schiefgehen.«

Den sie sich allerdings gewünscht hätte, denn dann wäre Gwyn Harrington vielleicht noch am Leben.

Eine Weile fuhren sie schweigend Richtung Flughafen, ehe sie nach Cramond einbogen und auf die Küste zu fuhren. Morven spielte in Gedanken alle Möglichkeiten durch, wie sie eine Spur zum Täter finden könnten, denn auch die herkömmliche und sehr methodische Vorgehensweise war wenig erfolgversprechend. Vor allem hatte der Täter, je mehr Zeit verging, die Gelegenheit, alle vielleicht noch vorhandenen Spuren restlos zu beseitigen. Bestimmt war die Mordwaffe längst auf der Mülldeponie gelandet. Und die Kleidung des Täters ebenfalls.

»Wenn wir nur das Motiv wüssten«, überlegte Durie. »Dann wären wir schon einen Schritt weiter. Ich bin sicher, dass das ominöse Schmuckstück der Angelpunkt ist. Aber ich kann mir beim besten Willen nicht vorstellen, wie das zusammenhängt.«

Morven nickte nur. Dass Lamont ihnen den Fall entzogen hatte, saß wie ein Stachel in ihrem Fleisch. Und dass sie bei aller Fantasie und kriminalistischem Können kein Motiv finden konnte, empfand sie als persönliches Versagen.

Sie hatten Forthwater Manor erreicht und parkten neben drei anderen Wagen. Morven stöhnte. Einer davon gehörte dem Auktionshaus Henderson, und sie musste nicht lange überlegen, wer mit ihm gekommen war: Jack Henderson höchstpersönlich. Morvens erster Gedanke war, dass Henderson der Dieb des Colliers war – sein musste. Sie hatte ihn vor fünfzehn Jahren kennengelernt, als Lamont – damals noch Chief Inspector – ihn verhaftet und verhört hatte. Morven war frisch von der Police Academy gekommen und der von Henderson begangene spektakuläre Diebstahl eines Originalgemäldes von William Turner aus Privatbesitz war ihr erster größerer Fall gewesen.

Der *mutmaßliche* Diebstahl, denn obwohl alle Indizien fast lückenlos auf Henderson als Täter deuteten, konnte man ihm nichts beweisen. Das Gemälde war bis heute verschwunden. Aber möglicherweise war diese Beinahe-Überführung ein kräftiger Warnschuss vor den Bug gewesen, denn Henderson hatte sich mit seiner Frau und seinem kleinen Sohn eine solide Existenz aufgebaut und sogar der Polizei ab und zu bei ihren Ermittlungen geholfen, wenn es um Kunstraub oder Fälschungen ging.

Und genau deshalb schied Henderson nach Morvens Meinung als Täter weitgehend aus. Er konnte sich nicht leisten, ein krummes Ding zu drehen, denn dann würde er alles verlieren. Anderseits hielt sie ihn für gewieft genug, sich nicht erwischen zu lassen. Wie sie festgestellt hatte, war unter anderem ein Motiv vieler Verbrecher für ihre Taten die Überzeugung, dass man sie nicht erwischen werde. Und je öfter das klappte, desto selbstsicherer wurden sie.

Zwei Wagen kamen auf den Hof gefahren und parkten neben Morvens Beetle. Aus dem einen nickte Ally ihr zu, ehe sie ausstieg. Aus dem anderen schälten sich Molly MacKay und ihr Begleiter von der Kriminaltechnik. Morven atmete tief durch und stieg ebenfalls aus.

Sie fragte sich, warum sie wegen Hendersons Anwesenheit ein mulmiges Gefühl hatte. Egal! Erhobenen Hauptes ging sie entschlossen auf den Eingang zum Manor zu. Durie und Ally folgten ihr, während Molly und ihr Kollege – wie hieß er doch gleich? – sich in ihre Spurenschutzanzüge zwängten.

Man musste sie wohl von irgendeinem Fenster aus gesehen haben, denn die Tür wurde ihnen geöffnet, bevor sie die erreicht hatten. Ian Craig winkte sie herein.

»Ich hatte gehofft, Sie nicht unter diesen Umständen wiederzusehen, Inspector Boyd«, begrüßte er sie. »Und Sie auch nicht, Sergeant Durie. Ehrlich gesagt, hatte ich gehofft, Sie überhaupt nie wiederzusehen.« Er lächelte entschuldigend. »Nichts für ungut, aber wenn die Polizei ins Haus kommt – kommen muss, bedeutet das nie etwas Gutes. Hat man Sie schon informiert? Ich wurde bestohlen.«

Craig redete schnell und wirkte fahrig. Auch seine Gesten drückten Hektik aus. Er winkte sie herein.

»Guten Tag, Mr Craig«, grüßte Morven und bemühte sich, in Tonfall und Haltung größtmögliche Ruhe auszudrücken. »Ja, wir wurden informiert. – Lassen Sie die Tür bitte offen, damit unsere Tatortleute herein können. Dies ist Detective Inspector Brady.« Sie deutete auf Ally. »Sie ist unsere Technik- und Computerspezialistin. Wenn ich richtig informiert wurde, hat man das Collier Ihrer Ahnin aus dem Safe gestohlen.«

Craig nickte. »Und ich kann mir das einfach nicht erklären, denn der ist so gesichert, dass ein Diebstahl daraus unmöglich ist.« Er machte eine fahrige Geste, die hilflos wirkte. »Aber kommen Sie erst mal rein. Ich erkläre Ihnen alles. Vielmehr kann Auktionator Henderson Ihnen das besser erklären als ich.«

Er führte sie in sein Arbeitszimmer, in dem zwei Männer und ein blonder Labrador saßen. Einer der beiden war Henderson, und er hatte sich in den letzten fünfzehn Jahren kaum verändert, sah man von ein paar grauen Fäden im dunklen Haar ab. Morvens Blick blieb an dem zweiten Mann hängen, dessen Gesicht von Narben entstellt war. Das gab ihm ein bedrohliches Aussehen. Vielleicht wirkten deshalb seine dunkelgraublauen Augen stechend. Und die leicht wirren dunklen Haare erweckten auch kein spontanes Vertrauen. Immerhin trug er einen tadellos sitzenden Anzug; sicherlich mit der Absicht, dadurch seriös zu wirken.

»Glen Kincaid von der Versicherung *Currie and Stewart*«, stellte er sich vor. »Wir haben das Schmuckstück versichert.«

Morven fühlte ihre Wangen heiß werden, als ihr bewusst wurde, dass sie ihn ungebührlich lange angestarrt hatte.

»Wir kennen uns ja, Constable Boyd«, half Henderson ihr aus der Verlegenheit. »Und bevor Sie fragen: Ich war es nicht.« Er grinste spitzbübisch.

»Inspector«, korrigierte sie. »DI Boyd und DS Durie vom CID«, stellte sie sich und Durie Kincaid vor. »Und Sie können mir viel erzählen, Mr Henderson.«

Er lachte und schüttelte den Kopf. Nun wusste Morven, woher das mulmige Gefühl kam. Henderson hatte sich damals genauso spöttisch und überlegen gegeben wie jetzt. Sie war sich sicher, dass er sich über sie und Lamont lustig gemacht hatte, weil er wusste, dass man ihm nichts beweisen konnte. Das hatte sie wütend gemacht und ohnmächtig fühlen lassen. Was offenbar eine nachhaltige Wirkung erzielt hatte, denn die Mulmigkeit entsprang der Befürchtung, dass sie ihm gegenüber in dieselbe ohnmächtige Position geriet. Und wenn sie etwas nicht ertragen konnte, dann war es Hilflosigkeit.

»Mr Henderson hat die Fälschung überhaupt erst entlarvt«, warf Craig zur Verteidigung des Auktionators ein.

»Fälschung?« Morven blickte von einem zum andren. »Ich dachte, das Collier wurde gestohlen.«

»Und durch eine Fälschung ersetzt«, ergänzte Kincaid.

»Zu welchem Zweck es vorher gestohlen worden sein muss«, fügte Craig hinzu, fuhr sich mit beiden Händen über den Kopf und berichtete, was sich zugetragen hatte.

Henderson nahm das falsche Collier und hielt es Morven hin. »Was Sie hier sehen, ist zwar nicht gerade wertlos, besteht aber aus Bergkristall, Turmalin, Blautopas und Granatsteinen.«

Bergkristall, Turmalin, blauer Topas und Granat – da klingelte bei Morven etwas. Sie blickte Durie an, der gleichzeitig sie ansah. Laut Fiona Galls Analyse der Materialbestände hatte Gwyn Harrington das Schmuckstück für John MacDonald ebenfalls aus diesen Steinen hergestellt, zumindest teilweise. Konnte sie die Fälschung angefertigt haben?

Doch so schnell ihr und vermutlich auch Durie dieser Gedanke gekommen war, so schnell musste sie die Möglichkeit verwerfen. MacDonald hatte Gwyn Harrington sechs Wochen vor ihrem Tod beauftragt. Das Collier war aber erst am achten März entdeckt worden – gute drei Wochen später.

»Und wir haben keine Idee, wie der Diebstahl bewerkstelligt worden sein könnte«, fuhr Henderson fort. »Mit anderen Worten: Wir stehen vor einem Rätsel.«

»Das wir vielleicht lösen können, wenn wir herausfinden, wie es überhaupt verschwunden ist«, hoffte Morven. Groß war diese Hoffnung jedoch nicht.

»Wozu wir erst einmal wissen müssten, wann genau es vertauscht wurde«, wandte Kincaid ein. »Ich bin kein Experte für Schmuck und habe mich in dem Punkt auf die Expertise eines renommierten Gutachters verlassen. Aber ich habe an dem Tag, an dem Mr Craig die Versicherung abgeschlossen hat, das Schmuckstück überprüft. Und dieses Collier«, er deutete darauf, »ist identisch mit den angeblich vom Original angefertigten Detailfotos.«

Morven horchte auf. »Warum betonen Sie ›angebliches Original‹?«

»Weil es laut Mr Craig und den bisher bekannten Tatsachen nur dupliziert worden sein kann, während es beim Gutachter gelegen hat.«

»Wofür aber die Zeit nicht ausreichte«, beharrte Henderson. Er deutete auf das Collier. »Das Original ist hundertprozentige Handarbeit, weil es zur Zeit seiner Entstehung industriell hergestellten Schmuck noch nicht gab. Das heißt, jeder einzelne Stein ist von Hand angefertigt worden und dadurch ein absolutes Unikat. Und wie Sie sich überzeugen können, wenn Sie das gute Stück unter der Lupe ansehen und es mit den Fotos vergleichen, werden Sie feststellen, dass die Fälschungen nahezu perfekt sind. Bis ins Detail. Nur eben nicht aus Edelsteinen, sondern Halbedelsteinen.«

Morven sah ihm hart in die Augen. »Und wer außer Ihnen käme wohl für so eine exzellente Fälschung infrage?«

Henderson ließ sich nicht provozieren. »Jeder Juwelier, Goldschmied oder Steinschleifer, der sein Handwerk versteht und ein paar Jahre Erfahrung mitbringt. Ein paar virtuose Laien schaffen das sicherlich auch. Das ist, abgesehen von der Kunstfertigkeit, nur eine Frage der Zeit. Die Virtuosen brauchen ein paar Wochen, die weniger Geschickten, die noch den einen und anderen Fehlversuch produzieren, ein paar Monate.«

»Aber die Frage ist immer noch«, betonte Kincaid, »wie es der Fälscher oder die Fälscherin geschafft hat, die Nachahmung in den Safe zu legen, ohne dass ein Einbruch registriert wurde.«

»Das kann ich vielleicht aufklären«, meldete sich Ally zu Wort. »Mr Craig, wenn Sie mir bitte den Safe zeigen und öffnen, kann ich prüfen, ob er manipuliert wurde.« Sie hob ihren Laptop an, den sie in einer Hand hielt, und bewegte ihn wie einen Fächer.

Craig nickte. »Kommen Sie.«

Er ging voran und Ally hinterher. Morven folgte ihnen. In der Eingangshalle waren Molly und ihr Kollege damit beschäftigt, die Tür auf Einbruchspuren zu untersuchen und Fingerabdrücke zu nehmen. Nicht, dass das allzu vielversprechend wäre. Wer so einen Coup durchzog, war in der Regel nicht so dumm, Spuren zu hinterlassen. Andererseits wäre Henderson damals beinahe seine Überheblichkeit zum Verhängnis geworden, durch die er geglaubt hatte, dass er schlauer wäre als alle anderen. Deshalb hatte er ein Detail übersehen. Leider hatte das letzte Beweisstück im Puzzle noch gefehlt, sodass zwar jeder wusste, dass er und niemand sonst der Täter war, aber zweifelsfrei nachweisen konnte man ihm das eben nicht. Leider!

Doch wie es schien, war der Mann tatsächlich ehrlich geworden. Oder doch nicht? Denn bisher hatten sie nur sein Wort, dass es unmöglich sei, in der kurzen Zeit zwischen Fund des Colliers und dem Austausch eine so perfekte Fälschung anzufertigen. Und es sähe Henderson durchaus ähnlich, alle Welt mit der Nase auf die Fälschung zu stoßen, damit man ihn nicht verdächtigte.

Craig zeigte ihnen sichtbar widerstrebend, wo er seinen Safe versteckt hatte. Morven musste zugeben, dass der nicht so leicht zu finden war. Und er war wirklich hervorragend gesichert. Ally ließ sich von Craig zeigen, welche Besonderheiten er hatte, bevor er ihn öffnete.

»Danke, ab hier arbeite ich am besten allein.« Sie schenkte Craig ein freundliches Lächeln. »Keine Sorge, wir sind von der Polizei und stehlen Ihnen bestimmt nichts.«

»Wir brauchen sowie Ihre Fingerabdrücke, Sir, um sie von denen anderer Leute, die sich vielleicht am Safe zu schaffen gemacht haben, zu unterscheiden«, ergänzte Morven und machte eine Kopfbewegung in Richtung seines Arbeitszimmers.

Er seufzte und ging sichtbar widerstrebend mit ihr zurück.

»Gibt es vielleicht ein altes Bild, auf dem das Collier zu sehen ist?«, überlegte Kincaid, als sie eintraten. »Ein Gemälde aus der Entstehungszeit? Denn ein so außergewöhnliches Schmuckstück und die dazugehörige schöne Lady wurden doch bestimmt porträtiert.« Er blickte Craig fragend an.

Der nickte. »Es hängt oben im Flur zu den Schlafzimmern. Und – verdammt, es wurde erst kurz vor Weihnachten restauriert.« Gesprochen in einem Tonfall, als hätte er eine heiße Spur entdeckt.

»Aber nach so einem Gemälde könnte man nicht diese hervorragende Fälschung anfertigen«, zerstörte Henderson die vermeintliche Spur und die damit verbundene Hoffnung. »Allenfalls ein Stück, das diesem recht ähnlich sieht, aber schon auf den ersten Blick als Imitat zu erkennen wäre.«

Kincaid nickte und schaute das Collier nachdenklich an, das in der hereinfallenden Sonne verführerisch funkelte. »Sie haben uns doch vorhin erklärt, dass man die Steine von Grund auf aus den Rohlingen schneiden und schleifen muss. Auf einem Gemälde kann man deutlich erkennen, wie viele Saphire, Diamanten und Rubine das Collier hat und entsprechend viele Steine schon mal vorfertigen.« Er beugte sich ein Stück vor. »Wie lange würde man brauchen, um diesen Vorstufen später nach zum Beispiel Detailfotos buchstäblich den letzten Schliff zu verpassen?«

»Erheblich weniger Zeit«, gab Henderson zu. »Zwei Wochen, vielleicht drei.« Er schüttelte den Kopf. »Aber Sie lassen dabei außer Acht, dass nichtsdestotrotz auch die Rohlinge erst mal hergestellt werden müssen. Und damit könnte – Gemälde als Vorlage oder nicht – der Fälscher erst nach dem Auffinden des Colliers begonnen haben, weil er vorher keinen Grund hatte, eine Fälschung anzufertigen. Er konnte ja nicht hellsehen und wissen, dass das Ding gefunden werden würde und wann.«

Kincaid blickte alle der Reihe nach an. »Wir gehen die ganze Zeit davon aus, dass es sich um nur eine Person handelt. Was, wenn mehrere sich die Arbeit geteilt haben? Drei oder vier vielleicht.«

Henderson stieß die Luft aus und lehnte sich in seinem Stuhl zurück. Schürzte die Lippen und nickte langsam. »Eine Woche«, war er überzeugt. »Maximal zehn Tage. Vorausgesetzt, die Leute verstehen ihr Handwerk. Und das tun sie.« Er deutete auf das Collier.

Morven musste zugeben, dass Kincaid scharfsinnig dachte. Und sie ärgerte sich, dass sie nicht selbst auf die Möglichkeit gekommen war, dass es sich um mehrere Täter handeln könnte.

»Wie hoch ist das Collier versichert?«, fragte sie ihn.

»Anderthalb Millionen Pfund.«

»Geteilt durch drei oder auch vier«, Henderson nickte, »ergibt ein schönes Sümmchen für alle Beteiligten.«

Das sich noch vergrößern ließ, wenn einer auf den Gedanken käme, einen oder alle Komplizen später zu beseitigen. Das wäre nicht der erste Fall, dass in einer Gaunerbande einer zu gierig wurde.

»Mr Craig«, Kincaid blickte ihn an, »die Bauarbeiter, die das Collier gefunden haben, hatten die vielleicht Zugang zu dem Gemälde?«

Craig runzelte die Stirn. »Also, ich habe sie selbstverständlich nicht herumgeführt, aber ich habe sie auch nicht ständig beaufsichtigt.« Er zuckte mit den Schultern. »Ich hatte zu arbeiten und musste vor allem das Seminar in Cambridge vorbereiten. Aber … Während ihrer Pausen waren sie in der Küche. Und – ja, von dort aus hätten sie leicht im Haus herumspazieren können, ohne dass ich das hier im Arbeitszimmer mitbekommen hätte.«

»Was hat es mit diesen Bauarbeitern auf sich?«, wollte Durie wissen.

Craig schüttelte den Kopf. »Sie haben die Skelette gefunden und waren deswegen ziemlich von der Rolle. Deshalb habe ich sie nach Hause geschickt. Und nachdem«, er blickte Morven und Durie an, »Ihre Leute endlich mit der Untersuchung des ›Tatorts‹ fertig waren und die Arbeit weitergehen konnte, hat mir die Baufirma andere Leute geschickt. Nach dem Grund habe ich nicht gefragt. Ich war nur froh, dass es endlich weitergehen konnte.« Er blickte Morven an. »Haben Sie die beiden denn nicht verhört?«

Das hatte sie nicht getan. Als noch nicht feststand, dass die Skelette Jahrhunderte alt waren, kamen die beiden sowieso nicht als mutmaßliche Täter infrage, weil sie nie zuvor im Manor gewesen waren und die Leichen nicht hätten einmauern können. Und alles, was Morven und ihre Kollegen hatten wissen müssen, hatte Craig ihnen zufriedenstellend erklärt. Bereits zwei Tage später stand fest, dass die Leichen schon so lange tot waren, dass kein Lebender mehr für ihren Tod zur Rechenschaft gezogen werden konnte. Deshalb hatte sich eine Befragung der Bauarbeiter erübrigt.

»Dazu bestand bei der vorhandenen Sachlage und angesichts des Umstands, dass es sich sozusagen um einen archäologischen Fund handelte, kein Grund.« Trotzdem hatte Morven das Gefühl, einen Fehler gemacht zu haben.

Kincaid beugte sich zur Seite und streichelte den Kopf seines Hundes, der neben seinem Stuhl lag und die Zärtlichkeit mit einem Schwanzwedeln begrüßte. Er wirkte nachdenklich. »Haben Sie die Bauarbeiter hinausbegleitet, Sir, oder hatten die noch die Gelegenheit, das Porträt zu fotografieren?«

Craig zögerte. »Ja, die hätten sie gehabt. Nachdem ich sie weggeschickt hatte, bin ich ins Arbeitszimmer und habe die Polizei benachrichtigt und bin anschließend wieder in den Keller gegangen.« Er nickte. »Genau genommen habe ich sie nicht weggehen sehen. Sie könnten also durchaus länger im Haus geblieben sein, als ich dachte.« Er blickte erst Kincaid, dann Morven und Durie an. »Aber …«

»Es besteht also die Möglichkeit«, überlegte Kincaid, »dass die Bauarbeiter sich unbemerkt ein bisschen im Haus umgesehen haben und dabei das Gemälde entdeckten. Als sie später die Skelette fanden und das Collier sahen, haben sie es aufgrund des Bildes wiedererkannt. Möglicherweise kennen sie jemanden, der Schmuck anfertigen kann und haben da schon den Plan gefasst, sich das Original unter den Nagel zu reißen und gegen eine Fälschung auszutauschen, damit der Diebstahl nicht sofort oder überhaupt auffällt.« Er nickte Craig zu. »Wenn Sie Ihren Safe geöffnet hätten, hätten Sie vermutlich nicht jedes Mal die Schmuckschatulle aufgemacht, um sich zu überzeugen, dass das Collier noch da ist. Und wenn, dann hätten Sie es vorgefunden und sicherlich nicht geglaubt, dass es in der Zwischenzeit ausgetauscht worden sein könnte.«

Craig schüttelte den Kopf. »Natürlich nicht, denn ich hätte immer noch geglaubt, meine Alarmanlagen und das Schloss am Safe seien so gut wie nicht zu knacken.« Das klang bitter. Er strich sich über das Kinn und runzelte die Stirn. »Oh mein Gott!« Er stöhnte, verbarg das Gesicht in den Händen und schüttelte den Kopf, ehe er Morven und Durie ansah. »Als die beiden Bauarbeiter die Skelette fanden, haben sie mich nicht sofort gerufen. Ich bin eher zufällig dazugekommen, weil ich mal nachsehen wollte, wie weit sie mit der Arbeit sind. Als ich in den Keller kam, standen sie ziemlich dicht bei der aufgebrochenen Mauer und tuschelten. Und sind zusammengezuckt, als sie mich kommen hörten. Wenn sie da schon vorhatten, das Original zu stehlen, was durch mein Auftauchen verhindert wurde …«

Das würde passen. In dem Fall hätte einer der Arbeiter bestimmt noch heimlich mit dem Smartphone ein Foto vom echten Collier machen können. Was nach Kincaids Hypothese ausgereicht hätte, um die Rohlinge der einzelnen Steine anzufertigen, ehe sie die Feinarbeiten nach dem Diebstahl des Originals hätten vornehmen lassen. In welchem Fall nur noch zu klären blieb, wann sie das Original gestohlen hatten.

Morven schüttelte den Kopf. Irgendetwas stimmte an der ganzen Geschichte immer noch nicht.

Ally kam zurück und sah sehr zufrieden aus. »Mr Craig, Ihr Safe wurde vor Dienstag zuletzt um drei Uhr zwanzig am Morgen des sechsten April geöffnet, und zwar mit dem korrekten Code. Und um drei Uhr zehn wurde die Alarmanlage des Hauses deaktiviert, ebenfalls mit dem richtigen Code.«

»Das ist unmöglich!« Craig schüttelte heftig den Kopf. »Zu dem Zeitpunkt war ich in Cambridge. Am Sechsten, sagten Sie? Ich habe am Tag davor bis ungefähr knapp elf Uhr abends mit dem Vice Chancellor der Universität zusammengesessen. Das war Freitag, und er hatte mich zum Essen eingeladen, was etwas länger gedauert hat, weil wir von einem Thema aufs andere gekommen sind. Danach war ich die ganze Nacht in meinem Hotel. Ich bin erst Montagnachmittag zurückgekommen.« Er ballte eine Faust. »Offensichtlich ist weder die Alarmanlage noch das Safeschloss ihr Geld wert.«

Ally schüttelte den Kopf. »Im Gegenteil. Alles hochwertig und wirklich gut. Mal abgesehen davon, dass es absolute Sicherheit nicht gibt, sage ich aus Erfahrung mit solchen Systemen und ihrer, eh, Umgehungsmöglichkeiten, dass es hier unmöglich ist, mit einem elektronischen Dietrich die Kombination des Safes innerhalb der zehn Minuten zu knacken, die seit der

Deaktivierung der Alarmanlage vergangen sind.« Sie blickte Morven an. »Wer immer den Safe geöffnet hat, kannte die Kombination. Und ich gehe davon aus, dass demjenigen auch der Code für die Alarmanlage bekannt war.«

Aller Augen richteten sich auf Craig.

»Sie haben mir doch versichert, dass niemand außer Ihnen die Kombination kennt.« Glen Kincaids Stimme klang vorwurfsvoll.

»Jawohl! Und ich schwöre, dass ich sie niemandem verraten, nirgends aufgeschrieben habe und der Alarmcode nur noch der Security-Firma bekannt ist. Aber von der kann ja wohl kaum jemand das Collier gefälscht und ausgetauscht haben.«

Das hielt auch Morven für sehr unwahrscheinlich, aber nicht für ausgeschlossen. Da der Fund der beiden Skelette und des Colliers in nahezu allen Zeitungen gestanden und der *Scotsman* darüber sogar einen ausführlichen Bericht gebracht hatte, wusste halb Edinburgh davon. Allerdings war ihres Wissens kein Foto veröffentlicht worden. Hier passte aber auch gar nichts zusammen.

»Was ist mit Ihrer Tochter, Sir?«, wollte Kincaid wissen. »Wäre es nicht doch möglich, dass sie den Code für die Alarmanlage und die Safekombination herausgefunden hat? Mein Schwager glaubt auch immer, sich ›absolut sichere‹ Passwörter auszudenken, aber da ich ihn sehr gut kenne, habe ich bisher noch jedes erraten. Auch wenn das ab und zu eine Weile dauert.«

Craig atmete tief durch und wiegte den Kopf. »Ausschließen kann ich das natürlich nicht«, gab er widerstrebend zu. »Und ja, der aktuelle Code für die Alarmanlage ist einer, den ich früher schon mal verwendet habe. Aber danach habe ich ihn so oft geändert – auch schon zu der Zeit, als Brenda noch hier wohnte –, dass sie sich schon an alle erinnern müsste, um sie nacheinander auszuprobieren. Außerdem ist sie bestimmt davon überzeugt, dass ich den Code nach ihrem Auszug geändert habe. Und das habe ich getan. Immerhin lebt sie seit zehn Jahren nicht mehr hier. Sie kann nicht wissen, dass ich gerade wieder einen alten benutze.«

Morven fand es leichtsinnig, alte Codes erneut zu verwenden. Trotzdem passten die Dinge nicht zusammen. Sie hatte inzwischen eine Horde von potenziell Verdächtigen, aber bei keinem trafen die drei Kriterien für den fundierten Verdacht zu, dass die Täter sowohl die Möglichkeit als auch die Gelegenheit und vor allem ein Motiv gehabt haben mussten. Ein Motiv hatte jeder: Geld. Sogar Craig selbst, wenn man ihm unterstellte, doppelt abkassieren zu wollen: einmal durch die Versteigerung des falschen Colliers und zusätzlich durch den Verkauf des echten, wenn auch vielleicht in Einzelteile zerlegt. Oder er hatte die Versicherung betrügen wollen.

Aber allen, die vielleicht – ein ziemlich großes Vielleicht – die Gelegenheit gehabt hätten, an das Collier heranzukommen, fehlte von den Zeitabläufen her die Möglichkeit, die Kopie anzufertigen und sie im Safe zu deponieren. Für Ersteres war der Gutachter, bei dem das Schmuckstück über zwei Wochen gelegen hatte, oder einer seiner Mitarbeiter ein heißer Kandidat.

»Mr Craig.« Morven blickte ihn an. »Der Gutachter. Hat er Ihnen das Collier persönlich zurückgebracht oder durch einen Boten?«

»Persönlich. Und er hat mir noch genau erläutert, welche Besonderheiten das gute Stück aufweist und woran man erkennt, dass die Steine echt sind.« Er legte den Kopf schräg. »Er war richtig begeistert von diesem ›außergewöhnlichen Stück‹, was er immer wieder betonte.« Er sah Morven fragend an.

»War er in der Zeit irgendwann mal mit dem Collier allein?«

Craig dachte nach. »Ja. Ich bin mal kurz rausgegangen, um einen Whisky zu holen und zum Dank für seine Arbeit mit ihm anzustoßen. Das hat zwar nur drei oder vier Minuten gedauert, aber in der Zeit war er mit dem Collier allein.« Er schüttelte den Kopf. »Aber das ergibt doch keinen Sinn. Falls er wirklich der Dieb und Fälscher sein sollte, hätte er doch nicht das Original zurückgebracht, um es hier auszutauschen, wo er nicht wissen konnte, ob er dazu die Gelegenheit haben würde. Dann hätte er es doch ausgetauscht, bevor er es mir gebracht hätte. Ich bin schließlich blutiger Laie, was Edelsteine betrifft, und kann echte nicht von falschen unterscheiden. Er hätte mir problemlos das falsche Collier für das echte unterjubeln können.«

Genau das war der Schönheitsfehler in Morvens Überlegung.

»Aber das hätte nicht so viel Spaß gemacht«, warf Henderson ein.

»Spaß?« Morven sah ihn befremdet an. »Was, bitte, soll denn daran ›spaßig‹ sein?«

Henderson lächelte. »Der Kick. Das Abenteuer. Ich kann Ihnen aus persönlicher Erfahrung mit meiner früheren Tätigkeit in dieser Branche versichern, dass solche Herausforderungen für manche Menschen unwiderstehlich sind. Man begeht den Diebstahl oder die Fälschung nicht nur oder überhaupt, um damit das dicke Geld zu machen. Das ist allenfalls ein Bonus.« Er ballte eine Faust und hielt sie triumphierend hoch. Seine Augen funkelten. »Es ist der Kick zu versuchen, das scheinbar Unmögliche zu schaffen. Und Sie machen sich keinen Begriff davon, wie süß der Triumph ist, wenn es klappt. Erst recht, wenn er noch durch die Gefahr gewürzt wird, das Opfer quasi mit der Nase auf die Fälschung zu stoßen. Oh, dieser Genuss, wenn das Meisterwerk der Fälschung für echt gehalten wird!« Er verschränkte die Arme vor der Brust, lehnte sich zurück und seufzte in einer Weise, als würde er diesen alten Zeiten nachtrauern, was vermutlich der Fall war. Er legte den Kopf schräg und blickte Morven an. »Ich tue das heute noch. Nur nicht mehr mit unredlichen Absichten.«

»Ach nee!«, höhnte sie.

Henderson nickte. »Glauben Sie es ruhig. Ich teste für Banken und vor allem für Museen die Sicherheitsprotokolle, indem ich versuche, dort einzubrechen. Und ich mache aus jeder Fälschung schon im Vorfeld eine publicityträchtige Herausforderung, indem ich anbiete, von angeblich besonders fälschungssicheren Gegenständen, Gemälden und so weiter eine Kopie anzufertigen, die vom Original nicht zu unterscheiden ist.« Er nickte lächelnd. »Das bringt jedes Mal richtig schön Geld, allein schon durch die Wettquoten gegen mich.« Er winkte ab und wurde ernst. »Wenn es dem Täter oder den Tätern auch nur um den Kick und den Triumph geht, taucht das echte Collier vielleicht nie wieder auf, weil es die Trophäe für eben diesen Triumph ist, der Siegerpokal sozusagen, den man nicht wieder hergibt.«

Morven sagte dazu nichts. Sie fühlte sich von Hendersons Denkweise abgestoßen.

Das schien Glen Kincaid ebenso zu ergehen, denn obwohl er es zu verbergen versuchte, huschte ein Hauch von Missbilligung über sein Gesicht. Er schüttelte den Kopf. »Weil wir uns auf dieses Vielleicht aber nicht verlassen können, werden wir nichts unversucht lassen, das Original aufzuspüren.«

»Überlassen Sie das den Profis«, verlangte Morven und war selbst überrascht davon, wie abweisend das geklungen hatte.

»Ich *bin* Profi«, versicherte Kincaid ruhig. »Versicherungsdetektiv mit einem Abschluss in Kriminologie und Ermittlungsverfahren.«

Morven fühlte wieder einmal, dass sie errötete. Verdammt, heute setzte sie sich wohl dauernd in die Nesseln, besonders Kincaid gegenüber. »Solange Sie uns nicht ins Handwerk pfuschen ...« Der nächste Fauxpas. Bei seinen Abschlüssen »pfuschte« er ganz sicher nicht, denn mit ungefähr Mitte dreißig war er über das Stadium, bei dem ihm die üblichen Anfängerfehler unterliefen, weit hinaus.

»Das werde ich nicht. Versprochen.«

Sie wandte sich wieder an Craig und hoffte, dass ihre Fragen kompetent klangen und nicht nach hilflosem Herumraten. Vor allem, dass sie selbst kompetent wirkte. »Wusste der Gutachter, dass Sie kein Edelsteinexperte sind? Oder musste er davon ausgehen, dass Sie möglicherweise Bescheid wissen?«

Wieder überlegte Craig. »Also, ich denke, ich habe ihn nicht mit der Nase drauf gestoßen, dass ich keine Ahnung habe.«

»Würde einen Sinn ergeben«, meinte Henderson. »Wenn er davon ausgeht, dass Mr Craig echt von falsch zu unterscheiden weiß, wäre es ein probates Mittel, ihn auf die Details und die Echtheit des Colliers aufmerksam zu machen, denn anschließend prüft das Opfer die Echtheit garantiert nicht noch mal nach. Zumindest nicht sofort oder überhaupt irgendwann. Hat man das Opfer überzeugt, schafft man eine Gelegenheit, mit dem Schmuckstück allein zu sein, zum Beispiel indem man um ein Glas Wasser oder«, er zwinkerte Craig zu, »einen Whisky bittet. Und während der Eigentümer einem den Rücken zudreht, tauscht man die Kopie, die man griffbereit in der Hosentasche hat, gegen das echte Schmuckstück aus, und der Coup ist gelaufen.«

»Aber sagten Sie vorhin nicht selbst, dass Mr MacBean über jeden Verdacht erhaben ist?«, wandte Kincaid ein.

Henderson schüttelte den Kopf. »Das habe ich so nicht gesagt. Er hat zwar einen tadellosen Ruf, und ich kann mir nicht vorstellen, dass er die Seiten gewechselt hat und unter die Gauner gegangen ist, aber ausschließen kann man das natürlich nicht.«

Ebenso wenig konnte man ausschließen, dass Henderson nur nach außen hin so tat, als habe er seine kriminelle Vergangenheit hinter sich gelassen und in Wirklichkeit immer noch aktiv war.

»Mr Craig, was ist mit Hauspersonal?«, wollte Kincaid wissen. Er machte eine ausholende Handbewegung. »Sie werden diesen riesigen Kasten wohl kaum allein putzen und pflegen.«

Craig schüttelte den Kopf. »Dann käme ich zu nichts anderem mehr«, bestätigte er. »Einmal im Monat kommt eine fünfköpfige Putzkolonne von *Forsythe and Sons*, die sich auf die Reinigung von historischen Gebäuden spezialisiert hat, und putzt das Haus. Aber die kennen weder den Code der Alarmanlage, noch wissen die von meinem Safe.«

»Den man durchaus beim Putzen finden könnte«, meinte Ally. »Die Standuhr, vielmehr die Rollen, auf denen sie steht, sind nicht übermäßig schwergängig. Wenn man ein bisschen zu heftig dagegen stößt, verschiebt sie sich. Und neugierige Leute sehen in so einem Fall schon mal nach, was dahinter ist.«

»Aber die kennen nicht die Kombination«, beharrte Craig.

»Die man aber mit einem elektronischen Dietrich und über zig Wochen hinweg herausfinden kann«, war Ally überzeugt. »Vielleicht hat einer von den Leuten den Safe entdeckt und wollte ihn sowieso knacken. Und als das dann endlich klappte, fand sich darin das Collier.«

»Das wäre zwar eine Möglichkeit.« Kincaid nickte Ally zu. »Aber in dem Fall wäre der ganze Aufwand mit dem Duplikat überflüssig gewesen. Mr Craig hätte eines Tages nur festgestellt, dass das Collier auf geheimnisvolle Weise verschwunden ist, vielleicht erst – so die Überlegungen des Täters – in ein paar Monaten, denn von der bevorstehen Auktion konnte doch niemand etwas wissen. Oder, Mr Henderson?«

Henderson nickte. »Ich habe die zwar noch nicht publik gemacht, aber man wäre trotzdem sofort auf die Putzkolonne als mögliche Täter gekommen, wenn auch andere Wertsachen verschwunden wären, die Mr Craig bestimmt in seinem Safe hat. Die einzige Möglichkeit, das zu vermeiden, wäre, wenn der oder die Täter bewusst alle anderen Wertsachen unangetastet gelassen hätten, auch das echte Collier noch gelassen hätten, wo es war, eine Kopie angefertigt und diese gegen das Original ausgetauscht hätten. Dann hätte Mr Craig den Diebstahl nicht bemerkt. Und wenn ich nicht grundsätzlich jedes einzelne Stück nochmals vor der Auktion auf Echtheit überprüfen würde, wäre der Tausch nie bemerkt worden.« Er zuckte mit den Schultern. »Allenfalls hätte der Käufer irgendwann festgestellt, dass sein teuer ersteigertes Schmuckstück nicht echt ist. Aber zu dem Zeitpunkt wäre schwierig gewesen, jemanden deswegen dingfest zu machen. Schließlich hätte der Käufer selbst derjenige sein können, der das Stück fälscht und austauscht, um Ersatzansprüche mir oder Mr Craig gegenüber geltend zu machen, weil wir ihm angeblich ein unechtes Stück verkauft haben.«

Eine nicht von der Hand zu weisende Theorie, aber sie überzeugte Morven nicht. Ihr schwirrte inzwischen der Kopf, weil sie keinen echten Anhaltspunkt und somit auch keinen Anker hatte, an dem sie wenigstens den Hauch einer Spur festmachen konnte. Chief Superintendant Lamont würde sie fertigmachen, wenn sie diesen Fall nicht schnellstmöglich aufklärte. Aber nach Aufklärung sah im Moment gar nichts aus, geschweige denn nach »schnellstmöglich«.

Molly und ihr Kollege kamen herein. »Wir sind an der Eingangstür fertig. Jetzt müssten wir den Safe untersuchen. Und ich brauche Ihre Fingerabdrücke, Mr Craig.«

Craig nickte und blickte Morven an. »Finden Sie das Collier«, forderte er sie auf.

»Das wäre auch meine Bitte«, schloss sich Kincaid der Forderung an. »Denn so lange nicht feststeht, dass Mr Craig mit dem Diebstahl, vielmehr mit dem Täuschungsversuch, nichts zu tun hat, zahlt meine Versicherung nicht.« Er blickte Craig an. »Das tut sie leider erst, wenn sowohl Ihre Unschuld bewiesen ist, als auch feststeht, dass das versicherte Original unauffindbar verschwunden bleibt.«

»Was unterstellen Sie mir denn?«, fuhr Craig auf.

»Nichts, Sir. Aber wir hatten uns ja schon mal darüber unterhalten, wie kreativ Menschen werden, wenn es um Betrug geht. Ein ehrliches Gesicht und die Beteuerung, unschuldig zu sein, sind leider keine Garantie für die beschworene Unschuld.«

Craig senkte kurz den Blick. »Verzeihen Sie. Aber die Sache geht mir gewaltig an die Nieren.«

»Das verstehe ich sehr gut, Sir.« Kincaid blickte Morven an, als warte er auf etwas, vielmehr erwarte er etwas von ihr. Als er nicht die gewünschte Reaktion erhielt, wandte er sich wieder an Craig und schob ihm ein aufgeschlagenes Notizbuch und einen Stift hin. »Wenn Sie mir bitte die Adresse Ihrer Tochter aufschreiben würden, die der Putzfirma und den Namen der Baufirma, die die Kellerarbeiten durchführt.«

»Die brauche ich auch«, verlangte Morven. Die anzufordern, wäre ihre Aufgabe als Ermittlungsleiterin gewesen. Offenbar hatte Kincaid ihr das höflich überlassen wollen und war erst selbst aktiv geworden, als sie das nicht getan hatte. Verdammt, heute war wirklich nicht ihr Tag. »Und die Adresse des Gutachters«, fügte sie hinzu. Offenbar war die Kincaid bekannt, sonst hätte er auch nach der gefragt.

Craig notierte das Gewünschte in Kincaids Büchlein, schob es ihm hin, nahm einen Zettel vom Stapel neben dem Telefon und schrieb dasselbe darauf. Er reichte ihn Morven.

»Danke. Gibt es sonst noch etwas, das Sie uns sagen können, was bei unseren Ermittlungen helfen könnte?«

Craig schüttelte den Kopf. »Ich kann mir wirklich nicht vorstellen, wer das Collier vertauscht haben könnte. Außer …« Er schüttelte erneut den Kopf.

»Außer?« Morven blickte ihn auffordernd an.

»Ich will niemanden falsch beschuldigen. Schon gar nicht ein Familienmitglied. Aber …« Er zuckte mit den Schultern und schüttelte zum dritten Mal den Kopf. »Das kann ich mir einfach nicht vorstellen. Das *will* ich mir nicht vorstellen.«

»Sie verdächtigen Ihre Tochter?«, sprach Morven aus, was Craig offenbar zu vermeiden versuchte.

»Ich kann mir wirklich nicht vorstellen, dass sie so – kriminell sein könnte. Aber …« Er atmete tief durch. »Also, kaum hatte sie vom Fund des Colliers erfahren, verlangte sie einen Anteil. Den ich ihr natürlich nicht geben konnte, weil das Collier noch nicht mal geschätzt, geschweige denn verkauft war. Sie hat darauf ziemlich unwirsch reagiert und ließ über ihre sofort eingeschaltete Anwältin ausrichten, sie käme schon noch zu ihrem Recht.« Erneutes Kopfschütteln. »Aber ich will einfach nicht glauben, dass sie das gewesen sein könnte.«

Das konnte Morven gut nachvollziehen. Den eigenen Blutsverwandten traute man nichts Schlechtes zu, besonders wenn es sich um so enge Verwandte wie eine Tochter oder einen Elternteil handelte. »Und jemand anderes fällt Ihnen nicht ein?«

Craig schüttelte den Kopf.

Morven nickte Durie zu. »Dann sind wir hier fertig.«

Molly hatte den Fingerabdruckscanner ausgepackt und hielt ihn Craig hin. »Den linken Daumen zuerst, bitte.«

Er legte widerwillig den Finger auf das Scannerfeld und blickte Morven an. »So ungern ich das auch sage, aber es muss meine Tochter gewesen sein. Oder ihr Freund steckt dahinter. Der war schon immer ein undurchsichtiges Subjekt.«

Das war eine wichtige Information. »Wir werden sehen«, versicherte Morven. »Auf Wiedersehen, Mr Craig.«

Auch Kincaid verabschiedete sich. Kaum stand er auf, sprang sein Hund hoch und blickte ihn schwanzwedelnd an. »Ja, wir gehen wieder an die frische Luft«, bestätigte Kincaid ihm. Er nickte in die Runde und verließ den Raum.

Morven, Durie und Ally folgten ihm. Er ging zu einem mambagrünen Vauxhall Mokka, während der Hund zum nächsten Busch stürmte und das Bein hob. Morven atmete tief durch und ging zu dem Mann.

»Mr Kincaid.«

Er blieb neben dem Wagen stehen und wandte sich zu ihr um.

»Ich bitte um Entschuldigung. Dafür, dass ich Sie vorhin so ungebührlich angestarrt und Ihnen später Pfusch unterstellt habe.«

»Das bin ich gewohnt. Beides.« Er nickte. »Entschuldigung akzeptiert.« Er öffnete die Tür zur Rückbank. »Rein mit dir, Shade.«

Der Hund sprang hinein. Kincaid warf die Tür zu und blickte Morven fragend an. »Ist noch was, Inspector?«

»Ah«, sie räusperte sich, »nein. Nicht direkt. Mich würde nur Ihre persönliche Meinung interessieren.«

Sein Gesicht bleib ausdruckslos. Lächelte den Mann auch mal? Irgendwann? Morven rief sich zur Ordnung. Möglicherweise waren durch die Verletzungen die Gesichtsnerven so beschädigt worden, dass er gar nicht mehr lächeln konnte.

»Eine *Meinung* habe ich nicht. Dazu fehlen mir noch zu viele Informationen. Aber ich werde, wenn Sie mir die Metapher gestatten, allen verstreuten Brotkrumen folgen und sehen, wohin sie mich führen. Und ich versichere Ihnen: Ich werde Sie auf dem Laufenden über alles halten, was ich herausfinde.«

Das wäre ja mal was ganz Neues: Ein Versicherungsdetektiv, der die Polizei informierte, statt ausschließlich seiner Versicherung Bericht zu erstatten. Die selbstverständlich alle wichtigen Dinge für sich behalten würde.

»Das wäre sehr freundlich«, antwortete sie dennoch, um sich nicht nochmals in die Nesseln zu setzen.

»Geben Sie mir bitte noch Ihre Karte, damit ich Sie erreichen kann.« Er fischte eine Visitenkarte aus seiner Tasche und reichte sie ihr.

»Danke.« Sie nahm sie und reichte ihm eine von ihren. Anschließend nickte sie ihm zu und ging zu ihrem Wagen.

Als sie vom Hof fuhr, um Brenda Craig aufzusuchen, fragte sie sich, welche Brotkrumen Kincaid gemeint hatte. Wenn Sie Pech hatte, würde sie ihm gleich bei John MacBean, dem Gutachter, oder Craigs Tochter erneut begegnen.

6.

Bevor Glen vom Hof des Forthwater Manors fuhr, erstattete er Carson Bericht.

»Das ist übel«, meinte sein Schwager, nachdem er geendet hatte. »Wie es aussieht, sind die Chancen, das echte Collier zu finden, nicht sehr groß.« Das klang ausgesprochen frustriert. »Wie willst du weiter vorgehen?«

»Ich werde den einzelnen chronologischen Stationen des Colliers folgen, angefangen bei den Bauarbeitern, die es gefunden haben.«

Allerdings war Craig einer der Hauptverdächtigen. Schließlich hatte er jederzeit Zugang zum Haus und dem Safe gehabt. Glen schloss auch die Möglichkeit nicht aus, dass der Mann mit einem Komplizen zusammengearbeitet hatte, dem er die Codes für die Alarmanlage und den Safe gegeben hatte, und der in seinem Auftrag in der Nacht zum sechsten April das Haus betreten und den Safe geöffnet hatte, um ihm selbst ein Alibi zu geben. Und vielleicht auch in diesem Zug ganz bewusst seine Tochter zu belasten. Das würde sich zeigen.

»Ich muss auch in Cambridge recherchieren«, teilte er Carson mit, »um zu überprüfen, ob Craig wirklich die ganze Zeit dort war, wie er behauptet.«

»Tu das«, stimmte Carson zu. »Auch wenn du dafür persönlich hinfahren musst. Bei der Summe, die auf dem Spiel steht, lasse ich mich wegen der Spesen nicht lumpen.«

»Ich werde trotzdem versuchen, zusätzliche Ausgaben zu vermeiden«, versprach Glen, beendete das Gespräch und fuhr los.

Außer den Dingen, die er gerade erfahren hatte, beschäftigte ihn eine weitere Frage. Hatte er damals schon die Fälschung in den Händen gehalten, als er das Collier mit den Detailfotos des Gutachters verglichen hatte? Hätte er wie Jack Henderson echte von falschen Steinen unterscheiden können, müsste er sich diese Frage nicht stellen. Ob Henderson ihm einen Schnellkurs in Edelsteinkunde geben würde? Der Mann war ihm zwar nicht besonders sympathisch, aber er war kompetent und kannte sich mit Fälschungen aus. Und bestimmt würde er Glen in die Geheimnisse einweihen – gegen entsprechende Bezahlung.

Eine andere Frage stellte sich ihm ebenfalls. Nach seiner Einschätzung war John MacBean der wahrscheinlichste Kandidat für die Fälschung; oder einer seiner Mitarbeiter. *Currie & Stewart* hatten schon mehrfach mit ihm zusammengearbeitet, und er hatte sich immer als integer erwiesen und arbeitete schnell und zuverlässig. Dass er über zwei Wochen für ein Gutachten gebraucht haben sollte, war ungewöhnlich. Glen war gespannt, wie der Mann das begründete.

Zwanzig Minuten später hatte er sein Ziel erreicht: *Hollis Constructions* in der Seafield Road. Die Firma residierte sinnigerweise neben einem Heimwerkermarkt. Glen stellte seinen Wagen ab und hinderte Shade daran herauszuspringen.

»Sorry, Kumpel, du bleibst diesmal hier. Hunde müssen leider draußen bleiben.« Er ließ das Fenster einen Spalt offen, damit Shade genug Luft bekam, und betrat das Gebäude.

Ein Mitarbeiter hinter dem Empfangstresen begrüßte ihn nach einer Schrecksekunde beim Anblick von Glens Gesicht mit einem Lächeln und der Frage: »Was können wir für Sie tun, Sir?«

Glen reichte ihm seine Visitenkarte. »Ich möchte gern den Geschäftsführer sprechen.«

Der junge Mann – laut Namensschild auf der Brust hieß er Steve – reichte ihm die Karte zurück. »Tut mir leid, Sir, wir sind mit Versicherungen bestens ausgestattet.«

Vermutlich hatte sein Boss ihn angewiesen, Vertreter aller Art abzuwimmeln. Sein Pech, dass Glen sich nicht abwimmeln ließ. »Ich will keine Versicherung verkaufen, ich ermittle in einem Schadensfall. Und ich möchte *bitte* den Geschäftsführer sprechen.«

Steve wurde etwas blasser, griff aber zum Telefonhörer und drückte eine Taste. »Mr Hollis, hier ist ein Mann von einer Versicherung, der Sie wegen eines Schadens sprechen will.«

»Und ich lasse mich nicht abwimmeln«, sagte Glen so laut, dass Mr Hollis ihn am anderen Ende hören musste, »nachdem ich nun weiß, dass der Boss im Haus ist. Es geht um die Arbeiten am Forthwater Manor.«

Steve lauschte und nickte. »Ja, Sir.« Offenbar hatte Mr Hollis ihn angewiesen, Glen vorzulassen. Er legte auf und zeigte auf den Flur, der rechts neben dem Empfang lag. »Erste Tür links, Sir.«

»Danke.«

Glen ging zu der angegebenen Tür, klopfte und trat auf ein energisches »Herein!« hinein.

Hollis war ein breitschultriger Mann ungefähr Mitte vierzig, der vermutlich von den Orkneys stammte, denn er kultivierte das dort noch stark gepflegte Erbe der Wikinger, die die Inseln zuerst besiedelt hatten. Er trug sein blondes Haar kurz und hatte einen längeren Vollbart, in den er drei kleine, mit farbigen Perlen verzierte Zöpfe geflochten hatte. Um den Hals trug er eine dicke Silberkette mit einem grimmig dreinblickenden Wolfskopf. Er blickte Glen aufmerksam entgegen, starrte aber nicht auf seine Narben.

»Norman Hollis«, stellte er sich vor und bot Glen mit einer Handbewegung Platz vor seinem Schreibtisch an. »Sie untersuchen einen Schaden am Forthwater Manor?« Er schüttelte den Kopf. »Meine Leute haben mir keinen Vorfall gemeldet.«

Glen setzte sich und reichte ihm seine Visitenkarte. »Der Schaden hat auch nichts mit den Bauarbeiten zu tun. Es geht um die beiden Skelette, die Ihre Leute dabei gefunden haben. Vielmehr um das Collier, das dabei ebenfalls gefunden wurde.«

Hollis seufzte und schüttelte den Kopf. »Ich habe davon gehört. Besser gesagt, in der Zeitung gelesen. Was hat es mit dem Ding auf sich?«

»Es wurde auf bisher unbekannte Weise gestohlen und durch eine exzellente Fälschung ersetzt. Da meine Versicherung für den Verlust aufkommen muss, wenn es sich nicht wieder anfindet, weil wir es auch gegen Diebstahl versichert haben, verfolge ich nach, wer alles Zugang zu dem Collier hatte.« Glen hob beschwichtigend beide Hände. »Ohne irgendjemanden in welcher Weise auch immer zu beschuldigen. Ich sammle nur

Fakten und sehe, wohin sie mich führen. Deshalb würde ich gerne mit den beiden Arbeitern sprechen, die den Schmuck damals gefunden haben.«

Hollis schnaubte. »Das würde ich auch gerne! Um ihnen die Leviten zu lesen, weil sie einfach nicht mehr zur Arbeit gekommen sind, seit sie auf das schmuckbehängte Skelett gestoßen sind.« Er schüttelte den Kopf. »Allerdings sind sie nicht nur der Arbeit ferngeblieben, sondern gleich ganz verschwunden.«

»Ganz verschwunden?« Glen blickte den Mann fragend an. »Was genau muss ich mir darunter vorstellen?«

»Sie haben sang- und klanglos auch ihre Familien verlassen. Ihre Ehefrauen riefen mich am späten Abend – also, am Abend des Tages, an dem das Collier offenbar gefunden wurde – noch an, ob ich die beiden zu Überstunden verdonnert hätte, weil sie immer noch nicht nach Hause gekommen sind und auf ihren Smartphones nicht zu erreichen waren.«

Das war in der Tat ungewöhnlich, um nicht zu sagen verdächtig. »Haben Sie eine Erklärung dafür?«

Hollis wiegte den Kopf. »Keine, die ich gerne äußern möchte.«

»Aber eine, die Sie ungern äußern würden? Die interessiert mich besonders. Und ich fasse das schon nicht falsch auf.«

Hollis atmete tief durch. »Ich will den beiden wirklich nichts unterstellen, denn sie waren immer sehr zuverlässig. Aber viel Geld, oder in diesem Fall wertvoller Schmuck, hat schon ganz andere, bis dahin unbescholtene Leute in Versuchung geführt. Und zumindest Jimmy ist gerade ziemlich knapp bei Kasse und kann jeden Penny gebrauchen.« Er blickte Glen flüchtig an, ehe er aus dem Fenster sah und mit den Schultern zuckte. »Vielleicht haben Sie in der Zeitung gelesen, was Mr Craig über die Geschichte seiner Ahnin gesagt hat?«

»Sie meinen, dass man damals glaubte, sie sei mit einem Stallburschen und dem Familienschmuck durchgebrannt?«

Hollis nickte und sah Glen direkt an. »Ich könnte mir vorstellen, dass nicht nur das Collier in dem Grab eingemauert wurde, sondern tatsächlich der gesamte Familienschmuck. Oder zumindest der Teil, den die Lady auf der Flucht hatte mitnehmen wollen und mit dem der Ehemann sie dann wohl erwischt hat.« Er hob abwehrend die Hände. »Ich will Jimmy und Bernie wirklich nichts unterstellen, aber ich halte es nicht für ausgeschlossen, dass sie den Schmuck gefunden und eingesteckt haben. Vielleicht wollten sie das auch mit dem Collier tun, aber dann kam Mr Craig dazu, und sie mussten es lassen, wo es war. Vielleicht haben sie sich auch nicht getraut, es einer Toten vom Hals zu, hm, nehmen.«

Glen war sich sicher, dass Hollis »stehlen« hatte sagen wollen.

»In der Zeitung stand, dass das Collier Hunderttausende wert ist. Stellen Sie sich vor, wie viel der Rest wohl wert sein mag. Da es sich bestimmt nicht um nur einige wenige Stücke handelt, dürften die alle zusammen mindestens das Doppelte wert sein.«

Das glaubte Glen ebenfalls, besonders, da es sich um antiquarische Stücke handelte.

»Und noch was spricht in diesem Punkt nicht unbedingt für die beiden«, fuhr Hollis fort. »Bernie hat eine Vergangenheit als Dieb und Hehler. Das hat er mir von Anfang an gesagt, und ich habe ihn trotzdem eingestellt. Bin der Meinung, dass jeder Mensch eine zweite

Chance verdient hat. Ich habe ihn natürlich scharf beobachtet, aber er hat sich nichts zuschulden kommen lassen. Doch bei einem solchen Vermögen, um das es hier geht, würde auch so mancher völlig unbescholtene Mann schwach werden.« Er räusperte sich. »Worauf ich hinaus will, ist, dass Bernie mit Sicherheit aus der Vergangenheit noch die richtigen Anlaufstellen kennt, wo man gestohlene Dinge verkaufen kann. Und vielleicht haben sich die beiden gedacht, dass sie mit dem Geld ein völlig neues Leben anfangen können.«

Das war nicht von der Hand zu weisen. Allerdings wagten die wenigsten Menschen einen so radikalen Schnitt, um nicht zu sagen, Bruch mit ihrem Leben. Denn in dem von Hollis beschriebenen Fall hätten die beiden Arbeiter buchstäblich alles zurückgelassen. Nicht nur ihre Familien, die ihnen vielleicht schon längere Zeit auf die Nerven gegangen waren, sondern auch ihre Kleidung, Erinnerungsstücke und alles, was sie sich bisher aufgebaut hatten. Gut, sie waren in dem Fall wahrscheinlich davon ausgegangen, dass sie sich mit dem Geld, das sie für den unterschlagenen Schmuck bekämen, völlig neu einkleiden konnten. Aber es gehörte schon eine ordentliche Portion Kaltblütigkeit und Gleichgültigkeit dazu, einen solchen Schritt zu tun.

Andererseits gab es auch etliche Fälle, in denen Menschen nur in den Pub oder den Supermarkt an der Ecke hatte gehen wollen, um irgendeine Kleinigkeit zu holen, und nicht zurückgekehrt waren. Manche blieben bis heute verschwunden. Und die wenigen, die irgendwann wieder aufgetaucht waren, hatten als Grund entweder »unerträglich« gewordene Familienstreitigkeiten oder eine Auszeit angegeben, weil ihnen »alles« zu viel geworden war. In Anbetracht dessen war ein spontanes Untertauchen mit Schmuck im Wert von mehreren Millionen in der Tasche ein schon beinahe zwingender Grund.

Hollis seufzte. »Und zumindest Jimmy hätte einen Grund für sein überhastetes Verschwinden, wenn wir ihm gleichzeitig die Unterschlagung von Juwelen unterstellen wollen. Er ist vor einem halben Jahr wieder Vater geworden – das dritte Kind – und die Kleine kam schwerstbehindert zur Welt und braucht rund um die Uhr Intensivpflege. Er und seine Frau wollten versuchen, die Betreuung zu Hause zu stemmen.« Er zuckte mit den Schultern. »Ich habe mir von Anfang an gedacht, dass die beiden sich damit auf die Dauer übernommen haben. Nicht nur, aber ganz sicher auch finanziell.«

»Das ist in der Tat eine immense Belastung«, stimmte Glen ihm zu.

Hollis nickte. »Ein Neugeborenes im Haus ist schon stressig genug, aber wenn dann auch noch Intensivpflege dazukommt plus zwei weitere Kinder – da bleibt sicherlich nicht nur das Eheleben größtenteils auf der Strecke. Und Jimmy hat dauernd Überstunden geschoben, um alles bezahlen zu können.« Er nickte wieder. »Ich hoffe zwar, ich tue ihm damit Unrecht, aber ich könnte mir gut vorstellen, dass der Anblick von wertvollen Juwelen, von denen der rechtmäßige Eigentümer nichts weiß, ihn in die Flucht getrieben hat. Vielleicht hat Bernie ihm zugeredet oder die beiden haben spontan beschlossen, sich gemeinsam abzusetzen – was auch immer. Jedenfalls hätte zumindest Jimmy einen Grund dafür, seinem gegenwärtigen Leben den Rücken zu kehren.«

Das würde aber nicht erklären, wie das gefälschte Collier in den Safe gekommen war. Konnten die Bauarbeiter damit etwas zu tun haben? Außerdem: Wie wahrscheinlich war es, dass zwei Männer einen so radikalen Schnitt machten? Einer von ihnen, ja. Aber beide? Selbst wenn sie befreundet waren, hätte doch bestimmt einer von ihnen Skrupel gehabt. Was in einem Fall wie diesem leider ein anderes Szenario bis zu einem gewissen Grad wahrscheinlich machte: Einer von beiden hatte sich mit dem Schmuck abgesetzt und den anderen umgebracht. Vielleicht, weil der ihn gedrängt hatte, den Fund dem Eigentümer zu übergeben oder weil er den Diebstahl hätte verraten können, was sein Kollege nicht riskieren wollte.

»Sie müssen allerdings noch mal hier gewesen sein«, riss Hollis ihn aus den Gedanken. »Denn als ich am nächsten Morgen herkam, stand der Van, den sie benutzt haben, auf dem Parkplatz für die Firmenwagen vor dem Tor. Unbeschädigt und vollzählig. Heißt: Alles Werkzeug, das sie zur Arbeit mitgenommen hatten, war vorhanden. Aber …« Er runzelte nachdenklich die Stirn. »Ihre eigenen Wagen waren auch noch da.«

Glen sah ihn fragend an.

»Die Leute kommen mit ihren Privatwagen her, steigen in einen Firmenwagen um und fahren damit zu ihrem jeweiligen Einsatzort. Nach Feierabend bringen sie den Wagen zurück und fahren mit ihren Autos wieder nach Hause. Ich hatte mich noch gewundert und dachte, dass die beiden ziemlich früh zur Arbeit erschienen waren, aber sie waren nicht da. Nur die Autos. Und die haben ihre Ehefrauen ein paar Tage später abgeholt.«

»Das heißt, dass Sie die beiden am Abend davor, dem Tag, an dem das Collier gefunden wurde, gar nicht haben zurückkommen sehen?«, vergewisserte sich Glen.

Aber hatte Ian Craig nicht behauptet, dass er die Arbeiter vorzeitig weggeschickt habe?

»So ist es. Ich war mit einem Trupp draußen, aber ich fahre immer mit meinem Privatwagen, weil ich manchmal mitten in der Arbeit zu einer anderen Baustelle gerufen werde. Da kann ich nicht einen Van mit dem ganzen Werkzeug nehmen. An dem Abend ist es auf dem Bau spät geworden, und ich bin gleich von dort aus nach Hause gefahren.« Er machte eine fahrige Handbewegung. »Sie müssen wissen, dass die Jungs – also alle meine Leute, es sind auch ein paar Frauen in den Bautrupps – ihre Wertsachen normalerweise im Spind einschließen, besonders auch die Autoschlüssel. Das Risiko, dass man die auf der Arbeit mal verliert und ein Schlüssel womöglich in frisch gegossenen Beton fällt, ist viel zu groß. Als die Wagen der beiden am nächsten Morgen noch auf dem Parkplatz standen, dachte ich, dass sie erst zurückgekommen sind, nachdem die Firma schon abgeschlossen war, sie nicht mehr an ihren Spind und an die Autoschlüssel konnten und sie deshalb mit dem Taxi nach Hause gefahren sind. Und als sie an dem Morgen nicht schon da waren, vermutete ich, dass sie jeden Moment kommen würden. Taten sie aber nicht. Als die Ehefrauen die Autos ein paar Tage später abholten, habe ich ihnen die Spinde aufgeschlossen und sie gebeten, nicht nur die Autoschlüssel, sondern auch die anderen Sachen ihrer Männer mitzunehmen.«

»War unter den Sachen vielleicht irgendetwas Auffälliges?«

Hollis schüttelte den Kopf. »Mir ist nichts aufgefallen.« Er schürzte die Lippen. »Aber gerade wegen der zurückgelassenen Autos – beides Mittelklassewagen, also nichts besonders Teures – dachte ich, dass an meiner Vermutung mit dem Diebstahl der Juwelen wohl was dran ist.«

Glen nickte, obwohl es natürlich noch einen anderen möglichen Grund dafür gab. Mindestens einen. »Würden Sie mir die Adressen geben, Mr Hollis? Vielleicht kann ich bei den Familien Anhaltspunkte finden, wo die beiden stecken könnten.«

»Mit Vergnügen! Denn mich interessiert auch, wo sie abgeblieben sind. Falls Sie sie finden und sich rausstellt, dass mein Verdacht zutrifft, sagen Sie denen, dass sie gefeuert sind. Mit einem schönen Gruß von mir!«

Hollis war anzumerken, wie sauer er auf die treulosen und möglicherweise verbrecherischen Angestellten war. Glen hatte den Eindruck, dass er, wenn sie in diesem Moment vor ihm stünden, ihnen ordentlich den Marsch geblasen hätte. Verständlich, denn falls der Verdacht mit dem Diebstahl zutraf und das publik wurde, warf das auch auf die Firma ein schlechtes Licht.

Hollis rief etwas in seinem Computer auf und druckte zwei Blätter aus, die er Glen reichte. Offenbar waren das die Personalakten der beiden Männer, in denen nicht nur ihre Adresse stand. Indiskret, denn Glen hatte nicht das Recht einzusehen, was die Leute verdienten und wie viele Steuern sie zahlten. Auch die Namen der Ehefrauen und die der Kinder waren aufgeführt. James MacQuarrie hatte drei, Bernard Napier vier. Weil diese Informationen für ihn aber wertvoll waren, protestierte er nicht. Außerdem würde er die Blätter sowieso vernichten, sobald er sie nicht mehr brauchte, und ihren Inhalt selbstverständlich vertraulich behandeln.

»Vielen Dank, Mr Hollis. Wenn möglich, werde ich Sie auf dem Laufenden halten.«

Hollis machte eine wegwerfende Handbewegung. »Ich will nur wissen, was mit ihnen passiert ist.« Er zuckte mit den Schultern. »Menschen verschwinden doch nicht einfach so. Könnte ja sein, dass ihnen was zugestoßen ist.« Seinem Tonfall nach glaubte er das aber nicht.

Glen dachte das zwar auch nicht, denn in dem Fall hätte es einen Unfallbericht bei der Polizei geben müssen, die die Angehörigen benachrichtigt hätte, die wiederum in der Firma Bescheid gegeben hätten. Aber er konnte diese Möglichkeit auch nicht vollständig ausschließen. Allerdings wäre es schon ein unglaublicher Zufall, dass den beiden Männern etwas zugestoßen sein sollte, ohne dass irgendwer das bemerkt hatte. So oder so, Glen hoffte, dass er deren Verbleib aufklären konnte.

Er verabschiedete sich von Hollis und rief Craig an.

»Haben Sie es gefunden?«, fragte der Mann atemlos, kaum dass Glen sich gemeldet hatte.

»Noch nicht, Sir. Ich habe nur eine Frage. Die beiden Bauarbeiter, die die Skelette gefunden haben – erinnern Sie sich noch, ob die Knochen da schon weitgehend freigelegt waren? Also, war die Nische, in die man sie eingemauert hatte, schon vollständig offen? Oder war erst ein Teil davon geöffnet worden?«

»Was hat das denn mit dem Collier zu tun?« Craig klang ungehalten.

»Das steht noch nicht fest, Sir. Aber es könnte wichtig sein.«

»Was meinen Sie denn damit?«

Glen zögerte. Sollte er dem Mann von seinem Verdacht erzählen, mit dem er möglicherweise mindestens einem der Arbeiter unter Umständen Unrecht tat? Andererseits half das Craigs Gedächtnis vielleicht auf die Sprünge, und ihm fiel noch ein wichtiges Detail ein.

»Die beiden Arbeiter sind offenbar, nachdem Sie sie nach dem Skelettfund nach Hause geschickt hatten, verschwunden. Sie waren nicht mehr auf der Arbeit und sind auch nicht zu ihren Familien zurückgekehrt, wie es aussieht.«

»Was? Aber … Das verstehe ich nicht.«

»Sie sagten mir bei unserem ersten Gespräch, Sie hätten gehofft, dass nicht nur das Collier mit Ihrer Ahnin eingemauert worden wäre, sondern auch der Rest des von ihr angeblich gestohlenen Schmucks. Falls das so war und die beiden ihn gefunden haben, würde das ihr Verschwinden vielleicht erklären.«

»In der Tat.« Craig schwieg eine Weile und dachte augenscheinlich nach. »Also, wenn ich mich recht erinnere, war die Nische komplett offen, als ich in den Kellerraum kam, und die beiden standen davor.« Schweigen. »Ich will ja nichts sagen, aber jetzt im Rückblick hatte ich schon den Eindruck, dass die beiden irgendwie ertappt wirkten. Ich habe das aber damals für eine emotionale Erschütterung gehalten, denn man findet ja nicht alle Tage zwei Skelette hinter einer Mauer. Aber falls in der Nische tatsächlich Lady Iras Schmuck war«, er atmete scharf aus, »dann habe ich wohl Glück, dass die ihr noch nicht das Collier abgenommen hatten.«

Der Meinung war auch Glen. »Und die beiden sind dann gegangen?«

»Ja. Wie gesagt, sie wirkten auf mich erschüttert. Deshalb habe ich sie nach Hause geschickt und anschließend die Polizei gerufen. Und danach habe ich von ihnen nichts mehr gehört, vielmehr gesehen. Als ich ein paar Tage später bei ihrer Firma angerufen habe, um dem Chef mitzuteilen, dass die Renovierung fortgesetzt werden kann, hat er mir kommentarlos zwei andere Leute geschickt. Ich habe mir nichts dabei gedacht, weil Bauarbeiter ja nicht tatenlos herumsitzen und warten, bis sie bei mir weitermachen können. Ich dachte, ihr Boss hat sie anderswo eingesetzt, wo sie dann unabkömmlich waren.« Craig stieß scharf die Luft aus. »Aber dass die mich beklaut haben – darauf bin ich nicht gekommen.« Er schnaufte. »Ich bin wohl manchmal etwas zu vertrauensselig.«

»Danke, Mr Craig. Falls ich die beiden finden sollte, wird sich hoffentlich zeigen, ob sie tatsächlich Diebe sind oder ihr Verschwinden einen ganz anderen Grund hat.«

»Ich kann mir keinen anderen vorstellen.« Craig klang missmutig, und Glen glaubte auch, einen Hauch Sarkasmus herauszuhören.

»Ich mir im Moment auch nicht«, stimmte er ihm zu. »Ich melde mich, sobald ich etwas herausfinde.«

Er beendete das Gespräch, rief Inspector Boyd an und teilte ihr mit, dass die beiden Bauarbeiter verschwunden waren. Der Art nach zu urteilen, wie sie auf seinen Anruf reagierte, hatte sie nicht damit gerechnet, dass er Wort hielt und sie über seine Untersuchungsergebnisse informierte. Allerdings spürte er, dass sie ihm nicht traute, denn ihr »Wir werden dem nachgehen« klang doch reichlich kühl.

Glen fuhr zu der Adresse von James und Mabel MacQuarrie. Die Wohnung befand sich in einem sechzehnstöckigen Hochhaus am West Pilton Crescend Ecke Northview Court im Stadtteil Muirhouse, einem der ärmeren Viertel Edinburghs. Die Mieten waren hier vergleichsweise niedrig. Glen wunderte sich, dass MacQuarrie in so einer Mietskaserne lebte, denn das auf seinem Personalbogen ausgewiesene Gehalt hätte durchaus für eine bessere Wohngegend gereicht, bei entsprechender Sparsamkeit sogar für ein eigenes Haus.

MacQuarrie wohnte im elften Stock. Nachdem Glen geklingelt hatte, öffnete ihm fast augenblicklich eine brünette Frau Anfang dreißig mit einem Baby auf dem Arm und einem Ausdruck ängstlicher Erwartung im Gesicht, der sich bei Glens Anblick in Erschrecken und Furcht verwandelte.

Glen stellte sich vor. Wie die meisten Menschen, denen er *Currie & Stewart* als seinen Arbeitgeber nannte, vermutete sie, dass er ihr eine Versicherung verkaufen wollte, und schaltete sichtbar auf Abwehr.

»Ich bin kein Vertreter«, beruhigte er sie. »Ich komme gerade von *Hollis Constructions*, wo ich erfahren habe, dass Ihr Mann nicht mehr zur Arbeit erscheint. Ich würde ihn gern wegen seiner letzten Arbeit in Forthwater Manor sprechen. Ist er zu Hause?«

Mabel MacQuarrie brach in Tränen aus. Das Baby auf ihrem Arm folgte ihrem Beispiel und protestierte mit zusätzlichem lauten Geschrei gegen den plötzlichen Stimmungsumschwung seiner Mutter. Glen wäre am liebsten geflüchtet. Shade winselte.

»Martha!«

Eine ältere Frau kam aus einem Nebenzimmer, nahm ihr das Baby ab und brachte es in einen anderen Raum. Das Geschrei wurde leiser.

»Darf ich hereinkommen, bitte? Und darf mein Hund mit?«

Mabel MacQuarrie nickte, gab die Tür frei und deutete mit dem Kopf auf eine offene Tür, die ins Wohnzimmer führte. Sie ging ihm leise schluchzend voran. Das Haus mochte eine Ansammlung von finanziell minderbemittelten Menschen beherbergen, aber die Wohnung der MacQuarries war ein Schmuckstück: sauber, aufgeräumt, geschmackvoll eingerichtet mit Kunst an den Wänden, auch wenn es sich dabei um Kunstdrucke handelte, und gemütlichen Möbeln, die dazu einluden, sich zu setzen und wohlzufühlen. Glen nahm in einem dunkelblauen Sessel Platz. Shade, der genau wusste, dass, wenn sein Freund sich setzte, der Aufenthalt am jeweiligen Ort etwas länger dauern würde, legte sich unaufgefordert neben ihn und bettete den Kopf auf die Pfoten.

Glen fischte eine Packung Papiertaschentücher aus der Innentasche seiner Jacke und reichte es Mabel MacQuarrie. Sie nahm es und zog eins heraus.

»Danke«, murmelte sie, schnäuzte sich und warf das zusammengeknüllte Tuch zielsicher in den Papierkorb neben dem Fernseher.

»Mrs MacQuarrie, Ihrer Reaktion entnehme ich, dass Ihr Mann immer noch – verschwunden ist?«

Sie rollte die Lippen nach innen, wohl um zu verhindern, dass sie erneut weinte, und nickte.

»Wann haben Sie ihn zuletzt gesehen?«

»Am achten März.«

Der Tag, an dem das Collier gefunden worden war.

»Er ist wie jeden Morgen zur Arbeit gegangen, aber einfach nicht mehr nach Hause gekommen. Ich habe ihn zigmal auf dem Smartphone angerufen, aber er meldet sich nicht. Und inzwischen geht nicht mal mehr die Mailbox ran, weil ich sie vermutlich bis zum letzten Speicherplatz vollgequatscht habe mit den Bitten, er möge sich doch melden.« Neue Tränen traten in ihre Augen.

»Ich nehme an, Sie haben ihn als vermisst gemeldet.«

»Selbstverständlich.« Sie nickte heftig. »Aber was hat die Polizei mir gesagt?«

Glen konnte es sich denken. »Dass er erwachsen ist und gehen kann, wohin er will, auch mal ein paar Tage wegbleiben kann und seiner Frau keine Rechenschaft schuldig ist.«

Sie nickte wieder, zog ein neues Taschentuch aus der Packung und wischte sich damit über die Augen. »So in etwa. Und als sie dann endlich die Vermisstenanzeige aufgenommen haben, nachdem auch Mr Hollis ihn als vermisst gemeldet hat, musste ich mir von so einem Idioten auf der Wache anhören, dass er vielleicht die Schnauze voll gehabt hat von ›den Belastungen des Alltags‹ und abgehauen ist. Aber Jimmy hätte mich und die Kinder nie im Leben einfach so verlassen! Niemals!« Sie weinte wieder.

Glen war sich sicher, dass das auch die Frauen all jener Männer gesagt hatten, die vom sprichwörtlichen »Bierholen« nicht zurückgekehrt waren. Man konnte eben nicht in den Kopf eines Menschen sehen. Aber er hielt es nicht für klug und auch nicht für angemessen, Mabel MacQuarrie das in ihrem Schmerz unter die Nase zu reiben. Die Frau litt schon genug. Außerdem war auch MacQuarries Kumpel verschwunden, und das deutete auf eine andere Ursache als Flucht aus dem belastenden Alltag hin.

»Er hat ja nicht mal einen Koffer gepackt oder irgendwas mitgenommen«, schluchzte sie. »Alle seine Sachen sind noch da. Das tut man doch nicht, wenn man abhauen will. Und vom Konto hat er auch kein Geld mehr abgehoben. Da stimmt doch was nicht!« Sie schüttelte heftig den Kopf. »Er hat uns nicht verlassen! Ganz bestimmt nicht! Ihm muss was zugestoßen sein!«

»Ich glaube Ihnen«, sagte Glen sanft. »Verstehen Sie meine Frage bitte nicht falsch, aber ist Ihnen vielleicht etwas an Ihrem Mann aufgefallen in der Zeit, bevor er verschwunden ist? War er anders als sonst? Vielleicht bedrückt oder reizbar?«

Sie schüttelte den Kopf und wischte sich die Tränen ab. »Nein. – Das heißt …« Sie räusperte sich. »Na ja, wie soll ich sagen?« Sie blickte ihn hilflos und auch etwas misstrauisch an.

»Mrs MacQuarrie, ich bin nicht hier, um Ihren Mann zu diskreditieren oder ihm zu schaden. Ich gehe lediglich einer Spur nach und sehe mir vollkommen wertungsfrei an, wohin sie mich führt. Sicherlich wissen Sie, dass in Forthwater Manor, wo Ihr Mann zuletzt gearbeitet hat, zwei Skelette gefunden wurden, von denen eins ein wertvolles Collier um den Hals trug. Dieses Collier wurde gestohlen. Aber«, er hob abwehrend die Hände, als sie ihn empört ansah, »Ihr Mann kann das nicht gewesen sein, denn als es verschwand, arbeitete er schon nicht mehr dort. Ich verfolge lediglich nach, wer jemals mit dem Collier zu tun hatte, und erhoffe mir Hinweise, die mir eine Spur zum Dieb liefern.«

Sie rollte die Lippen nach innen, warf einen Blick auf Shade, der inzwischen den Kopf auf Glens Knie gelegt hatte und sich von ihm hinter den Ohren kraulen ließ. Vermutlich kam sie zu dem Schluss, dass ein Mann mit einem netten Hund unabhängig von seinem Aussehen vertrauenswürdig war, denn sie nickte.

»Es ist kein Geheimnis, dass wir seit der Geburt unserer Jüngsten ziemlich knapp bei Kasse sind. Missy ist behindert und braucht rund um die Uhr Pflege, die wir allein nicht stemmen können. Und der National Health Service übernimmt die Zusatzkosten nicht. Darum müssen wir beide arbeiten, und Jimmy hat auch Nebenjobs angenommen. Mein Gehalt geht vollständig für Martha drauf. Sie ist Kinderschwester und auf Kinder mit Behinderungen spezialisiert.« Sie seufzte. »Und die Zwillinge sind in einem Alter, wo sie furchtbar schnell aus allem rauswachsen. Für die Bildung muss ja auch was getan werden; Bücher, Musik- und Kunsterziehung. Das alles ist ganz schön belastend.« Ein trauriges Lächeln. »Aber wir lieben unsere Kleine ohne Wenn und Aber, und wir würden alles für sie tun.«

»Das kann ich gut verstehen«, versicherte Glen. »Hatte Ihr Mann kürzlich einen neuen Nebenjob angenommen?«

Sie schüttelte den Kopf. »Aber er war – entspannter, als ich ihn in den letzten Monaten erlebt habe. Fast heiter. Natürlich habe ich ihn gefragt, was los ist, aber er hat sehr geheimnisvoll getan und mir versichert, alles wird bald gut.«

Interessant. »Was meinte er damit?«

Sie zuckte mit den Schultern. »Dass er ein gutes Nebeneinkommen in Aussicht habe, das zumindest unsere Schulden tilgt. – Die haben wir wegen der behindertengerechten Einrichtung der Wohnung und all der Sonderanfertigungen, die wir für Missy brauchen. Mehr wollte er darüber nicht sagen.« Sie seufzte. »Ich glaube, er hatte Angst, dass sich die Aussicht in Luft auflöst, wenn er sie beim Namen nennt. Er wollte mich nicht enttäuschen, und wenn es nicht geklappt hätte,

hätte ich mich nicht schon im Vorfeld gefreut. Dann wäre die Enttäuschung umso größer gewesen.« Wieder traten Tränen in ihre Augen. »Wir sparen jeden Penny für ein eigenes Haus, das wir behindertengerecht einrichten können. Darum wohnen wir noch hier.« Eine neue Tränenflut drohte.

»Wissen Sie noch, wann genau Ihr Mann zum ersten Mal davon gesprochen hat?«, fragte Glen, bevor sich die Flut ergoss.

Sie nickte. »Er hat das nur ein einziges Mal erwähnt, weil mir seine Heiterkeit aufgefallen ist. Und das war ungefähr – Mitte Februar. Ich glaube, so um den Fünfzehnten herum, aber bestimmt nicht viel später. Vielleicht auch etwas früher.«

Dann konnte, was immer Jimmy MacQuarrie zu seinem Verhalten veranlasst hatte, nichts mit dem Fund des Colliers und etwaiger anderer Schmuckstücke zu tun haben, die erst am achten März gefunden worden waren.

»Was ist mit seinem Kollegen, Bernie Napier?«, fragte er dennoch. »Hatte der etwas mit diesem lukrativen Nebenjob zu tun?«

Sie schüttelte den Kopf. »Nicht dass ich wüsste. Und ich glaube es auch nicht. Jimmy muss zwar mit ihm zusammenarbeiten, wenn sein Chef das so will, aber er mag ihn nicht besonders. Deshalb kann ich mir nicht vorstellen, dass der ihm einen Job vermittelt.« Sie zuckte mit den Schultern. »Oder vielleicht doch, wenn er selbst den nicht haben wollte. Jimmy hat ihn mal als ziemlich faul beschrieben. Napier tut wohl nur das Nötigste und überlässt die meiste Arbeit den Kollegen, wenn er kann. Nur wenn der Chef oder ein Vorarbeiter in der Nähe ist, gibt er sich immer eifrig und klotzt richtig ran, um Eindruck zu machen.« Sie schüttelte den Kopf. »Aber warum sollte er ausgerechnet Jimmy einen Job vermitteln? So dicke waren sie nun doch nicht miteinander.«

Das war die Frage, der Glen trotzdem nachgehen würde, indem er auch mit Mrs Napier sprach. Zwar glaubte er nicht, dass das irgendetwas für seine Ermittlungen hinsichtlich des Colliers brachte. Er schloss aber nicht aus, dass der unbescholtene Jimmy MacQuarrie sich von seinem Kumpel mit der kriminellen Vergangenheit zur Unterschlagung des hypothetischen anderen Schmucks hatte überreden lassen. In dem Fall gäbe es noch ein weiteres mögliches Szenario.

Napier hatte vielleicht entschieden, dass er die Beute nicht teilen wollte, oder es war zum Streit zwischen den beiden gekommen, in dessen Verlauf er Jimmy MacQuarrie umgebracht hatte. Vielleicht gar nicht mal mit Absicht. Danach hatte er es vorgezogen, von der Bildfläche zu verschwinden und vorher die Leiche irgendwo versteckt, wo sie bis heute nicht gefunden worden war. Aber grau war alle Theorie, und Spekulationen halfen ihm nicht weiter.

Er stand auf. »Haben Sie vielen Dank für Ihre Hilfe, Mrs MacQuarrie. Falls ich etwas über Ihren Mann erfahren sollte, werde ich Sie benachrichtigen.«

»Das wäre sehr freundlich, Mr Kincaid. Die Polizei tut nämlich nichts. Gar nichts!«

Weitere Tränen quollen aus ihren Augen, und Glen trat den Rückzug an. Er fühlte sich immer hilflos, wenn er Zeuge des Leids eines anderen Menschen wurde und nichts tun konnte, um es zu lindern.

Er verabschiedete sich und fuhr zu Bernie Napiers Wohnung.

***

Napiers Frau Josie war ein ganz anderes Kaliber als Mabel MacQuarrie. Die Wohnung in einem Mehrfamilienhaus in der Restalrig Road lag zwar in einem besseren Viertel als die der MacQuarries, war aber unaufgeräumt und auch nicht besonders sauber. Im Flur lagen überall Spielzeuge, ein einsamer Kinderschuh und ein Handtuch auf dem Boden, und die Dame des Hauses empfing Glen im Morgenmantel, obwohl es schon nach Mittag war, mit einem Glas Whisky in der einen Hand und dem Smartphone am Ohr.

»Was?«, knurrte sie ihn an, ehe sie ihn überhaupt richtig wahrgenommen hatte. Dann sah sie seine Narben und starrte ihn mit offenem Mund entsetzt an.

Glen versuchte das und den Stich, den es ihm versetzte, zu ignorieren. »Mrs Napier? Ich bin Glen Kincaid und arbeite für die Versicherung *Currie and Stewart*.«

»Hatte Bernie eine Lebensversicherung? Wollen Sie die jetzt auszahlen?« Das klang gleichgültig und sogar, wie Glen glaubte, auch ein bisschen gierig.

»Dürfen wir einen Moment hereinkommen? Shade ist wohlerzogen und friedlich.«

Sie schien den Hund erst jetzt zu bemerken und starrte erst ihn, dann Glen misstrauisch an. »Ich ruf gleich zurück«, sagte sie in ihr Telefon, unterbrach die Verbindung und steckte es in die Tasche ihrer verwaschenen und mehrfach zerrissenen Jeans, die unter dem Morgenmantel zum Vorschein kam.

Glen sah sich außerstande zu beurteilen, ob die Jeans kaputt gegangen war oder ob sie zu der ihm unverständlichen Mode gehörte, bei der man die Kleidung absichtlich beschädigte, um einen extremen »used look« herzustellen. Was daran modisch sein sollte, seine Kleidung so zu zerstören, verstand er sowieso nicht.

Josie Napier trat einen Schritt zur Seite und machte eine Kopfbewegung ins Innere der Wohnung. Zwei kleine Mädchen kamen ballspielend in den Flur gestürmt. Bei Glens Anblick blieben sie abrupt stehen und starrten ihn ebenso entsetzt an wie ihre Mutter vorhin. Sekunden später stieß die Jüngere einen Schrei aus, drehte sich herum und rannte davon, die Ältere folgte ihr. Der Stich, den Glen diesmal empfand, war noch heftiger als der vorherige. Vermutlich würde er sich nie an solche Reaktionen gewöhnen und sie ignorieren können.

»Sie müssen entschuldigen, aber die Kinder haben noch nie ein Narbengesicht aus der Nähe gesehen.«

Er zwang sich zu einem halbseitigen Lächeln. »Sicherlich sind die Kinder – und Sie – sehr froh darüber, dass Sie nicht das eigene Narbengesicht jeden Tag im Spiegel sehen müssen«, konnte er sich nicht verkneifen zu sagen.

Josie Napiers verständnislosem Gesichtsausdruck nach kapierte sie gar nicht, was er damit meinte. »Hier rein«, bat sie.

Sie stieß eine Tür auf, die ins Wohnzimmer führte. Auch das war nicht aufgeräumt. Der Fernseher lief und ein leicht muffiger Geruch lag in der Luft, der darauf schließen ließ, dass hier längere Zeit nicht gelüftet worden war. Josie Napier setzte sich auf die Couch und blickte Glen erwartungsvoll an. Als er stehen bleib, fiel ihr wohl ein, dass die Höflichkeit gebot, ihm einen Platz anzubieten, und sie zeigte auf einen Sessel. Er setzte sich, und Shade legte sich neben ihn. Die Kinder tauchten an der Tür auf, spähten um die Ecke ins Zimmer und starrten Glen wieder an.

Er erwiderte ihre Blicke. »Ich hatte einen Unfall. Daher stammen die Narben.« Er deutete auf sein Gesicht. »Aber ich beiße nicht, nur weil die Narben hässlich aussehen. Und Shade beißt auch nicht.«

Das ältere Mädchen kicherte kurz. »Dürfen wir mit ihm spielen?«

»Na klar.« Dann waren die Kinder abgelenkt und starrten Glen nicht mehr an. »Er spielt auch gerne mit Bällen.«

»Toll! – Komm, Shade, komm!«

Shade ließ sich nicht zweimal bitten. Er lief schwanzwedelnd zu den Kindern, die ihm ihren Ball zuwarfen und lachten, als er den nicht mit der Schnauze fangen konnte, weil er zu groß dafür war.

»Was ist nun mit der Versicherung?«, fragte Josie Napier ungeduldig.

»Ihr Mann hat keine bei uns, aber ich ermittle im Fall eines Diebstahls, der dort entdeckt wurde, wo er vor seinem Verschwinden zuletzt gearbeitet hat.«

»Das glaube ich gerne!« Sie schnaubte. »Was hat er denen geklaut? Muss 'ne verdammt große Sache sein, denn sie hat offenbar ausgereicht, dass er sich absetzen und uns im Stich lassen konnte, der Mistkerl!«

Glens Überzeugung nach sollte niemand in Gegenwart der Kinder so über ihren Vater reden, erst recht nicht die eigene Mutter. Er sah zu den Kindern hin, aber die waren zum Glück mit Shade beschäftigt und hatten die Bemerkung entweder nicht mitbekommen oder schenkten ihr keine Beachtung.

»Wissen Sie, wo sich Ihr Mann aufhält?«

»Haben Sie nicht gehört, was ich gesagt habe?«, giftete sie ihn an. »Er ist abgehauen! Von einem Tag auf den anderen. Kam einfach nicht mehr von der Arbeit nach Hause und hat uns mit nichts sitzen gelassen, der Arsch!« Sie fletschte die Zähne. Es hätte wohl nicht viel gefehlt und sie hätte Glen angeknurrt.

»Das tut mir sehr leid, Mrs Napier. Hat er sich vielleicht im Vorfeld anders verhalten als sonst?«

»Ja, hat er«, grollte sie. »Hat mir vorgeschwärmt, dass er einen dicken Fisch an der Angel hat. Aber er wollte mir nicht sagen, worum es geht.« Sie schnaubte wieder. »Als er dann verschwunden ist, wusste ich, warum. Was hat er denn diesmal gestohlen?«

»Darüber darf ich Ihnen leider keine Auskunft geben. Aber hat Ihr Mann einen Koffer gepackt, bevor er gegangen ist?«

»Nee. Darum glaube ich ja, dass er wirklich das dicke Geld in der Tasche haben muss, von dem er sich alles neu kaufen kann, sonst hätte er wenigsten irgendwas mitgenommen.« Sie verschränkte die Arme vor der Brust, runzelte finster die Stirn und blickte zur Seite. »Dass er uns einfach so hat sitzen lassen …« Sie schüttelte den Kopf.

»Erinnern Sie sich noch, wann Ihr Mann angefangen hat, von dem dicken Fisch zu schwärmen?«

»Hm?« Sie dachte nach. »Muss so ungefähr Mitte Februar gewesen sein.«

Das deckte sich mit dem, was Mabel MacQuarrie gesagt hatte.

»Und verschwunden ist er – wann?«

Josie Napier fletschte wieder die Zähne. »Das kann ich Ihnen ganz genau sagen: am achten März.« Sie deutete mit dem Kinn auf ihre Kinder. »An Hillarys

Geburtstag. Allein schon dafür könnte ich den Kerl vierteilen! Was hat die Kleine geweint und immer wieder nach ihrem Daddy gefragt.« Sie zuckte mit den Schultern und beugte sich leicht zu Glen hin. »Ich habe ihr was von Überstunden vorgelogen«, flüsterte sie. »Aber als Bernie auch am nächsten Tag und bis heute nicht zurückgekommen ist, musste ich den Kindern wohl oder übel sagen, dass er uns verlassen hat.«

»Könnte er nicht einen Unfall gehabt haben?«

Sie schüttelte den Kopf. »Dann wäre er in irgendeinem Krankenhaus gelandet und die Polizei hätte mich benachrichtigt. Außerdem habe ich alle Kliniken in Edinburgh und Umgebung abtelefoniert, aber er war nirgends.« Sie blickte Glen flüchtig an. »Warum wollen Sie das eigentlich alles wissen?«

»Weil zusammen mit Ihrem Mann ein zweiter, mit dem er gearbeitet hat, am selben Tag ebenso spurlos verschwunden ist. Und dessen Frau ist der festen Überzeugung, dass er sie und die Kinder nicht freiwillig verlassen hat.«

Sie starrte ihn an. »Sie meinen – er wurde entführt?«

Der Gedanke war Glen noch gar nicht gekommen. Allerdings: »Wer sollte einen Grund haben, gleich zwei Männer zu entführen?«

Sie schnaubte. »Ein paar von Bernies kriminellen Kumpeln. Falls er wirklich den dicken Fisch an der Angel hatte und das den Leuten erzählt hat, halte ich das nicht für ausgeschlossen.«

»Haben Sie das der Polizei gesagt? Sie haben doch eine Vermisstenanzeige aufgegeben?«

»Ja, klar! Aber die Coppers tun ja nichts. Bernie ist erwachsen, hieß es, und: ›*Was glauben Sie, wie viele Männer schon Bier holen wollten und sich unter dem Vorwand einfach abgesetzt haben*‹. Das musste ich mir von den Scheißtypen sagen lassen.« Sie sah ihn an. »Können Sie denen nicht Dampf unterm Arsch machen?«

»Ich kann es versuchen.« Auch wenn das gleichzeitige Verschwinden von Napier und MacQuarrie zur selben Zeit nichts mit dem verschwundenen Collier zu tun hatte, so war das doch ein Punkt, der der Polizei zu denken geben musste, wenn man sie darauf aufmerksam machte. Glen würde das zumindest gegenüber Inspector Boyd ansprechen.

»Können Sie mir ein paar Namen von Bernies Kumpeln nennen, die für eine Entführung infrage kämen?«

Sie nickte. »Haben Sie was zu schreiben?«

Er zückte sein Notizbuch und notierte die Namen. Auch wenn er die Entführung für relativ unwahrscheinlich hielt und seine Aufgabe nur war, das Collier zu finden, konnte es nicht schaden, auch dieser Spur nachzugehen.

»Wissen Sie zufällig, ob einer dieser Leute sich mit Schmuck auskennt? Vielleicht in der Branche arbeitet. Ein Hehler oder Pfandleiher.«

Sie dachte nach und sah ihren Kindern zu, die mit Shade und einem anderen, kleineren Ball spielten; reichlich laut für Glens Geschmack. Schließlich nickte sie. »Bob Sanderson. Der steht in dem Ruf, alles besorgen zu können, was man will. Und Bernie hat mal erwähnt, dass er wohl früher im Diamantengeschäft war.« Sie seufzte. »Früher waren die beiden richtig dicke miteinander.« Sie verzog das Gesicht. »Da hat Bernie noch gespielt und brauchte ständig Geld.« Ein Anflug von Ärger huschte über ihr Gesicht. »Und weil das Geld nie reichte, hat er gestohlen. Bis er erwischt wurde und nach Saughton einfuhr.« Sie zuckte mit den Schultern. »Er hat mir zwar sein Wort gegeben, dass die Zeiten vorbei sind, aber da bin ich mir nicht so sicher. Ins Feuer legen würde ich meine Hand dafür nicht.« Sie beugte sich wieder ein Stück vor und senkte die Stimme, obwohl das bei dem Lärm, den die Kinder veranstalteten, kaum nötig war. »Könnte sein, dass er Bob oder jemand anderem mal wieder Geld schuldet und deshalb abgetaucht ist. Das würde zumindest erklären, dass er Hals über Kopf verschwunden ist und nichts mitgenommen hat.«

Auch diese Möglichkeit war nicht von der Hand zu weisen. »Ist denn jemand zu Ihnen gekommen, um nach Bernie zu fragen?«

»Nee.« Sie schüttelte den Kopf. »Nicht mal die Coppers.«

Ihrem Verhalten nach machte sich Josie Napier keine allzu großen Sorgen um ihren Mann. Und vielleicht auch keine um ihre Zukunft. Falls sie keinen Job hatte, dem sie abends nachging, sah es nicht so aus, als sei sie berufstätig. Vielleicht hatte sie aber noch gar nicht begriffen, dass es keine weitere Gehaltsüberweisung von *Hollis Constructions* geben würde, weil ihr Mann dort gefeuert war. Oder sie wusste entgegen ihrer Behauptung genau, wo er sich aufhielt, und wurde weiterhin von ihm versorgt. Aber auch das war nicht Glens Angelegenheit.

»Eine letzte Frage: Wurde seit dem Verschwinden Ihres Mannes mit seiner Geld- oder Kreditkarte Geld vom Konto abgehoben?«

Sie runzelte die Stirn. »Nee.« Gesprochen in einem Tonfall, als würde ihr das erst jetzt auffallen. Und das schien sie nicht mal zu beunruhigen. Sie zuckte mit den Schultern. »Deshalb glaube ich ja, dass er den großen Fisch geangelt hat und einfach abgehauen ist, weil der so viel Geld gebracht hat, dass er das Geld vom Konto nicht mehr braucht. Garantiert hat er sich ein neues Konto eingerichtet und lebt in Saus und Braus und lässt mich zusehen, wie ich mit den Kindern allein zurechtkomme, der …« Sie presste die Lippen zusammen und verkniff sich das Schimpfwort, das sie wohl hatte benutzen wollen.

Glen kam zu dem Schluss, dass in der Ehe der Napiers schon seit Längerem der Wurm steckte. Aber das war nicht seine Angelegenheit. Er reichte ihr eine Visitenkarte. »Falls Ihnen noch etwas einfällt, können Sie mich oder meine Versicherung jederzeit benachrichtigen.«

Sie nahm sie und legte sie achtlos beiseite. »Und Bernie hatte wirklich keine Lebensversicherung oder so bei Ihnen?«

»Nein.« Glen bemühte sich um ein ausdrucksloses Gesicht, denn diesmal hatte unverhohlen die Gier in der Frage mitgeklungen. Und dass sie von ihrem Mann in der Vergangenheit sprach, als wäre er zweifelsfrei tot, ließ tief blicken. »Aber falls er bei einer anderen Gesellschaft eine abgeschlossen hatte, nützt die Ihnen gegenwärtig nichts. Denn um sie ausgezahlt zu bekommen, muss entweder die Laufzeit beendet oder Ihr Mann nachweislich tot sein. Sollte er nicht wieder auftauchen, müssten Sie ihn amtlich für tot erklären lassen, was aber erst nach Ablauf von einigen Jahren möglich ist.«

Sie wurde blass. »So habe ich das nicht gemeint«, versicherte sie ein bisschen zu hastig. »Ich dachte nur wegen der Kinder … Die brauchen schließlich was zu beißen und Kleidung … Und überhaupt!«

Glen verkniff sich den Hinweis, dass sie sich lieber schon mal einen Job suchen sollte. Derartige Kritik stand ihm nicht zu. Schließlich hatte nicht jeder Mensch das Privileg, in einer intakten oder bessergestellten Familie aufzuwachsen. Oder hatte das Ziel und besaß den Willen, etwas aus sich zu machen, auch wenn es das Leben nicht allzu gut mit einem gemeint hatte. Und vielleicht tat er Josie Napier Unrecht und sie hatte einen Job zum Beispiel als Barfrau, weshalb sie tagsüber bei den Kindern zu Hause war. Die Dinge waren nicht immer so, wie sie auf den ersten Blick erschienen.

Er deutete auf die Visitenkarte. »Sollte Ihr Mann zurückkommen oder sollten Sie von ihm hören, würde ich mich freuen, wenn Sie mir Bescheid geben. Meine Versicherung hat eine Belohnung ausgesetzt für alle Hinweise, die uns weiterhelfen. Und wenn Ihr Mann mit dem Fall nichts Negatives zu tun hat, hat er auch nichts zu befürchten. Wir sind nicht die Polizei.«

Die Aussicht auf eine Belohnung wirkte manchmal Wunder.

»Wie hoch ist die denn?«, fragte Josie Napier prompt.

»Vierstellig.« Er stand auf. »Haben Sie vielen Dank für Ihre Hilfe, Ma'am. Und bemühen Sie sich nicht. Ich finde allein hinaus.«

Josie Napier bleibt prompt sitzen.

»Komm, Shade.«

Der Hund ließ den Ball fallen, der er gerade gepackt hatte, und sprang an seine Seite.

»Kann er nicht noch ein bisschen bleiben?«, bettelte eins der Mädchen.

»Sorry, wir müssen los.«

Worauf die Kinder sich auf die Mutter stürzten. »Mommy, wir wollen auch einen Hund! Bitte, bitte, bitte!«

Glen flüchtete aus der Wohnung.

»Ach, lasst mich doch in Ruhe!«, hörte er die Mutter noch sagen, ehe er aufatmend die Tür schloss.

Er verließ das Haus, setzte sich in seinen Wagen, rief Inspector Boyd an und teilte ihr mit, was er von Mabel MacQuarrie und Josie Napier erfahren hatte.

»Schön und gut«, meinte sie, und es klang sehr ungehalten, als fühlte sie sich belästigt. »Ich sehe aber nicht, dass das etwas mit dem verschwundenen Collier zu tun hat.«

»Das nicht«, stimmte Glen ihr zu. »Aber trotzdem steht der Verdacht auf ein Verbrechen im Raum. Zwei Männer verschwinden nicht einfach am selben Tag, die beide keinen Koffer gepackt haben und einfach nicht mehr auftauchen. Es wäre nett, wenn Sie Ihre Vermisstenstelle informieren, damit die sich darum kümmert. – Haben Sie inzwischen etwas erfahren?«

»Nein!« Das klang nicht nur ungehalten, sondern abweisend. Boyd räusperte sich, weil ihr das wohl auch auffiel. »Die Tochter ist ausgeflogen, und der Gutachter wäscht seine Hände in Unschuld. Und selbstverständlich traut er niemandem aus seiner Assistenzriege einen solchen Betrug zu. Was wir natürlich trotzdem überprüfen werden.« Glen hörte sie seufzen. »Aber danke für Ihre Informationen.«

Sie hatte das Gespräch beendet, noch bevor er antworten konnte. Er steckte das Smartphone ein und sah auf die Uhr. Sein knurrender Magen verriet ihm, dass es Zeit fürs längst überfällige Mittagessen war, und auch Shade brauchte sein Futter, vor allem aber etwas Wasser. Also ein Abstecher nach Hause, danach würde er sich darum kümmern, was Inspector Boyd damit gemeint hatte, dass Craigs Tochter »ausgeflogen« sei, aber erst mal mit dem Gutachter sprechen.

7.

John MacBean, ein hagerer, glatzköpfiger Mittfünfziger mit einer Adlernase und auffallend hellen Augen, empfing Glen in seinem Büro. Sein grimmiger Gesichtsausdruck wandelte sich erst bei Shades Anblick zu einem freundlichen, wenn auch flüchtigen Lächeln. Der Grimm blieb jedoch.

»Ich weiß, Sie machen nur Ihren Job«, kam MacBean ohne Begrüßung zur Sache. »Aber das ist ein Skandal! Ich werde verdächtigt, ein Schmuckstück unterschlagen zu haben. *Ich!*« Er pochte sich mit dem Daumen gegen die Brust. »Ich habe einen Ruf zu verlieren, Sir. Glauben Sie ernsthaft, ich setze meine gesamte Existenz und meinen guten Ruf aufs Spiel für läppische, noch nicht mal eine Million Pfund Materialwert?«

»Nein, Sir«, versicherte Glen.

Interessant, dass für MacBean eine Million Pfund eine »läppische« Summe darstellte. Für die meisten anderen Menschen war das ein Reichtum, den sie in ihrem ganzen Leben selbst bei größter Sparsamkeit nicht erreichen konnten. Doch verwunderlich war MacBeans Einstellung nicht. Glen hatte sich vor seinem Besuch im Internet über ihn schlau gemacht. Der Mann war nicht nur Gutachter, sondern auch Teilzeit-Professor an der

Universität, wo er Geschichte unterrichtete, und Autor erfolgreicher Sachbücher über geschichtliche Themen sowie historischer Romane, von denen zwei es sogar auf die Bestsellerlisten geschafft hatten. Wenn er nicht gerade einen verschwenderischen Lebensstil pflegte, musste er inzwischen tatsächlich Millionär sein, vielleicht sogar mehrfacher.

»Aber wie Sie schon sagten«, ergänzte Glen, »mache ich nur meinen Job. Meine Aufgabe ist es, das Collier wiederzufinden oder seinen Verbleib insofern zu klären, ob meine Versicherung verpflichtet ist, die Versicherungssumme auszuzahlen. Ich verfolge lediglich chronologisch nach, wer Zugang zu dem Collier hatte und wie es aufbewahrt wurde. Meine Aufgabe ist weder, der Polizei die Arbeit abzunehmen, noch unschuldigen Leuten etwas anzuhängen. Ich, Sir, bin überzeugt, dass Sie nichts mit dem Tausch des echten Colliers gegen die Fälschung zu tun haben.«

Gelogen. Solange Glen keine Beweise für MacBeans Unschuld hatte, war der ein Verdächtiger. Aber die Lüge besänftigte den Mann. Er bat ihn mit einer Handbewegung Platz zu nehmen. Glen setzte sich.

»Nach dem Eigentümer sind Sie, Mr MacBean, die zweite Person, die das Collier in der Hand hatte. Wann und wie haben Sie es erhalten? Und wie kam Mr Craig dazu, Sie mit dem Gutachten zu beauftragen? Kennen Sie sich?«

MacBean schüttelte den Kopf. »Ich habe zum ersten Mal von ihm gehört, als er mich kontaktierte und um ein Gutachten bat. Jack Henderson, der Auktionator, bei dem er das Collier versteigern lassen will, hat mich ihm empfohlen, wie er sagte. Mit Mr Henderson hatte ich schon ein paarmal zu tun. Ein sehr korrekter

Mann, der immer alles dreimal prüft und sich nicht auf Gutachten verlässt.« Er lächelte flüchtig. »Das sollte mich stören, denn dadurch drückt er indirekt auch Misstrauen an meiner Kompetenz als Gutachter aus.« Er winkte ab. »Aber nach dem jetzigen Desaster, das nur entdeckt wurde, eben weil er so misstrauisch ist, werde ich nie wieder daran Anstoß nehmen.« Er nickte Glen zu. »Also, was genau wollen Sie wissen?«

»Zunächst, wann Sie das Collier zum ersten Mal in der Hand hatten. Und vor allem, auf welchem Weg es zu Ihnen gekommen ist.«

»Mr Craig hat es mir persönlich vorbeigebracht, nachdem wir miteinander telefoniert hatten und ich den Auftrag für das Gutachten angenommen hatte. Das war am Montag, den elften März, am Vormittag. Das weiß ich so genau, weil ich mich nur deshalb mit ihm treffen konnte, weil ein Seminar ausgefallen ist und weil ich das vorhin schon für die Polizei nachschlagen musste. Er hat es mir am frühen Nachmittag gebracht. Ich habe es mir angesehen und festgestellt, dass es aus echten Edelsteinen besteht; zumindest bei den Steinen, die ich stichprobenartig unter die Lupe genommen habe.«

»Wie lange dauert es normalerweise, wenn Sie ein Gutachten in dem Umfang wie den für das Collier erstellen?«

MacBean lehnte sich zurück und entspannte sich sichtlich ein wenig. Seine Wut war halbwegs verflogen. »Rein netto: ein paar Stunden. Wenn ich nichts anderes zu tun habe, also, auch keine Vorlesungen halten muss, brauche ich ungefähr einen normalen Arbeitstag von ungefähr sieben bis acht Stunden. Ich muss jeden Stein einzeln buchstäblich unter die Lupe nehmen. Denn nicht nur früher, also zu der Zeit, aus der das Collier stammt, war es nicht unüblich, bei so teuren Schmuckstücken mit Halbedelsteinen zu arbeiten, auch wenn nicht alle Steine halbedel waren. Wie Sie vielleicht wissen, macht erst die Form des Schliffs aus einem Diamanten einen Brillanten. Den Schliff kann man aber auch bei Glas imitieren, sodass es auf den ersten Blick wie ein echter Diamant aussieht.«

Glen nickte.

»Und deshalb muss ich gerade für eine Wertschätzung jeden einzelnen Stein untersuchen und durch die Spektralanalyse jagen, notfalls dokumentieren, welcher von ihnen echt oder halbedel oder nur gefärbtes Glas ist. Und ich schwöre Ihnen«, er beugte sich ein Stück vor, »das Collier, das ich begutachtet habe, bestand ausschließlich aus den echten Steinen, die ich in meinem Gutachten dokumentiert habe.«

»Selbstverständlich«, stimmte Glen ihm zu, wenn auch immer noch unter Vorbehalt.

MacBean lehnte sich wieder zurück. »Also, um auf Ihre Frage zurückzukommen. Nach der Feststellung, welche Teile echt oder falsch sind, wird das Stück von allen Seiten fotografiert, auch im Detail.«

»Diese Fotos machen Sie selbst? Oder beauftragen Sie einen Fotografen?«

MacBean schüttelte den Kopf. »Das mache ich selbst, weil ich weiß, worauf es bei solchen Fotos ankommt. Einem Fotografen müsste ich das erst erklären und könnte nicht sicher sein, dass er es auf Anhieb richtig macht. Ich habe zu dem Zweck eine sehr gute Spiegelreflexkamera.« Er winkte ab. »Außerdem müsste ich einem Fotografen sowieso ständig auf die Finger sehen. Zur Sicherheit. Und da mache ich die Fotos doch lieber gleich selbst. Nach den Fotos schreibe ich das Gutachten. Netto, wie gesagt, dauert alles einen Tag.«

Glen zückte sein Notizbuch und schrieb das auf. »Mr Craig behauptet, dass Sie sich mit dem Gutachten relativ viel Zeit gelassen hätten.«

»Wie bitte?« MacBean richtete sich kerzengerade auf und schnappte nach Luft. »*Er* hat ausdrücklich gesagt, dass ich mir Zeit lassen könne, weil er das Gutachten nicht sofort braucht. Ich zitiere: ›In ein paar Wochen ist früh genug.‹ Und auf meine Frage, wie viele Wochen nach seiner Definition ›ein paar‹ seien, antwortete er: zwei bis drei. Was mir zupass kam, denn ich hatte einen Auftrag vom Royal Museum zur Begutachtung verschiedener Gemälde und Skulpturen aus einem Nachlass, die dem Museum von den Erben zum Kauf angeboten worden waren. Also, da es sich um relativ viele Stücke handelte, habe ich Craigs Gutachten hintan gestellt und erst mal den Großauftrag erledigt.«

Glen entging nicht, dass Ian Craig für MacBean vom höflichen »Mr Craig« zu nur »Craig« ohne »Mister« degradiert worden war.

»Und als ich damit fertig war, habe ich einen Termin mit ihm vereinbart, zu dem ich ihm das Collier und das Gutachten bringen konnte. Das war am …« Er zog einen Terminkalender heran und blätterte darin. »Donnerstag, den siebenundzwanzigsten März um drei Uhr nachmittags.«

»Wann haben Sie den Termin vereinbart?«

MacBean sah Glen erstaunt und, wie er fand, auch etwas befremdet an. »Ist das wichtig? So genau wollte das nicht mal die Polizei wissen.«

Glen verzog die narbenlose Gesichtshälfte zu einem leichten Lächeln. »Vermutlich nicht. Aber ich bin ein sehr gründlicher Ermittler und – zugegeben – detailversessen. Sehen Sie es mir bitte nach.«

Was MacBean offensichtlich tat. »Am Mittwoch davor«, gab er Auskunft.

»Haben Sie ihm das Gutachten erklärt? Details genannt oder so?«

MacBean nickte. »Das Collier ist ein außergewöhnliches Stück. Ich habe ihn auf ein paar Besonderheiten aufmerksam gemacht, also, auf Dinge, an denen man erkennt, dass es eine Antiquität ist.« Er lächelte entschuldigend. »Ich gestehe, dass es mich sehr fasziniert hat, denn eine so außergewöhnliche Arbeit, die von wahrhaft hoher Kunstfertigkeit des Goldschmieds zeugt und noch dazu so gut erhalten ist, bekommt man selten zu sehen.« Er nickte nachdrücklich. »Und ich kann bestätigen, und bin auch bereit, das notfalls vor Gericht zu beeiden, dass das Collier, das ich dem Eigentümer zurückgebracht habe, das echte Stück war. Und Sie wollen jetzt bestimmt sehen, wo ich es die ganze Zeit über aufbewahrt habe. Kommen Sie mit.«

Er stand auf und führte Glen in einen Nebenraum, in dem drei große Tische standen, an und über denen große Lampen angebracht waren. In einer Ecke stand ein mannshohes Monstrum von einem Tresor, der einen sehr massiven Eindruck machte. MacBean deutete darauf.

»Ich weiß natürlich, dass es absolute Sicherheit nicht gibt, aber um das Ding zu knacken, braucht man entweder schweres Gerät, also, Sprengstoff, oder man muss die Kombination kennen. Und das Schloss funktioniert über Fingerabdruck und Augenscan plus eine eingetippte Zahlenkombination, die nur mir bekannt ist, die ich nirgends aufgeschrieben habe und die so willkürlich gewählt ist, dass man sie nicht erraten kann.« Er wiegte den Kopf. »Ja, ich weiß, mit einem elektronischen Dietrich bekommt man das hin. Aber ohne meinen Fingerabdruck – und ich verrate garantiert nicht, welcher meiner zehn Finger der richtige ist – und ohne mein Auge – ich verrate auch nicht, ob das linke oder rechte – nützt der Code nichts.« Er deutete auf seine Augen und bewegte die Finger, als wollte er Klavierspielen. »Wie Sie sehen, habe ich noch alle meine Finger und meine Augen.«

Glen nickte. An dem Tresor befanden sich nirgends Spuren, die darauf hingedeutet hätten, dass kürzlich oder überhaupt schon einmal versucht worden wäre, ihn aufzubrechen. »Wie sieht es mit Ihren Assistenten oder Assistentinnen aus? Wie ich verstanden habe, arbeiten Sie nicht allein an den Gutachten. Haben die Zugang zum Tresor?«

»Auf gar keinen Fall!« MacBean blickte ihn empört an. »Dass ich seriös bin und weder Fälschungen anfertige noch etwas stehle oder mich gar bestechen lasse, falsche Gutachten zu erstellen, das weiß *ich*, Sir. Und darauf gebe ich Ihnen auch Brief und Siegel. Aber grundsätzlich kann ich das für niemand anderen behaupten.« Er zuckte mit den Schultern. »Also, ich suche mir zur Assistenz natürlich Leute aus, von denen ich *glaube*, dass Sie ebenso seriös sind wie ich. Aber man kann niemandem in den Kopf sehen.« Er nickte. »Und deshalb bin ich der Einzige, der meinen Tresor öffnen kann. Außerdem arbeiten auch meine Assistentinnen – ich beschäftige gegenwärtig zwei – nur unter meiner Aufsicht.« Er deutete auf die Tische. »Hier, wo ich sie ständig im Auge habe.«

»Aber Sie müssen doch zwischendurch auch mal den Waschraum aufsuchen.«

MacBean blickte ihn an, als sei Glen nicht mehr ganz bei Verstand. »Natürlich. Aber die beiden arbeiten nur an drei Tagen für jeweils vier Stunden hier. Und glauben Sie mir: In der Zeit gehe ich nicht auf die Toilette und auch nicht in die Küche. Mit anderen Worten: Ich lasse sie nicht aus den Augen. Nur für alle Fälle.«

Falls das stimmte, war das ein fast schon paranoides Verhalten. Aber nicht Glens Problem. »Demnach hatte also keine der beiden die Gelegenheit, zum Beispiel Fotos des Colliers anzufertigen?«, vergewisserte er sich dennoch.

MacBean schüttelte den Kopf. »Allein schon deshalb nicht, weil sie es nie zu Gesicht bekommen haben. Als Craig es mir brachte, war das an einem der Tage, wo ich allein hier war. Als ich das Gutachten angefertigt habe, war ich das ebenfalls. Also nein, Sir«, er schüttelte nachdrücklich den Kopf, »woher auch immer der oder die Fälscher die Vorlage für die Fälschung bekommen haben, sie stammt garantiert nicht aus der Zeit, in der das Collier sich in meiner Obhut befunden hat. Völlig ausgeschlossen!«

Glen war geneigt, dem zuzustimmen, denn er konnte sich beim besten Willen nicht vorstellen, wie jemand unter diesen Umständen Fotos hätte machen sollen, die so viele Details zeigten, dass man danach die Kopie hätte anfertigen können. Vorausgesetzt, MacBean sagte die Wahrheit. Er strahlte Aufrichtigkeit aus. Und rechtschaffene Empörung. Aber beides konnte gespielt sein. Doch falls er die Wahrheit sagte, konnten die Vorlagen nur in der Zeit zwischen dem Fund und der Übergabe des Colliers an MacBean angefertigt worden sein.

Und dafür kamen nur die beiden Bauarbeiter infrage. Und natürlich Craig selbst. Auch MacBean war noch nicht vom Haken, denn er hatte über zwei Wochen Zeit gehabt, die Fälschung anzufertigen oder anfertigen zu lassen. Bestimmt kannte er Fachleute, die das erledigen konnten. Das würde zu prüfen sein.

»Kennen Sie jemanden, der gute Imitate von Schmuckstücken anfertigen kann?« Glen hob abwehrend die Hände, bevor MacBeans Empörung sich erneut Bahn brechen konnte. »Mr Craig plant, den Fund des Colliers werbewirksam und vor allem lukrativ zu vermarkten. Dazu gehört auch, dass er billige Nachahmungen des Colliers, die möglichst echt aussehen, an Touristen verkauft. Ich habe ihm versprochen, mich umzuhören, ob jemand entsprechende Fachleute kennt.«

Glen sah dem Gutachter an, dass diese Lüge ihn nicht überzeugte. »Das kann jeder gute Goldschmied. Natürlich kenne ich ein paar der Besten, aber ich möchte Craig niemanden empfehlen. Im Branchenbuch stehen genug Fachleute für diesen Job.«

Offenbar war MacBean immer noch pikiert, weil Craig ihn aus seiner Sicht wegen des eingeräumten Zeitrahmens verleumdet hatte.

»Danke, Mr MacBean. Wenn Sie mir bitte noch Namen und Adressen Ihrer Assistentinnen geben würden?«

»Gerne. Die habe ich im Büro.«

Glen kehrte mit ihm ins Büro zurück und verließ fünf Minuten später mit einer Kopie der Adressen MacBeans Haus. Er sah auf die Uhr. Schon fast vier. Zeit, um Carson noch einen persönlichen Bericht zu erstatten und danach Feierabend zu machen. Die Befragung der Assistentinnen und Brenda Craigs hatte Zeit bis morgen. Außerdem musste er die noch vorbereiten. Er ließ Shade in den Wagen steigen und fuhr zur Agentur.

***

Glen schloss die Haustür auf und ließ Shade als Ersten eintreten. Nicht aus Höflichkeit, sondern aus praktischem Kalkül. Sollte in seiner Abwesenheit jemand eingebrochen haben und sich vielleicht noch im Haus aufhalten, würde Shade ihn stellen und verbellen. Aber der Hund zeigte keine Anzeichen, dass etwas nicht so war, wie es hätte sein sollen. Er lief schnurstracks in die Küche. Sekunden später zeigten schlabbernde Geräusche, dass er Wasser trank.

Glen atmete auf. Nicht, weil kein Einbrecher im Haus war, sondern weil er hier in seinen eigenen vier Wänden sicher war. Er hatte einen weiteren Tag mit Menschenkontakten überstanden und diese ohne allzu tiefe Verletzungen bewältigt. Dabei sollte er sich längst daran gewöhnt haben, dass man ihn anstarrte und auch sonst nicht allzu taktvoll auf seine Entstellung reagierte. Aber noch immer wäre er am liebsten gar nicht rausgegangen, wenn er nicht musste.

Vielleicht sollte er den Rat seiner Trainerin Rowan Lockhart beherzigen. Sie hatte, als sie seine Unsicherheit bemerkte, ihm vorgeschlagen, die Narben als sichtbare Beweise zu betrachten, dass er überlebt und eine schwere Zeit siegreich durchgestanden hatte.

»Du strahlst aus, dass du wegen der Narben unsicher bist«, war sie überzeugt. »Dass du dich ihretwegen schämst. Das nehmen die meisten Menschen zwar nicht bewusst wahr, aber sie spüren es. Sobald du die Narben nicht nur akzeptiert hast, sondern sie auch als eine Art Orden oder Tapferkeitsabzeichen betrachtest, strahlst du wieder das Selbstbewusstsein aus, das du früher hattest, und dein Aussehen wird auch für andere Menschen bedeutungslos werden. Klar, es wird immer welche geben, die dich anstarren, aber das wird dich nicht mehr stören, es wird dich nicht mehr verletzen, und irgendwann kannst du es komplett ignorieren.«

Vermutlich hatte sie Recht. Aber um die Narben zu akzeptieren, hätte er erst mal seine Schuldgefühle los sein müssen, die er immer noch wegen Davinas Unfall hatte. Sie war tot, er lebte. Obwohl Davina den Unfall verursacht hatte, kam ihm sein Überleben wie ein Verrat an ihr vor.

Glen schüttelte den Kopf, um die düsteren Gedanken zu vertreiben. Er ging in die Küche, um sich sein Abendessen zu machen. Da heute kein Training war, musste er sich mit dem Essen nicht zurückhalten. Er entschied sich für sein Leibgericht: Rühreier mit Schinkenwürfeln, ein paar Tiefkühlerbsen als Alibigemüse dazu, alles gut gewürzt mit seiner selbst zusammengemixten Gewürzmischung und mit drei Scheiben Cheddar überschmolzen.

Shade lag derweilen in einer Ecke, wo er nicht im Weg war, und wartete geduldig ab, bis er an der Reihe war, gefüttert zu werden. Glen hatte in einem Erziehungsratgeber für Hunde gelesen, dass im »Rudel« das Alphatier – Glen – immer zuerst aß. Gab man dem Hund zuerst zu fressen, glaubte der Hund aufgrund dessen, dass er der Ranghöchste war, was die restliche Erziehung erschwerte. Shade hatte zwar anfangs versucht zu betteln, aber das hatte er ihm schnell abgewöhnt.

Er genoss sein Essen und fütterte danach Shade. Während der Hund fraß, ging er in sein »Atelier«. Dort konnte er am besten nachdenken.

Er sammelte nicht nur ungewöhnlich geformte Flaschen und exklusive Whiskys, er arrangierte sie auch zu »Skulpturen«. Skylines faszinierten ihn ebenso wie die markanten Silhouetten von Stadtteilen. Er hatte eine Technik entwickelt, die Flaschen auf einem speziell dafür konzipierten Unterbau so zu arrangieren, dass ihre Schatten, wenn er sie in bestimmten Winkeln beleuchtete, eben diese Skylines an die Wand dahinter warfen. Manchmal baute er auch Fantasiesilhouetten, die täuschend echt aussahen. Jedes Werk fotografierte er, damit es erhalten blieb, wenn er dessen Komponenten anders arrangierte.

Er frönte diesem Hobby nicht nur, weil die damit verbundene Kreativität ihm Spaß machte, sondern auch, weil die Beschäftigung seiner Hände in Zusammenhang mit dem schöpferischen Prozess ihm beim Nachdenken half. Besonders bei einem Fall wie diesem.

Er goss sich einen Glenkinchie Single Malt ein. Sein Lieblingswhisky. Nicht nur weil er ein Produkt Edinburghs war; die Destillerie lag etwa fünfzehn Meilen östlich der Stadt. Glen liebte auch den weichen Geschmack mit Noten von Malz, Zitrusfrüchten, Blumen und einem Hauch von Heidekraut. Davon abgesehen, war der Name des Whiskys schon immer Glens Spitzname gewesen, weil sein Vorname und die erste Silbe seines Clannamens mit dem ersten Teil des Whiskynamens identisch waren.

Er trank einen Schluck, setzte sich in den Sessel vor dem Flaschenensemble, schaltete dessen Beleuchtung ein und genoss den Anblick seiner letzten Kreation: die

Skyline von Manhattan. Während er seinen Blick über die Schatten jedes »Gebäudes« an der Wand gleiten ließ, spielte er in Gedanken alles durch, was er heute erfahren hatte.

Und stellte fest, dass die ganze Geschichte nach den ihm vorliegenden Fakten unmöglich war. Da das Collier sich nicht selbst gefälscht haben und sich auch nicht aus eigener Kraft vertauscht haben konnte, musste es eine logische Erklärung für das Ganze geben. Nur welche, das konnte er sich beim besten Willen nicht vorstellen.

Wenn er nur wüsste, ob er damals beim Abschluss der Versicherung noch das echte Collier oder schon die Fälschung in den Händen gehabt hatte. Vermutlich das echte, denn die Öffnung des Safes in einer Nacht, in der Craig in Cambridge gewesen war – was noch nachzuprüfen sein würde –, deutete darauf hin, dass es zu dem Zeitpunkt vertauscht worden war. Aber von wem?

John MacBean, der Einzige, der nach Glens bisherigem Wissensstand die Fälschung hätte anfertigen können, kannte nicht die Kombination des Safes und der Alarmanlage. Er hätte also gar nicht ins Haus kommen können, um den Tausch vorzunehmen. Die verschwundenen Bauarbeiter schieden aus demselben Grund aus. Allerdings hätte MacBean durchaus die Fälschung anfertigen und sie Craig bei der Rückgabe zusammen mit dem Gutachten unterjubeln können. Wie Auktionator Henderson schon gesagt hatte, verschaffte eine solche Täuschung und Craig auch noch die Fälschung inspizieren zu lassen, Menschen mit entsprechendem Charakter einen Kick. Und MacBean kannte garantiert Leute, die ihm bei der Fälschung geholfen hätten, damit das Collier zum Übergabetermin fertig war.

Allerdings wären diese Mitwisser ein Problem. MacBean hatte eine Menge zu verlieren, und er konnte sich nicht darauf verlassen, dass seine Fälscherkumpane den Mund hielten. Von bewusstem Verrat abgesehen genügte es, wenn einer sich verplapperte, vielleicht weil er angeheitert war oder der Ehefrau oder Freundin oder dem besten Freund unter dem Siegel der Verschwiegenheit von dem Coup erzählte. Außerdem hatte MacBean kein erkennbares Motiv. Der Mann hatte lukrative Jobs und vermutlich genug Geld. Den Erlös des Colliers hätte er mit seinen Helfern teilen müssen, wodurch für ihn nur eine Summe geblieben wäre, die nicht mal so hoch gewesen wäre wie die Tantiemen für einen seiner Bestseller.

Die noch unbekannte Größe und heiße Kandidatin war Brenda Craig – wenn man voraussetzte, dass sie die Safekombination erraten und durch Ausprobieren aller Möglichkeiten herausgefunden hatte. Doch um die Fälschung anfertigen zu lassen, hätte sie das Collier mindestens einmal sehen und Detailfotos anfertigen müssen. Was auch nicht ausgeschlossen war. Denn setzte man voraus, dass sie den Safe öffnen konnte und den Alarmcode kannte, hätte sie jederzeit ins Manor gehen können, wenn ihr Vater nicht da war, und die Fotos machen können. Warum sie das Collier nicht gestohlen hatte, lag auch auf der Hand. Das wäre sofort entdeckt worden und sie die Hauptverdächtige gewesen. Dass der Tausch vor der Auktion überhaupt aufgeflogen war, damit hatte sie nicht rechnen können.

Glen würde sie also als Nächste befragen. Vorausgesetzt, sie war nicht noch immer »ausgeflogen«. Sollte er sich auch um die Kumpels von Bernie Napier kümmern? Mit dem Verschwinden des Colliers hatten weder Napier noch sein Kollege MacQuarrie zu tun. In der Richtung nachzuforschen, brachte also nichts.

Aber Mabel MacQuarries Leid schnitt ihm ins Herz. Nicht zu wissen, was mit ihrem Mann passiert war, zerrissen zwischen Hoffen und Bangen, dazu die Belastung durch das behinderte Kind … Nicht sein Problem. Die Verschwundenen zu finden war Sache der Polizei. Die aber dem Fall keine Priorität einräumte und bisher nichts getan hatte; zumindest hatte sie wohl nicht allzu intensiv nach ihnen gesucht. Und Glen bezweifelte, dass ein entsprechender Hinweis von Inspector Boyd daran allzu viel ändern würde.

Außerdem hatte Josie Napier angedeutet, der eine Kumpel ihres Mannes sei ein Hehler. Bei dem nachzuhorchen, ob ihm Einzelteile des Colliers angeboten worden waren, rechtfertigte, ihn aufzusuchen. Und bei der Gelegenheit konnte er ihn auch fragen, ob er etwas über Napiers Verbleib wusste.

Shade kam herein, setzte sich zu Glen, legte den Kopf auf sein Knie und blickte ihn schwanzwedelnd an.

Richtig, heute war Donnerstag und Glens Pub-Tag. Er hatte keine Lust hinzugehen. Die hatte er nie. Aber er zwang sich dazu, um nicht eingeigelt in seinem Haus zu versauern. Und vielleicht bekam er dadurch den Kopf etwas frei. Die Vorbereitungen für den morgigen Tag – Informationen über Brenda Craig recherchieren und MacBean unter die Lupe nehmen, soweit es seine Möglichkeiten zuließen – konnte er im Anschluss daran erledigen.

Er stand auf. Shade blickte ihn erwartungsvoll an.

»Lust auf einen Spaziergang, Kumpel?«

Shade bellte zustimmend und sprang um ihn herum, während Glen den Rest des Glenkinchies austrank und seine Jacke holte. Das *Edmondstone Inn,* wohin er ging, wenn er nicht gerade anderswo unterwegs war und ein anderer Pub sich anbot, befand sich um die Ecke in der Edmondstone Road, ein paar Minuten zu Fuß. Und dort kannte man ihn und Shade als Stammgäste, weshalb er vor dummen Sprüchen wegen seines Gesichts relativ sicher war.

Er nahm Shades Leine vom Haken. »Dann wollen wir mal.«

Gemeinsam verließen sie das Haus.

8.

Freitag, 12. April

Brenda Craig war ihrem Profil in den sozialen Medien nach eine dynamische Frau. Sie hatte ihre Karriere als erfolgreiche Berufsreiterin begonnen, diese aber nach ein paar Jahren aufgegeben und war Tierärztin geworden, die sich auf Pferde spezialisiert hatte. Zurzeit war sie in einer der tiermedizinischen Universität angeschlossenen Pferdeklinik in Easter Bush angestellt. Aber sie und ihr Freund Baxter Conroy planten offensichtlich, etwas Eigenes aufzuziehen, denn verschiedene Postings drehten sich um die Suche nach einem geeigneten Haus mit Grundstück; groß genug, dort nicht nur eine Tierarztpraxis einzurichten, sondern auch einen Reitstall.

Sie wohnten zur Miete in der Hutchinson Road im Stadtteil Sladeford, in einem sauberen Haus aus gelben Steinen, die im Lauf der Zeit einen Grauschleier bekommen hatten. Als Glen vor dem Haus parkte, hielt ein silberfarbener Honda neben ihm, aus dem Brenda Craig stieg und auf das Haus zu ging. Glen folgte ihr, Shade an seiner Seite.

»Ms Craig?«

Sie drehte sich um und machte bei seinem Anblick unwillkürlich einen Schritt von ihm weg. In ihren Augen las Glen zwar nicht gerade Angst, aber Misstrauen. Einmal mehr bedauerte er, dass ihm nicht das »Entschärfungsmittel« des Lächelns in vollem Umfang zur Verfügung stand. Er lächelte dennoch halbseitig und hoffte, das würde genügen, Brenda Craig von seiner Harmlosigkeit zu überzeugen.

»Was wollen Sie?« Auch in ihrer Stimme lag das pure Misstrauen.

Er reichte ihr eine Visitenkarte. »Glen Kincaid von *Currie and Stewart*. Und nein, ich will Ihnen keine Versicherung verkaufen. Es geht um einen Schadensfall, der Forthwater Manor betrifft.«

»Damit habe ich nichts zu tun.« Das klang nicht nur abweisend, sondern auch ein bisschen aggressiv.

»Das habe ich auch nicht behauptet. Aber vielleicht können Sie mir trotzdem bei der Aufklärung helfen.«

»Ich wüsste nicht wie.« Sie trat einen weiteren Schritt zurück.

»Eben das würde ich Ihnen gerne erläutern. Dürfte ich Sie wohl ins Haus begleiten? Das ist kein Thema, das wir auf der Straße erörtern sollten.«

Sie zögerte. Reichlich lange.

Er deutete auf die Visitenkarte in ihrer Hand. »Sie können sich gerne bei meinem Boss rückversichern, dass ich in seinem Auftrag mit lauteren Absichten komme.«

Sie errötete. »Entschuldigen Sie. Ich … Na gut, kommen Sie rein.«

Sie schloss die Haustür auf. In einer der beiden Türen zu den Parterrewohnungen stand ein Mann und blickte ihnen entgegen. Er maß Glen mit einem finsteren Blick und hatte eine Hand zur Faust geballt. Nach den Fotos im Internet erkannte Glen ihn als Baxter Conroy, Brenda Craigs Lebensgefährten.

»Gibt es ein Problem?« Offenbar hatte er vom Fenster aus gesehen, dass Glen seine Freundin angesprochen hatte.

»Nein«, versicherte sie. »Der Mann ist nur von einer Versicherung.«

»Wir brauchen keine«, knurrte Conroy.

»Ich ermittle in Schadensfällen«, stellte Glen klar.

»Kommen Sie rein«, bat Brenda Craig. »Alles in Ordnung«, fügte sie an Conroy gewandt hinzu.

Glen betrat die kleine, aber aufgeräumte Wohnung. Pferdebilder aller Art dominierten die Wände in Form von Fotos, Postern und einem Replikat des Gemäldes »Blaues Pferd« von Franz Marc. Brenda Craig hängte ihre Jacke an die Garderobe, bat Glen mit einer Handbewegung ins Wohnzimmer und deutete auf einen Sessel. Sie selbst nahm auf der Couch Platz. Conroy setzte sich neben sie, legte den Arm um sie und blickte Glen drohend an.

»Worum bitte geht es?«, wollte sie wissen.

»Um das Collier der Lady Ira.«

»Warum kommen Sie deswegen zu mir?«

»Es wurde gestohlen und durch eine exzellente Fälschung ersetzt.«

Brenda Craig schnappte empört nach Luft. »Wollen Sie mir etwa unterstellen, dass ich es gestohlen hätte?«

»Ich nicht, Ms Craig. Aber gegen Sie wurde ein entsprechender Verdacht geäußert, dem ich nachgehen muss.«

»Was?« Sie starrte ihn fassungslos an. »Das hat bestimmt Ian behauptet! Dieser gottverdammte Mistkerl! Das glauben Sie doch nicht etwa?«

Glen wiegte den Kopf. »Ich werde nicht fürs Glauben bezahlt, Ms Craig. Meine Aufgabe ist es, das Collier zu finden, und ich gehe jeder Spur nach, die sich ergibt. Dazu gehört auch, dass ich überprüfe, ob eine Anschuldigung wie diese der Wahrheit entsprechen könnte.« Er beugte sich leicht vor und sah sie eindringlich an. »Ich bin nicht von der Polizei. Meine Versicherung will nur das Collier zurück und ist bereit, einen großzügigen Finderlohn zu zahlen. Man kann es uns auch anonym zukommen lassen und niemand wird Fragen stellen. Auf dem Schwarzmarkt ist es unverkäuflich, weil es zu bekannt ist. Auch die Einzelkomponenten können aus demselben Grund nicht mehr verkauft werden.« Das stimmte zwar nicht, aber Glen hoffte, dass weder Brenda Craig noch Baxter Conroy sich mit dem Edelsteinschwarzmarkt auskannten. »Es ist also unmöglich, es in absehbarer Zeit zu Geld zu machen.«

Conroy fuhr hoch und ballte die Fäuste. »Wir sind keine Verbrecher!«

Shade sprang auf, sträubte das Fell, fletschte die Zähne und knurrte ihn an.

Conroy setzte sich und blickte den Hund missmutig an, ehe er Glen nicht minder missmutig ansah. »Ja, ich habe in der Vergangenheit so manches Ding gedreht. Aber ich habe dafür in Saughton gesessen, und das war etwas, was ich unter keinen Umständen noch mal erleben will. Der Knast ist die Hölle. Und darum – und natürlich auch wegen Brenda«, er nahm die Hand seiner Freundin und drückte sie, »bleibe ich sauber.«

Das mochte stimmen. Oder Conroy spielte Theater, damit seine Freundin ihm glaubte und ihn für unschuldig hielt.

»Ms Craig, kennen Sie jemanden außer Ihrem Vater, der Zugang zum Manor haben könnte?«

»Nein.« Die Antwort kam zu schnell und auch einen Hauch zu nachdrücklich.

Glen legte leicht den Kopf schräg. »Sie selbst, nicht wahr?«

»Nein!«

»Wenn sie Nein sagt, dann heißt das: Nein«, grollte Conroy, hütete sich aber, allzu heftig zu werden, denn Shade ließ ihn nicht aus den Augen und hatte immer noch das Nackenfell gesträubt.

»Ach, kommen Sie, Ms Craig!« Glen hatte heute keinen Nerv, sich Lügen oder Ausreden anzuhören. »Nach unseren Informationen haben Sie bis zum Tod Ihrer Mutter im Manor gewohnt, und die Alarmanlage war damals schon installiert. Sie wissen also, wie sie funktioniert und kennen den damaligen Code, den Ihr Vater, wie er zugab, inzwischen wieder verwendet.«

Brenda Craig errötete. »Ja, schon«, gab sie widerstrebend zu. »Aber woher sollte ich wissen, dass er immer noch den alten Code verwendet? Und ich schwöre Ihnen, dass ich seit meinem Auszug keinen Fuß mehr ins Manor gesetzt habe.« Sie blickte Glen trotzig an. »Ian Craig hat meine Mutter umgebracht! Und ich habe damals den Kontakt zu ihm abgebrochen und ihn seitdem nicht mehr gesehen, nicht mehr gesprochen, nicht mit ihm korrespondiert, telefoniert oder sonst was. Für mich ist er so tot wie meine Mutter.«

Ihre Augen füllten sich mit Tränen. Conroy legte ihr den Arm um die Schultern und drückte sie tröstend an sich. Glen fragte sich allerdings, ob es sich bei dieser Anschuldigung um ein eskaliertes Familiendrama handelte, bei dem man nach dem Zerwürfnis der »gegnerischen« Partei alles zutraute, nur nichts Gutes mehr, oder ob etwas daran sein könnte. Immerhin hatte auch

Ian Craig zugegeben, dass seine Tochter ihm die Schuld am Tod ihrer Mutter gab.

»Nach meinen Informationen war der Tod Ihrer Mutter ein Unfall.«

Sie schnaubte. »Ja, das hat Ian allen vorgelogen! Und leider hat er das so raffiniert angestellt, dass man ihm nichts beweisen konnte und die Polizei ebenfalls von einem Unfall ausgegangen ist.«

»Da ich keinen Zugriff auf die Ermittlungsakten habe – würden Sie mir sagen, was passiert ist?«

Sie schwieg und blickte Glen überaus skeptisch an. Ihrem Gesichtsausdruck nach traute sie ihm keinen Inch über den Weg.

»Ich behandle Ihre Aussage absolut vertraulich«, versprach er und streichelte Shade. Seiner Erfahrung nach wirkte diese Demonstration von Zärtlichkeit, auch wenn sie einem Hund galt, auf viele Menschen beruhigend. Als wenn das signalisierte, dass ein Mann, der zu einem Tier zärtlich war, ein guter Mensch sein musste.

Brenda Craig atmete tief durch. »Sie werden mir auch nicht glauben.« Sie zuckte mit den Schultern. »Der Wagen meiner Mutter ist in einer Kurve von der Straße abgekommen, weil die Lenkung versagt hat. Angeblich wegen Materialverschleiß. Aber der Wagen war gerade mal zwei Jahre alt und stand die meiste Zeit in der Garage, wo Ian ihn manipulieren konnte.«

Aus seiner Zeit des Kriminologiestudiums wusste Glen, welche Methoden der Kriminaltechnik zur Verfügung standen, um erkennen zu können, ob in einem Fall wie diesem an einem Fahrzeugteil manipuliert worden war oder nicht. Wenn die Ermittlungen einen »natürlichen« Materialschaden festgestellt hatten, dann war zwar nicht hundertprozentig ausgeschlossen, dass jemand sich trotzdem daran zu schaffen gemacht hatte, aber doch relativ unwahrscheinlich.

»Welches Motiv hatte Ihr Vater?«

Brenda Craig verzog verächtlich den Mund. »Geld. Bei Ian dreht sich immer alles ums Geld. Meine Mutter wollte sich scheiden lassen. Und weil sie ihr Gehalt zum Unterhalt des Manors immer zugebuttert hatte, hätte das Geld dann gefehlt. Außerdem hatte er sie schon zu Anfang der Ehe genötigt, eine Lebensversicherung zur gegenseitigen Nutznießung abzuschließen. Der Tod meiner Mutter hat ihm hunderttausend Pfund in seinen gierigen Rachen gespült. Bei einer Scheidung hätte er gar nichts bekommen.«

Glen lauschte ihrem Tonfall nach. Inhaltlich klang das Gesagte plausibel – wäre da nicht die polizeiliche Untersuchung, die offensichtlich keinen Hinweis auf Fremdverschulden gefunden hatte. Aber was er in Brenda Craigs Stimme hörte, klang nach Hass und Wut und absolut nicht danach, dass sie mit dem Verlust abgeschlossen oder gar ihrem Vater verziehen hatte.

»Ihr Vater hat behauptet, Sie hätten von ihm einen Anteil vom Wert des Colliers gefordert. Wie haben Sie das getan, wenn Sie doch angeblich keinerlei Kontakt mehr zu ihm haben?«

»Über meine Anwältin, die ich mir extra genommen habe, damit sie das Ganze für mich durchzieht. Jenna Keith. Sie können Sie fragen, sie wird Ihnen das bestätigen.«

Glen würde in jedem Fall mit der Frau sprechen. »Die Polizei hat gestern versucht, Sie zu kontaktieren, aber Sie waren wohl beide nicht zu Hause. Deshalb gehen die davon aus, dass Sie ›ausgeflogen‹ sind und sehen darin ein Schuldindiz. Darf ich fragen, wo Sie gewesen sind?«

»Das geht Sie gar nichts an!«, knurrte Conroy. Shade knurrte zurück.

Glen blieb gelassen. »Das stimmt selbstverständlich. Aber der Polizei werden Sie diese Frage sowieso beantworten müssen.«

»Das ist ja auch kein Geheimnis«, beschwichtigte Brenda Craig. »Bax und ich wollen uns was Eigenes aufbauen, vielmehr kaufen. Wir haben gestern Nachmittag ein Grundstück in Bonnington besichtigt und sind anschließend noch ein bisschen am Almond spazieren gegangen, weil der Fluss in unmittelbarer Nähe liegt.«

»Kann jemand das bezeugen?«

»Nehmen Sie Publikum mit, wenn Sie spazieren gehen?«, grollte Conroy und verzog höhnisch das Gesicht. »Aber Sie haben sicherlich niemanden, der mit Ihnen spazieren geht, außer Ihrem Hund.«

»Bax!«, rügte seine Freundin und blickte Glen errötend an. »Bitte verzeihen Sie, aber die ganze Sache geht uns verständlicherweise an die Nieren.« Sie schüttelte den Kopf. »Und nein, ich glaube nicht, dass uns jemand gesehen hat.«

»Auch nicht bei dem Grundstück? Hatten Sie einen Ortstermin mit dem Besitzer oder der Besitzerin?«

»Nein. Wir wollten es uns erst mal ansehen. Es steht auf einer Maklerseite im Internet. Aber die Bilder im Netz sind ja meistens geschönt oder zeigen die zu verkaufenden Gegenstände, besonders Häuser und Grundstücke, von der Schokoladenseite, die der Realität nur bedingt entspricht.«

Und ein angeblicher Spaziergang am Almond hätte auch hervorragend dazu dienen können, das Collier dort irgendwo zu vergraben. Aber in dem Fall hätte Brenda Craig das wohl unmittelbar nach dem Diebstahl getan und es nicht die ganze Zeit zu Hause aufbewahrt oder anderswo, wo man leicht darauf kommen konnte, dass sie es dort versteckt hatte. Aber würde jemand ein so wertvolles Schmuckstück an einem Ort verstecken, der dermaßen »öffentlich« war wie ein Wald oder ein Flussufer und an dem es durch einen dummen Zufall gefunden werden konnte? So oder so, Glen war geneigt auszuschließen, dass der gestrige Ausflug dem Verstecken des Colliers gedient hatte, selbst wenn Brenda Craig die Diebin wäre.

Er stand auf. »Haben Sie vielen Dank für Ihre Kooperation.«

»Sie glauben uns?«, vergewisserte sich Brenda Craig.

Das tat Glen nur bedingt. »Ich habe keinen Anhaltspunkt für das Gegenteil. Doch sollten Sie auf welche Weise auch immer erfahren, wohin das Collier verschwunden sein könnte, lassen Sie es mich bitte wissen. Wie gesagt, es gibt eine hohe Belohnung. – Auf Wiedersehen.«

»Wiedersehen.«

Conroy ließ sich nicht nehmen, Glen zur Tür zu begleiten. Er räusperte sich. »Sorry. Wegen – vorhin. War nicht so gemeint.«

»Doch, das war es.« Glen nickte ihm zu. »Wiedersehen.«

»Hey, Sie werden Brenda doch nicht eins reinwürgen, nur – meinetwegen?«

Eine weitere Unverschämtheit, der Glen trotzdem äußerlich gelassen begegnete. »Mr Conroy, ich bin gut in meinem Job. Ich kläre Dinge auf, damit meine Versicherung Geld spart. Einer unschuldigen Person ›eins reinzuwürgen‹ ist diesem Ziel nicht dienlich. Und wenn ich mit jemandem einen Strauß auszufechten hätte, zum Beispiel mit Ihnen, dann würde ich das mit eben dieser Person ausmachen und mit niemand anderem. Ihre Freundin hat also von mir nichts zu befürchten.«

Er wartete eine Erwiderung Conroys nicht ab und verließ das Haus. Vor der Tür kamen Inspector Boyd und Sergeant Durie den gepflasterten Weg herauf. Während Durie ihm grüßend zunickte, war Boyd offenbar genervt. Zwar verdrehte sie nicht demonstrativ die Augen, aber Glen war sich sicher, dass sie in Gedanken genau das tat. Immerhin verkniff sie sich die Frage, was er hier machte und gönnte ihm ebenfalls ein kurzes Nicken.

»Ist Ms Craig zu Hause?«

Glen nickte zurück. »Guten Morgen, Inspector, Sergeant. – Ja, Ms Craig und ihr Partner sind zu Hause. Wenn ich Ihnen einen Tipp geben darf?«

»Danke, wir wissen selbst, wie wir Befragungen durchzuführen haben«, entgegnete Boyd und errötete.

»Ich weiß.« Glen neigte leicht den Kopf. »Ich wollte Ihnen auch nur raten, Ian Craigs Finanzen zu überprüfen, sofern Ihnen das möglich ist. Denn von seiner Tochter abgesehen, hat er das stärkste Motiv für den Betrug und hatte auch die Möglichkeit, das Collier zu vertauschen.«

Boyd räusperte sich. »Mal abgesehen davon, dass wir keinen Anfangsverdacht gegen ihn haben, der eine solche Überprüfung rechtfertigt, weil Craig ein Alibi hat, das wir bereits verifiziert haben, fehlte ihm eben deshalb die Gelegenheit, den Tausch durchgeführt zu haben.«

Glen ließ sich nicht provozieren oder verunsichern. »Deshalb betonte ich: *sofern Ihnen das möglich ist*. Was die Gelegenheit zur Tat betrifft: Er könnte einen Komplizen haben, dem er den Code für die Alarmanlage und den Safe gegeben hat, damit der den Tausch zu genau der Zeit vornimmt, für die Craig ein Alibi hat.«

Boyd rollte die Lippen nach innen. Glen hatte den Eindruck, dass sie sich gewaltsam eine scharfe oder herablassende Erwiderung verkniff.

»Daran haben wir auch schon gedacht«, antwortete Durie an ihrer Stelle. »Leider fehlt uns bis jetzt jeder Hinweis auf einen Komplizen. Und Sie wissen sicherlich, dass wir ohne richterlichen Beschluss seine Kontaktdaten nicht überprüfen dürfen. Davon abgesehen …« Durie blickte ihn bedeutsam an.

»Wenn er klug war, hat er die Kommunikation nicht über Telefon oder E-Mail laufen lassen«, vollendete Glen den Satz. »Und falls doch, hätte er dafür ein Gerät in einem öffentlichen Gebäude benutzt, von dem aus eine Nachverfolgung nicht möglich gewesen wäre.«

Durie nickte.

»Davon abgesehen, hat auch die Tochter ein Motiv«, betonte Inspector Boyd. »Ihr Vater hat sie heute Morgen offiziell angezeigt. Und wir ermitteln jetzt, ob sie tatsächlich als Täterin infrage kommt.« Sie blickte Glen scharf an. »Oder haben Sie uns noch etwas zu sagen?«

Er kam zu dem Schluss, dass sie heute wohl mit dem falschen Fuß aufgestanden war, was ihre Gereiztheit erklären würde. »Nein. Aber ich halte Sie über alles auf dem Laufenden, was ich herausfinde. Eine Frage noch: Haben Sie Ihre Kollegen von der Vermisstenstelle hinsichtlich der verschwundenen Bauarbeiter benachrichtigt?«

»Selbstverständlich.« Boyd hatte jede Silbe betont. »Aber wie es aussieht, hat das mit unserem Fall nichts zu tun«, fügte sie etwas freundlicher hinzu. »Zumindest nicht mit dem vertauschten Collier, denn das echte war noch da, als die beiden verschwanden. Aber die Kollegen behandeln den Fall jetzt als Priorität.«

Erst jetzt? Glen verkniff sich ein Kopfschütteln. Klar, die Polizei hatte viel zu tun, aber das Verschwinden von zwei Männern am selben Tag, die beide alles zurückgelassen hatten – nicht nur ihre Familien –, war so ungewöhnlich, dass das seiner Meinung nach von Anfang an Priorität hätte haben müssen. »Vielen Dank«, sagte er dennoch. »Guten Tag.«

Er nickte Boyd und Durie zu und ging zu seinem Wagen. Seine nächste Anlaufstelle war Bernie Napiers Hehler-Kumpel Bob Sanderson. Laut Josie Napier besaß er einen Second-Hand-Laden in der Frederick Street in der Innenstadt – ein passendes Geschäft für einen Hehler. Glen war gespannt, ob der Besuch ihm weiterhelfen würde.

***

Morven und Durie saßen Brenda Craig im Verhörraum gegenüber. Ihr Freund Conroy war rabiat geworden, als Morven die Frau gebeten hatte, mit aufs Präsidium zu kommen, um eine offizielle Aussage zu machen. Dafür schmorte er jetzt in einer Gewahrsamszelle, und Morven war fest entschlossen, ihn dort die volle Zeit sitzen zu lassen, die sie ihn ohne Haftbefehl festhalten konnte. Und vielleicht fand sich noch ein echter Haftgrund. Conroy hatte immerhin eine Vorstrafe wegen Einbruchs. Interessanterweise hatte er auch damals wertvollen Schmuck gestohlen und war bei dem Versuch, den zu verkaufen, an einen verdeckten Ermittler der Einbruchsabteilung geraten und aufgeflogen. Falls Brenda Craig das Collier tatsächlich gestohlen hatte, dann wüsste ihr Freund, bei wem man es zu Geld machen konnte.

»Ms Craig.« Morven sah sie eindringlich an. »Sie werden beschuldigt, Ihrem Vater ein wertvolles Collier gestohlen und durch eine Fälschung ersetzt zu haben, und zwar in der Nacht vom fünften auf den sechsten April.«

Brenda Craig schüttelte den Kopf. Sekunden später verzog sie das Gesicht zu einer Grimasse von Verachtung und nickte. »Das hat Ihnen Ian vorgelogen. Hätte ich mir ja denken können, dass er keine Gelegenheit auslässt, mich anzuschwärzen.« Sie schüttelte erneut den Kopf. »Aber dass er zu so fiesen Methoden greift, habe ich ihm doch nicht zugetraut.«

Interessant, dass sie ihren Vater Ian nannte und nicht Dad oder Pa oder »mein Vater« sagte.

»Was für Methoden?«, fragte Durie.

Sie blickte ihn an, als wäre das eine reichlich dumme Frage. »Mir den Diebstahl des Colliers anzuhängen, damit ich vom Erlös keinen Cent sehe.« Sie schüttelte den Kopf. »Als das Collier aufgetaucht ist, habe ich Ian über meine Anwältin kontaktiert und eine Auszahlung meines Erbteils vom Erlös verlangt. Den alten Kasten – Forthwater Manor – will ich sowieso nicht haben, aber Ian hatte nie Geld, um mich auszuzahlen. Mit dem Verkauf des Colliers wäre genug da gewesen.« Sie schnaubte. »Aber er hat meine Forderung kategorisch abgelehnt.«

Sie verschränkte die Arme vor der Brust, presste die Lippen zusammen und lehnte sich zurück. Als ihr wohl bewusst wurde, dass sie gerade ein glasklares Motiv für den Diebstahl geliefert hatte, wurde sie blass.

»Aber ich habe das Ding nicht gestohlen«, versicherte sie. »In der Nacht vom fünften auf den sechsten, sagen Sie? Da – hm, da war ich in Thurso.«

Morven zog die Augenbrauen hoch. Das hatte so geklungen, als müsste sich Brenda Craig erst mal überlegen, welcher Ort weit genug von Edinburgh entfernt war, um ihr als Alibi zu dienen.

»Dann haben Sie sicher nichts dagegen, wenn wir das nachprüfen. Wenn Sie in der Nacht dort waren, haben Sie doch bestimmt in einem Hotel übernachtet?«

Die Frau nickte und zögerte. »Park Hotel.«

Auch das hörte sich für Morven nicht sehr überzeugend an. »Und natürlich hatten Sie Ihr Smartphone dabei, nicht wahr?«

»Natürlich. Warum fragen Sie?«

»Dann haben Sie doch bestimmt nichts dagegen, wenn wir das von unserer Technikabteilung untersuchen lassen und nachverfolgen, wo es zu der fraglichen Zeit eingeloggt war.«

»Dürfen Sie das einfach so?«, ging Brenda Craig auf Abwehr.

Morven zwang sich zu einem liebenswürdigen Lächeln. »Wenn Sie uns das gestatten, dürfen wir. Was Sie doch gewiss tun werden, weil Sie ja nichts zu verbergen haben.« Sie hielt ihr die Hand auffordernd hin. »Oder doch?«

Brenda Craig zögerte. Morven hatte den Eindruck, als hätte sie ihre Zustimmung am liebsten verweigert. Aber sie begriff wohl, dass sie sich dadurch noch verdächtiger gemacht hätte. Sie griff in die Hosentasche, zog das Phone heraus und schob es Morven hin.

»Ich habe mir in Thurso ein Grundstück angesehen. Die Telefonate, in denen ich mich mit dem Eigentümer verabredet habe – einem Alistair Hunter – müssten auch noch in der Anrufliste sein. Die habe ich, glaube ich, noch nicht gelöscht.«

Morven schob das Phone zu Durie hinüber. »Bringen Sie das bitte zu Ally, Sergeant. Und sie soll auch nach gelöschten Dateien suchen. Damit sind Sie doch einverstanden, Ms Craig?«

Sie zuckte mit den Schultern. »Selbstverständlich.«

Durie verließ den Raum, und Morven wartete, bis er zurückgekehrt war, ehe sie die Befragung fortsetzte.

»Also, Ms Craig, Ihr Vater hatte das Collier in seinem Safe deponiert. Und versuchen Sie bitte nicht zu leugnen, dass Sie die Kombination kennen.«

Brenda Craig schüttelte den Kopf. »Aber ich kenne sie nicht. Wirklich nicht.« Sie zuckte mit den Schultern. »Ich habe sie nicht mal gekannt, als ich noch im Manor wohnte. Ian hatte als Einziger Zugang dazu und machte immer ein Riesengeheimnis aus der Kombination.«

»Aber wenn Sie scharf nachdenken, was er als Kombination verwendet haben könnte, fallen Ihnen doch bestimmt ein paar Möglichkeiten ein.« Durie sah sie erwartungsvoll an.

Morven hielt die Frage nicht für zielführend, denn Brenda Craig würde das wohl kaum zugeben und sich dadurch noch mehr belasten.

»Der Safe ist mir scheißegal. Und sein Inhalt auch.«

»Nun, so egal ist zumindest der mögliche Inhalt Ihnen nicht«, war Morven überzeugt. »Schließlich wollten Sie nach Ihrer eigenen Aussage Ihren Erbteil vom Collier. Da Ihr Vater Ihnen bestimmt nicht die gesamte Summe ausgezahlt hätte, wären Sie mit dem Diebstahl und dem Verkauf des gesamten Stückes besser bedient. Und Ihr Freund ist einschlägig vorbestraft, kennt Hehler und bestimmt auch Leute, die Antiquitäten fälschen können.«

Brenda Craig verdrehte die Augen. »War ja klar, dass Sie ihm das vorhalten. Ja, Bax hat in der Vergangenheit Fehler gemacht. Aber er hat dafür gebüßt und ist seitdem sauber.«

Die Behauptung jedes Vorbestraften – und jeder Frau, die in einen verliebt war.

»Wofür brauchen Sie denn den Erbteil?«, fragte Durie. »Nach unseren Informationen sind Sie sowieso die einzige Erbin und bekommen irgendwann alles.«

Brenda Craig schnaubte wieder. »Falls dann noch was da ist außer Schulden. Was ich bezweifle.«

Morven wartete ebenso wie Durie auf eine nähere Erklärung, aber die Frau schwieg. »Womit Sie – was meinen?«, hakte sie nach.

Brenda Craig verzog das Gesicht zu einer Grimasse des Abscheus. »Der Unterhalt des Manors frisst ihm die Haare vom Kopf. Ich habe, als ich noch dort wohnte, einen Teil meines Gehalts aus meinen Ferienjobs in das Anwesen gesteckt. Auch meine Mutter hat ihr Gehalt zugebuttert. Bis die beiden einen fürchterlichen Streit hatten und sie sich danach scheiden lassen wollte. Da hat er sie umgebracht.« Tränen traten in ihre Augen.

Morven und Durie sahen einander an. Konnte das stimmen? Immerhin war Ian Craig ein unbescholtener Mann, sah man von ein paar Strafzetteln wegen Falschparkens ab. Aber nie war gegen ihn wegen Mordes ermittelt worden. Oder fahrlässiger Tötung oder irgendetwas, wodurch der Tod eines Menschen verursacht worden sein könnte.

»Wie kommen Sie darauf?«, fragte Durie.

Die Frau schüttelte den Kopf. »Das glauben Sie mir doch sowieso nicht.«

»Versuchen Sie es ruhig«, bat Morven.

Aber Brenda Craig war nicht mehr gewillt, Fragen zu beantworten. »Sie wollen mir hier was anhängen und erwarten auch noch, dass ich Ihnen helfe, mich reinzureiten, indem ich Ihnen ein Motiv liefere? Träumen Sie weiter.«

Morven schüttelte den Kopf. »Die Todesursache Ihrer Mutter herauszufinden, kostet uns fünf Minuten. Also warum erzählen Sie es uns nicht einfach?«

»Weil die offizielle Todesursache nicht die reale ist. Aber dafür gab es schon damals keine Beweise, und Ian ist damit durchgekommen. Und jetzt sage ich kein Wort mehr ohne Anwalt.«

Morven seufzte. »Unterbrechung der Vernehmung: zwölf Uhr zweiundzwanzig«, diktierte sie und schaltete das Aufnahmegerät aus. Sie verließ mit Durie den Raum.

»Jetzt bin ich aber gespannt«, sagte Durie auf ihrem Rückweg zum Büro.

Das war Morven ebenfalls. Doch die Überprüfung der Todesursache von Ian Craigs Frau brachte keinen Hinweis auf was auch immer. Sie war durch einen Autounfall ums Leben gekommen, weil sie vermutlich zu schnell gefahren war, in einer scharfen Kurve aus der Spur geschleudert worden und gegen einen Baum geprallt war. Selbstverständlich war das Fahrzeug untersucht worden, aber es gab keinen Hinweis auf eine Manipulation, durch die der Unfall hätte verursacht werden können. Zwar zeigte ein Teil der Lenkvorrichtung Verschleißerscheinungen und war vermutlich gebrochen, wodurch der Unfall verursacht worden war, aber nichts deutete darauf hin, dass dem etwas anderes als ein Materialversagen zugrunde lag. Offenbar traute Brenda Craig ihrem Vater tatsächlich das Schlimmste zu. Ein Grund mehr für sie, das Collier zu stehlen.

Das Telefon klingelte, und Morven hob den Hörer ab

»Ich habe was Interessantes entdeckt.« Allys Stimme klang triumphierend. »Auf Brenda Craigs Smartphone waren zwar einige Dateien gelöscht, aber ich konnte sie mühelos wieder herstellen. In einer davon stehen zwei Zahlenkombinationen: sechs, sechs, acht, neun, eins und die andere lautet großes G, großes L, null, kleines r, eins, das At, Dollar, großes T, noch mal das At und noch mal ein G. Wenn wir die Null als O ansehen, die Ats als A, das Dollarzeichen als S, ergibt das den Namen Gloria Star mit einem zusätzlichen G oder einer Sieben, weil G der siebte Buchstabe im Alphabet ist.« Morven hörte das Grinsen in Allys Stimme. »Ich habe Mr Craig angerufen und ihn gefragt, ob ihm diese Kombinationen etwas sagen. Du kannst dir sicherlich seine Verblüffung – nein: sein Entsetzen vorstellen, als er zugeben musste, dass das die Codes für die Alarmanlage und den Safe sind. Er versicherte, beides sofort zu ändern.«

»Großartig«, lobte Morven und fühlte sich beschwingt, denn der Fall war so gut wie gelöst. Sie musste Brenda Craig nur noch dazu bringen zu gestehen. »Danke, Ally.«

»Und noch was: Die anderen gelöschten Dateien sind Detailfotos von dem verschwundenen Collier. So detailliert, dass ich mal sage: Nach den Fotos eine nahezu perfekte Kopie anzufertigen, dürfte nicht allzu schwer sein.«

Morven lächelte zufrieden. »Hervorragend. Machst du mir bitte Ausdrucke und bringst sie gleich vorbei?«

»Klar.«

»Noch eine Frage: War das Phone in der Nacht zum Sechsten irgendwo in Thurso eingeloggt? Oder ist eine Nummer in der Anrufliste, die einem Alastair Hunter gehört?«

»Das prüfe ich nach. Bis gleich.«

Morven legte auf und ließ sich die Website des Park Hotels in Thurso anzeigen, wo auch eine Telefonnummer angegeben war. Sie rief an und bat um Auskunft, ob Brenda Craig in der fraglichen Nacht dort Gast gewesen war. Die ihrer Stimmlage nach junge Concierge wollte sich erst rückversichern, dass Morven wirklich von der Polizei war und bat, zurückrufen zu dürfen. Morven nannte ihr die Nummer der Zentrale und legte auf.

Drei Minuten später klingelte das Telefon, und die Zentrale stellte die junge Frau aus Thurso durch, die nun bereitwillig Auskunft gab. Nein, eine Brenda Craig sei nicht als Gast im System erfasst. Nicht zum angefragten Datum und auch nicht in den archivierten Aufzeichnungen der letzten fünf Jahre.

Also hatte die Frau gelogen. Was Morven nach dem, was Ally ihr mitgeteilt hatte, nicht mehr wunderte. Ally kam herein und legte ihr eine Mappe mit Ausdrucken und Brenda Craigs Smartphone auf den Tisch.

»Anrufe bei oder von einem Alastair Hunter – Fehlanzeige. Keine einzige der Nummern aus den letzten vier Wochen gehört jemandem dieses Namens.«

»Warum wundert mich das nicht?«, rätselte Morven ironisch und lächelte zufrieden.

»Und wie es aussieht, war das Phone seit dem fünften April ab halb acht Uhr morgens bis sechs Uhr am Abend des sechsten komplett ausgeschaltet, sodass eine Prüfung, wo das Ding in der Zeit gewesen ist, leider nicht möglich ist.«

»Na, so ein Zufall«, höhnte Morven. »Danke, Ally. Ich bin mal gespannt, was Ms Craig dazu zu sagen hat.«

Sie kehrte mit Durie und den Ausdrucken in den Verhörraum zurück und blickte Brenda Craig ernst an, die sie ihrerseits misstrauisch ansah. Morven hatte nicht vor, sie vorzuwarnen. Im Schweigen zu schmoren hatte schon manchen zum Reden gebracht, zumindest aber so verunsichert, dass danach ein Geständnis erfolgte. Doch Brenda Craig war offenbar hart im Nehmen. Sie hielt Morvens Blick stand und ließ sich auch nicht zu der Frage verleiten, was los sei oder etwas anderes zu sagen. Sie zuckte nicht mal zusammen, als Morven ihr die Ausdrucke hinlegte und die Mappe aufschlug.

»Diese Fotos haben wir auf Ihrem Smartphone wiederherstellen können. Sie haben Sie zwar gelöscht, aber Sie ahnen nicht, was gute Technik heutzutage alles kann. Wie erklären Sie sich diese Aufnahmen, wenn Sie so unschuldig sind, wie Sie behaupten? Außerdem: Im Park Hotel in Thurso ist keine Übernachtung auf Ihren Namen registriert, und zwar während der letzten fünf Jahre nicht. Was die Telefonate mit dem angeblichen Mr Hunter betreffen: Keine einzige der von Ihnen angerufenen Nummern oder erhaltener Anrufe gehört einem Mann dieses Namens. Und in der Nacht des Diebstahls war Ihr Smartphone die ganze Zeit über ausgeschaltet. Schlau, Ms Craig. Wirklich schlau. Aber nicht schlau genug für unsere Technikabteilung. Ich rate Ihnen zu einem umfassenden Geständnis. Das und die Rückgabe des gestohlenen Colliers wird sich günstig auf Ihr Strafmaß auswirken.«

Die Frau starrte auf den Stapel Fotos, schob die oberen zur Seite und stellte fest, dass offenbar der gesamte Stapel nur Bilder vom Collier enthielt. Sie schob die Blätter zurück und verschränkte die Arme vor der Brust.

»Anwalt«, verlangte sie. »Ich sage ohne meine Anwältin kein Wort mehr.«

»Wie Sie wollen. Brenda Craig, Sie sind vorläufig festgenommen wegen des Verdachts, Ihrem Vater dieses Collier gestohlen zu haben. Sie haben das Recht zu schweigen …«

Brenda Craig presste die Lippen zusammen und blickte aus dem Fenster, als ginge sie das alles nichts weiter an.

***

Bob Sandersons Laden trug den bezeichnenden Namen *Little Treasures* – kleine Schätze. Die Auslagen im Schaufenster verlockten jeden, der auf ein Schnäppchen oder ein Souvenir aus war, einzutreten und sich umzusehen. Exotische Schmuckstücke aus Naturmaterialien lagen neben Armreifen aus bunten Glasperlen und geschnitzten Figuren. Kilts hingen sichtbar auf einer Stange dahinter, und das Schaufenster gab auch den Blick auf Vitrinen frei, in denen Kristalle und andere Utensilien lagen, die wohl Esoterik-Fans interessieren mochten.

Glen befahl Shade, vor der Tür zu warten, und trat ein. Ein angenehm klingendes Glockenspiel kündigte ihn an und lockte einen Mann um die Vierzig in den Verkaufsraum. Seine Augen weiteten sich kurz bei Glens Anblick, ehe er lächelte.

»Was kann ich für Sie tun, Sir?«

Glen reichte ihm eine Visitenkarte. »Mr Sanderson?«

Der Mann nickte und studierte die Karte.

»Josie Napier schickt mich, die Frau von Bernie. Ihr Mann ist verschwunden.«

Sanderson schüttelte den Kopf. »Hat sie etwa behauptet, ich wüsste, wo er ist? Tut mir leid, ich habe Bernie ewig nicht gesehen.«

Das klang wie eine einstudierte Floskel, was es wahrscheinlich auch war. Immerhin hatte Sanderson zugegeben, Bernie Napier zu kennen.

»Josie meinte, dass Sie mir vielleicht einen Tipp geben könnten, wo er sich aufhält.«

Sanderson maß ihn mit einem Blick puren Misstrauens. »Arbeiten Sie für Josie? Als Detektiv oder so?«

»Nein, für meine Versicherung. Bernie könnte möglicherweise mit dem Verschwinden eines Gegenstandes zu tun haben, den meine Agentur versichert hat. Für dessen Wiederbeschaffung und auch für alle Hinweise, die dazu führen, ist eine hohe Belohnung ausgesetzt. Aber«, Glen hob beschwichtigend die Hände, »alle Informationen werden absolut vertraulich behandelt. Meine Versicherung will nur den Gegenstand zurück. Die Polizei wird von uns nicht eingeschaltet. Und wir beschuldigen oder verdächtigen auch niemanden unlauterer Machenschaften. Uns geht es wirklich nur um die Wiederbeschaffung oder entsprechende Hinweise.«

An Sandersons Misstrauen änderte das nichts. »Warum sollte ich Ihnen glauben?«

Glen zuckte mit den Schultern. »Das müssen Sie natürlich nicht. Aber finden Sie es nicht auch seltsam, dass nicht nur Bernie, sondern auch sein absolut unbescholtener Kollege am selben Tag spurlos verschwinden, ohne etwas mitzunehmen? Keine Kleidung, kein Geld, nicht mal das Auto. Sie sind einfach von der Arbeit nicht mehr nach Hause gekommen und noch nicht mal von ihrem letzten Einsatzort zu ihrer Firma zurückgekehrt. Die Familien sind verzweifelt. Und Josie befürchtet, dass Bernie einen Rückfall in alte Untugenden hinsichtlich des Glücksspiels hatte und deshalb zusammen mit seinem Kollegen besagten Gegenstand gestohlen hat, um ihn zu Geld zu machen.«

Das klang hoffentlich unverfänglich genug. Immerhin wich das Misstrauen ein wenig aus Sandersons Gesicht. Er blickte nachdenklich aus dem Fenster, vor dem Shade gehorsam wartete und versuchte, durch die Scheibe ins Innere des Geschäfts zu spähen.

»Ihr Hund?«, wollte Sanderson wissen.

»Ja.«

»Schönes Tier.«

»Und eine treue Seele«, ergänzte Glen und hoffte, dass der »Hundeffekt« auch bei Sanderson wirkte.

Der Mann betrachtete Shade noch eine Weile, ehe er den Kopf schüttelte. »Einfach zu verschwinden, sieht Bernie nicht ähnlich. Überhaupt nicht. Außerdem ist er sauber, seit …« Er zuckte mit den Schultern.

»Seit wann?«

Erneut ein misstrauischer Blick.

Glen holte seine Brieftasche aus der Jacke, zog eine Hundert-Pfund-Note heraus und reichte sie Sanderson. »Wie gesagt, es gibt eine Belohnung. Und völlig abgesehen von meinem Ermittlungsfall will ich, wenn möglich, den Familien ihren Seelenfrieden zurückgeben. Sie können sich sicher vorstellen, wie die beiden Frauen sich fühlen. Der Mann verschwunden, und sie wissen nicht, was ihm zugestoßen sein könnte. Und auch nicht, wie es ohne ihn weitergehen soll. Ich bin für jeden noch so kleinen Hinweis dankbar.«

Sanderson nahm den Schein, steckte ihn ein und zuckte wieder mit den Schultern. »Ich denke, ich verrate keine Geheimnisse, wenn ich es Ihnen sage. Ist schließlich schon Jahre her und war in Bernies damaligen Kreisen sowieso allgemein bekannt. Also, Bernie steckte wegen seiner Spielleidenschaft mehr oder weniger ständig in Geldnöten. Einmal sogar ziemlich übel. Um seine Schulden zu bezahlen, hat er sich von Charlie The Knife Geld geborgt.«

»Charlie – *The Knife*?« Glen zog die Augenbrauen hoch. »Ich nehme an, der Name ist Programm.«

Sanderson nickte. »Charlie hat mindestens drei Messer ständig bei sich. Ich glaube, es sind sogar mehr. Und er ist verdammt flink mit den Dingern und hat sie recht schnell in der Hand, wenn was nicht so läuft, wie er will.«

»Nettes Kerlchen.«

Erneutes Nicken. »Einer, mit dem man sich besser nicht anlegt. Und erst recht einer, von dem man sich kein Geld borgt, wenn man gesund und am Leben bleiben will.« Sanderson hob die Hände. »Missverstehen Sie mich nicht: Charlie ist kein Mörder.« Er wiegte den Kopf. »Na ja, zumindest hat man ihm noch nie so was beweisen können. Aber wenn man ihm was schuldet, hat man ihn so lange auf den Fersen, bis die Schuld bezahlt ist. Mit Zins und Zinseszins und Zinseszinseszins. Sie verstehen?«

Glen nickte. Charlie The Knife war offenbar ein Wucherer. »Und Bernie schuldete ihm Geld.«

Sanderson nickte ebenfalls. »Sie kennen sicherlich die Besessenheit von Spielern, die immer glauben, sie hätten jetzt *den* Fisch an der Angel oder einen *todsicheren* Tipp oder *das* System entdeckt, mit dem sie ein Vermögen machen werden – und am Ende entpuppt sich alles als Schall und Rauch.«

»Kenne ich«, bestätigte Glen. »Jedenfalls in der Theorie.«

»So war das damals auch bei Bernie. Und natürlich ging es schief. Das Geld war weg, und Charlie griff zum Messer. Das Ganze kostete Bernie einen Finger. Da kennt Charlie nichts.« Sanderson schüttelte den Kopf. »Aber irgendwie muss Bernie sich mit ihm dann doch geeinigt haben, denn die Sache war ein paar Wochen später von einem Tag auf den anderen erledigt. Aber ganz sicher nicht, weil Bernie das Geld auftreiben konnte.« Heftiges Kopfschütteln. »Nein, Sir, ganz sicher nicht! Denn er hat in den Tagen davor nicht nur mich mehrfach um Geld angehauen, sondern wohl jeden, den er wie auch immer flüchtig kannte.«

Sanderson beugte sich ein Stück zur Seite und rückte eine Figurine aus schwarzem Stein zurecht, die den Elefantengott Ganesha darstellte – ein Mann mit einem Elefantenkopf und einem dicken Bauch, der auf einer Lotosblüte saß.

»Und auf die Weise hat Bernie das Geld zusammenbekommen?«, vergewisserte sich Glen.

»Wo denken Sie hin! Ich bin zwar nicht über den genauen Betrag informiert, den er brauchte, aber es war eine fünfstellige Summe.«

Glen pfiff durch die Zähne. Draußen spitzte Shade die Ohren.

»Sie sagen es«, stimmte Sanderson ihm zu. »Bernie hätte das Geld nie auftreiben können, und Charlie ist nicht gerade für seine Geduld bekannt. Oder dafür, dass er Leute vom Haken lässt, die ihm was schulden, bevor der letzte Penny bezahlt ist. Wenn ich raten sollte – und ich betone, das ist pure Spekulation! –, dann hat Bernie irgendeinen Job für Charlie erledigen müssen, der dem mindestens die Summe eingebracht hat, die Bernie ihm schuldete.« Er zuckte mit den Schultern. »Was auch immer. Jedenfalls war das Ganze für Bernie ein nachhaltiger Warnschuss vor den Bug. Er wurde von einem Tag auf den anderen sauber, hat nie wieder gespielt oder sich was anderes zuschulden kommen lassen. Jedenfalls habe ich nichts dergleichen gehört. Sicherlich hat auch eine Rolle gespielt, dass er kurz davor Vater geworden war. Außerdem liebt er Josie. Die ist zwar manchmal eine ziemliche Bitch, aber für ihn ist sie das Beste, was ihm je passiert ist, wie er mal sagte. Er liebt sie wirklich sehr.«

Was möglicherweise nicht mehr auf Gegenseitigkeit beruhte, wenn Glen sich Josie Napiers Verhalten ins Gedächtnis rief. »Ich hatte den Eindruck, dass Josie daran nicht so recht glaubt. Vielmehr ist sie überzeugt, dass er sie böswillig verlassen hat. Sie vermutet deshalb, dass er wieder spielt und wohl so viel gewonnen hat, dass er ein neues Leben ohne sie und die Kinder anfangen will.«

Sanderson schüttelte den Kopf. »Klar, das sieht vielleicht für sie so aus. Und sie ist wütend, wenn sie einen Rückfall befürchtet. Aber Bernie ist nicht nur in Josie vernarrt, sondern auch in die Kinder. Er hat Kinder schon immer geliebt. Selbst wenn er sich mit Josie überworfen hat und sie verlassen wollte, die Kinder würde er nie aufgeben. Im Gegenteil würde er mit ihr durch alle Instanzen für das Sorgerecht kämpfen.«

Offenbar kannte Sanderson Bernie Napier doch besser, als er behauptet hatte.

»Schon deshalb glaube ich nicht, dass er einfach abgehauen ist. Erst recht nicht, ohne was mitzunehmen.« Sanderson räusperte sich. »Um also Ihre Frage ganz klar zu beantworten: Seit damals habe ich Bernie nicht mehr gesehen. Er kam noch mal irgendwann vorbei, um ein Geschenk für Josie zu kaufen, und schwärmte mir dabei von seinem tollen Leben vor: Frau, Kinder, einen Job bei einer Baufirma und ein sauberes Leben ohne den Spielteufel und vor allem Charlie The Knife im Nacken.«

»Und Sie glauben ihm das?«

Sanderson nickte. »Weil ich später auch von anderen Leuten gehört habe, dass er sich nicht mehr bei ihnen blicken ließ und seine gewohnten Spielwiesen meidet wie der Teufel das Weihwasser. Außerdem hat er zu allen Kumpels aus der Zeit den Kontakt abgebrochen.« Er nickte. »Also ja, ich nehme ihm seine Läuterung ab. An der The Knife garantiert einen maßgeblichen Anteil hatte.« Er zuckte mit den Schultern. »Manchmal braucht ein Mensch eben eine Beinahe Katastrophe, ehe er die Kurve kriegt. Aber Bernie hatte sie gekriegt.« Er blickte Glen an. »Deshalb fällt es mir schwer, an einen Rückfall zu glauben.«

Das mochte stimmen. Aber: »Sowohl Bernie wie auch sein Kollege haben während der Tage vor ihrem Verschwinden gegenüber ihren Frauen angedeutet, dass sie bald eine größere Geldsumme erhalten werden.

Und dabei handelte es sich nicht um eine Sonderzulage oder Gehaltserhöhung. Sie machten das Ganze außerdem sehr geheimnisvoll. Und dann sind sie von einem Tag auf den anderen spurlos verschwunden.«

»Hm.« Sanderson zog die Augenbrauen hoch und rückte eine Glasperlenkette zurecht, die etwas schief auf einem Ständer hing, ehe er Glen wieder ansah. »Sie glauben, die beiden haben den besagten verschwundenen Gegenstand gestohlen und sind abgetaucht?« Er schüttelte den Kopf. »Dann muss der verdammt wertvoll sein.« Er zuckte mit den Schultern. »Ja, okay, der Bernie von früher hätte so eine Sache sicherlich durchziehen können. Und das auch getan. Aber Neunfinger-Bernie«, erneutes Kopfschütteln, »das kann ich mir nicht vorstellen. Er hat sich damals so radikal von der Vergangenheit abgewendet … Das hat ihn bestimmt eine Menge Kraft und Nerven gekostet. Dazu die Familie, die ihm wirklich alles bedeutet – das setzt er bestimmt nicht wegen neuer illegaler Machenschaften aufs Spiel, weil er dann alles verlieren wird. Garantieren kann ich dafür natürlich nicht, denn so gut habe ich ihn nun doch nicht gekannt.«

Glen zog die Kopie eines Fotos von Lady Iras Collier aus der Innentasche seiner Jacke und reichte es Sanderson. »Wir geben das an alle Juweliere, Antiquitätenläden, Galerien und Second-Hand-Shops heraus mit der Bitte, uns zu benachrichtigen, falls jemand es ihnen anbietet. Oder Teile davon. Wie gesagt, es gibt eine großzügige Belohnung.«

»Wow! Diesen Klunker soll Bernie geklaut haben?« Sanderson schüttelte den Kopf. »Wenn das Ding nur halb so viel wert ist, wie es aussieht, ist das drei Nummern zu groß für ihn.« Er sah Glen in die Augen. »Im

Ernst: Bernie hat früher immer nur Kleinigkeiten geklaut. Hier mal eine Geldbörse oder Brieftasche, da mal ein Smartphone, dort eine teure Uhr. Er war Taschendieb und hat sich damit das Geld fürs Zocken verdient. So ein dickes Ding«, er deutete auf das Foto, »ist nicht und war nie seine Kragenweite.«

»Das glaube ich Ihnen, Mr Sanderson. Aber wenn er mit jemandem zusammenarbeiten würde?«

Sanderson schüttelte nachdrücklich den Kopf. »Bernie hat immer allein gearbeitet. Wie gesagt, er brauchte früher ständig Geld. Hätte er es mit jemandem teilen müssen, hätte ihm der besagte Teil gefehlt.«

Das klang logisch. »Sie können sich also nicht vorstellen, welcher Art der große Fisch oder das dicke Geld sein könnte, das Bernie und sein Kollege in Aussicht hatten?«

Kopfschütteln. »Beim besten Willen nicht. Ich weiß nur definitiv, dass diese Sache«, er deutete auf das Foto, »für ihn viel zu groß ist.«

»Warum? Wenn ich weiß, wen ich für einen Kauf oder dessen Vermittlung ansprechen muss, würde sogar ich mir zutrauen, so ein Collier an den Mann zu bringen.«

Sanderson nickte. »Genau das ist der Punk: *wenn* Sie wissen, wen Sie anhauen müssen. Und das weiß Bernie nicht mehr. Die Szene hat sich seit seinem Ausstieg damals ziemlich verändert. Viele von denen, die so eine Sache annehmen würden, sind nicht mehr aktiv oder abgewandert. Stattdessen haben Leute wie Charlie The Knife Oberwasser, und sich mit so einem Typen einzulassen, ist schlimmer als ein Pakt mit dem Teufel.« Er blickte auf das Foto und danach Glen wieder an. »Falls Bernie das Ding geklaut haben sollte und danach spurlos verschwunden ist, dann könnte sein, dass er nicht mehr lebt, weil er es den falschen Leuten verkaufen wollte. Manche von denen, die solche Geschäfte tätigen, betrachten ihre Tätigkeit als Monopol und sehen es gar nicht gern, wenn Laien wie Bernie in Eigenregie solche Klunker verticken wollen, ohne jemanden von den Monopolisten als Vermittler zwischenzuschalten und ihm einen Anteil vom Erlös abzugeben. Dann hätten die richtig Ärger bekommen.«

Das würde zwar nicht erklären, wohin das Collier verschwunden war, aber es wäre eine Erklärung für das Verschwinden von Napier und MacQuarrie, wenn man voraussetzte, dass sie tatsächlich noch anderen Schmuck in Lady Iras Grab gefunden und eingesteckt hatten. Falls sie den später zu verkaufen versucht hatten und an die falschen Leute geraten waren … Aber das passte nicht zur Vorankündigung vom dicken Geld, die beide ihren Frauen gegenüber gemacht hatten, denn zu dem Zeitpunkt war das Collier und etwaiger weiterer Schmuck noch gar nicht entdeckt worden.

»Es gibt eine Belohnung, sagten Sie?«, riss Sanderson Glen aus seinen Überlegungen.

»Ja, wenn die Hinweise, die wir bekommen, zur Wiederbeschaffung oder zumindest zur Klärung des Verbleibs führen. Je hilfreicher der Tipp, desto mehr Geld gibt es.«

»Versteht sich.« Sanderson grinste flüchtig. »Ich höre mich mal um.« Er blickte erneut auf das Foto. »Sagen Sie, ist das zufällig das Collier, das vor ein paar Wochen in Forthwater Manor gefunden wurde? Stand ja in der Zeitung. Nur ohne Bild.«

»Stimmt. Davon abgesehen, Mr Sanderson, könnten Sie herausfinden, ob Bernie doch wieder mit dem Spielen angefangen hat? Für den Tipp gibt es natürlich extra Geld.«

»Mach ich. Auch ohne Geld. Ich habe Bernie immer gemocht. Und Josie auch. Sie hat einfach nicht verdient, nicht zu wissen, was mit Bernie los ist. Ich gebe Ihnen Bescheid, wenn ich was erfahre.«

»Danke.«

Glen nahm die Ganesha-Figur in die Hand und betrachtete sie von allen Seiten. Davina hatte Elefanten gemocht. Und sie hatte bald Geburtstag. Glen legte ihr jedes Jahr ein kleines Geschenk aufs Grab. Bestimmt würde sie sich über Ganesha freuen. Er schob Sanderson die Figur hin.

»Ich nehme die.«

»Zwanzig Pfund.« Er holte unter dem Tresen eine hölzerne Box hervor, die offensichtlich früher mal Zigarren beinhaltet hatte, wickelte die Figur in ein Stück Noppenfolie und legte sie hinein.

Glen gab ihm einen Fünfzig-Pfund-Schein. »Stimmt so.« In der Hoffnung, dass die dreißig Pfund Trinkgeld Sanderson zusätzlich für seine Nachforschungen motivierten. Glen machte sich allerdings keine Illusionen, dass der Mann sich allzu sehr ins Zeug legte. Aber es war eine Chance, die er nicht ignorieren wollte.

»Herzlichen Dank, Mr Kincaid. Einen schönen Tag, wünsche ich.«

»Gleichfalls.«

Glen nahm die Box und verließ den Laden. Shade begrüßte ihn schwanzwedelnd, als wäre er eine ganze Woche weg gewesen.

»Ich war doch nur ein paar Minuten weg«, versicherte er ihm gewohnheitsmäßig und tätschelte ihm den Kopf. »Komm, Kumpel. Wir haben noch einiges zu tun.«

Ein Blick auf die Uhr zeigte ihm, dass es Zeit fürs Mittagessen war. Wie aufs Stichwort knurrte sein Magen. Das *Behive Inn* war nicht weit und hatte geöffnet. Und nach dem Essen würde er sich um die nächste Station seiner Arbeit kümmern und die Fotos von Lady Iras Collier bei den Juwelieren der Stadt verteilen.

Danach hatte er noch ein paar Anrufe in Cambridge zu tätigen und hoffte, dass die ihm die Fahrt dorthin ersparen würden.

Was sich als zutreffend erwies. Die Gespräche bestätigten, dass Craig für die Tatzeit ein Alibi hatte, denn der Vice Chancellor der Cambridger Universität hatte am Abend des fünften April bis ungefähr elf Uhr mit Craig zusammengesessen und am nächsten Morgen um neun Uhr mit ihm gefrühstückt. Und man konnte kaum die ungefähr 330 Meilen in nur zehn Stunden hin und zurück schaffen, schon gar nicht in der Nacht. Falls Craig also tatsächlich hinter dem Diebstahl stecken sollte, in welcher Form auch immer, dann musste er einen Komplizen haben. Der nächste Schritt war also, sich an Craigs Arbeitsplatz umzuhören, mit wem er befreundet war oder ob man dort andere Informationen hatten, die Glen weiterhelfen konnten. Für heute hatte er genug getan.

Er gönnte sich ein Glas Glenkinchie und ließ den Abend mit einem Buch ausklingen.

9.

Montag, 15. April

Morven saß mit Durie Brenda Craig und deren Anwältin im Verhörraum gegenüber und verfluchte die zweitägige Verzögerung, die entstanden war, weil die Anwältin übers Wochenende nicht zu erreichen gewesen war und Brenda Craig auf ihrem Recht zu schweigen und der Anwesenheit der Anwältin beim nächsten Verhör bestanden hatte. Das hatte der Frau natürlich die Gelegenheit gegeben, sich einen Haufen Ausreden zurechtzulegen.

Brenda Craig hatte die Arme vor der Brust verschränkt und blickte Morven finster an. Jenna Keith wirkte zu allem entschlossen. Was Morven das Schlimmste befürchten ließ, denn die Anwältin stand in dem Ruf, jede noch so winzige Unstimmigkeit in einer Beweisführung aufzuspüren und auseinanderzunehmen. Und dadurch spätestens vor Gericht bei der Jury begründete Zweifel zugunsten ihrer Mandantschaft zu säen.

Doch das würde Brenda Craig nichts nützen, denn inzwischen stand noch etwas anderes im Raum: der Mord an der Juwelierin Gwyn Harrington. Morven und Durie hatten die Detailfotos des Colliers, die Ally auf Brenda Craigs Smartphone gefunden hatte, Fiona

Gall vorgelegt. Mrs Harringtons Assistentin war nicht nur fest davon überzeugt, dass ihre ermordete Chefin nach diesen Vorlagen eine exakte Kopie hätte anfertigen können. Sie hatte auf Morvens Bitte auch noch einmal die Materialliste überprüft und war zu dem Schluss gekommen, dass die verbrauchten Materialien – die Halbedelsteine und das Gold –, die sich bisher keinem konkreten, von Gwyn Harrington angefertigten Schmuckstück zuordnen ließen, perfekt zu einem Replikat von Lady Ira de Monncrefes Collier passten.

Und wer der geheimnisvolle »John MacDonald« war, stand nun auch nahezu fest: niemand anderes als Brenda Craigs krimineller Freund Baxter Conroy. Der saß ebenfalls noch in der Gewahrsamszelle und leugnete, was das Zeug hielt, aber sein angebliches Alibi für den Tatabend war nichts wert. Er wollte mit seiner Freundin zusammen vor dem Fernseher gesessen und eine Fußballübertragung angesehen haben.

Ally und ihr Team sichteten verstärkt die Aufzeichnungen aller Überwachungskameras von Bankautomaten, Restaurants und Geschäften entlang der Clerk Street, denn vielleicht hatten die auch durch die Schaufenster Passanten auf der Straße aufgenommen. Falls ja, dann war mit etwas Glück auf einer Aufnahme Baxter Conroy zur fraglichen Zeit zu sehen, zu der er angeblich vor dem Fernseher saß.

Oder eine Aufnahme zeigte Brenda Craig. Schließlich konnte eine kräftige Frau wie sie, die stark genug war, Pferden die Knochen einzurenken, durchaus eine Frau erdrosseln. In dem Fall hatte ihr Freund sich am Telefon als MacDonald ausgegeben, und sie hatte die Drecksarbeit selbst erledigt. Aber auch ohne so einen Beweis stand zweifelsfrei fest, dass Brenda Craig mit dem Diebstahl und der Fälschung des Colliers direkt zu tun hatte. Die einzige Diskrepanz in dieser Überlegung war, wie »MacDonald« den Auftrag zur Fälschung an Gwyn Harrington hatte erteilen können, noch bevor das Collier gefunden worden war. Dass das verbrauchte Material für den MacDonald-Auftrag zu den Komponenten des Colliers passte, hielt Morven nicht für Zufall, auch wenn das Zeitfenster nicht passte.

Morven sprach die üblichen Angaben fürs Protokoll ins Aufnahmegerät. »Ms Craig, sagt Ihnen der Name Gloria Star etwas?«

Brenda Craig blickte sie misstrauisch an und schwieg. Schon diese Reaktion zeigte Morven, dass sie den Namen kannte.

»Beantworten Sie bitte meine Frage.«

Die Frau beugte sich zu ihrer Anwältin und flüsterte ihr etwas ins Ohr. Diese nickte und wandte sich an Morven. »Wenn Sie uns nicht sagen, welchen Hintergrund diese Frage hat, macht meine Mandantin von ihrem Recht zu schweigen Gebrauch.«

Etwas anderes wäre ja auch zu schön gewesen. »Aber die Zahlenfolge sechs, sechs, acht, neun, eins sagt Ihnen doch garantiert etwas.« Erwartungsvoll blickte sie Brenda Craig an.

»Nein. Sollte sie?«

»In der Tat. Das ist der Code für die Alarmanlage zu Forthwater Manor, der zu der Zeit benutzt wurde, als Sie noch dort lebten. Und wie Ihr Vater uns mitteilte, benutzt er ihn gegenwärtig erneut. Sie kennen ihn also.«

Brenda Craig warf die Hände hoch und ließ sie wieder sinken. »Mein Gott, ich lebe seit über zehn Jahren nicht mehr dort. Ich kann mich nicht mal an die Pinnummer meiner alten Kreditkarte erinnern, die ich vor erst zwei Jahren verloren habe, geschweige denn an zehn Jahre alte Alarmcodes.«

»Das behaupten Sie. Aber ein Beweis ist das nicht.«

»Selbst wenn meine Mandantin sich daran erinnern würde, macht sie das nicht zur Einbrecherin und Diebin«, betonte Jenna Keith. »Vielleicht hat Mr Craig diese Kombination weiteren Personen mitgeteilt.«

»Die aber nicht an seinen Safe kommen und auch nicht dessen Kombination erraten können«, konterte Durie. »Diese Kombination ist besagter Name Gloria Star plus ein zusätzliches G oder eine Sieben in leicht kodierter Schreibweise.«

»Wie viele weitere Leute diese Kombination kennen, können Sie nicht wissen«, widersprach die Anwältin. »Wie meine Mandantin bereits betont hat, hatte sie seit zehn Jahren keinen Kontakt mehr zu ihrem Vater. Wer weiß, wie viele Beziehungen etwa zu Frauen er in der Zwischenzeit hatte oder wie viele Männerfreundschaften er geknüpft hat, denen er die Kombination genannt hat, weil er ihnen vertraut. Oder er hat sich zu fortgeschrittener Stunde in angeheitertem Zustand verplappert.« Sie machte eine wegwerfende Handbewegung. »Dass Mr Craig meine Mandantin verdächtigt und sie aus persönlichen Gründen belastet, ist kein Beweis.« Sie blickte erst Morven, dann Durie an. »Ich resümiere: Außer der Behauptung von Mr Craig, dass meine Mandantin den Alarmcode vielleicht noch wissen *könnte* – obwohl sie nicht wissen kann, dass er den heute noch verwendet – und sie aufgrund der Tatsache, dass sie seine Tochter ist, die Safekombination vielleicht ebenfalls erraten *könnte*, haben Sie nichts in der Hand, was sie belastet.«

»Doch, haben wir.« Morven nickte nachdrücklich. »Der Alarmcode und ›Gloria Star G‹ in besagter anderer Schreibweise fanden sich in einer gelöschten Datei auf dem Smartphone Ihrer Mandantin.« Sie schob der Anwältin die Mappe mit der ausgedruckten Datei und den Fotos hin. »Und diese Fotos des gestohlenen Colliers befanden sich ebenfalls in gelöschten Dateien. Wir konnten sie wiederherstellen und haben sie einer Schmuckexpertin vorgelegt. Deren Aussage zufolge kann man anhand dieser Fotos eine exakte Kopie herstellen, sogar bis in die Details von zum Beispiel Kratzern und Kerben in den Fassungen. Und in dem Zusammenhang steht inzwischen auch die Anstiftung zum oder sogar Beteiligung am Mord der Juwelierin Gwyn Harrington im Raum. Denn wir haben ermittelt, dass die einzigen Materialien, die sich keinem von ihr seit Jahresbeginn angefertigten Schmuckstücke zuordnen lassen – was sie alles akribisch dokumentierte –, perfekt zur Kopie besagten Colliers passen.«

Sie blickte Brenda Craig an, die blass geworden war. »Ich wiederhole meine Frage: Welche Bedeutung hat ›Gloria Star‹?«

Die schüttelte heftig den Kopf. »Ich habe keine Ahnung, wie das alles auf mein Phone gekommen sein soll. Ich habe das nie notiert! Und die Fotos habe ich auch nicht gemacht!«

»Dann Ihr Freund vielleicht, der mit Sicherheit auch Ihr Komplize ist.«

»Halten Sie uns für so blöd, dass wir die Codes und Fotos auf dem Smartphone speichern, wenn wir ein Verbrechen planen?«

Jenna Keith flüsterte Brenda Craig etwas ins Ohr. Die flüsterte zurück. Jenna Keith nickte und wandte sich an Morven und Durie.

»Meine Mandantin war in der Nacht, als der Diebstahl begangen wurde, in einem Hotel in Thurso.«

»Was aber niemand bezeugen kann«, konterte Morven. »Wir haben im Hotel angerufen und nachgefragt, aber Ms Craigs Name war nicht im Computer registriert.«

»Haben Sie ein Foto meiner Mandantin hingeschickt oder dort anderweitig vorgezeigt und die Angestellten gefragt, ob sie Ms Craig gesehen haben?«, hielt Jenna Keith dem entgegen.

»Das war nicht erforderlich, denn die Hotels sind verpflichtet, die Namen ihrer Gäste und deren Anschriften zu registrieren. Und wenn Ms Craigs Name nicht im Computer des Hotels eingetragen war, können wir davon ausgehen, dass sie nicht dort war.«

»Das mag ein Indiz sein, aber es ist kein Beweis, der vor Gericht standhält.«

In dem Punkt war Morven völlig anderer Meinung, aber sie musste nicht die Arbeit des Gerichts oder der Anwältin tun. Sie musste nur Beweise sammeln oder eine so lückenlose Indizienkette vorlegen, dass die anstelle von Beweisen akzeptiert wurde.

»Selbst wenn meine Mandantin schuldig wäre, was wir entschieden bestreiten, so lautet das ihr zur Last gelegte Verbrechen Diebstahl.«

»Und Betrugsversuch«, ergänzte Durie.

»Was beides keine Kapitalverbrechen sind, die eine fortgesetzte Inhaftierung rechtfertigen. Wäre dem so, läge längst ein Haftbefehl auf dem Tisch.«

»Den wir bereits beantragt haben, denn Ihre Mandantin wird auch des Mordes oder einer Beteiligung daran beschuldigt«, stellte Morven klar.

Jenna Keith flüsterte Brenda Craig etwas zu. Die schüttelte den Kopf.

»In dem Fall ist die Befragung beendet«, entschied die Anwältin, »denn meine Mandantin macht von ihrem Recht zu schweigen Gebrauch. Umfänglich.«

Was Brenda Craig auch tat. Morven und Durie stellten ihr noch ein paar Fragen, denn manchmal hatten die Beschuldigten trotz Schweigevorsatz das dringende Bedürfnis, auf die eine oder andere Bemerkung einzugehen. Aber nicht Brenda Craig. Sie sagte kein Wort mehr und erwachte erst aus ihrer vorgetäuschten Lethargie, bei der sie die ganze Zeit über auf die Tischplatte vor sich starrte, als sie in die Zelle zurückgebracht werden sollte.

»Ich muss mit meiner Anwältin noch was besprechen«, verlangte sie. »Allein.«

Morven hoffte, dass es in dem Gespräch darum ginge, dass Jenna Keith ihr raten würde, ein Geständnis abzulegen. Aber das war vermutlich nur ein frommer Wunsch. Morven beendete offiziell die Vernehmung, schaltete das Aufnahmegerät aus und nahm es mit. Und widerstand der Versuchung, an der Tür des Vernehmungsraums zu lauschen.

***

Glen kehrte von seinem Besuch bei Craigs Firma zurück und fühlte sich frustriert, weil er nichts erfahren hatte, was ihm weiterhalf. Weil Craig in der Firma gewesen war, hatte er vorgegeben, ihm noch ein paar dringende Fragen stellen zu müssen und ihn auch über den Stand der Ermittlungen zu informieren. Craig hatte unwirsch auf die Eröffnung reagiert, dass Glen Fotos des Colliers an alle Leute verteilt hatte, denen es vielleicht angeboten werden könnte.

»Glauben Sie ernsthaft, dass so eine Aktion was bringt? Das ist doch Zeitverschwendung!«, hatte er ihn angeschnauzt.

Glen hatte ihm die ganz und gar nicht zeitverschwendende Maßnahme freundlich erklärt und noch ein paar Fragen gestellt, die aber nur ein Vorwand waren, um noch etwas länger vor Ort bleiben zu können. Nachdem er sich verabschiedet hatte, hatte er sich noch bei dessen Kollegen umgehört. Die waren der einhelligen Meinung, dass Craig zwar fachlich brillant, aber kein Mensch war, mit dem man befreundet sein wollte.

Einige Kollegen nahmen Anstoß daran, dass er die Ingenieurinnen der Firma herablassend behandelte. Nein, einen Fall von Belästigung habe er sich bisher nicht geleistet. Andere kreideten ihm übel an, dass er kaum Trauer über den Tod seiner Frau gezeigt habe. Aber das konnte daran liegen, dass manche Menschen ihre Gefühle nicht in der Öffentlichkeit ausdrückten. Nein, Freunde oder eine Beziehung zu einer Frau hatte er nach Wissen der Befragten nicht. Einig waren sich alle auch in dem Punkt, dass er ein ausgesprochener Einzelgänger war, der niemandem über den Weg traute.

Falls Craig also der Dieb seines eigenen Colliers gewesen sein sollte und einen Komplizen gehabt hatte, dann kam dafür allenfalls seine Tochter infrage. Es sei denn, er hatte noch einen Freund oder eine Freundin, von denen niemand etwas wusste.

Immerhin hatte Glen herausgefunden, warum Craig das Collier so schnell verkaufen wollte. Eine Nachforschung im Grundbuchamt hatte ergeben, dass Haus und Grundstück von Forthwater Manor bis unters Dach mit Hypotheken belastet waren. Brenda Craig hatte also Recht gehabt mit ihrer Behauptung, dass der Unterhalt der Immobilie ihrem Vater die Haare vom Kopf fraß. Um die Hypotheken inklusiv Zinsen abzutragen, brauchte er 1,2 Millionen Pfund. Wenn er mit dem Verschwinden des Colliers tatsächlich nichts zu tun hatte, musste der Verlust für ihn eine gewaltige Katastrophe sein.

Glen setze sich in sein Büro in der Agentur, um seinen Bericht zu schreiben.

Das Smartphone klingelte. Glen blickte auf das Display. Die eingeblendete Nummer war ihm unbekannt. Er zögerte. Er hatte keine Lust auf Gespräche mit fremden Leuten. Aber der Anruf könnte wichtig sein. Vielleicht von Bob Sanderson.

»Kincaid«, meldete er sich.

»Guten Tag, Mr Kincaid.« Eine weibliche Stimme. »Mein Name ist Jenna Keith. Ich bin die Anwältin von Brenda Craig.«

»Guten Tag, Ms Keith.« Was hatte das zu bedeuten?

»Meine Mandantin wurde verhaftet wegen des Verdachts, dass sie ihrem Vater ein Collier gestohlen hat. Sie sind über den Vorfall informiert.«

Eine Feststellung, keine Frage. »Über den Vorwurf: ja. Dass Ms Craig verhaftet wurde, ist mir neu.«

»Freitag am Vormittag.«

Demnach musste Inspector Boyd sie festgenommen haben, nachdem Glen sie verlassen hatte. »Gibt es Beweise für ihre Täterschaft?«

Schweigen. »Nun ... Das ist das Problem. Man hat auf Ms Craigs Smartphone – dessen Überprüfung sie ausdrücklich und freiwillig zugestimmt hat, um ihre Unschuld zu beweisen – gelöschte Dateien gefunden und wiederhergestellt, die nicht nur Detailfotos des

Colliers beinhalten, sondern auch die Codes für die Alarmanlage und den Safe von Forthwater Manor.«

Also hatte Ian Craig mit seinem Verdacht doch Recht gehabt. »Weshalb rufen Sie mich an, Ms Keith?«

»Auf Wunsch meiner Mandantin. Sie möchte Sie sprechen. Wären Sie zu einem Gespräch bereit?«

»Falls sie mir sagen will, wo sich das Collier befindet – gern.«

»Sie hat mich nicht eingeweiht, was sie Ihnen sagen will. Nur dass sie Sie sprechen möchte. Möglichst bald, wenn es geht.«

»Einverstanden.«

»Prima. Passt es Ihnen in einer Stunde? Ms Craig befindet sich noch im Präsidium, nicht im Gefängnis. Wir können uns dort treffen. Weil sie außer mir keinen Besuch empfangen darf, würde ich Sie als meinen Berater ausgeben. Wäre Ihnen das recht?«

Glen nickte. Fast gleichzeitig fiel ihm ein, dass Jenna Keith das nicht sehen konnte. »Ja, und zwar beides.«

»Gut. Dann treffen wir uns gleich. Und ich danke Ihnen im Namen meiner Mandantin.«

Die Anwältin hatte aufgelegt, bevor Glen ihr antworten konnte. War das der Durchbruch in diesem verzwickten Fall? Wenn ja, warum wollte Brenda Craig ihn sprechen, statt der Polizei oder ihrer Anwältin zu sagen, wo sie das Collier versteckt hatte?

In einer Stunde würde er das erfahren.

***

Inspector Boyd hatte natürlich keine Sekunde lang geglaubt, dass Glen für Jenna Keith arbeitete und war nicht begeistert davon, dass er auf diese Weise die Gelegenheit bekam, die Verdächtige zu sprechen. Aber die Anwältin hatte ihr mit Berufung auf etliche Paragrafen und Vorschriften keine Wahl gelassen. Boyd brachte sie in einen Verhörraum und führte wenig später Brenda Craig herein.

»Bitte sehr.« Gesprochen in einem Tonfall, als überreiche sie ein Geschenk.

Niemand ging darauf ein.

Brenda Craig wartete, bis Boyd den Raum verlassen hatte, ehe sie sich an den Tisch setzte.

»Danke, dass Sie gekommen sind, Mr Kincaid.«

Glen setzte sich ihr gegenüber. »Warum wollen Sie mich sprechen, Ms Craig?«

Sie machte eine fahrige Handbewegung. »Weil ich das Gefühl hatte, dass Sie mir glauben. Zumindest dass Sie nicht stur davon ausgehen, dass ich das Collier gestohlen haben *muss*.« Sie beugte sich vor. »Ich schwöre Ihnen, dass ich damit nichts zu tun habe. Aber die Polizei glaubt mir nicht, und ich kann denen das Gegenteil nicht beweisen.«

»In unserem Land muss man Ihnen Ihre Schuld nachweisen, Ms Craig, nicht umgekehrt«, erinnerte Jenna Keith sie.

Brenda Craig schnaubte. »Ja, aber genau das ist das Problem. Alles spricht gegen mich. Es gibt sogar ›Beweise‹, die mich schuldig aussehen lassen, und ich habe keine Ahnung, wie die auf mein Smartphone gekommen sind. Und obendrein soll ich auch noch eine Juwelierin ermordet haben, die die Fälschung angefertigt hat.«

»Wie bitte?«

»Ich war das nicht! Und Bax auch nicht! Ich schwör's!« Sie hob die Hand zum Schwur.

Glen schüttelte den Kopf. »Bitte der Reihe nach. Welche Beweise?«

»Die Codes für die Alarmanlage von Forthwater Manor und den Safe waren in einer gelöschten Datei auf meinem Smartphone, die die Polizei wiederhergestellt hat. Aber ich schwöre Ihnen«, sie hob erneut die Hand zum Schwur, »dass ich die Codes nicht kenne und sie auch niemals auf meinem Phone gespeichert habe.«

»Aber Sie hatten in unserem ersten Gespräch zugegeben, dass Sie den Code für den Safe kennen. Ihn zumindest erraten können.«

Sie nickte und fuhr sich mit einer Hand durchs Haar. »Ian hat schon immer Ziffernkombinationen und Wörter als Codes benutzt, die eine besondere Bedeutung für ihn haben. Oder hatten. Der Alarmcode, den er verwendet hat, als ich noch im Manor wohnte, und den er jetzt wohl wieder benutzt, ist die Nummer eines Loses, mit dem er als junger Mann eine fünfstellige Summe gewonnen hat. Und der Safecode – so sagte mir die Polizei – lautet Gloria Star G.« Sie seufzte. »Gloria Star war der Name des ersten Pferdes, auf das er gewettet und gewonnen hatte. Und sieben – G ist der siebente Buchstabe im Alphabet – war die Startnummer des Pferdes. Die Anekdote hat er immer wieder erzählt und dass das Pferd ihm nicht nur Glück in Form von Geld gebracht hat. Meine Mutter war die für Gloria Star zuständige Tierärztin. So haben sie sich kennengelernt.« Ein Schatten huschte über ihr Gesicht.

Die Kombination konnte man tatsächlich relativ leicht erraten, wenn man wusste, wie Ian Craig tickte. Was auf seine Tochter sicherlich zutraf.

Sie machte eine hilflose Geste. »Ja, selbstverständlich könnte ich, wenn ich mir Mühe gebe, zig mögliche

Kombinationen zusammenreimen und die dann alle der Reihe nach ausprobieren, wenn ich den Safe knacken wollte. Genau das wirft man mir ja vor. Aber das habe ich nicht getan!« Sie sah Glen ebenso eindringlich wie verzweifelt an. »Und ich habe keine Ahnung, wie diese offenbar korrekten Kombinationen und diese Fotos vom Collier auf mein Phone gekommen sind. Weil ich die nicht da gespeichert habe, gibt es nur eine Möglichkeit: Mein Phone muss gehackt worden sein und jemand hat mir das aufgespielt, weil man mich reinreiten will.«

Die Möglichkeit bestand tatsächlich – theoretisch. »Aber wer sollte das getan haben?«

Brenda Craig schnaubte. »Der wahre Dieb. Und wenn Sie mich fragen, war das Ian. Ich kenne niemanden sonst, der einen Grund hätte, mir was anzuhängen.«

Glen seufzte. »Ihr Vater hat aber für die Tatzeit ein Alibi. Das habe ich selbst überprüft.«

Sie warf die Hände hoch und ließ sie wieder sinken. »Dann hatte er einen Komplizen. Was weiß ich. Aber ich war es nicht. Genau genommen habe ich auch ein Alibi.« Sie seufzte tief. »Aber ich kann es nicht beweisen, weil alle Beweise verschwunden sind.«

Er blickte sie aufmerksam an. »Jetzt bin ich neugierig.«

Sie atmete tief durch. »In der Nacht, als das Collier angeblich ausgetauscht wurde, war ich in Thurso. Bax und ich wollen unseren eigenen Pferdehof aufbauen mit meiner angeschlossenen Tierarztpraxis. Dafür wollte ich von Ian meinen Anteil am Erlös des Colliers als Abschlag auf mein Erbe. Was er, wie ich Ihnen schon bei unserem ersten Gespräch sagte, nicht rausrücken will. Aber darüber ist das letzte Wort noch nicht gesprochen, und Bax und ich sehen uns schon mal nach einem geeigneten Gelände um. Was wir auch über unsere Social Media Accounts verbreitet und um Angebote gebeten haben. Es meldete sich jemand, der sich Alastair Hunter nannte und behauptete, ein ideales Gelände zu besitzen, aber in Thurso, am äußersten Ende des Landes.« Sie zuckte mit den Schultern. »Das ist uns zwar eigentlich etwas weit weg vom Schuss, aber wir wollten es uns trotzdem mal ansehen, besonders weil es mit nur fünfhunderttausend Pfund ein echtes Schnäppchen ist. War. Gewesen wäre.«

Glen bezweifelte, dass eine Tierarztpraxis in dem kleinen Ort an Schottlands nördlichstem Hafen allzu lukrativ wäre. Aber ein Reiterhof hatte in einer von Touristen frequentierten Region durchaus Chancen.

»Wir vereinbarten eine Besichtigung am fünften April.« Sie schüttelte den Kopf. »Bax konnte nicht mitkommen, er musste arbeiten. Also bin ich allein hingefahren. Und wurde versetzt. Ich habe am vereinbarten Treffpunkt – am Ende der Rockwell Crescent, direkt wo das Gelände ist – mehrere Stunden gewartet, aber der Mann ist nicht aufgetaucht. Als ich schon wieder nach Hause fahren wollte, rief er an, dass er Zeuge bei einem Unfall gewesen sei und sich wegen der Aussage bei der Polizei verspäten werde. Ich solle noch eine Stunde auf ihn warten. Das habe ich getan, aber kam nicht.«

Sie blickte Glen fragend an, wie um sich zu vergewissern, dass er ihr glaubte.

Er nickte unverbindlich. »Fahren Sie fort.«

Sie seufzte leise; es klang erleichtert. »Da ich mir denken konnte, dass man eine Aussage bei der Polizei nicht auf die Minute abschätzen kann, und der Mann dann ja auch noch von Inverness nach Thurso fahren musste, habe ich eine weitere Stunde zugegeben.«

Glen hob die Hand. »Hat der Mann gesagt, dass er in Inverness bei der Polizei ist? Oder dass er da wohnt? Oder dass sich der Unfall dort ereignet hat?«

Sie dachte nach und schüttelte den Kopf. »Er hat gesagt, dass er in Inverness auf dem Polizeipräsidium ist wegen einer Zeugenaussage zu einem Unfall. Über sich selbst hat er nichts gesagt; auch nicht, als wir das Treffen vereinbart haben. Nur dass er dieses ideale Grundstück in Thurso besitzt mit einem Haus, Stallungen und einem Nebengebäude, das man zu allem möglichen umbauen kann. Seiner Schilderung nach und auch nach den Fotos, die er geschickt hat, wäre das ganze Areal wirklich perfekt. Nur deshalb wollten wir es uns überhaupt ansehen. Denn Thurso ist wirklich etwas weit weg. Aber wenn alles andere passt …« Sie zuckte mit den Schultern.

»Kann ich diese Fotos einmal sehen, bitte?«

Brenda Craig seufzte und blickte ihn leidvoll an. »Die waren auf meinem Smartphone. Aber da sind sie nicht mehr. Auch meine Telefonate mit Hunter sind nicht mehr da. Angeblich war mein Phone vom Morgen des fünften April bis zum frühen Abend des sechsten durchgehend ausgeschaltet.« Sie schüttelte den Kopf. Tränen traten in ihre Augen. »Aber das ist nicht wahr! Ich hatte es die ganze Zeit eingeschaltet, weil ich ja für Mr Hunter erreichbar sein musste und auch mit ihm telefoniert habe in der Zeit. Aber die Gespräche sind aus der Anrufliste gelöscht. Vielmehr sollen sie angeblich nie vorhanden gewesen sein.« Sie schüttelte den Kopf. »Ich verstehe das nicht! Die Polizei konnte diese Fotos, die ich nie gemacht habe, wiederherstellen, obwohl sie angeblich gelöscht waren, aber von den Anrufen, die ich tatsächlich getätigt habe, findet sich keine Spur!«

»Was auf das Werk eines gewieften Hackers hindeutet«, meinte Jenna Keith.

Brenda Craig nickte. »Da will mich jemand ganz übel reinlegen!« Sie sah Glen flehentlich an.

Er erwiderte ihren Blick. Brenda Craig wirkte absolut ehrlich. Und ehrlich verzweifelt. Entweder sie spielte ihm und ihrer Anwältin ein grandioses und sehr glaubwürdiges Theater vor – oder sie war tatsächlich unschuldig. Im Moment sah Glen sich jedoch außerstande sagen zu können, welche von beiden Möglichkeiten zutraf.

»Wie ging es weiter?«, fragte er. »Sie haben also insgesamt ungefähr zwei weitere Stunden gewartet.«

Sie nickte. »Danach habe ich ihn angerufen. Er sei immer noch bei der Polizei, behauptete er, und schlug vor, die Besichtigung auf den Morgen des nächsten Tages zu verschieben. Ich war einverstanden und habe, weil es schon ziemlich spät war, in Thurso übernachtet. Im Park Hotel. Aber der Mann tauchte auch am nächsten Morgen nicht zur vereinbarten Zeit auf. Telefonisch ist er seitdem überhaupt nicht mehr zu erreichen. Als ich ihn an dem Tag anzurufen versuchte, ging immer nur die Mailbox ran. Gegen Mittag hatte ich die Schnauze voll und bin wieder nach Hause gefahren. Am nächsten Tag habe ich es noch mal versucht, um ihm die Meinung zu geigen, aber da lautete die automatische Ansage, dass die gewählte Nummer nicht vergeben sei.« Sie schüttelte den Kopf. »Das ist doch kein Zufall!«

Der Meinung war Glen auch. Falls die Geschichte stimmte.

Sie seufzte tief. »Aber genau das glaubt die Polizei mir nicht. Die behaupten, ich hätte mir damit nur ein Alibi verschaffen wollen, denn – so deren Theorie – ich war gar nicht in Thurso, sondern in der Nacht in Forthwater Manor und habe das Collier gestohlen. Dazu noch die Codes und die Fotos vom Collier auf meinem Smartphone ...« Sie blickte Glen verzweifelt an.

Er schüttelte den Kopf. »Wenn Sie im Park Hotel waren, muss es doch darüber Aufzeichnungen geben. Sie mussten ein- und wieder auschecken und haben sicherlich auch im hoteleigenen Restaurant gegessen?«

Sie nickte. »Aber die Aufzeichnungen – also, meine Übernachtung dort, ist angeblich nirgends registriert. Aber ich schwöre, ich war dort. Die ganze Nacht! Und ich stand daneben, als der Portier meine Daten in den Computer eingegeben hat.«

»Das klingt«, Jenna Keith blickte ihn bedeutsam an, »nach dem Werk eines professionellen Hackers, der meine Mandantin als die Schuldige aufbauen will.«

»Was ihm bisher auch ganz vorzüglich gelungen ist«, murmelte Brenda Craig.

Falls die Geschichte wirklich stimmte. In dem Fall hätte sich jemand extreme Mühe machen müssen, um eine so umfangreiche Täuschung zu inszenieren, die auch gewiefte Hacker nicht mal eben mit links in einer Stunde schafften.

»Und was wollen Sie von mir, Ms Craig?«

»Sie sind Detektiv! Ich bezahle Ihnen, was Sie wollen, wenn Sie Beweise dafür finden, dass ich unschuldig bin und reingelegt wurde.« Sie sah ihn unsicher, fast ängstlich an. »Sie glauben mir doch?«

Würde eine Schuldige einen Detektiv engagieren, um ihre nicht existierende Unschuld zu beweisen? Ja, durchaus – wenn sie genau wusste, dass es keine Beweise für ihre Schuld oder Unschuld gab und er deshalb nichts finden würde. Dann würde sie, vielmehr ihre Anwältin, eben diese Jagd nach Phantomen als Indiz für ihre Unschuld präsentieren: *Seht her! Wenn ich schuldig wäre, würde ich doch keinen Detektiv beauftragen, denn der könnte doch zu leicht Beweise für meine Schuld finden!*

»Ehrlich gesagt bin ich mir nicht sicher, was ich davon halten soll. Wer hätte denn einen Grund, Ihnen etwas Derartiges anzuhängen?«

Sie schnaubte. »Können Sie sich das nicht denken? Ian natürlich!«

»Sie glauben, er war der Mann, der Sie nach Thurso gelockt hat?« Glen schüttelte den Kopf. »Aber dann hätten Sie doch seine Stimme erkennen müssen.«

Sie sah ihn an, als hätte er etwas reichlich Dummes gesagt. »Sicherlich ist Ihnen die Existenz von Stimmverzerrern bekannt. Und dass es Apps gibt, mit denen man jede Stimme zwar echt, aber völlig anders klingen lassen kann, als sie tatsächlich klingt.«

»Selbstverständlich, Ms Craig«, antwortete er in einem Tonfall, als habe *sie* soeben etwas sehr Dummes gesagt, nur um ihr eine kleine Dosis ihrer eigenen Überheblichkeit zu verabreichen. »Aber sehen Sie die Sache mal aus meiner Perspektive. Seit ich Sie und Ihren Vater kennengelernt habe, lassen Sie beide aneinander kein gutes Haar. Er beschuldigt Sie des Diebstahls, Sie beschuldigen ihn, Ihnen den anzuhängen – und anderer Dinge. Falls Ihre Geschichte stimmt – wovon ich noch nicht überzeugt bin –, müsste Ihr Vater sich immense Mühe gemacht haben, um Sie in diese angebliche Falle zu locken.« Er hob die Hand und zählte an den Fingern auf. »Er muss Ihnen erst mal auf Ihren Social

Media Accounts folgen, um herauszufinden, womit er sie so perfekt ködern kann, dass Sie ihm auf den Leim gehen. Denn Sie werden ihm wohl kaum mitgeteilt haben, dass Sie ein Grundstück für Ihr Projekt suchen.«

»Ganz sicher nicht!«

Glen nickte. »Er muss danach ein Grundstück finden, das für Sie perfekt ist oder doch weitgehend perfekt, welches aber so weit weg liegt, dass Sie vor Ort übernachten müssen, wenn er nicht pünktlich zum Treffen erscheint. Schließlich muss er damit rechnen, dass Sie es sich im Internet ansehen. Stellen Sie dadurch fest, dass es nicht existiert oder nicht seiner Beschreibung entspricht, würden Sie gar nicht erst hinfahren, sondern die Täuschung durchschauen, wenn auch nicht das dahinter stehende Motiv. Er muss von diesem Grundstück die Fotos anfertigen, die er Ihnen angeblich geschickt hat. – Sie waren bei dem Grundstück, wenn ich Sie richtig verstanden habe?«

Brenda Craig nickte.

»Und sah das so aus wie auf den Fotos?«

»Ja.«

»Er muss also diese Fotos entweder selbst gemacht haben, oder er hat sie sich vom wahren Grundstückseigentümer besorgt. Anschließend kauft er sich einen Stimmverzerrer und vereinbart mit Ihnen das Treffen, das er mehrmals verschiebt und dann überhaupt nicht erscheint. Ferner muss er anschließend Ihr Smartphone hacken und sowohl die Fotos, die er Ihnen geschickt hat, löschen als auch die Fotos des Colliers so darauf verstecken, dass die zwar gelöscht sind, aber die IT-Abteilung der Polizei sie mühelos wiederherstellen kann. Und er muss die Standortdaten gelöscht und das Phone so präpariert haben, dass es in der fraglichen

Zeit behauptet, gar nicht eingeschaltet gewesen zu sein. Ist Ihr Vater ein so gewiefter Hacker?«

Sie zuckte mit den Schultern. »Als Ingenieur kann er mit Computern umgehen. Aber Hacker? Er hat das zumindest mir gegenüber nie erwähnt. Was aber nichts heißen will«, betonte sie.

Glen nickte. »Danach muss er sich in den Computer des Hotels hacken, in dem Sie angeblich übernachtet haben, und dort alle Ihre Daten löschen. Davon abgesehen hat man Sie dort gesehen, wenn Sie wirklich da waren. Das heißt, sobald die Polizei denen ein Foto von Ihnen schickt, wird man sich an Sie erinnern. Womit der ganze Aufwand vergebens wäre.« Glen blickte Brenda Craig bedeutsam an.

»Eben das hat die Polizei nicht getan«, teilte Jenna Keith ihm mit. »Die verlässt sich auf die Daten aus dem Computer, in dem Ms Craig nicht eingetragen ist. Und offensichtlich haben sie die Auskunft nicht von dem Portier erhalten, bei dem meine Mandantin eingecheckt hat, weil der sich sonst an sie erinnern könnte.«

»Aber ich war da!« Brenda Craig rang die Hände. Eine Träne lief ihr über die Wange. »Bitte, Mr Kincaid, glauben Sie mir! Ich war dort! Und es hat sich alles so abgespielt, wie ich es Ihnen geschildert habe. Aber wenn Sie mir nicht glauben …« Sie wischte sich die Tränen energisch ab, schniefte und starrte ihn an.

Wahrheit oder Täuschung? Glen verschränkte die Arme und erwiderte Brenda Craigs Blick. Sie hielt ihm stand, Hoffnung in den Augen. Täuschung oder Wahrheit?

»Ich will nicht für etwas bestraft werden, das ich nicht getan habe«, brach sie nach über einer Minute das Schweigen.

»Verständlich«, stimmte er ihr zu. »Allerdings gibt es noch eine weitere – nun, nicht unbedingt Unstimmigkeit, aber einen Punkt, der der Klärung bedarf. Dass Sie Ihren Vater hassen, weil Sie ihm die Schuld am Tod Ihrer Mutter geben, kann ich sehr gut nachvollziehen. Aber welchen Grund sollte er für eine derart ausgeklügelte und perfide Intrige gegen Sie haben? Was hat er davon, wenn er Sie beschuldigt und alles so dreht, dass Sie kein Alibi haben?«

»Weil er das Collier selbst beiseitegeschafft hat und einen Sündenbock braucht. Und weil er mich hasst, weil ich von seiner Schuld am Tod meiner Mutter überzeugt bin, hängt er das Ganze eben mir an.«

Glen schüttelte den Kopf und warf Jenna Keith einen kurzen Blick zu. Sie zuckte mit den Schultern in einer Weise, die ihn vermuten ließ, dass sie dieses oder ein ähnliches Gespräch auch schon mit ihrer Mandantin geführt hatte.

»Ihr Vater hat aber ein Alibi.«

»Dann hat er eben mit einem Komplizen gearbeitet.«

»Dem er ungehinderten Zugang zum Haus verschafft hat, indem er ihm den Alarmcode und die Safekombination gibt und ihn in seiner Abwesenheit ins Haus lässt. In dem sich zig Wertgegenstände befinden, die der Komplize mitnehmen könnte, denn Ihr Vater ist ja nicht da, um ihn daran zu hindern. Ganz zu schweigen vom echten Collier, das der Komplize auch unterschlagen und sich auf Nimmerwiedersehen absetzen könnte. Ernsthaft, Ms Craig: Würde Ihr Vater ein solches Risiko eingehen? Auf mich hat er diesen Eindruck nicht gemacht. Ich hatte eher das Gefühl, dass er niemandem traut außer sich selbst. Und auch Leute, die ihn kennen, beschreiben ihn als misstrauischen Einzelgänger.«

Sie seufzte, stützte den Ellenbogen auf den Tisch und ihre Stirn mit der Hand. »Ich – weiß nicht mehr, was ich glauben soll. Und mittlerweile ist mir auch egal, wer derjenige ist, der mich reingelegt hat. Ich will nur meine Unschuld beweisen. Denn obendrein soll ich auch noch einen Mord begangen haben an einer Frau, der ich nie begegnet bin.« Wieder blickte sie Glen flehentlich an. »Helfen Sie mir?«

Er hatte schon einen Job, der ihn genug beanspruchte. Außerdem: »Da ist noch ein unstimmiger Punkt, Ms Craig. Das Vertauschen des echten Colliers gegen ein gefälschtes ist nur durch Zufall entdeckt worden, und zwar am neunten April. Der Austausch fand aber laut der Zeitaufzeichnung der Alarmanlage und des Safes in der Nacht zum Sechsten statt. Ihnen die Tat anzuhängen, indem man Sie nach Thurso lockt, damit Sie für diese Nacht kein Alibi haben, hätte bedeutet, dass der Dieb zu dem Zeitpunkt bereits gewusst hat, dass die Fälschung entdeckt wird. Und das konnte niemand voraussehen. Beim besten Willen nicht.« Er schüttelte den Kopf.

»Aber sehen Sie denn nicht, dass das wieder auf Ian hinweist?« Das klang verzweifelt, sogar an der Grenze zur Hysterie.

»Das sehe ich in der Tat nicht, Ms Craig.« Glen wurde langsam ungeduldig, vor allem, weil er das Gefühl bekam, dass Brenda Craig sich in eine Verschwörungstheorie hineinsteigerte. Oder das gehörte zu ihrer Show, mit der sie ihm und ihrer Anwältin Sand in die Augen streuen wollte.

Sie schüttelte den Kopf. Tränen rannen ihr über die Wangen. Diesmal wischte sie sie nicht weg. »Ich bin unschuldig.« Ihre Stimme war kaum mehr als ein Flüstern. Sie blickte Glen an und rang erneut die Hände. »Bitte, Mr Kincaid, helfen Sie mir. Bitte!«

Er zögerte. »Ich denke drüber nach.«

Sie wertete das offenbar als Zustimmung. »Ich schreibe Ihnen die Adresse auf, zu der ich gelockt worden bin und alles, woran ich mich erinnere. Haben Sie was zu schreiben?«

Jenna Keith schob ihr einen Block hin. Brenda Craig schrieb eine halbe Seite voll und fertigte sogar noch eine Zeichnung an, die wie ein Lageplan aussah. Sie riss das Blatt ab und reichte es Glen.

»Bitte!« Eine erneute Bitte um Hilfe, nicht die höfliche Floskel, mit der man etwas überreichte.

Er faltete das Blatt zusammen und steckte es ein. Machte noch ein Foto von Brenda Craig mit dem Smartphone. Nur für alle Fälle. »Auf Wiedersehen, Ms Craig.«

Er ging zur Tür. Jenna Keith folgte ihm.

Draußen wartete Inspector Boyd und blickte ihnen erwartungsvoll entgegen. »Was wollte die Frau von Ihnen?«

»Mich engagieren, um ihre Unschuld zu beweisen.«

Boyd runzelte finster die Stirn. »Ich bin nicht zu Scherzen aufgelegt.«

»Ich auch nicht.«

Sie starrte ihn einen Moment verblüfft an. »Und?«

»Nichts und. Ich werde aber ein paar Dinge überprüfen. Nur zur Sicherheit. Und da Sie schon mal hier sind, kann ich Sie gleich dazu befragen. Ms Craig behauptet, zu der Zeit, als das Collier vertauscht wurde, in Thurso gewesen zu sein. Im Park Hotel. Angeblich haben Sie das nachgeprüft.«

»Nicht nur angeblich, sondern de facto.«

»Sie haben aber kein Bild geschickt und gefragt, ob jemand die Frau erkennt?«

Boyd schnaubte. »Wozu, wenn ihr Name nicht registriert ist? Wenn ihre Geschichte der Wahrheit entspräche, hätte sie keinen Grund gehabt, einen falschen Namen anzugeben. Wenn sie sich ein Alibi verschaffen wollte, erst recht nicht. Und ihr Freund kann den Einbruch nicht begangen haben, weil er zusammen mit einem Kollegen für die Spedition, bei der er arbeitet, eine Tour nonstop nach London gefahren hat, dort über mehrere Stunden eine Rückfracht aufgeladen hat und erst am späten Nachmittag des sechsten April wieder zu Hause war. Als er ankam, fand er Ms Craig zu Hause vor. Er ist also raus, was den Diebstahl betrifft. Und bequemerweise kann er weder bestätigen, dass sie in Thurso war, noch dass sie die ganze Zeit zu Hause war.«

Brenda Craig konnte also durchaus die Täterin sein. »Danke, Inspector. Guten Tag.« Er nickte ihr zu und ging zum Ausgang.

Jenna Keith schloss sich ihm wieder an. Da sie sicherlich nicht ohne Grund gewartet hatte, sah er sie an. Sie erwiderte seinen Blick offen. Von Anfang an war ihm aufgefallen, dass sie seinen Narben keine Beachtung schenkte. Nicht einmal für eine Sekunde hatte sie eine der üblichen Reaktionen gezeigt, als sie ihn vorhin zum ersten Mal gesehen hatte. Wohltuend!

»Glauben Sie Ihrer Mandantin?«

»Nein.«

Er blieb verblüfft stehen. »Aber Sie sind ihre Anwältin.«

Sie nickte. »Das verpflichtet mich zwar, meine Mandantin bestmöglich zu verteidigen, aber nicht dazu, ihr alles zu glauben. Denn Sie haben die Sache vorhin genau auf den Punkt gebracht: Falls die Geschichte wahr wäre, hätte jemand einen extremen Aufwand betrieben, um ausgerechnet Brenda Craig diesen Diebstahl anzuhängen, der sowieso nur durch Zufall entdeckt wurde. Und wer sollte dafür ein Motiv haben? Selbst wenn wir ihrem Vater eins unterstellen wollen, so hätte er doch nichts davon. Diebstahl ist ebenso kein Kapitalverbrechen wie Betrug oder dessen Versuch. Jedenfalls keines, das einen solchen Aufwand rechtfertigt, um ihn jemandem anzuhängen. Meine Mandantin mag zwar ihren Vater hassen wie die Pest, aber die beiden haben seit zehn Jahren keinen Kontakt mehr. Es erscheint mir mehr als unwahrscheinlich, dass er aus heiterem Himmel auf die Idee kommt, sie mit gefälschten Beweisen reinzureiten; immer vorausgesetzt, er wäre dazu überhaupt in der Lage. Also warum sollte er einen so maßlosen Aufwand betreiben, nur auf den bloßen Verdacht hin, dass der Diebstahl eventuell entdeckt werden könnte?« Sie schüttelte den Kopf.

Das war nicht von der Hand zu weisen. Er zog das Blatt aus der Tasche und faltete es auf. Brenda Craig hatte tatsächlich einen Lageplan von dem Grundstück und seiner Bebauung gezeichnet, zu dem sie angeblich gelockt worden war. Ein Beweis war auch das nicht, denn diese Dinge konnte man auf Internetstadtplänen hervorragend im Detail vergrößert sehen. Er steckte das Blatt wieder ein.

»Da ich aber verpflichtet bin, meine Mandantin bestmöglich zu verteidigen«, fuhr Jenna Keith fort, »und weil sie wünscht, dass Sie versuchen, ihre Unschuld zu beweisen, mache ich die Sache hiermit offiziell: Führen Sie den Ermittlungsauftrag aus, falls Sie ihn annehmen wollen, was Sie offenbar sowieso planen. Ich übernehme alle Ihre Kosten und Auslagen.«

Er zog die Augenbrauen hoch. »Wie kommen Sie darauf, dass ich Ms Craigs Auftrag annehmen will?«

Sie lachte leise. »Warum hätten Sie sonst ein Foto von ihr gemacht?« Sie winkte ab. »Mein Eindruck ist, dass Sie ein gutes Herz haben, Mr Kincaid. Oder Sie wollen einfach nur die Wahrheit ergründen, was für mich mehr oder weniger dasselbe ist. Deshalb gehe ich davon aus, dass Sie Ms Craigs Bitte entsprechen wollen. Oder?«

»Grundsätzlich schon«, gab er zu. »Aber ich bin kein Privatermittler, sondern Versicherungsdetektiv mit einer festen Anstellung.«

»Sie müssen das mit Ihrem Boss abklären, schon klar. Bitte tun Sie das und lassen Sie mich Ihre Entscheidung wissen.« Sie nickte ihm zu, beschleunigte ihre Schritte und verließ das Gebäude.

Er sah ihr nach und seufzte. Er hatte versprochen, sich die Sache durch den Kopf gehen zu lassen, und das würde er tun. Nicht mehr, nicht weniger.

Er verließ das Präsidium und fuhr zur Agentur, wo er Carson Bericht erstattete.

»Das ist in der Tat seltsam«, stimmte sein Schwager ihm zu. »Können wir komplett ausschließen, dass Ms Craig in Thurso war?«

Glen ließ sich noch einmal alles durch den Kopf gehen, was die Frau ihm gesagt hatte. Er schüttelte den Kopf. »Wenn wir mal von ihrer Verschwörungstheorie absehen, dass jemand ihre Anmeldedaten hackend aus dem Hotelcomputer gelöscht hat, dann könnte sie durchaus in Thurso gewesen sein. Aber zu welchem Zweck, wenn sie nicht wegen eines Grundstücks dort war?«

»Um das gestohlene Collier möglichst weit weg von Edinburgh zu verstecken. Wie du schon sagtest, konnte sie nicht wissen, dass die Fälschung überhaupt auffliegt. Im Nachhinein zu behaupten, sie habe in Thurso übernachtet, obwohl sie nur dort war, um das Collier zu verstecken, könnte eine Schutzbehauptung sein. Denn wer würde schon glauben, dass sie es ausgerechnet am Ende der Welt versteckt, statt zum Beispiel irgendwo hier. Schließlich gibt es hier genug Möglichkeiten dafür.«

»Wenn ich dich recht verstehe, glaubst du, diese Ausrede hat sie in einer Art Panik erfunden, weil ihr auf die Schnelle nicht Besseres eingefallen ist?«

Carson nickte. »Könnte doch sein. Wenn ein Plan nicht so klappt, wie er sollte, dann kommt man schon mal auf Dinge, die eigentlich absurd anmuten. Besonders, wenn sofort eine plausible Erklärung auf eine Frage her muss, die man im Vorfeld nicht erwartet und entsprechend keine Antwort parat hat.« Carson straffte sich. »Fahr hin und prüf das nach. Vielleicht war sie tatsächlich dort und hat auf dem Grundstück, das sie dir genannt hat, das Collier vergraben oder es anderweitig irgendwo in der Gegend versteckt. Und«, er zwinkerte Glen zu, »wenn sie oder ihre Anwältin dich zusätzlich dafür bezahlen wollen, dann solltest du dieses Angebot auf keinen Fall ablehnen.«

Glen grinste flüchtig. »Überredet«, gab er nach. »Aber nicht wegen des Geldes.«

»Ja, ich weiß.« Carson lächelte in einer Art, als habe er Glen durchschaut. »Du tust das ganz uneigennützig wegen des hehren Ziels der Wahrheitsfindung.«

Schon der Zweite heute, der ihm das unterstellte. Aber Glen konnte nicht leugnen, dass das tatsächlich sein Hauptmotiv war. Rätsel ließen ihn so lange nicht los, bis er sie gelöst hatte. Und er wusste: Wenn es ihm nicht gelänge, dieses Rätsel zu knacken, würde es ihn bis ans Lebensende verfolgen. Nicht, weil er das als persönliches Versagen gewertet hätte, sondern weil er einfach nicht ertrug, keine logische Begründung für einen Sachverhalt zu finden.

»Ich fahre gleich los. Mit etwas Glück bin ich morgen Nachmittag wieder zurück.«

»Lass dir Zeit. Ich will wissen, ob Brenda Craig die Diebin ist. Und wenn nicht, will ich das auch wissen. Dann müssen wir die Suche auf jemand anderen konzentrieren.«

Nur dass sie mit ihren möglichen Verdächtigen schon ziemlich am Ende waren. Falls man nicht den »großen Unbekannten« in Erwägung ziehen wollte, der aber in diesem Fall aus verschiedenen Gründen als Täter ausschied, blieb nur noch die Möglichkeit, dass eine der schon verdächtigten Personen mit jemandem zusammengearbeitet hatte, der oder die die Tat begangen hatte, während die Person mit dem Motiv ein Alibi hatte.

Carson zog eine gewisse Schublade auf. Shade sprang auf, lief schwanzwedelnd zu ihm und schnappte nach dem Leckerbissen, den Carson ihm unter dem Tisch hinhielt, als ob Glen dadurch die Aktion nicht mitbekommen würde.

Er schüttelte den Kopf und wartete, bis der Hund noch ein zweites Leckerli geschnorrt hatte, ehe er mit der Zunge schnalzte und zusammen mit ihm die Agentur verließ.

10.

Obwohl Thurso nur etwa 265 Meilen von Edinburgh entfernt war, dauerte die Fahrt über die Landstraßen sechs Stunden, weil Glen zwischendurch Pausen machte, um nicht nur Shade Auslauf und Wasser zu gönnen. Er hatte die Pausen auch genutzt, um über das Grundstück, vor dem Brenda Craig angeblich gewartet hatte, im Internet zu recherchieren. Es gehörte einer Mary Mulqueen und stand tatsächlich zum Verkauf. Sie hatte es kürzlich geerbt. Zwar standen weder ihr Name noch die Erbschaft im Internet, aber Glen erfuhr beides durch eine Anfrage beim Grundstücksamt. Mary Mulqueens Adresse und Telefonnummer erhielt er dann wieder übers Internet.

Er rief sie an und bat um einen Besichtigungstermin am nächsten Tag. Sie stimmte sofort zu und schlug zu seiner Erleichterung zehn Uhr morgens vor. Zwar wohnte sie in Brora und arbeitete dort in einer Apotheke, musste aber erst am Abend zur Nachtschicht antreten.

Das gab Glen genug Gelegenheit, seine sonstigen Nachforschungen noch heute zu erledigen. Seine erste Station war das Park Hotel. Gerne hätte er sich dort einquartiert, aber leider durften Hunde nicht mit hinein. Und wo Shade nicht als Gast willkommen war, dort wollte er selbst auch nicht nächtigen. Und auf die Schnelle hatte er keine hundefreundliche Unterkunft gefunden. Also würden sie die Nacht gemeinsam im Auto verbringen. Für eine Nacht war das kein großes Problem.

Das Park Hotel war außen wie innen modern konzipiert mit einem über fast die gesamte Front verlaufenden Wintergarten, der als Restaurant fungierte. Die Preise für ein Einzelzimmer waren moderat, das er sich genommen hätte, wäre Shade nicht gewesen.

Ein Einzelzimmer. Das machte ihm wieder einmal sein Alleinsein bewusst. Seine Einsamkeit. Gott! Fünf Jahre ohne Davina, und er vermisste sie immer noch so sehr wie unmittelbar nach ihrem Tod. Würde das jemals enden? Zwar war er nicht mehr in jeder Minute, in der er sich nicht auf etwas konzentrierte, in Tränen aufgelöst, aber er spürte nach wie vor schmerzhaft die Lücke. Noch immer empfand er es wie einen Verrat an Davina, wenn er sich von einer anderen Frau angezogen fühlte; was ohnehin kaum vorkam. Und bei jeder Reise, bei der er auswärts übernachten musste, auch wenn er sie wie diese beruflich unternahm, wünschte er sich, Davina an seiner Seite zu haben, sie im Arm zu halten, ihre Wärme zu spüren, ihr Lachen zu hören. Mit ihr am Strand spazieren zu gehen, Muscheln zu sammeln …

Er riss sich gewaltsam von diesen Gedanken los, bevor ihn eine Depression erwischte, und betrat das Hotel. Eine Frau von etwa Mitte dreißig lächelte ihm am Empfang entgegen.

»Was kann ich für Sie tun, Sir?«

Glen schenkte ihr seinen freundlichsten Blick und deutete mit der narbenlosen Hälfte seines Gesichts ein

Lächeln an. »Ich weiß, dass bei Ihnen Diskretion oberstes Gebot ist.«

»Absolut, Sir.«

»Aber sicherlich ist Ihnen bekannt, dass das CID aus Edinburgh vor ein paar Tagen bei Ihnen nach einer Brenda Craig gefragt hat, die behauptet, hier vom fünften auf den sechsten April übernachtet zu haben.«

Das Lächeln der Frau verschwand. »Sind Sie vom CID?«

»Nein, aber ein von Ms Craigs Anwältin beauftragter Ermittler, um herauszufinden, ob Ms Craigs Behauptung stimmt.« Er reichte ihr eine Visitenkarte.

»Warum fragen Sie dann nicht beim CID nach, Sir?« Das klang ausgesprochen abweisend. »Wie Sie schon sagten: Bei uns wird Diskretion großgeschrieben.«

»Das habe ich getan, und dem CID wurde gesagt, dass es keine Aufzeichnungen über die Übernachtung gibt.«

»Dann war die Dame auch nicht hier.«

»Wir haben – im Gegensatz zum CID – Grund zu glauben, dass Ihr System gehackt wurde und man nachträglich die Daten der Übernachtung gelöscht hat.«

»Das ist absurd.« Eine reflexartige Behauptung.

»So absurd wie es Hackern 2012 gelungen ist, eine ›absolut sichere‹ FBI-Datenbank zu hacken? Ms Craig wird eines Verbrechens beschuldigt, das sie vielleicht nicht begangen hat, sondern das man ihr anhängen will. Falls sie zur angegebenen Zeit hier war, dann ist das ihr Alibi, das ihre Unschuld beweist. Andernfalls kommt sie ins Gefängnis für etwas, das sie gar nicht getan hat.« Glen rief Brenda Craigs Foto auf seinem

Smartphone auf und hielt es der Concierge hin. »Können Sie sich an sie erinnern? Oder hatten Sie an dem Tag keinen Dienst?«

Die Frau zögerte und rang sichtbar mit sich. »Ich – muss mich rückversichern. Das – kann eine Weile dauern. Wenn Sie bitte warten wollen.« Sie deutete auf die Sitzgelegenheiten in der Lobby.

Glen nickte. »Danke. Ich gehe inzwischen ein bisschen spazieren.«

Dann konnte er Shade ein bisschen Auslauf verschaffen. Der Hund bemerkte ihn, kaum dass er das Hotel verließ, und sah ihm schwanzwedelnd aus dem Auto entgegen. Glen öffnete die Tür und streichelte ihn, kraulte ihn hinter den Ohren und duldete, dass er ihm begeistert das Gesicht ableckte.

»Komm, Kumpel, gehen wir ein Stück.«

Was Shade sich nicht zweimal sagen ließ. Sicherheitshalber nahm Glen ihn an die Leine. Der Fußweg vor dem Hotel war nur schmal, wenn auch von einem breiten Grünstreifen gesäumt, auf dem Shade nach Herzenslust schnüffeln und sich auch erleichtern konnte. Ein paar Hundert Meter weiter, kurz vor der Brücke über den Thurso, öffnete sich ein Park, der einen Hund förmlich dazu einlud, sich auf der Grünfläche auszutoben. Glen ließ ihn von der Leine und sah zu, wie Shade davonsprintete und hier und da eifrig schnüffelte. Glen suchte einen handlichen herabgefallenen Ast, befreite ihn von spitzen Zweigresten und pfiff.

Shade kam angestürmt, sichtlich begeistert, als er den Ast sah. Glen warf ihn, und Shade jagte hinter ihm her, schnappte ihn, noch bevor er zu Boden fiel, und brachte ihn stolz zurück.

»Klasse, Shade!«

Er warf den Stock erneut. Nicht nur Shade liebte dieses Spiel, es machte Glen mindestens genauso viel Spaß. Hinterher fühlte er sich jedes Mal besser, weshalb es ein gutes Mittel gegen Trübsal war. Das auch heute seine Wirkung nicht verfehlte. Nach einer halben Stunde ging es ihm gut genug, dass er eine Nacht im Auto überstehen würde.

Als er wieder auf dem Hotelparkplatz ankam, gab er Shade einen Napf voll Trockenfutter und eine Schale Wasser, Utensilien, die er immer dabei hatte, nicht nur wenn er verreisen musste. Der Hund verputze sein Abendessen in Windeseile und hatte anschließend nichts dagegen, es sich im Auto gemütlich zu machen. Glen ließ die Scheibe ein Stück offen, legte eine zusätzliche Decke zurecht und verabschiedete sich mit einem letzten Kraulen. Glen hatte ebenfalls Hunger und konnte kaum erwarten, eins der viel geloben Gerichte des hauseigenen Restaurants zu genießen.

Er betrat die Lobby. Neben der Dame am Empfang stand ein Mann um die fünfzig und unterhielt sich mit ihr. Sie nickte zu Glen hin, woraufhin sich der Mann ihm zuwandte. Glen trat zu ihnen.

»Mr Kincaid?« Der Mann zückte einen Ausweis und hielt ihm den hin. »Police Inspector Al Ogilvy, Thurso Police Station. Sie erkundigen sich auffallend nach einem Gast des Hotels. Aus welchem Grund?«

Glen nickte der Concierge zu. »Gut, dass Sie die Polizei benachrichtigt haben. Dann kann die ganze Sache offiziell ablaufen.« Er blickte Ogilvy an und deutete auf die Sitzgelegenheiten. »Setzen wir uns? Dann erkläre ich Ihnen alles.«

»Ich bitte darum.«

Ogilvy ließ ihm den Vortritt. Glen setzte sich und wartete, bis Ogilvy ebenfalls Platz genommen hatte, ehe er ihm eine Visitenkarte reichte.

Ogilvy las sie aufmerksam. »Versicherungsdetektiv?« Er blickte Glen an in einer Weise, als fiele ihm schwer zu glauben, dass die Berufsbezeichnung echt und kein Fake war.

»Ja. Sie können gerne bei meiner Versicherung anrufen und sich das bestätigen lassen.« Er sah auf die Uhr. »Um diese Zeit erreichen Sie Mr Stewart noch im Büro.«

Ogilvy winkte ab. »Ich glaube Ihnen auch so. Als Billie«, er nickte zu der Concierge hin, »erwähnte, dass Sie angeblich Ermittler sind, erwartete ich einen Privatdetektiv.«

»Versicherungsdetektive sind das gewisserweise auch. Nur unser Spezialgebiet ist eben das Aufdecken von Versicherungsbetrug.«

»Muss wohl häufiger vorkommen, als unsereins denkt, wenn eine Versicherung für diesen Job einen Detektiv fest anstellt. Sie sind doch fest angestellt?«

Glen nickte.

»Wie ich Billie aber verstanden habe, geht es hier nicht um einen Versicherungsbetrug.«

»Doch.« Glen erklärte ihm die Zusammenhänge.

»Hm«, machte Ogilvy, nachdem er geendet hatte. »Glauben Sie diese Geschichte?«

»Nicht unbedingt. Aber ich werde nicht fürs Glauben bezahlt, sondern fürs Ermitteln. Rein theoretisch könnte das die Wahrheit sein. In jedem Fall hängt von meinen Ermittlungen Ms Craigs Zukunft ab, im Positiven wie im Negativen. Zumindest zum Teil.«

»Hm.« Ogilvy nickte, spielte mit Glens Visitenkarte und dachte nach, die Stirn gerunzelt, die Augen verengt. »Wenn sich alles so verhält, wie Sie sagen, warum bittet dann das Edinburgher CID uns hier nicht um Amtshilfe?«

»Weil die erstens die Geschichte nicht glauben und zweitens meinen, es sei Beweis genug, dass sie hier telefonisch nachgefragt haben, ob Ms Craigs Übernachtung im Computer des Hotels ist. Dass dem nicht so ist, werten sie als Beweis, dass Ms Craig gelogen hat. Aber das kann Ihnen DI Boyd besser erklären. Hier ist Ihre Nummer.«

Glen holte Morven Boyds Visitenkarte aus der Jackentasche und reichte sie Ogilvy.

Der blickte eine Weile darauf. Schließlich nahm er sein Smartphone und wählte Boyds Nummer. Boyd war auch noch im Dienst, denn die Verbindung kam schnell zustande. Ogilvy erklärte ihr, wer er war und dass Glen hier ermittelte. Offenbar antwortete Boyd zu seiner Zufriedenheit, denn er nickte mehrmals.

»Haben Sie vielen Dank, Inspector«, verabschiedete er sich und unterbrach die Verbindung. Er nickte Glen zu und reichte ihm die Karte zurück. »Inspector Boyd hat Ihre Angaben bestätigt. Und auch«, er grinste flüchtig, »dass sie Ms Craigs Behauptung nicht glaubt. Aber sie bat mich, Ihnen auszurichten, dass Sie ihren Segen haben, wenn Sie schon mal hier sind.« Er nickte. »Und meinen haben Sie auch. – Billie!« Er drehte sich halb zu der Concierge um und deutete auf Glen. »Unterstütze den Mann. Er ist sauber.«

»Ja, Onkel Al.«

Onkel. Deshalb hatte sie also die Polizei gerufen und deshalb war Ogilvy wohl in Zivil.

»Danke, Inspector.«

»Gerne. Und wenn Sie noch was brauchen oder ich irgendwie behilflich sein kann, lassen Sie es mich wissen.« Er reichte Glen seine Visitenkarte.

»Falls es Ihnen nichts ausmacht, wäre mir lieb, wenn Sie morgen Vormittag bei meinem Treffen mit Ms Mulqueen dabei wären.«

Ogilvy nickte. »Mrs Mulqueen«, korrigierte er. »Das Grundstück gehörte ihrem Onkel mütterlicherseits. Sie ist seit Jahrzehnten mit einem Iren verheiratet und hat es kürzlich geerbt. Weil sie aber mit ihrem Mann ein Haus in Brora hat, will sie es verkaufen. Seit dem Tod des alten McKinney, ihres Onkels, kümmert sich niemand darum. Was eine Schande ist. Deshalb hoffen wir alle, dass es möglichst bald einen neuen Besitzer findet, der es wieder aufpäppelt. Die Gemeinde hat schon überlegt, es selbst zu kaufen. Das Problem ist, dass es mit dem Kauf allein nicht getan ist. Die Gebäude müssten aufwendig renoviert werden. Und das kostet zusätzlich Geld.«

»Ist ein Kaufpreis von einer halben Million Pfund realistisch?«

»Wie bitte?« Ogilvy schüttelte den Kopf. »Allein das Grundstück ist gut das Doppelte wert. Das umfasst immerhin fünfundzwanzig Acres.«

Interessant. »Wie hoch würden Sie den Gesamtwert schätzen, Inspector?«

Ogilvy wiegte den Kopf. »Ich bin kein Fachmann, aber mindestens anderthalb Millionen, würde ich mal sagen. Vielleicht mehr. Aber das kann Ihnen Mrs Mulqueen genauer sagen.« Er stand auf. »Sie haben sich hier übrigens eine feine Unterkunft ausgesucht. Die beste in Thurso.«

»Ich übernachte hier nicht. Ich habe meinen Hund dabei, der hier nicht mit übernachten darf. Ich schlafe mit ihm im Auto.«

»Wie bitte?« Ogilvy starrte ihn schockiert an. »Auf keinen Fall! Geben Sie mir eine Minute, ich mache was für Sie klar.«

Er stand auf, ging zur Rezeption und bat Concierge Billie um einen Zettel und einen Stift, ehe er telefonierte. Zwei Minuten später kam er zurück und reichte Glen das Blatt.

»Das ist die Adresse einer privaten Pension, gleich hier um die Ecke links und dann die erste Straße rechts in der Millbank Road. Man erwartet Sie, sobald Sie hier fertig sind. Ich muss Sie aber warnen: Man liebt dort Hunde, und Sie müssen unter Umständen darum kämpfen, ihn bei der Abreise wieder mitzunehmen.« Er zwinkerte Glen zu.

»Danke, Inspector.«

»Gern geschehen. Schönen Abend noch.«

»Danke, Ihnen auch.«

Ogilvy verließ das Hotel, und Concierge Billie kam zu ihm an den Tisch.

»Darf ich das Foto noch mal sehen, Sir?«

Glen zeigte es ihr.

»Vom fünften auf den sechsten April, sagten Sie? Da hatte ich die Tagschicht bis vier Uhr. In der Zeit ist sie nicht gekommen oder gegangen. Aber ich war am Sechsten vormittags im Büro und habe bei der Abrechnung geholfen, da hätte ich sie sowieso nicht sehen können. Ich habe ein ganz gutes Gedächtnis für Gesichter.« Sie lächelte flüchtig. »Das bringt der Job so mit sich.«

Glen nickte. »Sie ist vermutlich tatsächlich erst später gekommen und am nächsten Tag wahrscheinlich nach dem Frühstück gegangen. Wer hatte denn die Spätschicht an dem Tag? Und im Restaurant müsste man sie auch gesehen haben, falls sie tatsächlich hier war.«

Billie nickte. »Ich frage nach.« Sie zog einen Notizblock aus der Tasche ihrer Kostümjacke, schrieb etwas darauf und reichte ihn Glen. »Das ist meine Smartphone-Nummer. Wenn Sie mir das Bild schicken, kann ich es den Kollegen zeigen.«

Glen schickte ihr das Bild.

»Ich sage Ihnen Bescheid«, versprach sie und kehrte wieder hinter den Tresen zurück.

Er ging ins Restaurant hinüber, wählte einen Tisch am Fenster, von wo aus er einen Blick auf seinen Wagen hatte, und studierte die Speisekarte. Im Internet hatte die Küche des Park Hotels gute Kritiken erhalten. Er entschied sich für gebackenen Fisch mit Erbsen und bestellte ein Bier dazu. Mit etwas Glück würde er heute noch eine Antwort erhalten, ob Brenda Craig hier gewesen war.

Grundsätzlich hatte er nichts dagegen, noch einen Tag länger hier zu bleiben, nachdem er nun eine Unterkunft hatte, in der Shade willkommen war. Thurso besaß ein paar interessante Sehenswürdigkeiten in der Umgebung und eine Fähre, die täglich zu den Orkneys übersetzte. Doch er war nicht zum Vergnügen hier. Aber den nächsten Urlaub hier zu verbringen, idealerweise für Shade in einem Caravan, war keine schlechte Idee.

Sein Essen wurde gebracht, und schon der erste Bissen bewies, dass die guten Beurteilungen der Wahrheit entsprachen. Glen entspannte sich und verzichtete darauf, in Gedanken Davina zuzuprosten, die sonst immer unsichtbar mit ihm am Tisch saß, wenn er auswärts aß. Die Erinnerung an sie auf diese Weise lebendig zu erhalten, gab ihm zwar einerseits Trost. Andererseits verhinderte sie, dass er endlich einen Schlussstrich zog und nach vorn blickte und allem, was das Leben für ihn noch an guten Dingen bereithalten mochte, eine Chance gab. Aber er fühlte sich dazu noch nicht in der Lage.

Er genoss seine Mahlzeit und das Bier und aß betont langsam in der Hoffnung, dass Billie oder jemand von ihren Kolleginnen oder Kollegen zu ihm kam und ihm eine Information zu Brenda Craig gab. Das Restaurantpersonal wollte er nicht mit Fragen danach nerven, denn er war nicht der einzige Gast. Abgesehen davon, dass die Leute entsprechend zu tun hatten, machte es keinen guten Eindruck, wenn er vor den anderen Gästen ein Bild herumzeigte. Das hätte vielleicht zu Spekulationen geführt, ob er entweder ein Stalker war, der hinter einer Frau her war, die ihn verlassen hatte, oder dass die Gesuchte mit einem Verbrechen in Verbindung stand und das Hotel offenbar unseriöse Leute beherbergte. Billie hatte ihm ihre Unterstützung zugesagt, und er konnte genug Geduld aufbringen, um ihr die Zeit zu geben, die sie brauchte.

Er beendete das Mahl mit einer Tasse Kaffee und verließ anschließend das Restaurant. Billie stand immer noch am Empfang. Als sie Glen sah, schüttelte sie den Kopf, was wohl heißen sollte, dass sie noch nichts erfahren hatte. Er wünschte ihr eine gute Nacht und fuhr zu der Pension, wo er ein preiswertes, aber komfortables Zimmer bekam. Er ließ den Abend ausklingen, indem er sich einen Film ansah und relativ früh schlafen ging.

***

Dienstag, 16. April

Glen verstand sehr gut, weshalb Brenda Craig dem angeblichen Angebot, Mary Mulqueens Anwesen zu kaufen, nicht widerstehen konnte. Für einen Reiterhof war es ideal. Ein zweigeschossiges Wohngebäude, zwei Stallgebäude, eine Scheune für Gerätschaften und Futter, zwei Koppeln, eine großzügige Weidefläche und genug Platz für die Autos der Feriengäste. Allerdings war das Haus offenbar schon seit Längerem unbewohnt, und auch die Stallungen wirkten älter, als sie wahrscheinlich waren. Trotzdem war es ein großzügiges Gelände, das direkt zwischen den Stadtteilen Pennyland und Burnside lag. Glen bezweifelte, dass Brenda Craigs Anteil am Erlös des Colliers für den Kauf ausgereicht hätte. Was wieder dafür sprach, dass sie sich das ganze Collier angeeignet hatte, um das Grundstück bezahlen zu können. Falls man es ihr tatsächlich angeboten hatte.

Während er auf die Eigentümerin wartete, verglich er die Skizze, die Brenda Craig ihm aufgemalt hatte, mit der Realität. Wie er vermutet hatte, deckte sich die mit den Gegebenheiten, wenn auch die Proportionen nicht ganz stimmten. Wie er ebenfalls vermutet hatte, waren die Dinge über Internetstadtpläne und deren Ansichtsfunktion der Straßen klar zu erkennen. Die Skizze war also kein Beweis, dass Brenda Craig hier gewesen war. Auch ihre Beschreibung der Gebäude konnte problemlos aus dem Internet stammen, denn die Eigentümerin hatte Fotos gepostet, auf denen das Anwesen besser aussah als gegenwärtig.

Allerdings war auf der betreffenden Website weder eine Mailadresse noch eine Telefonnummer angegeben, unter der man Mrs Mulqueen hätte erreichen können. Stattdessen stand eine Postfachanschrift, an die man Angebote schicken sollte, die Eigentümerin werde sich dann bei den Interessierten melden.

Ein blauer Ford fuhr vor und parkte hinter Glens Vauxhall, unmittelbar dahinter kam ein Polizeiwagen. Eine Frau von etwa Mitte fünfzig stieg aus dem Ford und kam auf Glen zu, und Inspector Ogilvy schälte sich aus dem Polizeifahrzeug, diesmal in Uniform.

»Mr Kincaid?«, vergewisserte sich die Frau und bemühte sich, nicht auf seine Narben zu starren.

»Der bin ich.« Glen ging zu ihr. »Guten Tag. Und haben Sie vielen Dank, dass Sie gekommen sind, obwohl ich Ihnen gesagt habe, dass ich das Grundstück nicht kaufen will.«

Sie winkte ab. »Sie sagten, es geht um Ermittlungen in einem Verbrechen.« Sie schüttelte den Kopf und nickte Ogilvy zu, den sie offenbar kannte. »Ich kann mir nicht vorstellen, dass hier ein Verbrechen stattgefunden haben soll. Das hätten die Nachbarn bestimmt bemerkt und die Polizei alarmiert.« Sie deutete auf die Häuser, die auf der anderen Straßenseite standen.

In drei von ihnen hatte Glen bereits Bewegungen hinter den Gardinen gesehen und Schatten, die zeigten, dass man ihn beobachtete. Er erklärte Mary Mulqueen, worum es ging.

Nachdem er geendet hatte, schüttelte sie den Kopf. »Die Geschichte, die diese Frau Ihnen erzählt hat, kann ich nicht bestätigen. Ich höre den Namen Brenda Craig heute zum ersten Mal. Und ich habe sie ganz sicher nicht kontaktiert oder kontaktieren lassen, um ihr das Grundstück anzubieten. Schon gar nicht halb geschenkt.«

»Das dachte ich mir. Können wir mal das Grundstück abgehen? Zumindest in Hausnähe. Vielleicht fällt Ihnen eine Veränderung auf. Dass jemand irgendwo gegraben hat oder dass etwas nicht so ist, wie es sein sollte.«

Mary Mulqueen wiegte den Kopf. »Das können wir natürlich gerne tun, aber ehrlich gesagt, kenne ich mich hier gar nicht aus. Ich war vor Jahren zuletzt da. Falls also nicht etwas extrem auffällig verändert wurde, würde ich es nicht bemerken.«

»Ich denke, mir würde das schon auffallen«, meinte Ogilvy. »Ich sehe hier regelmäßig vorbei. Leerstehende Gebäude ziehen manchmal Leute an, die nicht unbedingt Gutes im Sinn haben. Obwohl wir eine friedliche Gemeinde sind und hier hinsichtlich Verbrechen kaum was passiert. Aber«, er lächelte, »man weiß ja, dass junge Leute gern mal über die Stränge schlagen. Das ist hier nicht anders als in der Großstadt.«

Glen nickte, ließ Shade aus dem Wagen, der freudig davonstob und die Koppeln inspizierte. Glen ging mit Mary Mulqueen und Ogilvy zu den Gebäuden. Wenn die renoviert waren oder zumindest außen gereinigt wurden, war das ein schönes Anwesen. Auf dem alles in Ordnung war. Alle Türen waren verschlossen, nirgends gab es Einbruchspuren, nach denen Ogilvy akribisch suchte. Auch die Fenster, die ohnehin mit heruntergelassenen Rollläden versehen waren, wiesen keine Beschädigung auf. Und nirgends war der Boden sichtbar umgegraben worden, was darauf hingedeutet hätte, dass in jüngerer Zeit etwas hier vergraben worden wäre.

Die Gebäude waren im Stil alter Fachwerkhäuser erbaut. Die Stallungen zeigten am Giebel gekreuzte Pferdeköpfe, ein für diese Gegend eher ungewöhnliches Accessoire. Doch die Orkneys waren von Wikingern besiedelt worden, die auch an der schottischen Küste die eine und andere Spur hinterlassen hatten. Auf dem Querbalken über der Tür war ein Dreizack eingeritzt, der wie ein Y aussah, dem man zwischen den Schenkeln als Verlängerung des Fußes noch eine weitere Zinke hinzugefügt hatte.

Glen stutzte. Er nahm noch einmal Brenda Craigs Beschreibung der Örtlichkeiten zur Hand. Tatsächlich hatte sie dieses Zeichen erwähnt und aufgemalt.

»Das ist eine alte Schutzrune«, erklärte Ogilvy, der bemerkt hatte, was Glen betrachtete. »Stammt noch aus Wikingerzeiten. Die Gebäude sind zwar längst nicht so alt, aber manche Traditionen haben sich bis heute erhalten.«

Glen nickte und wandte dem Gebäude den Rücken zu. Die Tür, über der die Rune prangte, lag auf der Rückseite des Anwesens und war von der Zufahrtsstraße aus nicht zu sehen. Die einzige Straße mit Blick auf diesen Gebäudeteil war die A836, die an Burnside vorbei führte, und die war ungefähr zweihundert Yards entfernt. Er rief die Internetdarstellung dieses Teils von Thurso auf. Die Rune war von der A836 nicht einmal im größtmöglichen Zoom sichtbar. Man konnte nicht einmal erkennen, dass da überhaupt etwas in den Balken eingeritzt war. Er rief die Fotos auf, die Mary Mulqueen von den Gebäuden ins Netz gestellt hatte. Kein einziges zeigte diesen Teil der Gebäude, und auf keinem Bild war eine Rune zu sehen, geschweige denn diese.

Brenda Craig musste also mindestens einmal hier gewesen sein, um sie beschreiben zu können. Aber das konnte schon vor längerer Zeit und nicht am fünften April gewesen sein. Allerdings stellte sich Glen die Frage, was sie damals ausgerechnet hier gewollt hatte.

»Mrs Mulqueen, wie lange bieten Sie das Grundstück schon zum Verkauf an?«

Sie überlegte. »Knapp vier Wochen. Aber bisher hat sich kein Interessent gemeldet.« Sie zuckte mit den Schultern. »Für nicht Ortsansässige ist es wohl zu weit weg von den Ballungszentren, und die Einheimischen haben nicht das nötige Geld.« Sie seufzte. »Ich werde, wenn ich es loswerden will, wohl mit dem Preis runtergehen müssen. Aber«, sie machte eine Handbewegung, die das gesamte Gelände einschloss, »ich sehe hier wirklich nichts, was nicht so wäre, wie es sein sollte. Falls sich hier jemand unerlaubt zu schaffen gemacht hat, fällt es mir nicht auf.«

»Umso dankbarer bin ich, dass Sie sich herbemüht haben, Ma'am.«

Sie lächelte. »Ich habe Ihnen zu danken. Nachdem ich das Anwesen dadurch noch einmal gesehen habe, bin ich umso entschlossener, es zu verkaufen. Bisher war ich mir nicht sicher. Immerhin ist das Gelände schon seit vier Generationen im Besitz meiner Familie. – Aber wenn Sie mich nicht mehr brauchen, würde ich mich wirklich gern auf den Rückweg machen. Sie haben ja meine Telefonnummer, falls Sie noch Fragen haben.«

Glen nickte. »Herzlichen Dank, Mrs Mulqueen. Gute Heimfahrt.«

»Danke.« Sie nickte ihm und Ogilvy zu und kehrte zu ihrem Auto zurück.

»Inspector, wäre es möglich, dass ich die Anwohner am Rockwell Crescent befragen kann, ob sie Ms Craig gesehen haben? Sie hat angeblich an der Grundstückseinfahrt mehrere Stunden gewartet. Das muss doch jemandem aufgefallen sein.«

Ogilvy nickte. »Klar. Wie es scheint, haben Sie was Entlastendes entdeckt?«

Glen nickte. »Ob das Ms Craig entlastet, wird sich zeigen.«

Er rief Shade zu sich und ließ ihn in den Wagen steigen, ehe er mit Ogilvy an die erste Tür auf dem Rockwell Crescent klopfte.

Eine Dreiviertelstunde später stand fest, dass Brenda Craig tatsächlich vor ungefähr einer Woche hier gewesen war, denn vier Leute hatten sie gesehen, wie sie in ihrem Auto gesessen hatte – einen silberfarbenen Honda – und das Grundstück umrundet hatte und immer ungeduldiger geworden war. Einer wollte sie telefonieren gesehen haben. Angeblich hatte sie ihren Posten erst um fünf Uhr nachmittags aufgeben.

Soweit entsprach Brenda Craigs Geschichte also der Wahrheit. Ein Beweis für ihre Unschuld war das aber noch nicht, denn theoretisch konnte sie anschließend wieder nach Edinburgh gefahren sein. Selbst mit Pausen auf der Fahrt wäre sie gegen Mitternacht zurück gewesen und hätte kurz nach drei Uhr in Forthwater Manor eindringen und den Diebstahl begehen können.

Aber falls sie wirklich die Diebin war und sich ein Alibi hätte verschaffen wollen, indem sie ausgerechnet hierher fuhr, dann hätte sie bestimmt dafür gesorgt, dass man sie auch ganz sicher bemerkte. Außerdem hätte sie sich dann tatsächlich in einem Hotel einquartiert und sich so verhalten, dass man sich an sie erinnerte. Selbst wenn sie sich nach einem sichtbaren Rückzug am Abend auf ihr Zimmer unbemerkt herausgeschlichen hätte, nach Edinburgh gefahren wäre, den Diebstahl begangen hätte und wieder zurückgekommen wäre, hätte in dem Fall ihre Übernachtung hier erst recht im Computer des Hotels auftauchen müssen.

»Ihre Verdächtige ist zumindest hier gewesen«, resümierte Ogilvy. »Ich werde die Aussagen der Leute protokollieren und Inspector Boyd zuschicken, damit alles seine Richtigkeit hat.«

»Vielen Dank. Jetzt hoffe ich nur noch, dass sich auch im Hotel jemand an sie erinnert.«

»Finden wir es heraus.«

Sie fuhren zum Park Hotel zurück. Billie stand nicht mehr am Empfang, stattdessen ein junger Mann, dessen Namensschild ihn als Connor auswies.

»Sie sind Mr Kincaid?«, vergewisserte er sich. »Die Frau, nach der Sie gefragt haben, war hier. Ich habe ihre Anmeldung selbst aufgenommen und ins System eingegeben. Und ich verstehe nicht, wieso die nicht mehr da ist. Aber«, er lächelte triumphierend, »ich mache immer sofort einen Ausdruck, sobald ein Gast abgereist ist. Müssen wir zwar erst am Monatsende machen, aber in der Sommersaison nimmt das wegen der Fülle von Gästen so viel Zeit in Anspruch, dass ich mir die spare. Und dieser Ausdruck ist noch da.« Er holte einen zusammengefalteten Bogen aus einer Schublade und reichte ihn Glen. »Das ist eine Kopie, die Sie gerne mitnehmen können.«

Glen nahm sie und ließ auch Ogilvy darauf blicken. Da standen Brenda Craigs Name, ihre Adresse sowie das Datum ihrer An- und Abreise: 5. April bis 6. April.

»Billie hat mir das Foto gezeigt, und das ist die Frau. Ganz sicher. Ich erinnere mich deshalb so gut an sie, weil sie kein Gepäck dabei hatte und über irgendwas ziemlich sauer war. Und falls das wichtig ist: Sie ist um halb sieben ins Restaurant gegangen und anschließend an die Bar und dort geblieben, bis sie um elf geschlossen hat. Und kurz vor Mitternacht hat sie sich noch ein Heizkissen aufs Zimmer kommen lassen.«

Glen atmete auf. Wenn Brenda Craig nachweislich bis Mitternacht im Hotel gewesen war, dann konnte sie unmöglich um drei Uhr morgens in Edinburgh den Safe ausgeraubt haben. Denn die Strecke von Thurso bis Edinburgh schaffte man nicht mal mit dem halsbrecherischsten Tempo in drei Stunden; erst recht nicht mitten in der Nacht. Aber das bedeutete auch, dass die Ermittlungen – nicht nur Glens – wieder auf Null zurückgeworfen waren.

»Connor, ich kann Ihnen nur raten, niemals von Ihrer Gewohnheit abzuweichen, die Anmeldebögen immer sofort auszudrucken. Denn wie es aussieht, wurde Ihr System tatsächlich gehackt, und man hat Ms Craigs Daten absichtlich gelöscht.«

»Aber wer tut denn so was?«, wunderte sich Connor und klang mehr als entsetzt.

»Das finde ich heraus. Haben Sie herzlichen Dank für Ihre Hilfe. Sie auch, Inspector.«

»Keine Ursache«, versicherte Ogilvy und nickte Connor zu. »Du musst deine Aussage offiziell zu Protokoll geben, Junge, damit alles seine Richtigkeit hat.«

Glen verabschiedete sich von Ogilvy und verließ das Hotel. Brenda Craig hatte also die Wahrheit gesagt und somit ein Alibi. Er rief Jenna Keith an, um ihr die gute Nachricht mitzuteilen.

»Das wirft ein ganz neues Licht auf die Sache«, meinte die Anwältin. »Wenn sowohl Ms Craig als auch ihr Freund ein Alibi haben, kann auch der Mordvorwurf oder die Beteiligung an der Tat nicht mehr aufrecht erhalten werden, weil dadurch das Motiv wegfällt. Ich weiß natürlich genau, wie Inspector Boyd argumentieren wird: Ms Craig und ihr Freund haben sich ein Alibi in Thurso und auf der Arbeit verschafft, während ein Komplize in der Zwischenzeit das Collier gegen die Fälschung ausgetauscht hat. Dass die Anmeldung aus dem System des Hotels verschwunden war, wird man als Computerfehler deklarieren. Für den ich es, ehrlich gesagt, auch halte.«

»Sie glauben also immer noch an die Schuld Ihrer Mandantin.«

»Bis zum Beweis des Gegenteils«, bestätigte Jenna Keith. »Zumindest was den Diebstahl des Colliers betrifft. Denn die gelöschten Fotos auf dem Smartphone sind ein nicht zu leugnender Beweis. Wenn jemand ihr die hätte unterschieben wollen, wie sie behauptet, hätte derjenige sie doch nicht gelöscht. Dass die Polizei Ms Craigs Smartphone untersucht oder sie überhaupt verdächtigt, konnte derjenige nicht im Voraus wissen.«

»Es sei denn, er hätte die Polizei selbst mit der Nase auf Ms Craig gestoßen. Was ihr Vater in meinem Beisein getan hat.«

»Das mag sein«, bestätigte Jenna Keith. »Aber das zu ermitteln, ist Sache der Polizei. So oder so, ich hole selbstverständlich das Beste für meine Mandantin raus. Schicken Sie mir Ihre Rechnung und die Spesenbelege, Mr Kincaid. Und danke für Ihre Arbeit.«

»Gerne.«

Doch Jenna Keith hatte schon aufgelegt. Er rief Morven Boyd an, um ihr sein Nachforschungsergebnis mitzuteilen. Sie reagierte mit denselben Argumenten, wie die Anwältin vorausgesagt hatte. Ja, gut, Brenda Craig hatte für die Zeit des Diebstahls ein Alibi, ihr Freund auch, aber dann hatten sie jemand anderen das Collier austauschen lassen.

Glen hatte keine Lust, sich mit Boyd auf eine Diskussion einzulassen, indem er sie darauf hinwies, dass Brenda Craig in dem Fall mit einer ganzen Horde von Komplizen oder Komplizinnen hätte zusammenarbeiten müssen. Schließlich war sie selbst dabei gewesen, als Jack Henderson erklärt hatte, dass eine so perfekte Nachbildung des Colliers in der kurzen Zeit zwischen dem Fund und dem Austausch nur möglich war, wenn mehrere Leute gleichzeitig an der Kopie arbeiteten. Was bedeutete, dass es mindestens drei oder vier Mitwisser gab, die natürlich am Erlös beteiligt werden wollten, der dann durch fünf oder sechs hätte geteilt werden müssen. Wenn Brenda Craig ihren Anteil wirklich für den Kauf eines bebauten Grundstücks brauchte, wären selbst die Anteile von ihr und ihrem Freund zu wenig gewesen.

Aber etwas anderes fiel ihm nachträglich auf. Nachdem er das Gespräch mit Boyd beendet hatte, prüfte er nach, wann der Fund des Colliers publik gemacht worden war. Anschließend rief er noch einmal Jenna Keith an.

»Ms Craig ist höchstwahrscheinlich tatsächlich unschuldig.«

»Oh! Jetzt bin ich aber gespannt, woran Sie das festmachen.« Ehrliche Neugier, kein Sarkasmus.

»Hat sie Ihnen gegenüber erwähnt, wann sie von dem Fund des Colliers erfahren hat?«

»Oh ja, mit einer gehörigen Portion Wut darüber, dass sie das erst aus der Zeitung erfahren musste. Aber was hat sie erwartet? Sie hat den Kontakt zu ihrem Vater vor zehn Jahren abgebrochen. Da hatte er keine Veranlassung, ihr von dem Fund zu berichten. Worauf wollen Sie hinaus?«

»Das Collier wurde am achten März gefunden. Das war ein Freitag. Die ersten Zeitungen haben aber erst am Montag, den elften, darüber berichtet. Und Ms Craig hat erst aus diesen Artikeln davon erfahren.«

»Ja – und?«

»Und ihr Vater hat bereits am Montagvormittag das Collier dem Gutachter übergeben, bei dem es seitdem deponiert war, was der mir bestätigt hat. Das heißt, Ms Craig hat das Collier nie zu Gesicht bekommen und kann deshalb auch keine Fotos davon gemacht haben. Mit dem Gutachter kann sie auch keine gemeinsame Sache gemacht haben, weil sie gar nicht wusste, dass es bei einem Gutachter liegt. Und Mr MacBean machte mir nicht den Eindruck, als wäre er eine Plaudertasche, die aller Welt auch nur eine Silbe von den Dingen verrät, die er zur Begutachtung in Gewahrsam hat.«

»Hm.« Jenna Keith schwieg eine Weile. »Das ist nicht von der Hand zu weisen. Allerdings«, sie seufzte, »Ihnen als Ermittler muss ich das sicher nicht sagen, denn Sie haben bestimmt schon selbst die andere Möglichkeit erkannt, wie man dieses Szenario interpretieren kann.«

Das hatte er. Und es gefiel ihm nicht. »Ich halte es aber für relativ unwahrscheinlich, dass Ms Craig und ihr Vater gemeinsame Sache machen und das alles nur eine Show ist, um die Ermittlungen zu behindern; einschließlich einer vorgetäuschten Feindschaft.«

»Warum? Weil Sie an das Gute im Menschen glauben?«

Hatte das spöttisch geklungen? Glen war sich nicht sicher. »Nein, sondern weil trotzdem noch zu viele Ungereimtheiten existieren, die gegen diese Möglichkeit sprechen. Ich will sie Ihnen nicht alle aufzählen, denn die können Sie sich bestimmt selbst denken.«

»Kann ich«, bestätigte Jenna Keith. »Aber ich sehe keinen Grund, der Polizei die Arbeit abzunehmen. Ich sehe erst mal zu, dass ich Ms Craig und ihren Freund wieder aus der Haft bekomme. Nochmals danke, Mr Kincaid. Bye.«

»Bye.« Er schaltete das Smartphone aus und hatte das Gefühl, immer noch vor einem riesigen Berg zu stehen, der ihm den Weg zur Lösung des Falls versperrte. Denn genau genommen hatte ihn die ganze Aktion dem echten Collier keinen Schritt näher gebracht.

Er musste die ganze Sache nochmals von Anfang an durchgehen. Irgendetwas übersah er, vielmehr fehlte ihm noch mindestens ein Puzzlestück, um ein vollständiges Bild zu ergeben, das alle Ungereimtheiten erklärte und ihm den entscheidenden Hinweis gab. Aber erst mal zurück nach Edinburgh. Vielleicht fiel ihm unterwegs etwas ein, das ihm weiterhalf.

11.

Mittwoch, 17. April

Ein heftiger Schlag traf Glen vor die Brust. Er stolperte rückwärts und riss die Arme hoch. Ein Fehler, denn ein weiterer Schlag traf ihn in die Magengrube. Bevor er sein Gleichgewicht zurückerlangt hatte, fegte ein Fußhaken ihm sein Standbein zur Seite. Er stürzte. Im nächsten Moment pochte eine Faust spürbar an seine Schläfe.

»Du bist tot!« Rowan Lockharts Stimme klang nicht nur vorwurfsvoll, sondern missbilligend. »Und du weißt natürlich, warum du jetzt tot wärst.« Sie streckte ihm die Hand entgegen.

Er ergriff sie und ließ sich auf die Beine helfen. »Ich war abgelenkt.«

»In der Tat. Du bist, seit du gekommen bist, überhaupt nicht ›hier‹. Und wie oft«, sie wandte sich auch an die anderen Anwesenden im Dojo – fünf Männer und drei Frauen –, »muss ich euch noch predigen, dass ihr alles, aber auch wirklich *alles* vor der Tür zu lassen habt, sobald ihr das Dojo betretet? Wenn ihr hier seid, habt ihr euch auf nichts anderes zu konzentrieren als das Training. Das ist eine Frage der Disziplin.«

Glen fühlte, dass er errötete.

Rowan blickte ihn an. »Hat es weh getan?«

Er nickte. Besonders der Schlag gegen die Brust schmerzte immer noch. Und seinem beeinträchtigten Knie war der Sturz auch nicht gut bekommen.

»Gut!« Rowan klang ungeheuer zufrieden. »Wenn Worte nichts nützen, sind Schmerzen hervorragende Lehrmeister.« Sie nickte ihm zu. »Noch mal von vorn. Diesmal *mit* Konzentration.«

Er stellte sich ihr gegenüber, nahm Kampfhaltung ein und konzentrierte sich ausschließlich auf die Übung. Mit dem Erfolg, dass er sie zu Rowans Zufriedenheit und ohne eine erneut vernachlässigte Deckung schaffte. Die Unterrichtsstunde endete. Glen ging zusammen mit seinen Kameraden in den Baderaum für Männer, duschte und zog sich an. Als er die Umkleidekabine verließ, war Shade nirgends zu sehen, der sonst immer vor der Tür wartete. Glen musste nicht lange raten, wo der Hund zu finden war. Wie vermutet lag er Rowan in ihrem Wohnzimmer zu Füßen, wo sie bereits auf Glen wartete, die Akupunkturnadeln schon ausgebreitet auf dem Tisch.

Er zog seine Jeans aus, ehe er sich auf die Couch setzte und das Bein hochlegte, dessen Knie Rowan behandeln würde. Sie desinfizierte die Haut und setzte geübt die Nadeln in einer Weise, dass Glen kaum die Einstiche spürte.

»Magst du einen Singleton?«, bot sie ihm anschließend an.

»Gerne.« Glen bevorzugte zwar Glenkinchie, aber einen Singleton mochte er ebenfalls.

Sie schenkte zwei Tumbler ein und reichte ihm einen, ehe sie sich ans Fußende der Couch setzte und Glen aufmerksam ansah. »Magst du drüber reden, was dich in den letzten Tagen so sehr ablenkt und dich heute ›umgebracht‹ hat?«

Er scheute sich, über Interna der Agentur zu sprechen; nicht nur wegen der Diskretion, die oberstes Gebot war, sondern auch, weil er Job und Privatleben, wozu das Kampfkunsttraining gehörte, streng trennte. Doch in diesem Fall funktionierte die Trennung sowieso nicht. Und er vertraute Rowan. Sie war selbst im Hauptberuf Privatermittlerin und sowieso nicht der Typ, der ihr anvertraute Dinge ausplauderte. Außerdem war er mit seinem Latein am Ende und konnte eine zweite Meinung gut gebrauchen.

Er erklärte ihr detailliert, worum es ging. »Die Polizei steht vor einem Rätsel«, schloss er, »und ich, ehrlich gesagt, auch.«

Rowan hob ihr Glas, prostete ihm zu und dachte nach, während sie einen Schluck trank und ihn mit Genuss auf der Zunge kostete. »Spontan würde ich sagen, dass, falls es wirklich keinerlei Einbruchsspuren gibt und demnach nicht eingebrochen wurde, nur fünf Dinge möglich sind. Entweder der Eigentümer hat das Original selbst beiseite geschafft. Denn ich nehme nicht an, dass er es jemals offen hat herumliegen lassen, wo andere Leute es sehen konnten, sondern immer in seinem Safe aufbewahrte.«

»Davon gehe ich ebenfalls aus. Nicht nur weil er das behauptet, sondern weil alles andere extrem leichtsinnig gewesen wäre. Und leichtsinnig ist der Mann nicht.«

Rowan nickte. »Oder der Schmuck befindet sich noch im Haus, was voraussetzt, dass eine der Personen, die dort täglich ein und aus gehen, der Täter oder ein Mittäter ist. Dritte Möglichkeit: Eine Person, die Zugang zum Haus hat, hat das Ding unbemerkt raus geschafft. Dass es nicht auf dem Schwarzmarkt angeboten wurde, könnte entweder bedeuten, dass der Dieb es für sich selbst haben wollte oder dass er es zerlegen ließ und die Einzelteile verkauft hat.«

Glen nickte. »Das ist aber nicht möglich, denn der Eigentümer wohnt allein im Haus. Nur einmal die Woche kommt eine Putzkolonne.«

»Hm. Dann die vierte Möglichkeit: Das echte Stück war von Anfang an nie im Haus, sondern nur die Fälschung, was aber erst sehr viel später aufgefallen ist.«

Glen schüttelte den Kopf. »Das ist ausgeschlossen. Der Gutachter hat die Echtheit des Schmucks überprüft und bestätigt, bevor wir das Ding versichert haben. Das echte Stück war also im Haus und ist irgendwann verschwunden. Ich habe inzwischen alle Personen überprüft, die Zugang zum Haus haben oder hatten, seit der Eigentümer den Schmuck besitzt, aber alle sind sauber.« Auch die Leute von der Reinigungsfirma, die Glen heute befragt hatte. »Das einzig Ungewöhnliche ist, dass zwei Bauarbeiter, die den Keller renovierten, seit dem Auftauchen des Schmucks verschwunden sind. Spurlos. Und weil es seitdem nicht die geringste Spur von ihnen gibt, bin ich geneigt zu glauben, dass ihr Verschwinden nichts mit diesem Schmuckstück zu tun hat.«

Rowan zog die Augenbrauen hoch. »Oder Möglichkeit fünf: Eine von den Personen mit Zugang zu Haus und Safe arbeitet mit einem oder mehreren Komplizen, die den Tausch vorgenommen haben, während sie selbst ein Alibi hatte. Zum Beispiel diese Bauarbeiter, die an einem sicheren Ort auf die Auszahlung ihres Anteils warten.« Sie runzelte die Stirn und schüttelte den Kopf. »Aber dann müssten sie auf unbestimmte Zeit stillhalten, weil nicht abzusehen ist, wann genug Gras über die Sache gewachsen ist, dass man das Stück gefahrlos verkaufen kann. Oder die Versicherungssumme endlich ausgezahlt wird. Dass Menschen während so einer Wartezeit sich bei niemandem melden und nicht mal ihre Kreditkarte benutzen, halte ich für extrem unwahrscheinlich.«

Glen nickte. »Das denke ich auch, weshalb ich die beiden als Komplizen ausschließe. Und auf eine andere Person, die als Mittäter infrage kommt, gibt es keinen Hinweis. Die Polizei hat meines Wissens die Kontakte aller Verdächtigen überprüft«, das hatte ihm Inspector Boyd heute Morgen mitgeteilt, als er ihr die Kopie von Brenda Craigs Anmeldung im Hotel geschickt hatte, »aber nirgends gab es eine verdächtige E-Mail, SMS, WhatsApp-Nachricht oder angerufene verdächtige Kontakte. Und ohne begründeten Verdacht auf die Beteiligung an dem Verbrechen kann die Polizei nicht alle Kontaktpersonen kontrollieren.«

Rowan nickte. »Davon abgesehen würde ich, wenn ich so eine Sache plante, die Kommunikation über öffentliche Räume oder die klassischen toten Briefkästen laufen lassen, damit keine Verbindung zwischen mir und der besagten Person nachgewiesen werden kann.« Sie grinste flüchtig. »Du kennst den Film *Thomas Crown ist nicht zu fassen*?«

Er nickte.

»Man konnte ihn deshalb nicht fassen, weil seine Komplizen weder ihn noch einen seiner anderen Helfer jemals zu Gesicht bekommen haben und es keine nachweisbare Verbindung zwischen ihnen gab.«

»Aber die Versicherungsdetektivin ist ihm trotzdem auf die Schliche gekommen.«

Rowan trank einen weiteren Schluck Singleton. »Wenn du mich fragst, war das in dem Film ein bisschen weit hergeholt, weil es meiner Meinung nach keinen wirklich stichhaltigen Grund gab, Crown zu verdächtigen.« Sie winkte ab. »Weil es aber das perfekte Verbrechen nahezu nicht gibt, hat auch euer Täter mit Sicherheit mindestens einen Fehler begangen. Ihr müsst ihn nur finden.«

Glen schnaubte. »›Nur‹ ist gut! Das versuchen wir seit Tagen, aber alles, was ich rausfinde, passt hinten und vorne nicht zusammen.«

Sie sah ihn mitfühlend an. »Sieht nach einer ziemlich verzwickten Sache aus.«

»Oh ja.« Er seufzte und trank ebenfalls. »Dazu kommt, dass das gute Stück erst ein paar Wochen vor der Fälschung entdeckt wurde. Du hast vielleicht in der Zeitung vom Fund zweier eingemauerter Leichen in Forthwater Manor gelesen.«

Rowan nickte. »Bei denen auch ein – Collier gefunden wurde.«

Glen nickte ebenfalls. »Um dieses Collier handelt es sich. Und die Zeit zwischen dem Fund und dem Austausch reicht nicht aus, um eine so exakte Kopie anzufertigen, die nur einem Spezialisten auffällt. Seiner Meinung nach müssen mindestens drei oder vier Personen gleichzeitig daran gearbeitet haben, um die Fälschung in so kurzer Zeit zu schaffen. Dazu kommt das Problem, dass, um eine solche Nachahmung anzufertigen, die Täter das Original mindestens einmal in der Hand gehabt und Detailfotos angefertigt haben müssen, weil sie sonst die Kopie nie so perfekt hinbekommen hätten. Ich habe die Fälschung mit den Fotos vom Original verglichen. Sogar die altersbedingten Kerben, Dellen und Kratzer sind identisch.« Er schüttelte den Kopf. »Und das bekommt man tatsächlich nicht innerhalb von ein paar Tagen hin.«

Rowan nickte. »Außerdem muss man an die entsprechenden Fachleute erst mal rankommen, die bereit sind, eine Fälschung zu einem offensichtlich verbrecherischen Zweck anzufertigen.«

»Und noch etwas ist merkwürdig. Die Tochter des Eigentümers, die zu ihm seit Jahren keinen Kontakt hat, hatte auf ihrem Smartphone gelöschte Daten, von denen die meisten eben solche Detailfotos waren und eine andere die Codes für Alarmanlage und Safe enthielt. Aber sie hat ein Alibi. Außerdem kann sie das Collier nie gesehen haben, weil es, als sie von seiner Existenz aus der Zeitung erfuhr, schon beim Gutachter lag. Sie ist überzeugt, dass ihr jemand was anhängen will und die Daten auf ihr Phone geschmuggelt hat.«

»Wäre möglich«, meinte Rowan. Sie winkte ab. »Spielen wir mal Sherlock Holmes und gehen die Sache der Reihe nach durch. Schließen wir alles aus, was wir ausschließen können, und sehen wir mal, was dann am Ende übrig bleibt.«

»Okay.« Glen überlegte. »Die Tochter hat ein Motiv: Sie braucht Geld für ihre Zukunftspläne. Die belastenden Daten und Detailfotos waren auf ihrem Smartphone. Aber sie hat ein Alibi und kann die Fotos vom Collier nicht selbst gemacht haben, weil sie es nie gesehen hat. Und als sie von dessen Existenz erfahren hat, lag es schon beim Gutachter.«

»Sie könnte mit dem gemeinsame Sache machen, und er hat ihr die Bilder geschickt«, überlegte Rowan und schüttelte den Kopf. »Nein, unmöglich. Erstens hätte er keinen Grund gehabt, ihr Detailfotos zu schicken. Wenn er eine Fälschung hätte anfertigen wollen, hätte er bestimmt die entsprechenden Leute gekannt und dafür nicht die Tochter als ›Vermittlerin‹ gebraucht. Zweitens: Er müsste von sich aus die Tochter kontaktiert haben oder sie ihn – aber woher hätten beide voneinander wissen sollen? Und warum sollte der Gutachter, wenn er der Fälscher und Dieb wäre, freiwillig mit jemandem teilen wollen, indem er die Tochter ins Boot holt? – Ich glaube, dieses Szenario können wir ausschließen.«

Das sah Glen auch so. »Das bedeutet aber auch, dass sie wahrscheinlich die Wahrheit gesagt hat, als sie behauptete, dass jemand ihr den Diebstahl anhängen will.«

Rowan nickte. »Davon gehe ich aus.«

Das würde auch dazu passen, dass man sie zum angeblichen oder realen Zeitpunkt des nächtlichen Austausches nach Thurso gelockt hatte, um den Anschein zu erwecken, dass sie sich mit dieser Fahrt ein Alibi verschaffen wollte. Und es passte perfekt dazu, dass der angebliche Anbieter des zu besichtigenden Grundstücks nicht aufgetaucht war, sie aber so lange vertröstet hatte, dass sie gezwungen war, in Thurso zu übernachten.

»Dann muss das aber von langer Hand vorbereitet gewesen sein«, überlegte Rowan weiter. »Und möglicherweise noch einem anderen Zweck dienen. Denn du sagtest doch, dass die Fälschung nur zufällig entdeckt wurde.«

»So ist es. Aber wer hatte ein Motiv und die Möglichkeit, ihr diese Falle zu stellen?« Glen schüttelte den Kopf. »Der Gutachter sicherlich nicht. Ich vermute, dass er nicht mal weiß, dass der Eigentümer eine Tochter hat. Und seine Mitarbeiterinnen wissen das erst recht nicht, weil sie von dem Gutachten für dieses Schmuckstück gar nichts wussten. Der Gutachter hätte zwar die Möglichkeit gehabt, es zu fälschen, wenn wir davon ausgehen, dass er für die Fälschungsarbeit mehrere Leute eingespannt hat. Wenn er dann statt des echten Colliers das falsche zurückgegeben hat, hätte der Eigentümer das nicht bemerkt, weil er kein Fachmann ist.«

»Aber?«, hakte Rowan nach.

Sie machte ein Gesicht, als wüsste sie Glens Antwort bereits. Was er ihr bei ihrem messerscharfen Verstand durchaus zutraute. »Aber er hat kein Motiv. Seine Finanzen sind in Ordnung; für ihn sind eine Million Pfund sogar eine ›läppische Summe‹. Er lebt nicht auf großem Fuß, und er hätte in der Vergangenheit schon unzählige Gelegenheiten gehabt, erheblich teurere Dinge mit erheblich weniger Aufwand zu kopieren und zu unterschlagen. – Ich habe mir die Mühe gemacht, mir einige seiner früheren Gutachten anzusehen.« Er trank einen weiteren Schluck Whisky. »Stattdessen hat er alle Motive der Welt, eine saubere Weste zu behalten. Sobald er die verliert, ist er seinen Job los, seinen Ruf und alles andere auch. Und landet mit Sicherheit auch im Gefängnis. Die Leute, die für ihn arbeiten, sind ebenfalls sauber. Oder anders ausgedrückt: Falls der Fälscher dort zu suchen ist, gibt es nicht den geringsten Anhaltspunkt, wer es sein könnte.«

Rowan nickte. »Außerdem müssten diese Leute Zugang zum Haus und zum Safe gehabt haben oder zufällig die Tochter kennen und hoffen, dass sie die Kombinationen kennt. Aber die wusste nicht, bei welchem Gutachter das Collier geschätzt wird, und die

Leute dort kennen sie nicht. Und selbst wenn, konnten sie ihr wohl kaum das Angebot machen, ihren Vater zu betrügen, denn jeder anständige Mensch benachrichtigt in einem solchen Fall sofort die Polizei.« Sie winkte ab. »Davon abgesehen, kommen Leute nicht aus heiterem Himmel auf die Idee zu einem Betrug in solchem Umfang.«

Glen nickte ebenfalls. »Deshalb neige ich dazu, den Gutachter und seinen Stab als Täter auszuschließen.«

»Gut. Nehmen wir uns die Bauarbeiter vor. Sie scheiden als Täter aus. Erstens hatten sie keinen Zugang zu den Alarmcodes und der Safekombination.«

»Sie wissen garantiert nicht mal, dass der Safe existiert«, warf Glen ein. »Der ist so versteckt und befindet sich an einer ungewöhnlichen Stelle, dass man ihn nur durch Zufall findet. Oder wenn man alle anderen möglichen Verstecke durchsucht und ausgeschlossen hat und deshalb an ungewöhnlichen Stellen danach sucht. Und dazu hatten sie laut dem Eigentümer gar keine Gelegenheit.«

Rowan nickte. »Zweitens sind sie seit dem Fund des Colliers von der Bildfläche verschwunden. Sie hatten schon deshalb weder die Möglichkeit, die Kopie anzufertigen oder anfertigen zu lassen – was eine Reihe von unliebsamen Mitwissenden erzeugt hätte – noch hatten sie die Möglichkeit, das Original aus dem Safe zu entwenden und auszutauschen. Die beiden können wir also komplett ausschließen.« Sie runzelte die Stirn. »Ihr Verschwinden muss einen anderen Grund haben.«

»Doch ein Zufall?«, überlegte Glen.

Sie schüttelte den Kopf. »Möglich, aber meiner Meinung nach nicht wahrscheinlich.« Sie lächelte flüchtig.

»Ich glaube nicht an solche Zufälle, obwohl es die natürlich hin und wieder gibt. Lass uns weiter nachdenken. Wer bleibt als Täter noch übrig?«

»Der Eigentümer.«

Sie nickte. »Nehmen wir an, er ist der Täter. Weil er die Versicherung betrügen und/oder anderweitig absahnen will. Nach dem Fund des Colliers beschließt er seinen Betrug. Das aus echten Steinen besteht, das setzen wir einfach mal voraus. Denn in dem Fall muss er den Gutachter nicht bestechen, von dem er außerdem nicht wissen kann, ob der sich überhaupt bestechen lässt. Er fertigt Detailfotos vom Collier an und beauftragt einen Juwelier und Goldschmied, eine exakte Kopie nach diesen Fotos anzufertigen.«

Glen nickte. »Nach Meinung des Auktionators, der sich damit auskennt, ist das machbar. Und wenn der Eigentümer mehrere Leute beauftragt hat, die an der Kopie gearbeitet haben, kommt das auch mit der Zeit hin.« Er schüttelte den Kopf. »Aber der Eigentümer war zu dem Zeitpunkt, als der Diebstahl stattgefunden haben muss, nachweislich in Cambridge. Er hätte gar keine Zeit gehabt, zwischendurch nach Edinburgh und wieder zurückzufahren. Das sind immerhin zweimal über dreihundert Meilen. Für eine Strecke braucht man ungefähr sechseinhalb Stunden, bei optimalen Verkehrsverhältnissen.« Er schüttelte den Kopf. »Unmöglich zu schaffen.«

Rowan wiegte den Kopf. »Ich habe schon mal knapp hundert Meilen in vierzig Minuten geschafft. Zugegeben, ich habe alle Verkehrsvorschriften missachtet und bin gerast wie der Teufel. Aber nehmen wir an, der Eigentümer hat dasselbe getan und ist nachts gefahren, wenn auf der Autobahn nichts los ist. Natürlich wäre das gefährlich gewesen. Aber wenn die Sache das wert ist, ignoriert man das Risiko. Er hätte also, sagen wir, um elf Uhr abends oder sogar erst um Mitternacht losrasen können und wäre ungefähr um sechs Uhr morgens zurück gewesen. Spätestens um sieben.«

Glen überlegte und trank einen Schluck Singleton. »Aber wenn er nicht aus dem Fenster seines Hotels geklettert und auf demselben Weg wieder ins Haus gelangt wäre, hätte ihn jemand am Empfang gehen oder kommen sehen. Der ist rund um die Uhr besetzt. Habe ich auch überprüft. Außerdem hätte er unterwegs mindestens einmal tanken müssen. Und die Tankstellen sind kameraüberwacht.«

Rowan schüttelte den Kopf. »Wenn ich so einen Coup planen würde, dann würde ich, um eben diese Kameras zu vermeiden, eine ganze Batterie gut gefüllter Benzinkanister mitnehmen und sie auf irgendeinem einsamen Parkplatz einfüllen.« Sie zuckte mit den Schultern. »Natürlich bleibt dann immer noch das Restrisiko, dass ich von jemandem gesehen werde. Zu dem Zweck hätte ich aber vor meiner Abfahrt das Nummernschild meines Wagens so verändert, dass es mir nicht mehr zugeordnet werden kann.« Sie grinste. »Du ahnst nicht, was man mit schwarzen Klebestreifen alles anstellen kann. Außerdem würde ich Kleidung tragen, in der man mich nicht erkennt, eventuell sogar eine Perücke mit einer anderen Haarfarbe. Und wenn dann noch mein Alibi stimmt, kann ich es nicht gewesen sein. Sollte trotzdem was schiefgehen, hätte ich vorsorglich noch Plan B und C in petto oder würde die ganze Aktion notfalls verschieben.«

Glen lächelte. »Wie gut, dass du auf der Seite des Gesetzes stehst.«

Sie lachte. »Ja, als Verbrecherin wäre ich vermutlich ziemlich erfolgreich.«

Er ließ sich die Sache durch den Kopf gehen. »Es könnte tatsächlich so gewesen sein«, stellte er fest. »Aber wie sollte ich das beweisen können?«

Rowan nickte. »Das ist in der Tat das große Problem.«

Glen seufzte. »Und nicht das Einzige. Der Zeitfaktor stimmt nicht. Wenn mehrere Leute an der Herstellung der Kopie gearbeitet hätten, gäbe es drei oder vier Mitwisser.« Er sah ihr eindringlich in die Augen. »Würdest du fremden Leuten, die obendrein Verbrechen begehen, wenn auch in diesem Fall in deinem Auftrag, über den Weg trauen? Ich nicht. Und wenn ich als Auftraggeber mit so vielen Leuten teilen oder ihnen doch alles in allem mehrere Hunderttausend Pfund zahlen muss, um mir ihres Schweigens halbwegs sicher zu sein, schmälert das nicht nur meinen Gewinn. Ich lebe dann auch in ständiger Angst, dass einer der Mitwisser mich entweder erpresst oder verpfeift. Und dann bin ich am Arsch.«

Rowan legte den Kopf schräg. »Worauf willst du hinaus?«

Er seufzte. »Wie schon gesagt, das Zeitfenster stimmt nicht für meine Theorie. Damit möglichst wenige Leute von dem kopierten Collier wissen, wäre die sicherste Methode, nur eine einzige Person mit der Fälschung zu betrauen. Und zwar eine seriöse. Eine gute Geschichte, warum ich eine detailgetreue Kopie haben will, würde mir schon einfallen. Vor allem, weil diese Person nicht wissen kann, dass es sich um das Collier handelt, das unter spektakulären Umständen in Forthwater Manor gefunden wurde, denn davon wurden nie Fotos veröffentlicht.« Er schüttelte den Kopf. »Egal, wie ich es drehe und wende, die einzige Person, die infrage kommt, ist der Eigentümer. Aber, wie gesagt, das Zeitfenster passt nicht. Er bewegt sich nicht in einschlägigen Kreisen und hätte sich die sachkundigen Fälscher erst suchen müssen. Die findet man nicht eben mal an der nächsten Ecke.« Er blickte Rowan an. »Oder weißt du, wo du solche Leute suchen musst?«

»Nicht direkt. Ich kenne zwar ein paar Leute, die ich wegen der Kontaktvermittlung fragen würde, aber bis ich den Kontakt treffen kann und das Geschäft unter Dach und Fach ist, würden Tage, wenn nicht Wochen vergehen. Die wiederum von der Zeit für die Herstellung der Fälschung abgehen.«

»Was uns wieder zum Zeitfaktor bringt.« Glen seufzte erneut und schüttelte wieder den Kopf. »Irgendetwas übersehen ich und die Polizei gleichermaßen. Und es macht mich wahnsinnig, dass ich nicht rausfinden kann, was das ist.«

»Hm.« Rowan schürzte wieder die Lippen und starrte in ihr halb leeres Glas, die Stirn gerunzelt, die Augen leicht verengt, ehe sie Glen ansah. »Dafür fällt mir nur eine einzige Erklärung ein.«

Er beugte sich gespannt vor.

»Das Collier müsste in dem Fall erheblich früher gefunden worden sein, als der Eigentümer publik gemacht hat.«

»Aber die Bauarbeiter, die es gefunden haben …«

Die am Tag des Fundes – des *angeblichen* Fundes – verschwunden waren, sich aber schon Wochen vorher ihren Familien gegenüber seltsam verhalten und mehr oder weniger direkt einen kommenden Geldsegen in Aussicht gestellt hatten. Glen schüttelte den

Kopf. »Die Bauarbeiter müssten in dem Fall wochenlang den Mund gehalten haben«, überlegte er.

»Was spricht dagegen? Vielleicht hat der Eigentümer sie für ihr Schweigen bezahlt, weil er damals schon geplant hat, mit dem Collier einen Betrug durchzuziehen. Jedem Menschen, der das Collier sieht, ist klar, dass ein so aufwendig gearbeitetes Stück nicht in ein paar Tagen dupliziert werden kann. Nehmen wir an, er hat die Kopie nur wenige Tage nach dem Fund in Auftrag gegeben, ein paar Wochen verstreichen lassen, und den Fund erst viel später publik gemacht. Möglicherweise erst, als ihm sein Juwelier signalisiert hat, dass er in ein paar Tagen fertig sein würde. Dann hätte es auch nur einen einzigen Juwelier oder eine Juwelierin benötigt, um das gute Stück herzustellen. Für das Wissen der Öffentlichkeit – und damit auch der Polizei – hat, wie du sagtest, die Zeit zwischen offiziellem Fund und angeblichem Diebstahl nicht ausgereicht, um eine Kopie herzustellen. Also ist er als Verdächtiger fein raus. Denn was anderes kann man ihm nicht beweisen – solange die Bauarbeiter und der Juwelier, die Bescheid wissen, den Mund halten.«

Glen lehnte sich zurück und kippte den Rest seines Whiskys auf einen Zug hinunter. »Oh mein Gott!«

Rowan sah ihn fragend an und schenkte ihm nach.

»Die Bauarbeiter …« Er schluckte.

»Sind tot«, sprach Rowan seine Befürchtung aus. »Klar, denn der Eigentümer kann sich nicht darauf verlassen, dass die beiden ewig den Mund halten oder sich nicht versehentlich verplappern oder dass sie oder einer von ihnen nicht auf den Gedanken kommt, ihn zu erpressen. Die einzige Methode, ihr Schweigen absolut sicherzustellen, ist ihr Tod. Und der des Juweliers, denn von dem geht dieselbe Gefahr aus.« Sie runzelte die Stirn. »Stand nicht vor ein paar Wochen im *Scotsman,* dass eine Juwelierin in ihrem Geschäft ermordet worden ist?«

»Oh mein Gott!«, wiederholte Glen. »Die in Verdacht geratene Tochter wurde auch des Mordes an dieser Juwelierin beschuldigt, weil, wenn ich das richtig verstanden habe, nach einer Inventur der verbrauchten Materialien, die sich keinem von ihr angefertigten und dokumentierten Schmuckstück zuordnen lassen, diese perfekt die Herstellung der Kopie abdecken. Aber das wäre ja ...«

Wenn man dieser Theorie Glauben schenken wollte, dann passte tatsächlich alles. Und in dem Fall hätte Craig das Collier sogar noch vor seiner Abreise nach Cambridge austauschen können. Der Safe gehörte schließlich ihm, und er war Ingenieur. Er wusste garantiert, wie er den Timecode so manipulieren konnte, dass der ein Öffnen zu einem Zeitpunkt registrierte, als er nachweislich in Cambridge war. Und anderthalb Millionen Pfund waren eine Summe, die schon manchen Menschen zu einem Mord getrieben hatten.

Genau genommen wären es sogar drei Millionen; oder mindestens zweieinhalb. Craig hatte nicht damit gerechnet, dass das Auktionshaus die Echtheit des Colliers vor dem Verkauf nochmals überprüfte. Die Fälschung wäre versteigert worden, und man hätte ihm nicht beweisen können, dass er nicht das echte Collier übergeben hatte, falls der neue Eigentümer irgendwann festgestellt hätte, dass er keinen echten Schmuck gekauft hatte. Mit etwas Glück wäre der Betrug nie aufgefallen oder erst nach so langer Zeit, dass man Craig nicht mehr verdächtigt hätte. Und falls doch, hätte man ihm nichts beweisen können, weil in der Zwischenzeit unzählige Leute es gegen die Fälschung hätten austauschen können und der Betrug obendrein verjährt war. Craig hätte vermutlich das echte Collier zerlegt und die Steine und die Goldfassungen einzeln verkauft.

»Das wäre der Gipfel der Perfidie«, vollendete Rowan Glens Satz.

Glen nickte. Aber um einen so niederträchtigen Plan auszuhecken, der drei Morde beinhaltete, musste jemand schon mehr als kaltblütig sein. Unbescholtene Menschen hatten schon Schwierigkeiten mit einem einzigen Mord – aber drei? Doch was, wenn es nicht Craigs erster Mord gewesen war und die Anschuldigung seiner Tochter, er habe ihre Mutter getötet, tatsächlich der Wahrheit entsprach? Wer einmal aus Geldgier tötete, tat das bestimmt auch ein zweites Mal, besonders bei einer solchen Summe.

Er schüttelte den Kopf. »Aber warum hat er das echte Collier nicht wie geplant versteigert? Anderthalb Millionen hätte er dafür mindestens bekommen. Damit hätte er sämtliche auf seinem Besitz lastenden Hypotheken tilgen können und hätte noch das schöne Sümmchen von ungefähr zwei bis drei Jahresgehältern übrig gehabt.«

Rowan nickte. »Sehen wir mal davon ab, dass es tatsächlich Leute gibt, die den Hals nicht vollkriegen können«, sie blickte ihn bedeutsam an, »könnte ich mir als Motiv vorstellen, dass er noch weitere Schulden hat oder aus anderen Gründen sehr viel Geld braucht und der Verkauf des Colliers das nicht vollständig abgedeckt hätte. Oder er hätte alles abgedeckt, aber für ihn selbst wäre nichts mehr übriggeblieben. Außerdem weiß man bei einer Auktion nie, ob das veranschlagte Mindestgebot tatsächlich angenommen wird. Wenn es den Kaufinteressierten zu hoch gewesen wäre, hätte der Auktionator mit dem Preis runtergehen müssen, vielleicht sogar mehrfach. Und in so einem Fall hätte es möglicherweise nur einen einzigen Bieter gegeben, und das gute Stück wäre zu einem vielleicht sogar erheblich geringeren Preis verkauft worden, der für den Eigentümer nicht ausgereicht hätte.« Sie nickte. »So war er in jedem Fall auf der sicheren Seite und hätte seinen Schnitt gemacht, auch wenn es unter Wert versteigert worden wäre.«

»Und nachdem der Betrug vorzeitig entdeckt wurde, spekuliert er auf die Versicherungssumme.« Glen war überrascht, wie bitter seine Stimme klang. »Die wir ihm auszahlen müssen, wenn wir das Collier nicht wiederfinden oder ihm nachweisen können, dass er es immer noch besitzt.« Er ballte die Faust.

Rowan blickte missbilligend darauf. »Wut ist ein schlechter Ratgeber, mein Freund. Immer.«

Dass sie ihn »Freund« nannte und das auch so meinte, berührte ihn immer wieder, denn sie verlieh diesen Ehrentitel nur sehr wenigen Menschen. Er öffnete die Faust und legte die Hand flach auf seinen Oberschenkel.

»Du hast nicht zufällig noch eine schlaue Idee, wie ich ihm das beweisen könnte? Denn ich bin mit meiner Weisheit am Ende. Komplett.«

Sie schüttelte den Kopf. »Auf Anhieb nicht. Außer dieser: Wenn wir davon ausgehen, dass es das perfekte Verbrechen nicht gibt, dann *muss* es mindestens eine Spur geben, die zum Täter führt.«

Eine Spur. Egal welcher Art. Eine – *Spur*. Glen blickte auf Shade, der entspannt neben ihm lag und schlief. Er war zwar nicht als Suchhund ausgebildet, aber durchaus in der Lage, Dinge zu suchen. Falls Ian Craig tatsächlich nicht nur der Dieb seines eigenen Colliers, sondern auch ein Mörder sein sollte, dann musste es Spuren dafür im Manor geben, die eine Hundenase erschnüffeln konnte und die mit etwas Glück zumindest Aufschluss darüber gaben, ob die beiden Bauarbeiter das Anwesen verlassen hatten. Einen Versuch war es wert. Bestimmt würde Mabel MacQuarrie oder Josie Napier ihm für diesen Zweck ein Kleidungsstück ihres Mannes überlassen.

Glen lächelte. »Danke, Rowan. Du hast mir gerade einen neuen Ansatzpunkt gegeben.« Er prostete ihr zu.

»Ich ahne auch, welchen.« Sie warf einen bezeichnenden Blick auf Shade, prostete zurück und sah Glen ernst an. »Pass auf dich auf, Glen.«

»Immer«, versprach er.

Sie stellte ihren Tumbler zur Seite und entfernte die Akupunkturnadeln aus seinem Bein. Wischte die winzigen Blutstropfen an den Stichstellen mit einem Tuch ab und bandagierte routiniert das Knie, das sich wie immer nach ihrer Behandlung besser anfühlte.

Sein Blick fiel wieder einmal auf einen kleinen Altar in der Ecke des Zimmers. Auf dem standen Fotos von Rowans verstorbenem Ehemann und ihren ebenfalls verstorbenen Schwiegereltern mit einem Gefäß für Räucherstäbchen davor.

»Darf ich dich mal was Persönliches fragen, Rowan?«

»Immer. Das weißt du doch. Wenn's mir zu persönlich ist, lautet meine Antwort lediglich: kein Kommentar. Was willst du wissen?«

Er deutete auf den Altar und wählte seine Worte sorgfältig, um sie nicht versehentlich zu verletzen. »Ich frage mich, ob es nicht ein Verharren in der Vergangenheit bedeutet, wenn man die geliebten Toten so nahe bei sich behält.«

»Nur wenn man nicht vollständig akzeptiert hat, dass sie unwiederbringlich fort sind und in der Form, in der wir sie kannten, nicht zurückkehren.« Sie lächelte. »Ich glaube an Wiedergeburt und bin deshalb davon überzeugt, dass Doro und ich«, sie nickte zu dem Bild ihres verstorbenen Mannes hinüber, »uns im nächsten Leben wiedersehen und dann die Liebe vollenden werden, für die wir in diesem Leben nur zehn Jahre Zeit hatten.«

»Beneidenswert!«

Sie schmunzelte und zwinkerte ihm zu. »Es steht dir frei, zum Prinzip der Wiedergeburt zu konvertieren. Aber im Ernst. Trauer braucht ihre Zeit, und jeder Mensch hat seine eigene Form der Trauer. Was auch bedeutet, dass jeder seine ganz persönliche Zeit braucht, bis er sie bewältigt hat. Der eine schaffte das nach nur einem Jahr, jemand anderes braucht zehn Jahre. Trauer darf nur nicht zum Selbstzweck werden in der Form, dass man sie als mehr oder weniger bewusste Ausrede benutzt, dem Leben den Rücken zu kehren.«

Tat er das? Ohne es zu merken? Er war sich nicht sicher.

»Ich sehe das so«, fuhr Rowan fort. »Doro und ich hatten eine absolut einmalige Beziehung, eine so tiefe Verbundenheit, von der ich weiß, dass ich sie in der Form nie wieder mit einem anderen Menschen erleben werde. Aber, um das an einem kulinarischen Beispiel zu verdeutlichen: Nur weil ich einmal das allerbeste Menü der besten Köchin der Welt genießen durfte – ich meine die Liebe –, verschmähe ich deshalb nicht die wunderbaren Gerichte, die mir danach angeboten werden und von denen jedes für sich auch hervorragend schmecken und satt machen kann, obwohl sie nicht an dieses eine Supermenü heranreichen. Dieses Supermenü wird in meiner Erinnerung – in meinem Herzen – immer einen ganz besonderen Platz einnehmen. Aber ich lebe gerade deswegen in der Gegenwart und genieße das Glück, das ich jetzt habe. Und das ich nur deshalb haben kann, weil ich es nicht mit dem Unerreichbaren, aber Vergangenen vergleiche, weil das eben unvergleichlich war.« Sie legte den Kopf schräg. »Beantwortet das deine Frage?«

Er nickte. »Sogar mehr als ich gehofft hatte. Danke, Rowan.«

Sie legte ihm die Hand auf den Arm. »Die Zeit wird kommen, Glen, dass du deine Frau loslassen kannst. Aber sie wird trotzdem immer ein Teil von dir bleiben.«

Das wusste er nun auch. Er zog seine Hose wieder an und verabschiedete sich.

Als er im Auto saß, klingelte sein Smartphone. Eine unbekannte Nummer wurde eingeblendet. Glen nahm das Gespräch entgegen.

»Hiya, Mr Kincaid. Hier ist Bob Sanderson vom *Little Treasures*. Ich habe mich wie versprochen wegen Bernie umgehört, aber alle, die ich gefragt habe, haben ihn, genau wie ich, seit Ewigkeiten nicht gesehen.«

Rief der Mann nur an, um ihm das zu sagen?

»Ich habe aber eine andere Information erhalten, die für Sie interessant sein könnte«, fuhr Sanderson fort, als hätte er Glens Gedanken erraten. »Natürlich wollten die Leute wissen, warum ich nach Bernie frage. Ich habe erwähnt, dass er möglicherweise an, hm, gewissen Unredlichkeiten bezüglich einiger aus Forthwater Manor verschwundenen Wertgegenstände beteiligt gewesen sein könnte. Als Reaktion darauf haben alle ausnahmslos Bernies Beteiligung rundweg für ausgeschlossen gehalten. Dafür habe ich von vier verschiedenen Leuten zu hören bekommen, dass Sie, Sir, hinsichtlich der Gegenstände lieber mal dem Hausherrn des Manors auf den Zahn fühlen sollten. Der steckt ständig in Geldnöten. Besagte Leute wollen wissen, dass er ziemlich viel zockt und schon das halbe Manor vertickt haben soll, um an Geld fürs Spielen zu kommen.«

Das Motiv! Falls Sandersons Behauptung stimmte. In jedem Fall passte es zur Höhe der Hypotheken, mit denen das Manor belastet war und die wegen der siebeneinhalb Prozent Zinsen jedes Jahr höher wurden.

»Und da sind sich Ihre Informanten sicher?«

»Ja. Einer von ihnen besitzt einen Spielsalon und hat Mr Ian Craig vor ein paar Wochen Hausverbot erteilt, weil er ihn beim Versuch zu betrügen erwischt hat. Nach dem, was der so erzählt hat, war Craig einmal die Woche da, immer samstags, und hat bis ans Limit gespielt. Manchmal gewonnen, aber meistens verloren. Ich vermute mal, dass das Verschwinden von Bernie und seinem Kumpel nichts mit irgendeinem krummen Ding in Forthwater Manor zu tun hat. Zumindest keins, das Bernie gedreht hat. Denn darin waren sich alle einig, dass er zu nichts mehr zu gebrauchen ist, seit damals The Knife ihm seinen Finger abgeschnitten hat. Wenn Sie verstehen, was ich meine.«

Glen verstand. »Danke, Mr Sanderson. Falls Ihr Hinweis uns hilft, melde ich mich wegen der Belohnung.«

»Jederzeit gerne«, bot Sanderson eifrig an und legte auf.

Ian Craig also. Langsam ergab alles einen Sinn, wenn man tatsächlich Rowans Vermutung voraussetzte, dass das Collier schon ein paar Wochen vor der offiziellen Meldung gefunden worden war. Die Bauarbeiter hatte er sicherlich bestochen, dass sie über den wahren Zeitpunkt den Mund hielten; oder er hatte ihnen eine hohe Belohnung in Aussicht gestellt, wenn sie schwiegen. Das würde erklären, warum beide ihren Frauen gegenüber einen Geldsegen erwähnt und darüber sehr geheimnisvoll getan hatten. Und falls Rowan auch in dem Punkt Recht hatte – woran Glen fast nicht mehr zweifelte –, dann waren die beiden tatsächlich tot, weil Craig sie sich als Mitwisser nicht leisten konnte. Und alles andere passte nun auch zusammen.

Er rief Brenda Craig an, die dank ihrer Anwältin seit heute Morgen wieder auf freiem Fuß war. »Ms Craig, ist ihr Vater spielsüchtig?«

Schweigen. Das Glen als Bestätigung wertete.

Dann: »Also … Er spielt schon mal, ja. Pferdewetten und so. Aber süchtig? Hm, süchtig würde ich das nicht nennen. Wie kommen Sie darauf?«

»Laut Aussagen mehrere Leute aus einschlägigen Kreisen soll er regelmäßig zocken. Und auch versucht haben zu betrügen. Ist Ihnen, als Sie noch im Manor wohnten, nie so etwas aufgefallen?«

Erneutes Schweigen. »Oh mein Gott!« Das klang zutiefst erschüttert.

Glen ließ ihr Zeit, sich wieder zu fassen, obwohl er ihre Antwort kaum erwarten konnte.

»Das … Mein Gott, das wäre ja …« Er hörte sie scharf einatmen. Sie räusperte sich. »Der Streit, den meine Mutter mit Ian hatte – damals, bevor ein paar Tage später der angebliche Unfall passierte –, da hat sie ihm vorgeworfen, sie die ganze Zeit getäuscht zu haben. Ich dachte zuerst, es ginge um eine andere Frau. Aber dann sagte sie etwas wie: ›Ich werfe dir doch nicht mein schwer verdientes Geld in den Rachen, damit du es zum Fenster wieder rauswirfst.‹ Oder etwas in der Art. Und dann drohte sie mit Scheidung. – Oh mein *Gott*! Ich wette, das war der Moment, in dem er sich entschlossen hat sie umzubringen. Wenn sie dahintergekommen ist, dass er alles verzockt …« Ein leises Schluchzen. »Wenn ich es genau bedenke, gab es davor schon ein paar Fälle, wo Dinge verschwunden sind.«

»Was für Dinge?«

»Wertvolle Dinge. Antiquitäten, alte Bücher – Erstausgaben – und Gemälde. Ian hat immer behauptet, er habe sie zum Restaurieren gegeben. Aber wenn ich es recht bedenke, sind sie danach nie wieder aufgetaucht. Ich …« Er hörte Brenda Craig schlucken. »Ich gestehe, ich habe mir darüber wenig Gedanken gemacht. Gar keine, um ehrlich zu sein. Ich war mit Lernen für die Schule und später mit dem Studium beschäftigt. Und die alten Sachen im Manor haben mich sowieso nicht interessiert. Mir wären die Verluste gar nicht aufgefallen, wenn meine Mutter mich nicht ab und zu gefragt hätte, ob ich wüsste, wohin dies oder das verschwunden ist. Und Ian hat dann immer behauptet, er habe die betreffende Sache nach der angeblichen Restaurierung verkauft, weil wir Geld für den Unterhalt des Manors brauchten.« Erneutes Schluchzen. »Wenn ich gewusst hätte, dass das gelogen war und er alles verzockt hat …«

»Dann hätten Sie daran auch nichts ändern können«, versicherte Glen, so sanft es ihm möglich war. »Süchtige – egal welche Sucht sie haben – verstehen es meisterhaft, ihre Sucht selbst vor den engsten Angehörigen zu verbergen. Erst recht, wenn es sich um eine nichtstoffliche Sucht handelt wie zum Beispiel das

Spielen. Und wenn die Familie keinen Einblick in die Finanzen des Süchtigen hat – wie sollten Sie oder Ihre Mutter die Täuschungen durchschauen?«

»Aber meine Mutter hat sie durchschaut. Verdammt, warum begreife ich das erst jetzt? Und daraufhin hat er sie umgebracht.«

»Wofür es leider keine Beweise gibt.«

»Aber es *muss* welche geben!«

Ein frommer Wunsch, der sich nicht erfüllen ließ. »Ms Craig, ich glaube nicht, dass sich in dieser Sache noch irgendetwas beweisen lässt. Aber falls sich meine Befürchtung bewahrheitet«, wovon er überzeugt war, »kann Ihr Vater für andere Taten zur Rechenschaft gezogen werden.«

»Allenfalls für den Betrugsversuch. Wie damals Al Capone. Den konnte man auch nur wegen Steuerhinterziehung belangen, aber wegen keines einzigen seiner begangenen Morde.« Ein scharfes Einatmen. »Oder glauben Sie, dass Ian noch jemanden umgebracht hat? Zutrauen würde ich ihm das. Unbesehen!«

»Möglicherweise«, gab er zu. »Ich werde jedenfalls nichts unversucht lassen, das zu klären. Haben Sie erst mal vielen Dank, Ms Craig. Sie haben mir weitergeholfen.«

»Und was unternehmen Sie jetzt?«

»Ich informiere die Polizei über die Ergebnisse meiner Ermittlungen und sehe zu, was ich noch herausfinden kann. Bitte überlassen Sie diese Dinge uns. Ich verspreche Ihnen, dass zumindest ich nicht eher ruhen werde, bis ich die ganze Geschichte lückenlos geklärt habe.«

»Danke, Mr Kincaid.« Das klang tatsächlich zutiefst dankbar. »Nachdem Sie es geschafft haben, meine Unschuld zu beweisen, vertraue ich darauf, dass Sie auch das schaffen. Wenn nicht Sie, wer dann?«

Sie legte auf, bevor Glen noch etwas sagen konnte.

Er starrte auf das Smartphone und brauchte eine Weile, um zu begreifen, dass Brenda Craig ihm soeben ein doppeltes Kompliment gemacht hatte. Einmal für seine Fähigkeiten als Ermittler und einmal als einen Menschen, dem man vertrauen konnte. Was für ihn eine zusätzliche Verpflichtung darstellte, sie nicht zu enttäuschen. Er wählte Morven Boyds Nummer.

»Was gibt es?«, meldete sie sich nach nur zwei Freizeichen.

Glen berichtete ihr, was er herausgefunden hatte.

»Hm«, machte Boyd. »Das würde tatsächlich alles passen. Da gibt es nur ein winziges Problem.«

Glen nickte. »Dass man Craig das nicht beweisen kann. Zumindest nicht, indem Sie mit einem richterlichen Beschluss bei ihm auftauchen und das Manor auf den Kopf stellen, weil es dafür aufgrund unzureichender Verdachtsmomente keine rechtliche Handhabe gibt.«

»Exakt. Und ich hoffe, Sie kommen nicht auf den Gedanken, unbefugt in die Burg einzudringen, um Beweise zu beschaffen, die in dem Fall …«

»Nicht vor Gericht verwendet werden dürften«, unterbrach er sie. Er sollte nicht so empfindlich sein, aber es nervte ihn, dass Boyd offenbar immer noch glaubte, er sei ein blutiger Laie und ein Stümper obendrein und ihn entsprechend herablassend behandelte. »Keine Sorge, Inspector. Ich bin Profi wie Sie. Schon vergessen?« Verdammt, hatte das bissig geklungen. Aber sein Tonfall drückte genau aus, was er meinte.

»Ich …«

Er ließ sie nicht zu Wort kommen. »Ich habe immer noch für meine Versicherung den Verbleib des Colliers zu klären, und Mr Craig will die Versicherungssumme haben. Er wird schon aus diesem Grund kooperieren, wenn ich mich morgen im Manor umsehe, damit ich möglichst bald zufrieden bin und er schnell das Geld bekommt. Ich werde Ihnen Bescheid geben, wann ich dort bin. Sollte ich danach spurlos verschwunden sein, wissen Sie, wo Sie nach mir suchen müssen. Denn um es ganz klar zu sagen: Ich bin mir relativ sicher, dass Craig mit dem Verschwinden der beiden Bauarbeiter zu tun hat. Oder sind sie inzwischen aufgetaucht?«

»Nein.«

»Und möglicherweise hat er auch mit der Ermordung der Juwelierin vor ein paar Wochen zu tun. Falls alles so zusammenhängt, wie ich das glaube, ist er dafür ein heißer Kandidat.«

Er hörte Boyd scharf einatmen. »Das wäre …« Sie räusperte sich. »Falls Sie Recht haben, wäre das in der Tat relativ wahrscheinlich. Und in dem Fall habe ich auch eine Idee, wie wir ihm das beweisen könnten. Mit etwas Glück. Zumindest insofern, dass wir ein Indiz ausgraben könnten. Ich sehe zu, was ich tun kann. Danke, Mr Kincaid.«

»Immer wieder gerne«, versicherte er und verabschiedete sich.

Die nächsten Schritte musste er sorgfältig planen. Aber mit etwas Glück konnte er die Sache morgen zum Abschluss bringen.

12.

Donnerstag, 18. April

Ian Craig war sichtbar angepisst, als er Glen die Tür öffnete. Die Stirn finster gerunzelt, der Mund verkniffen, und wenn Blicke töten könnten, wäre Glen auf der Stelle gestorben.

»Ihr Anliegen gefällt mir absolut nicht, Sir!«, beschied Craig ihm im Brustton rechtschaffener Empörung und verzichtete auf eine Begrüßung. »Ich fühle mich von Ihnen behandelt wie ein Verbrecher!«

»Das tut mir sehr leid, Sir. Aber bitte verstehen Sie, dass wir bei einer so hohen Schadenssumme alle Möglichkeiten ausschließen müssen, bevor wir die Zahlung anweisen können. Und ich bitte im Namen meiner Agentur vielmals für die entstehenden Unannehmlichkeiten um Entschuldigung. Ich wüsste mit meiner Zeit auch Besseres anzufangen. Um die ganze Aktion schneller über die Bühne zu bringen, wäre die Alternative, die Polizei mit ins Boot zu holen und eine von ihren Suchmannschaften das Manor durchforsten zu lassen.«

»Das dürfen die gar nicht!«, wehrt Craig grimmig ab.

»Ohne richterlichen Beschluss dürfen die das nur dann, wenn Sie das ausdrücklich erlauben, oder um ihre Unschuld zu beweisen, darum bitten.« Glen deutete ein Lächeln ein. »Ich persönlich bin überzeugt, dass Sie mit dem Verschwinden des Colliers nichts zu tun haben, Mr Craig. Aber im Versicherungsvertrag steht ausdrücklich unter Paragraf acht Absatz zwei, dass die Agentur berechtigt ist, alle Maßnahmen zu ergreifen, um sich zu vergewissern, dass im Verlustfall der Eigentümer als Verursacher des Verlustes ausgeschlossen werden kann. Und das können wir nur ausschließen, wenn wir uns jedes mögliche Versteck im Haus ansehen. Ohne diese Vergewisserung geht meine Agentur davon aus, dass sich das Collier noch in Ihrem Besitz befindet und wird die Zahlung verweigern.«

»Sie haben ja schöne Methoden! Ich glaube nicht, dass ich Ihre Versicherung weiterempfehlen werde.«

Glen reichte ihm ein Schriftstück. »Wenn Sie diese Einverständniserklärung zur Durchsuchung Ihres gesamten Anwesens unterzeichnen, kann ich sofort anfangen, und Sie sind mich umso schneller wieder los.«

Craig seufzte, schüttelte den Kopf und nahm ihm das Blatt aus der Hand. »Sie tun nur Ihren Job, ich weiß.« Er bat Glen mit einer Handbewegung herein und führte ihn ins Arbeitszimmer. »Aber die Sache geht mir mittlerweile verdammt an die Nieren. Die Versteigerung hätte Montag sein sollen, und ich brauche das Geld inzwischen dringend, sonst bin ich das alles hier los.« Er machte eine ausholende Handbewegung.

»Ja, der Unterhalt eines solchen Anwesens kann ziemlich belastend sein«, stimmte Glen ihm zu.

Craig unterschrieb die Einverständniserklärung und reichte sie ihm. »Und wie geht das jetzt vor sich? Wollen Sie auch in meinen Schränken wühlen?«

»Ich fürchte ja. Wie Sie sich sicherlich denken können, sind Verstecke zwischen oder in Wäschestücken sehr beliebt, obwohl sie dort nicht sicher sind, weil jeder Dieb da zuerst sucht. Und natürlich auch die Polizei oder Leute wie ich, die die undankbare Aufgabe haben, etwas zu suchen, was sich nicht hier befindet, weil es gestohlen wurde.« Glen ließ seine Stimme bedauernd klingen mit einem Hauch von Genervtheit, um anzudeuten, dass er die Aktion für Zeitverschwendung hielt und überzeugt war, nichts zu finden.

Davon war er tatsächlich überzeugt; zumindest, was das Collier betraf. So wie er Craig einschätzte, hatte der das Schmuckstück bestimmt nicht in einem der traditionellen Verstecke deponiert. Oder überhaupt im Haus oder auf dem Grundstück. Deshalb würde die Suche es sowieso nicht zutage fördern.

Aber Glen war zuvor noch bei Mabel MacQuarrie gewesen. Die Frau war noch verzweifelter als bei seinem ersten Besuch und überzeugt, dass ihr Mann tot sein müsse, andernfalls hätte er sich doch garantiert bei ihr gemeldet. Als er ihr seinen Plan erläutert hatte, Shade nach Spuren ihres Mannes an seinem letzten Arbeitsplatz zu suchen und zu sehen, wohin sie führten, hatte sie ihm sofort ein Bandana ihres Mannes gegeben, ein Kopftuch, das er am Wochenende beim Sport trug und das sie noch nicht gewaschen hatte. Das Tuch steckte in einer Plastiktüte in Glens Hosentasche.

»Ich würde im Keller anfangen, wenn es Ihnen recht ist«, teilte er Craig mit.

Der schüttelte den Kopf. »Die ganze Sache ist mir nicht ›recht‹, aber was sein muss, muss sein. Bitte.« Er ging voran, führte Glen zurück ins Foyer und öffnete dort eine Tür unter dem Treppenaufgang ins Obergeschoss.

»Sie müssen mich nicht begleiten, Sir«, schlug Glen vor. »Ich bin mir sicher, Sie haben Besseres zu tun, als mir stundenlang an den Fersen zu kleben. Und im Keller werde ich wohl relativ schnell durch sein. Wenn ich zu Ihren Privaträumen komme, wäre mir allerdings lieb, wenn Sie dabei wären.«

Craig zögerte und überlegte vermutlich, ob er sich verdächtig machte, wenn er darauf bestand, mitzukommen.

Glen zog sein Smartphone heraus. »Ich dokumentiere alles, und Sie erhalten später eine Kopie der Aufnahmen.«

Craig nickte und schaltete das Licht für den Keller ein. »In Ordnung. Ich bin im Arbeitszimmer. Sagen Sie Bescheid, wenn Sie unten fertig sind.«

Glen atmete auf und ging in den Keller. Shade folgte ihm. Statt der üblichen muffigen Luft in den meisten Kellern roch es hier nach relativ frischem Beton. Der Keller bestand aus einem langen Gang mit gewölbter Decke und stabilen gemauerten Pfeilern. In den Wänden befanden sich massive Türen aus Holzbohlen, die teilweise offen waren.

Glen schaltete die Smartphone-Kamera ein und nahm zuerst sich selbst auf.

»Ich befinde mich im Keller von Forthwater Manor, den zu durchsuchen der Eigentümer, Mr Ian Craig, mir schriftlich gestattet hat.« Er holte die Tüte mit MacQuarries Bandana aus der Tasche und hielt sie in die Kamera. »Dieses Bandana gehört James MacQuarrie, der hier gearbeitet hat und spurlos verschwunden ist.« Er öffnete sie und hielt sie Shade hin. Shade, der das Spiel kannte, steckte die Nase hinein und schnüffelte ausgiebig. »Such, Shade! Such!«

Shade trabte tiefer in den Keller. Glen richtete die Kamera auf ihn und folgte ihm. Der Hund lief zielstrebig den langen Gang entlang und in einen Raum hinein. Glen blickte hinein und nahm auf, was er sah. An einer Wand war ein Teil des Mauerwerks aufgebrochen und gab eine Nische frei.

»Dies ist offensichtlich der Raum, in dem die eingemauerten Skelette gefunden wurden und in dem die beiden verschwundenen Bauarbeiter sich am häufigsten aufgehalten haben«, kommentierte Glen.

Shade schnüffelte an verschiedenen Stellen am Boden, rannte aus dem Raum, kreiste ein paar Mal im Gang davor und lief tiefer in den Keller hinein. Blieb vor einer geschlossenen Tür stehen, kratzte daran und bellte. Glen ging zu ihm und drückte die schwere Klinke herunter. Die Tür war nicht verschlossen. Er zog sie auf und knipste das Licht an. Shade stürmte in den Raum. Er war leer bis auf einen Haufen Ziegelsteine an der Wand. Ein Teil des Bodens war erkennbar kürzlich mit Beton verfüllt worden, denn er war dunkler als der ihn umgebende Boden. Außerdem war er nicht sehr groß, länglich und etwa sechs Fuß breit. Um ihn herum war der Boden mit den gleichen Ziegeln gepflastert wie die gestapelten. Hier war offenbar der Boden ausgebessert worden.

Shade sprang auf den Beton, bellte und begann auf ihm zu scharren. Glen ging hinüber, hockte sich hin und legte die Hand auf den Beton. Er war noch feucht und ließ sich noch eindrücken. Das widersprach nicht Glens Vermutung, dass er nach dem »Verschwinden« der Bauarbeiter gegossen worden war. Weil er in seinem Garten einen kleinen Pavillon für Davina gebaut hatte, wusste er, dass Beton mindestens einen Monat brauchte, um halbwegs auszuhärten. In einem Klima wie hier unten – kalt und feucht – dauerte das mindestens doppelt so lange.

Shade hatte es geschafft, ein Stückchen der Oberfläche wegzukratzen, und bellte wieder. Auffordernd sah er Glen an. Er trat näher. Leichter Verwesungsgeruch schlug ihm entgegen. In dem Loch, das der Hund freigelegt hatte, erkannte er einen Faustknöchel und ein Stück des dazugehörigen Fingers. Grau vom Beton, aber deutlich sichtbar. Er hatte mindestens einen der beiden Arbeiter gefunden, war sich aber sicher, dass der zweite ebenfalls in diesem kalten Grab lag.

»Zurück, Shade.«

Der Hund drehte sich um und knurrte. Glen sah einen Schatten auf dem Boden neben sich. Er fuhr herum. In der Tür stand Ian Craig mit einem Gewehr in der Hand, dessen Mündung auf Glen zielte.

Glen warf sich zur Seite und prallte gegen den Ziegelstapel. Craig drückte ab, doch der Schuss traf nur die Wand hinter Glen. Glen schnappte einen Ziegel und schleuderte ihn mit aller Kraft auf Craig, bevor der noch einmal schießen konnte. Der Stein prallte gegen das Gewehr. Der Lauf wurde zur Seite gestoßen, und auch der zweite Schuss ging in die Wand. Craig stolperte zurück. Shade sprang ihn knurrend an und warf ihn zu Boden. Craig schrie, als die kräftigen Hundezähne sich in seinen Arm gruben. Glen war mit wenigen Schritten bei ihm, riss ihm das Gewehr aus der Hand und warf es zur Seite.

»Zurück, Shade! Und aus!«

Shade gehorchte, stellte sich aber knurrend vor Craig, die Zähne gefletscht, das Nackenhaar gesträubt. Craig robbte rückwärts von ihm weg und versuchte, auf die

Beine zu kommen. Aber Glen packte ihn, setzte einen Handgelenkshebel an und zwang ihn, am Boden zu bleiben. Er zog seinen Gürtel aus der Hose und fesselte dem Mann damit die Hände, der sich angesichts von Shades kaum gebändigter Wut nicht zu rühren wagte.

Glen ließ von ihm ab und trat ein paar Schritte zurück, ohne Craig aus den Augen zu lassen. Seine Hände zitterten. Er sah sich um. Sein Smartphone war ihm aus der Hand gefallen und lag ein Stück abseits. Er hob es auf. Es war unbeschädigt und zeichnete immer noch auf. Craig starrte ihn hasserfüllt an.

Glen deutete auf das Betongrab. »Wie es aussieht, Mr Craig, können Sie die Versicherungssumme vergessen. Wo ist das Collier? Auch in dem Grab?«

Craig presste die Lippen zusammen und würdigte ihn keiner Antwort.

Auch gut. Glen wählte Morven Boyds Nummer. Ab hier konnte die Polizei übernehmen.

***

Morven ertappte sich dabei, dass sie schon wieder an Glen Kincaid dachte. Der Mann hatte sie vor einer Stunde informiert, dass er gleich einen Termin bei Ian Craig hatte, um mit dessen Genehmigung im Manor nach dem Collier zu suchen. Morven war überzeugt, dass er das Schmuckstück dort nicht finden würde. Falls Craig es tatsächlich selbst beiseitegeschafft und die Fälschung hatte anfertigen lassen, dann war er bestimmt nicht so dumm, es in seinem eigenen Haus zu verstecken. Dazu war die ganze Sache zu raffiniert eingefädelt und geplant worden. Aber falls Craig der Täter war und sich durch die Suche bedroht fühlte, befand Kincaid sich in Gefahr.

Besonders im Hinblick darauf, dass Craig, seine Täterschaft vorausgesetzt, es schon fertiggebracht hatte, seine Tochter so raffiniert zu belasten, dass sie aufgrund einer lückenlosen Indizienkette schuldig gesprochen worden wäre, wenn Kincaid nicht vor Ort recherchiert hätte. Inzwischen waren die Aussagen der Leute aus Thurso, die Brenda Craig am fünften und sechsten April vor Ort gesehen hatten, bei Morven eingetroffen. Und ihre Anwältin hatte sowieso schon bewirkt, dass sie aus dem Gewahrsam entlassen wurde, noch bevor der Richter über eine Haft entschieden hatte.

Außerdem hatte Ally Morven bestätigt, dass es gewieften Hackern durchaus möglich war, Daten auf ein Smartphone zu übertragen und das Gerät aus der Ferne so zu manipulieren, dass es wirkte, als wäre es zu einer bestimmten Zeit ein- oder ausgeschaltet gewesen. Ally suchte immer noch nach Spuren dieser Manipulation, die sich zu Craig zurückverfolgen ließen. Allerdings ohne große Hoffnung. Immerhin war Craig auch ein heißer Kandidat, der geheimnisvolle John MacDonald zu sein, der Gwyn Harrington umgebracht hatte. Morven war davon überzeugt und betete inständig, dass sich wenigstens dafür Beweise finden ließen.

Die Bürotür wurde schwungvoll geöffnet und Ally kam herein, ein triumphierendes Lächeln im Gesicht. Sie legte ihr Tablet vor Morven auf den Tisch.

»Rate mal, was ich gefunden habe.«

Sie tippte auf eine Taste, und ein Video wurde abgespielt. Es zeigte das Innere eines Restaurants mit Gästen.

»Und was ist daran so besonders?« Morven fühlte sich enttäuscht.

»Sieh mal hier.« Ally deutete auf den Timecode, der in der unteren Ecke eingeblendet wurde. Er zeigte acht Uhr fünfunddreißig am 27. März. »Und jetzt schau mal hier hin.« Sie tippte auf einen Ausschnitt, der einen Teil des Panoramafensters erfasste, das den Blick auf die Straße vor dem Restaurant erlaubte.

Ein Mann ging an dem Restaurant vorbei. Er trug einen dunklen Mantel, ein hellblaues Hemd, blaue, stonewashed Jeans und einen schwarzen Hut.

Morven schüttelte den Kopf. »Ja – und?«

»Und jetzt sieh dir das hier an. Und unnötig zu erwähnen, dass dieses Restaurant sich in der Clerk Street befindet, nur ein paar Minuten zu Fuß von *Harrington's Fine Jewellery* entfernt.«

Ally spulte die Aufzeichnung vor bis zur Uhrzeit, die acht Uhr fünfundfünfzig anzeigte. Derselbe Mann ging in umgekehrter Richtung am Restaurant vorbei. Diesmal warf er einen kurzen Blick hinein. Ally schaltete auf Standbild, zoomte das Gesicht des Mannes heran und vergrößerte es.

Morven stieß scharf die Luft aus. Der Mann war zweifellos Ian Craig. »Klasse, Ally! Ganz große Klasse!« Sie stand auf. »Das rechtfertigt in jedem Fall, Mr Craig zu fragen, was er am Abend des Mordes zu genau der Tatzeit in der Clerk Street zu suchen hatte.«

Ihr Smartphone klingelte. Glen Kincaids Nummer wurde eingeblendet. Dass er sich so kurz nach seinem Suchbeginn bei Craig meldete, konnte nur zwei Dinge bedeuten: Er war in Gefahr oder fündig geworden.

»Was gibt's, Mr Kincaid?«

»Sie sollten zum Manor kommen, Inspector, und Ihr Tatortteam mitbringen. Mein Hund hat die vermissten Bauarbeiter gefunden. Einbetoniert im Keller.«

Und damit war Ian Craig im Sack und drei Fälle waren auf einen Schlag gelöst. Chief Superintendant Lamont würde zufrieden sein.

»Wir kommen.«

***

Als Morven und Durie mit ihrem Team bei Forthwater Manor ankamen, öffnete ihnen Kincaid die Tür. Er war blass und wirkte erschüttert.

»Craig wollte mich erschießen, als ich die Leichen gefunden habe.« In seiner Stimme klang unterdrückte Wut.

»Wo ist er?«

»In seinem Arbeitszimmer eingesperrt und gefesselt. Mein Hund bewacht ihn. Kommen Sie, ich zeige Ihnen den – Fund.«

Morven und Durie folgten ihm in den Keller zu einem Raum, in dem der Boden halb aufgerissen und der Estrich neu betoniert war. Ein leichter Geruch nach Verwesung war unverkennbar. Morven blickte auf die zerkratzte Oberfläche, aus der ein Stück einer Hand hervorlugte.

»Verdammt. Ich hatte gehofft, die Arbeiter hätten sich einfach nur abgesetzt.«

»Ich auch«, stimmte Kincaid ihr zu.

Sie sah ihn an. Sein Gesicht zeigte einen tieftraurigen Ausdruck. »Das Collier?«

Er schüttelte den Kopf. »Craig weigert sich zu sagen, wo es ist.«

»Das finden wir schon raus«, gab sich Morven überzeugt. »Ab hier übernehmen wir. Danke, Mr Kincaid. Sie haben dazu beigetragen, dass wir höchstwahrscheinlich drei Morde aufklären können. Und das Collier finden wir auch. Kommen Sie nachher oder morgen bitte noch im Präsidium vorbei, um Ihre Aussage zu machen.«

Kincaid nickte. »Ich kann Ihnen auch die Arbeit abnehmen, meine Aussage selbst schriftlich verfassen und sie Ihnen unterschrieben reinreichen.«

»Das wäre sehr zuvorkommend.«

»Und ich würde Ihnen noch etwas abnehmen. Mrs MacQuarrie war so freundlich, mir ein Bandana ihres Mannes als Geruchsprobe für Shade mitzugeben. Da ich ihr die sowieso zurückbringen muss, würde ich ihr bei der Gelegenheit auch die Nachricht vom Tod ihres Mannes übermitteln. Dann müssen Sie nur noch Josie Napier informieren.«

Zum ersten Mal, seit sie ihn kennengelernt hatte, war ihr Glen Kincaid richtig sympathisch. »Danke, Mr Kincaid. Das weiß ich wirklich sehr zu schätzen. Wenn ich mal was für Sie tun kann, lassen sie es mich wissen.«

Er blickte sie nachdenklich an. »Bestünde die Möglichkeit, dass ich bei Craigs Vernehmung dabei bin?«

Morven schüttelte den Kopf. »Sie sind Zeuge. Das geht nicht.«

»Wenn ich meine Aussage vorher mache und eidesstattlich beurkunden lasse? Dann kann mir oder Ihnen später in der Verhandlung niemand vorwerfen, dass ich sie anhand dessen, was ich bei der Vernehmung gehört habe, geändert habe. Das wäre für den Abschluss des Versicherungsfalls wirklich wichtig. Denn ich bezweifle, dass Sie mir hinterher die vertraulichen Informationen aus der Vernehmung mitteilen dürften.«

Morven hätte am liebsten auch das rundheraus abgelehnt. Denn das widersprach wirklich allen Vorschriften. Andererseits könnte seine Anwesenheit von Vorteil sein, falls Craig sich dadurch irritieren ließ.

»Ich sehe mal, was ich tun kann. Aber ich verspreche nichts.«

Er nickte. »Danke. Wenn Sie mich nicht mehr brauchen?«

»Nein.«

Er nickte Morven zu und ging nach oben. Sie wandte sich an Durie. »Wir beide sehen uns mal im Schlafzimmer um, ob wir die Kleidung finden, die Craig am Tag des Mordes an Mrs Harrington getragen hat. Mit etwas Glück finden wir daran noch DNA-Spuren von ihr. Und idealerweise finden wir auch die Rolle, von der die Schnur stammt, mit der sie erdrosselt wurde.«

Doch selbst wenn sie in dem Punkt kein Glück haben sollten, Ian Craig war zumindest des Mordes an James MacQuarrie und Bernard Napier überführt. Chief Superintendant Lamont würde mehr als zufrieden sein.

13.

Freitag, 19. April

Glen war Morven Boyd dankbar, dass sie ihm erlaubt hatte, an Ian Craigs Vernehmung teilzunehmen. So erfuhr er aus erster Hand die Zusammenhänge, denn er bezweifelte, dass sie ihm hinterher eine Kopie des Protokolls hätte zukommen lassen, was ihre Dienstvorschriften sowieso verboten. Und eine mündliche Nacherzählung war kein adäquater Ersatz. Ganz abgesehen davon, dass er sich zu dem Zweck noch einmal mit ihr hätte treffen müssen. Und davor scheute er zurück, denn das wäre nach seinem Empfinden kein rein berufliches Treffen mehr gewesen, sondern hätte einen privaten Touch gehabt. Schließlich war Boyd nicht verpflichtet, ihm die gewünschten Auskünfte zu geben. Vielleicht hätte sie sogar geglaubt, dass er das Berufliche nur als Vorwand nahm, um ihr näherzukommen. Und diesem Verdacht wollte er sich unter keinen Umständen aussetzen.

Das Verhörzimmer war nicht groß. Glen hatte es kaum betreten, als er sich auch schon eingepfercht fühlte, denn außer Inspector Boyd und Sergeant Durie war noch Craigs Anwältin da. Sie saß schon am Tisch und blätterte in einem Schnellhefter. Beim Eintreten der drei lächelte sie, und das Lächeln verschwand auch nicht beim Anblick von Glens Narben. Stattdessen wurde es breiter, als sie Shade sah.

Sie nickte Glen zu. »Alice MacNicols«, stellte sie sich vor. »Solicitor Advocat.«

»Glen Kincaid, Versicherungsdetektiv«, erwiderte Glen und setzte sich auf den Stuhl, der der Tür am nächsten stand.

»Nur damit Sie Bescheid wissen, Mr Kincaid.« Boyd blickte ihn eindringlich an. »Unser Boss hat zwar zugestimmt, dass Sie heute hier sein dürfen, aber offiziell waren Sie das nie. Wir werden Ihre Anwesenheit später bei der Niederschrift aus dem Protokoll, das dem Gericht vorgelegt wird, raushalten. Also verplappern Sie sich nicht, wenn Sie irgendwann in der Verhandlung aussagen.« Sie wandte sich an Alice MacNicols. »Sie werden sehen, dass Mr Kincaids Anwesenheit Ihrem Mandanten nicht zum Nachteil gereicht.«

»Kein Problem«, versicherte die Anwältin.

Glen befahl Shade mit einem Handzeichen, sich neben ihn zu legen und kraulte ihm den Kopf. Das lenkte ihn von der Enge ab, die noch bedrückender wurde, als Craig von einem Beamten hereingeführt wurde und sich neben seine Anwältin setzte. Der Beamte nahm ihm die Handschellen ab und stellte sich neben die Tür.

Durie schaltete das Aufnahmegerät auf dem Tisch ein. »Neunzehnter April, elf Uhr fünf. Vernehmung von Ian Craig, beschuldigt des Mordes an Gwyn Harrington, James MacQuarrie und Bernard Napier sowie des Mordversuchs an Glen Kincaid und des versuchten Versicherungsbetrugs. Anwesend sind der Beschuldigte, Detective Inspector Morven Boyd, Detective Sergeant Nathan Durie, Constable Sergeant Gordon Morris, Solicitor Advocat Alice MacNicols und Versicherungsermittler Glen Kincaid. – Mr Craig, bitte bestätigen Sie fürs Protokoll, dass Ihnen Ihre Rechte bereits bei der Verhaftung genannt wurden und Sie diese verstanden haben.«

»Ja, man hat mir meine Rechte genannt, und ich habe sie verstanden.«

»Erzählen Sie«, forderte Boyd ihn auf. »Möglichst detailliert. Wie Ihnen Ihre Anwältin bestätigen wird, kann sich das vor Gericht zu Ihren Gunsten auswirken.«

Alice MacNicols warf ihr einen vorwurfsvollen Blick zu. Schließlich wusste sie genauso gut wie die Beamtin, dass Craig kaum Milde zu erwarten hatte und höchstwahrscheinlich den Rest seines Lebens im Gefängnis verbringen würde, mit oder ohne Geständnis.

»Falls das Gericht so gnädig sein möchte«, bestätigte sie dennoch.

»Fangen wir mit Ihrem Plan an«, gab Boyd das Stichwort. »Wann haben Sie den gefasst und was genau sah der vor? Vorab aber: Wann wurde das Collier gefunden?«

Craig atmete tief durch. »Am elften Februar. Also knapp vier Wochen, bevor ich den Fund – vielmehr den Fund der Skelette gemeldet habe.«

Glen sog scharf die Luft ein. Damit war das Rätsel gelöst, wie Craig die Fälschung hatte anfertigen lassen können und dafür nur eine einzige Person gebraucht hatte. Wenn er die Kopie sofort nach dem Fund in Auftrag geben hatte, war sie unmittelbar vor seiner Reise nach Cambridge fertig gewesen.

»Sie haben ausgesagt, dass die Bauarbeiter James MacQuarrie und Bernard Napier die Skelette gefunden haben«, fuhr Boyd fort. »Ist das korrekt?«

»Ja.«

»Wie haben Sie sie dazu gebracht, wochenlang über den Fund zu schweigen?«, wollte Boyd wissen.

»Ganz einfach. Ich habe jedem von ihnen fünfzigtausend Pfund in Aussicht gestellt, wenn sie keiner Menschenseele von dem Fund berichten. Die ich ihnen aber erst auszahlen würde, wenn sie bis zu dem Zeitpunkt, an dem ich den Fund offiziell machen würde, wirklich niemandem auch nur eine Silbe verraten. Auch nicht ihren besten Freunden und erst recht nicht den Ehefrauen. Ansonsten würden sie keinen Penny bekommen. Das hat genügt, um ihre Verschwiegenheit zu garantieren.«

Aber so ganz hatten die beiden den Mund nicht gehalten, sondern ihren Ehefrauen sinngemäß erzählt, dass bald das große Geld ins Haus stünde.

»Hatten Sie zu dem Zeitpunkt schon geplant, die beiden zu töten?«, fragte Durie.

»Sie müssen sich nicht selbst belasten und haben das Recht zu schweigen«, warf Alice MacNicols ein.

»Von dem ich in diesem Punkt Gebrauch mache«, betonte Craig.

Was sicherlich nicht nur für Glen ein klares Ja bedeutete, auch wenn ein Schweigen offiziell nicht als Schuldeingeständnis gewertet werden durfte.

Boyd winkte ab. »Wir können Ihrem Mandanten die Morde nachweisen und auch den Vorsatz der Tat, weil beide, wie die Obduktion ergab, mit einem Pflanzenextrakt aus Fingerhut vergiftet wurden, das man erst mal herstellen muss und nicht im Haus vorrätig hat, um damit zum Beispiel Ungeziefer zu bekämpfen. Und man kann es auch nicht in der verabreichten Form irgendwo kaufen; was aber auch wieder Vorsatz wäre. Ob Mr

Craig den Vorsatz zur Tat von Anfang an oder erst später gefasst hat, ändert nichts an seiner Täterschaft und auch nicht daran, *dass* er mit Vorsatz gehandelt hat.«

»Trotzdem: kein Kommentar«, brummte Craig.

»Wie Sie wollen. Berichten Sie weiter, was Sie uns zu Ihrem Plan mitteilen wollten«, forderte Boyd ihn auf.

»Als das Collier gefunden wurde, dachte ich, dass meine Geldsorgen endlich vorüber wären, weil ja gemäß der Legende über Lady Iras Verschwinden sie nicht nur mit ihrem Liebhaber, sondern angeblich auch mit dem größten Teil des Familienschmucks durchgebrannt war. Deshalb vermutete ich, dass der mit ihr eingemauert worden sein muss. Schließlich konnte damals Lord de Monncrefe den Schmuck nicht verkaufen, ohne diese von ihm in die Welt gesetzte Geschichte ad absurdum zu führen.« Er zuckte mit den Schultern. »Aber da war nichts weiter. Nur das Collier um den Hals des Skeletts. Zuerst dachte ich, dass die beiden Bauarbeiter, die die Nische geöffnet hatten, den restlichen Schmuck gefunden und eingesteckt hatten, bevor ich dazugekommen bin. Deshalb habe ich sie gezwungen, ihre Taschen zu leeren und auch ihre Werkzeugkoffer durchsucht. Aber da war nichts.« Er verzog das Gesicht zu einem verunglückten Lächeln. »Vermutlich hat der Lord dasselbe getan, was ich mit dem Collier vorhatte: den Schmuck irgendwo versteckt, einige Zeit verstreichen lassen und dann die Stücke in ihre Einzelteile zerlegt und die Teile über Jahre hinweg peu à peu verkauft.«

Wenn Glen die Zeit berücksichtigte, in der das ursprüngliche Verbrechen stattgefunden hatte, glaubte er eher, dass der Lord den Schmuck nach Glasgow, Leeds oder sogar London geschafft und ihn dort im Ganzen verkauft hatte. Schließlich gab es damals noch keine Versicherungen, die von jedem Gegenstand, den sie versicherten, eine Detailzeichnung anfertigen ließen und Kopien davon nach einem Diebstahl an alle seriösen Händler verteilten. Deshalb hatte sicherlich niemand außerhalb von Forthwater Manor, der Umgebung von Edinburgh und einigen Adligen, die den Schmuck an Lady Ira bei Zusammenkünften gesehen hatten, wissen können, wie das angebliche Diebesgut aussah. Sicherlich hatte der Käufer geglaubt, in Lord de Monncrefe einen Adligen in Not vor sich zu haben, der den Familienschmuck verkaufen musste. Und gewiss war der Lord nicht so dumm gewesen, dem Käufer seinen wahren Namen oder überhaupt einen Namen zu nennen.

Er fragte sich aber, warum der Lord das Collier nicht ebenfalls an sich genommen hatte, obwohl es vermutlich das wertvollste Einzelstück des Geschmeides seiner Gattin gewesen war. Vermutlich lag dem entweder eine sentimentale Regung zugrunde, oder er hatte das Grab in der Mauer als eine Art Tresor für Notfälle nutzen wollen. Denn um an das Collier zu kommen, hätte er umständlich die halbe Mauer einreißen und nach dem Entfernen des Colliers wieder aufbauen müssen. Vielleicht war auch er spielsüchtig gewesen und hatte das »Notgeld« auf diese Weise vor seinem eigenen Zugriff relativ sicher wissen wollen. Wenn der restliche Schmuck so viel wie oder sogar mehr wert gewesen war als das Collier, hatte dessen Verkauf ihm wohl ausgereicht, sodass er das Collier nicht verkaufen musste. Vielleicht war er aber auch gestorben, bevor eine Notlage eingetreten war.

Craig blickte zum Fenster, durch das die Vormittagssonne schien. Die Schatten des Gitters, die den halben

Raum ausfüllten, wirkten wie ein Omen für das, was ihn erwartete.

»Wenn Sie das vorhatten«, sagte Durie, als Craig keine Anstalten machte fortzufahren, »warum haben Sie das nicht getan? Das Collier einfach verkauft.«

Craig wandte sich ihm und Morven Boyd wieder zu und ignorierte Glen. »Wegen meiner«, er räusperte sich, »Spielleidenschaft habe ich einen Haufen Schulden. Forthwater Manor ist mit Hypotheken belastet bis unters Dach. Die Banken wollen ihr Geld sehen, sonst ist der gesamte Besitz weg. Aber mein Zweig der Familie wohnt dort schon seit über dreihundert Jahren.« Er schüttelte den Kopf. »Das konnte ich nicht zulassen.«

Glen verkniff sich die Bemerkung, dass Craig eine Therapie hätte machen und seine Sucht besiegen können. Aber er wusste aus der Erfahrung mit seiner alkoholabhängigen Mutter, dass das nur funktionierte, wenn die Süchtigen ganz unten waren und begriffen, dass sie ohne Hilfe den Sprung in ein cleanes Leben nicht schaffen würden.

»Ich habe mich also schlau gemacht über den Wert des Schmucks. Die Karatpreise für alle möglichen Edelsteine und seltene Erden findet man ja im Internet. An reinem Materialwert wären da je nach Tagespreis im günstigsten Fall eine halbe Million Pfund zusammengekommen, denn die Juweliere, denen ich die Einzelteile angeboten hätte, wollen schließlich auch was daran verdienen. Und nachdem aufgeflogen war, dass das zu versteigernde Collier eine Fälschung ist, hätte ich es nicht mal mehr in Einzelteilen bei seriösen Juwelieren anbieten können. Die hätten womöglich Lunte gerochen, besonders nachdem der da«, er wies mit dem Kinn auf Glen, »mir sagte, dass eine Kopie vom Foto des Colliers an alle Juweliere, Goldschmiede und Antiquitätenhandlungen des ganzen Landes geschickt worden ist.«

»Fürs Protokoll«, diktierte Morven Boyd ungerührt ins Aufnahmegerät, »der Beschuldigte meint mit ›der da‹ Versicherungsermittler Kincaid.«

Craig ignorierte das, schüttelte den Kopf und seufzte tief. »Leider reicht eine halbe Million nicht aus.«

»Und da sind Sie dann auf die Idee mit dem Versicherungsbetrug gekommen«, vermutete Boyd.

Craig schüttelte den Kopf. »Nein. Daran habe ich gar nicht gedacht. Ich wollte das Collier von Anfang an versteigern lassen. Als Antiquität und mit der verkaufsträchtigen Gruselgeschichte hätte es sicherlich mindestens eine Million gebracht. Immerhin ist es für anderthalb Millionen versichert, und mit diesem Gebot wäre begonnen worden. Wenn Liebhaber aus der ganzen Welt sich darum gerissen hätten, hätten die sich vielleicht zu zwei Millionen hochgeschaukelt. Und ich hätte nur eins Komma zwei Millionen gebraucht, um meine Schulden zu bezahlen. Vielleicht wäre noch ein bisschen Geld für einen Neustart übrig geblieben.«

Das er dann wohl auch wieder mit Glücksspiel zu vermehren versucht hätte und erneut gescheitert wäre. Aber Glen erkannte langsam den Masterplan. Doch noch fehlten einige Puzzleteile.

Craig zuckte mit den Schultern. »Bei Versteigerungen weiß man nie, wie sie ausgehen. Ich hätte auch weniger für das Collier bekommen können, als ich gebraucht hätte. Dann hat mir das Auktionshaus mitgeteilt, dass man das Collier ohne Echtheitszertifikat nicht versteigern würde, und hat mir auch den Gutachter vermittelt.«

»Moment«, bat Boyd. »Der Reihe nach. Das Collier wurde gefunden, und Sie haben die beiden Finder zum

Stillschweigen genötigt. Warum? Hatten Sie da schon den Plan mit dem Betrug?«

Craig zögerte. »Nein. Also, noch nicht an dem Tag. Und auch nicht so, wie es sich dann entwickelt hat. Ich wusste, dass, sobald der Fund publik wird, meine Tochter auf der Matte steht und einen Anteil fordert. Ich war mir aber nicht sicher, ob sie darauf überhaupt ein Anrecht gehabt hätte, aber ich wollte auch keine Rechtsauskunft einholen, um keine schlafenden Hunde zu wecken. Oder im Fall des Falles Monate mit einem Rechtsstreit zu verbringen, während der ich das Collier nicht hätte zu Geld machen können, bis ein Gericht ein Urteil gefällt hätte. Erst mal wollte ich nur verhindern, dass Brenda von dem Schmuck überhaupt erfährt. Deshalb das Schweigegebot für die Arbeiter. Dann ist mir klar geworden, dass ich den Fund und den späteren Verkauf nicht auf die Dauer geheim halten kann. Meine Tochter ist sowieso ständig hinter mir her, um mir was am Zeug zu flicken. Sie hätte garantiert von dem Collier erfahren, auch wenn der Fund nicht durch die Presse gegangen wäre. Da habe ich mir gedacht, ich lasse eine Fälschung aus unedlen Steinen anfertigen und behaupte ihr gegenüber, das gefundene Collier sei bereits unecht und nichts wert, was ich ihr dann auch mit der Fälschung hätte beweisen können.«

Sicherlich erkannte nicht nur Glen, dass in dieser Behauptung mehr als nur ein Fehler steckte.

»Warum haben Sie dann das echte Collier schätzen lassen und es sogar öffentlich versteigern lassen wollen?«, brachte Durie eine der Unstimmigkeiten zur Sprache.

Craig zögerte. »Weil mir klar geworden ist, dass ich nicht mal annähernd so viel Geld für das Ding bekomme, wenn ich es unter der Hand auf eigene Faust verkaufe. Das Gutachten brauchte ich, damit mich niemand über den Tisch zieht. Zum Beispiel ein Auktionator. Oder ein Juwelier, wenn ich versucht hätte, es privat zu verkaufen. Außerdem wollen auch Juweliere ihren Schnitt machen, und ich hätte dann wohl kaum die anderthalb Millionen dafür bekommen, die es wert ist. In Einzelteile zerlegt schon mal gar nicht.«

»Trotzdem haben Sie die Fälschung anfertigen lassen, obwohl Ihnen da schon klar war, dass Sie die gar nicht brauchen?«, vergewisserte sich Boyd. Ihrem Tonfall nach erschien ihr das nicht stimmig.

Craig zögerte wieder. Glen hatte den Eindruck, dass er sorgfältig überlegte, was er zugab und was nicht. Und dass das, was er sagen würde, nicht die Wahrheit oder nur die halbe wäre.

»Da hatte ich der Juwelierin schon den Auftrag erteilt, mir die Kopie anzufertigen.«

Das klang zwar nach der Wahrheit, aber Glen hatte einen feinen Unterton herausgehört, der ihn vermuten ließ, dass das nicht der einzige Grund war.

»Wenn das alles so harmlos war«, Boyd fixierte den Mann mit einem kalten Blick, »warum haben Sie sich dann der Juwelierin, Mrs Gwyn Harrington, als John MacDonald vorgestellt und nicht Ihren richtigen Namen genannt? Die Befürchtung, dass Ihre Tochter Ihnen hinterherschnüffelt, kann ja wohl kaum der Grund dafür gewesen sein.«

Craig verschränkte die Arme vor der Brust. »Ich wollte kein Risiko eingehen.«

Das klang so sehr nach einer faulen Ausrede, dass Boyd verächtlich schnaubte, Durie dasselbe tat und die Anwältin den Kopf schüttelte. Das tat auch Glen.

Boyd beugte sich vor und machte in Miene und Körperhaltung aus ihrer Verachtung für Craig keinen Hehl. »Erzählen Sie uns doch keine Märchen! Sie haben das getan, weil Sie von Anfang an geplant hatten, Mrs Harrington nach getaner Arbeit zu ermorden. Wenn Sie nur Sorge gehabt hätten, dass Ihre Tochter nichts von dem Verkauf des Colliers mitbekommt, wäre eine solche Täuschung nicht nötig gewesen. Denn weder kannte Ihre Tochter Mrs Harrington, noch hat sie ihre Zeit damit verplempert, jedem Ihrer Schritte hinterherzuschnüffeln. Doch selbst wenn das Ihr Motiv gewesen sein sollte, ändert das nichts an der Tatsache, dass wir Sie auf einer Überwachungskamera haben, und zwar in der Clerk Street, in der Mrs Harringtons Geschäft liegt, und um den Zeitpunkt herum, als sie laut Obduktionsbericht ermordet wurde. Die Aufnahme zeigt Sie, wie Sie vor der Tat in Richtung des Geschäfts gehen und anschließend von dort zurückkommen.«

»Das könnte Zufall sein«, meinte Alice MacNicols. »Mein Mandant kann von einem anderen Geschäft gekommen oder zu einem gegangen sein oder auf dem Weg zu einem Pub gewesen sein. In der Clerk Street gibt es meines Wissens ungefähr zwei Dutzend Restaurants, Cafés und Pubs.«

Boyd nickte. »Aber es ist garantiert kein Zufall, dass wir genau die Rolle, von der die Schnur stammt, mit der Mrs Harrington erdrosselt wurde, in der Garage Ihres Mandanten gefunden haben. Dass es sich um diese eine Rolle handelt und nicht um eine von zufällig der gleichen Sorte, beweist eine kriminaltechnische Analyse. Wir haben auch die Kleidung Ihres Mandanten in seinem Haus gefunden, die er während des Mordes getragen hat, wie auf der Kameraaufzeichnung zu sehen ist – die übrigens tatsächlich zu einem der Restaurants gehört, an denen er vorbeigekommen ist, und die eigentlich nur dessen Inneres überwachen soll. Aber sie erfasst auch ein kleines Stück der Straße, die durch das Panoramafenster zu sehen ist. Und an dem ist Ihr Mandant vorbei spaziert.«

»Das beweist ebenfalls nur, dass mein Mandant zur Zeit des Mordes in der Straße war, in der das Juweliergeschäft liegt. Und die Schnur kann ihm untergeschoben worden sein.«

Man hörte MacNicols an, dass sie nur ihre Strategie abspulte, ihren Mandanten bestmöglich zu verteidigen, aber selbst nicht von dem überzeugt war, was sie als mögliches Entkräftungsargument ins Feld führte.

Boyd winkte ab. »Und an der besagten Kleidung haben wir DNA von Mrs Harrington gefunden.« Sie blickte Craig an. »Sie haben sich offenbar so sicher gefühlt, mit Ihrem Mord durchzukommen, dass Sie sich nicht mal die Mühe gemacht haben, die Kleidung vom Tattag zu waschen, um Spuren zu beseitigen. Aber auch ohne diese Beweise für den Mord an Mrs Harrington sind Sie dran wegen der beiden Leichen in Ihrem Keller und wegen des Mordversuchs an Mr Kincaid. So oder so«, sie klang ungeheuer befriedigt, »Sie kommen aus dieser Nummer nicht mehr heraus.«

MacNicols beugte sich zu Craig und flüsterte ihm etwas zu. Seinem Gesichtsausdruck nach passte ihm das, was sie sagte, ganz und gar nicht. Er schüttelte den Kopf.

»Es hat keinen Sinn zu leugnen, was man Ihnen zweifelsfrei nachweisen kann«, betonte die Anwältin. »Aber ein Geständnis kann sich günstig auswirken. Dass Sie zumindest den Mord an Mrs Harrington geplant hatten, kann man Ihnen beweisen, wie Sie gerade gehört haben.«

Craig presste die Lippen zusammen. Er legte die Hände auf den Tisch. Ballte die Fäuste. Knirschte mit den Zähnen.

»Ganz ruhig«, mahnte Inspector Boyd.

Sergeant Morris an der Tür legte die Hand an seine Waffe.

Das brachte Craig dazu, sich zu beherrschen. Halbwegs. »Verdammte Scheiße!«, fluchte er und verschränkte wieder die Arme. Wiegte ungeduldig den Kopf und stieß schließlich frustriert die Luft aus. »Wenn bloß dieser Scheißauktionator das Collier nicht überprüft hätte, hätte alles ganz vorzüglich geklappt!« Er ballte erneut eine Faust. »Ich hatte alles so wunderbar geplant! Alles war perfekt. Nur mit dieser nochmaligen Prüfung trotz des Gutachtens habe ich nicht gerechnet.«

Boyd schüttelte leicht den Kopf. »Schildern Sie bitte fürs Protokoll den chronologischen Ablauf der Dinge«, forderte sie Craig auf. »Und diesmal wahrheitsgemäß. Wann das Collier gefunden wurde, wissen wir ja nun. Danach haben Sie die Bauarbeiter fürs Stillschweigen bestochen. Wie ging es weiter?«

Wieder zögerte Craig, entschloss sich dann aber, dem Rat seiner Anwältin zur Kooperation zu folgen. »Also – ja, die Idee, das echte Collier gegen ein falsches auszutauschen und die Fälschung für das echte auszugeben und doppeltes Geld zu machen, ist mir schon an dem Tag gekommen. Aber nicht mit Versicherungsbetrug.« Er blickte Glen flüchtig an, ehe er den Blick auf die Tischplatte richtete. »Ich hatte geplant, das falsche Collier versteigern zu lassen und das echte später als Einzelteile zu verkaufen. Man hätte nach der Versteigerung nicht beweisen können, dass das Collier vertauscht worden ist, während es sich in meinem Haus befunden hat. Und falls doch, habe ich die Zeitaufzeichnung meines Safes so eingestellt, dass sie eine Öffnung anzeigt zu einem Zeitpunkt, wenn ich ein sicheres Alibi habe.«

»Und gleichzeitig haben Sie Ihre Tochter unter einem Vorwand nach Thurso gelockt, sie dort so lange hingehalten, dass sie gezwungen war, vor Ort zu übernachten, und anschließend ihr Smartphone und die Hotelregistrierung so manipuliert, dass sie kein Alibi hatte«, stellte Boyd fest. »Das heißt, Sie hatten von Anfang an geplant, sie reinzureiten, falls der Betrug ans Licht kommen sollte. Sozusagen als Plan B.«

Craig schwieg.

»Warum haben Sie ausgerechnet Ihre Tochter belastet?«, wollte Durie wissen.

Craig schürzte die Lippen und blickte zur Seite.

»Antworten Sie!«, verlangte Boyd.

»Ja, ich hatte Brenda als Plan B für alle Fälle vorgesehen. Und ja, ich habe den Alarmcode und das Passwort für den Safe und auch die Fotos vom Collier auf ihr Smartphone geschmuggelt, sie wieder gelöscht und das Ding so programmiert, dass Ihre Spezialisten«, er nickte Boyd und Durie zu, »die Spuren, dass sie mal existiert hatten, garantiert finden mussten.« Er zuckte wieder einmal mit den Schultern. »Ich programmiere im Rahmen meiner Arbeit auch Mikrochips. Ich kenne mich mit Speichermedien aller Art bestens aus und weiß genau, was ich tun muss, um Daten so zu manipulieren, dass sie echt wirken und die Manipulation nicht nachgewiesen werden kann.«

Was Glen erneut zeigte, dass Craig offenbar erhebliche kriminelle Energie besaß. Und die hatte er garantiert nicht erst entwickelt, als ihm Lady Iras Collier in den Schoß gefallen war.

»Entweder die Polizei hätte Brenda im Fall des dann eingetretenen Falles sowieso verdächtigt, weil nur jemand, der die Codes für die Alarmanlage und den Safe kannte oder erraten konnte, überhaupt hätte ins Haus kommen und den Safe öffnen können. Oder ich hätte Sie nachdrücklich, aber nicht zu offensichtlich, auf Brenda aufmerksam gemacht.«

Was er getan hatte, indem er sich überzeugt gab, dass nur seine Tochter die Täterin sein konnte.

»Und da Brenda mir über ihre Anwältin sowieso in den Ohren lag wegen eines Anteils am Erlös des Colliers, bot sie sich förmlich an: Ich weigerte mich, ihr was abzugeben, was liegt da näher, als dass sie sich nimmt, was sie freiwillig nicht bekommt?« Craig blickte Glen missmutig an. »Ich konnte ja nicht ahnen, dass sie auf die Idee kommt, Sie zu engagieren, ihre Unschuld zu beweisen, und Sie das auch noch schaffen.« Er schüttelte den Kopf. »Wie gesagt, ich war überzeugt, dass ich diesen Notfallplan gar nicht brauchen würde. Und hätte Henderson das Collier trotz des vorliegenden Gutachtens nicht noch einmal geprüft, hätte alles ganz wunderbar geklappt.«

»Aber das ist Ihre *Tochter*.« Durie klang fassungslos. »Wenn Ihr Plan geklappt hätte, wäre sie unter Umständen für ein Verbrechen ins Gefängnis gegangen, das sie gar nicht begangen hat.«

Wieder zuckte Craig mit den Schultern. »Na und? Sie hat den Kontakt zu mir schon vor Jahren abgebrochen und mich als Vater geschasst. Ich bedeute ihr schon lange nichts mehr. Außerdem ist sie eine genauso selbstgerechte Pute wie ihre Mutter. Ich sehe keine Veranlassung, auf sie irgendwelche Rücksicht zu nehmen.«

Glen schüttelte den Kopf. Der Mann wurde ihm von Minute zu Minute unsympathischer. Für einen Moment bereute er, dass er bei der Vernehmung hatte dabei sein wollen und wünschte sich, sie möge schnell enden.

»Und als weitere, hm, Komponente, um von sich abzulenken, haben Sie die Meldung über den Fund der Skelette und des Colliers um gut drei Wochen verschoben«, vergewisserte sich Durie.

Craig nickte. »Die Bauarbeiter habe ich währenddessen in einem anderen Teil des Kellers beschäftigt. Gab ja genug zu tun da unten.«

Morven Boyd blickte erst Craig, dann Durie, danach Glen und Alice MacNicols verständnislos an. »Aber dann hätten Sie sie doch nicht umzubringen brauchen. Das war doch völlig sinnlos.«

Craig schüttelte den Kopf. »Sie waren ein Risiko, das ich mir nicht leisten konnte.«

Der Mann war offensichtlich ein Ausbund an Skrupellosigkeit und Kaltblütigkeit.

»Wann genau haben Sie Mrs Harrington mit der Kopie beauftragt?«, erkundigte sich Durie. »Und warum ausgerechnet sie und nicht jemand anderen?«

»Ich bin das Branchenverzeichnis durchgegangen und habe mir gezielt die Leute rausgesucht, die nicht nur fertige Steine verarbeiten, sondern auch selbst welche schleifen. Hätte mir ja nichts gebracht, wenn der Juwelier noch einen oder gar zwei weitere Leute hätte involvieren müssen, von denen der eine die Steine schleift, der andere die Fassungen herstellt und er oder sie selbst nur das fertige Produkt verkauft. Das wären erheblich zu viele Mitwisser gewesen.« Craig zuckte mit den Schultern. »In Edinburgh und Umgebung gab es nur drei, die dafür infrage kamen. Und *Harrington's Fine Jewellery* war von denen der einzige Laden, der nicht direkt in der Innenstadt liegt. Da ist schließlich auch am Abend immer noch viel Betrieb, und zu viele Leute hätten mich sehen können. Der Laden war der abgelegenere. Die Straße liegt zwar in unmittelbarer Nähe zum Campus, aber die Studenten, die die Restaurants in der Clerk Street besuchen, sind abends nicht mehr da.«

Womit Craig indirekt zugegeben hatte, dass er Gwyn Harringtons Tod von Anfang an geplant hatte.

»Und in Auftrag gegeben habe ich das Collier zwei Tage nach dem Fund, also am dreizehnten Februar.«

»Was haben Sie Mrs Harrington als Grund dafür genannt, dass sie eine so exakte Kopie anfertigen soll und sie nicht misstrauisch geworden ist?«, fragte Boyd.

Das interessierte auch Glen brennend.

»Ich habe erst mal das Collier von buchstäblich allen Seiten fotografiert, auch im Detail, damit die Frau eine wahrhaft perfekte Fälschung anfertigen konnte.«

Die Frau und vorhin die Nennung des Geschäfts – Craig brachte es nicht einmal fertig, sein Opfer beim Namen zu nennen. Wahrscheinlich musste man das Opfer entpersonalisieren, um so eiskalt morden zu können.

»Dieselben Fotos, die Sie später Ihrer Tochter aufs Smartphone überspielt haben?«, vergewisserte sich Durie.

»Ja. Dann habe ich ihr die Geschichte erzählt, dass es sich um ein schon vor langer Zeit verschollenes Erbstück meiner Frau handelt, die ich zu ihrem Geburtstag mit einer billigen, aber detailgetreuen Kopie überraschen wollte. Damit das glaubhaft wird und sie nicht auf den ersten Blick erkennt, dass die Fotos moderne Aufnahmen von einer Digitalkamera sind, habe ich die Bilder mit einem Fotobearbeitungsprogramm auf alt getrimmt – angegilbter Rand und so –, auf Fotopapier ausgedruckt, die ein bisschen verknittert, hier und da mit einem Fettfleck versehen und diese noch mal abfotografiert.«

Auf so eine Raffinesse musste man erst einmal kommen. Glen hatte immer mehr den Eindruck, dass Craig wie ein Gewohnheitsverbrecher handelte, der nicht zum ersten Mal eine Straftat beging. Vor dem Hintergrund dessen, was er bisher über den Mann erfahren hatte, traute er ihm unbesehen zu, in der Vergangenheit bereits ähnliche Betrügereien und Fälschungen begangen zu haben. Und vermutlich bestand der Vorwurf seiner Tochter, er habe ihre Mutter umgebracht, ebenfalls zu Recht.

»Sie hat das anstandslos geschluckt«, fuhr Craig fort. »Ich habe mir von ihr einen Voranschlag machen lassen, wann sie mit der Arbeit fertig sein würde. Sie sagte, sie brauche dafür sechs Wochen. Nach der Halbzeit habe ich bei ihr angerufen und gefragt, ob sie den Zeitplan einhalten kann. Sie garantierte mir, in drei Wochen fertig zu sein. Weil aber niemand ein so aufwendiges Collier in nur drei Wochen so perfekt fälschen kann, hielt ich drei Wochen vor der Lieferung – den achten März – für den perfekten Termin, um den Fund öffentlich zu machen. Das heißt«, er nickte Boyd und Durie zu, »um der Polizei zu melden, dass in meinem Keller zwei Skelette gefunden wurden.«

»Und an dem Tag haben Sie auch Napier und MacQuarrie ermordet«, vergewisserte sich Boyd.

Craig atmete tief durch und starrte einen Moment vor sich hin, ehe er nickte. »Am Morgen, als sie zur Arbeit erschienen sind. Ich hatte sie ja bis dahin mit der zugesicherten Bonuszahlung ruhiggestellt und ihnen an dem Tag gesagt, es wäre nun soweit und die Presse würde in einer Stunde anrollen, aber ich wollte, bevor der Rummel losgeht, mit ihnen gebührend anstoßen und ihnen ihr Geld geben.« Er räusperte sich und blickte betont auf den Tisch. »Ich habe ihren Whisky vergiftet. Mit einer Dosis Digitalis, die ein Pferd umgehauen hätte. Der Fingerhut, aus dem ich es gewonnen habe, wächst ja überall. Und anschließend habe ich die Leichen im Keller einbetoniert. Ich war mir sicher, dass niemand bei mir nach ihnen suchen würde. Warum denn auch? Ich hatte ja kein erkennbares Motiv, ihnen was anzutun.«

Schlau ausgedacht.

»Ein paar Tage vorher hatte ich sie beauftragt, in einem möglichst weit von dem Raum mit den Skeletten entfernt liegenden Nebenraum ein Loch im Boden auszuheben und alles für die Verfüllung als Grundlage für ein Wasserbecken nach römischem Vorbild vorzubereiten. So ein Becken hat es tatsächlich mal im Keller gegeben. In den Tagen davor habe ich genau beobachtet, wie die Leute den Beton mischen und verarbeiten. In diese Grube habe ich die Leichen mitsamt ihren Smartphones gelegt und sie zubetoniert. Danach habe ich die Polizei gerufen.«

Glen starrte den Mann mit offenem Mund an. Der Kerl hatte tatsächlich die Dreistigkeit besessen, seine Opfer ahnungslos ihr eigenes Grab ausheben zu lassen. Ihm wurde übel. Und nicht nur ihm. Alice MacNicols hielt sich die Hand vor den Mund und gab einen würgenden Laut von sich. Sie rückte ihren Stuhl so weit wie möglich von Craig ab. Auch Boyd und Durie wirkten fassungslos. Eine Weile herrschte Schweigen.

»Und später haben Sie dann den Van der Firma wieder zurückgebracht«, gab Boyd ein Stichwort, die sich als Erste wieder im Griff hatte.

Craig nickte. »Erst mal habe ich den in die Garage gefahren und ihn spät am Abend zurückgebracht, als ich mir sicher war, dass in der Firma keiner mehr ist.«

»Wie ging es dann weiter?« Boyds Stimme klang rau.

»Das wissen Sie doch schon.« Craig wirkte gelangweilt. »Ihre Leute kamen, haben alles untersucht und nach ein paar Tagen festgestellt, dass der Mord an den beiden Eingemauerten schon vor Jahrhunderten verübt worden war. Danach gingen die Bauarbeiten weiter. Und ich habe natürlich die neuen Leute, die *Hollis Constructions* mir geschickt hat, weit weg von dem Raum beschäftigt, in dem ihre Kollegen einbetoniert waren. Dann habe ich gewartet, bis die Juwelierin mit der Kopie fertig war und es abgeholt.«

»Und Mrs Harrington bei der Gelegenheit ermordet«, betonte Morven Boyd. »Anschließend haben Sie in ihrem Computer alle Dateien gelöscht und alle Unterlagen beseitigt, die auf Ihren Auftrag hindeuteten.«

Craig zuckte nur mit den Schultern.

Glen empfand in diesem Moment einen so tiefen Abscheu gegen diesen Mann, dass er das Gefühl hatte, sein Magen sei verkrampft. Ihm wurde erneut übel. Er schluckte.

»Antworten Sie fürs Protokoll«, verlangte Boyd.

»Ja, so war es«, bestätigte Craig. »Am Nachmittag hatte der Gutachter mir das echte Collier mitsamt dem Gutachten gebracht. Am Abend, nachdem ich die Kopie abgeholt hatte, habe ich es gegen die ausgetauscht. Am nächsten Tag habe ich die Versicherung für das Collier abgeschlossen. Das heißt, Sie«, er nickte Glen zu, »haben damals, als Sie es untersuchten, schon die Kopie in der Hand gehabt. Und Sie ahnen nicht, was ich für Blut und Wasser geschwitzt habe, dass Sie feststellen könnten, dass es gefälscht ist. Verdammt, ich dachte wirklich, das Gutachten würde genügen.« Er schlug die Arme unter und sah Glen in einer Weise an, als wollte er ihm am liebsten jetzt noch an die Kehle gehen.

Darum also hatte Craig so unwirsch reagiert, als Glen das Collier hatte überprüfen wollen. Hätte Glen damals schon die Fälschung erkannt, wären Brenda Craig einige Unannehmlichkeiten erspart geblieben, denn dann wäre von Anfang an klar gewesen, dass nur Craig selbst den Tausch hatte vornehmen können. Zumindest nachdem der Gutachter und sein Team hätten ausgeschlossen werden können. Ein Grund mehr für Glen, eine Fortbildung als Edelsteinsachverständiger zu machen.

»Fürs Protokoll«, diktierte Boyd. »Die letzte Äußerung des Verdächtigen richtete sich an Versicherungsermittler Kincaid.«

Craig räusperte sich. »Nachdem Mr Kincaid gegangen war, habe ich die Zeiterfassung des Safes und der Alarmanlage so präpariert, dass beide ein Öffnen anzeigen, während ich in Cambridge war.« Er zuckte mit den Schultern. »Und das war's.«

»Wo ist das echte Collier?«, wollte Glen wissen.

Craig zögerte.

»Ich fürchte, wenn Sie die Frage nicht beantworten«, sagte seine Anwältin, »dann wird man Ihr gesamtes Anwesen danach umgraben. Danach dürfte das dann nur noch ein Butterbrot wert sein.«

Craig brummte etwas Unverständliches und schüttelte den Kopf, ehe er mit den Schultern zuckte. »In dem Raum, wo die Skelette gefunden wurden, war in der Ecke links gegenüber der Tür noch ein offenes Loch, wo der Boden weggebrochen war.«

»Ich erinnere mich an das Loch«, sagte Inspector Boyd.

»Ich habe das Collier in einer Stahlkassette in das Loch gelegt und es zubetoniert.« Er blickte Alice MacNicols an. »Das Ding gehört mir doch noch und ich kann es verkaufen, ja?«

Über das Gesicht der Anwältin huschte ein Ausdruck tiefen Abscheus, ehe sie ihre Mimik in den Griff bekam und ihren Mandanten kühl ansah. »Sobald es nicht mehr als Beweismittel gebraucht wird, wird das sicherlich möglich sein.«

Bestimmt hatte nicht nur Glen den Eindruck, dass ihre Stimme wie Eis klirrte. Und der Unterton von Verachtung war nicht zu überhören. Der war wohl auch Craig aufgefallen, denn er errötete und blickte wieder auf die Tischplatte.

»Und Mr Kincaid wollten Sie auch noch ermorden«, stellte Durie fest.

Craig zuckte mit den Schultern. »Eigentlich nicht. Ich dachte, die Bauarbeiter sind im Keller sicher und werden nie gefunden, zumindest nicht zu meinen Lebzeiten. Deshalb hatte ich zunächst auch keine Sorge, als er kam, um das Manor nach dem Collier zu durchsuchen. Aber dann habe ich den Hund bellen gehört in einer Weise, wie Hunde einen Fund verbellen. Da schrillten bei mir die Alarmglocken und ich bin nachsehen gegangen.«

»Mit dem Gewehr in der Hand«, erinnerte Glen ihn. »Mit dem Sie auch sofort geschossen haben. Zweimal.«

Wieder ein Schulterzucken. »Sie hatten die Leichen gefunden. Deshalb konnte ich Sie nicht mehr gehen lassen.«

Und hätte Craigs Mordplan geklappt, hätte auch Glen vermutlich im Keller des Manors einbetoniert geendet. Und Shade ebenfalls.

Wieder herrschte eine Weile Schweigen.

»Ich verstehe eins nicht.« Morven Boyd sah Craig auffordernd an. »Wenn Sie so dringend Geld brauchten, warum haben Sie Ihr Manor nicht an den National Trust For Scotland verkauft? Sie hätten viel mehr Geld dafür bekommen als für das Collier. Bestimmt hätten Sie ein lebenslanges Wohnrecht erhalten. Außerdem hätten Sie Ihr Anwesen touristisch vermarkten können, wie das so viele andere Schloss- und Gutsbesitzer tun, und gut von den Einnahmen leben können.«

Craig nickte und schüttelte gleich darauf den Kopf. »Von dem Verkauf hätte ich nichts gehabt, weil das Manor quasi schon der Bank gehört. Das mit der Touristik hatte ich schon mal angedacht, aber dafür hätte ich das ganze Haus erst mal renovieren müssen. Dafür fehlte mir das Geld. Den Keller musste ich notgedrungen richten lassen, weil das Mauerwerk und der Boden teilweise Risse hatten. Dafür ist mein ganzes Gehalt draufgegangen.«

Und bestimmt nicht nur dafür, sondern auch für etliche Glücksspiele, war Glen überzeugt.

»Dann wurde das Collier gefunden, und ich sah meine Chance.« Er zuckte mit den Schultern. »Ich schätze, ich konnte da einfach nicht mehr klar denken.«

Aber immer noch klar genug, um sich einen perfiden Plan zurechtzulegen. Bis ins Detail.

»Woher hatten Sie eigentlich das Geld für die Kellerrenovierung, wenn Sie immer so knapp bei Kasse waren?«, sprach Durie aus, was auch Glen durch den Kopf ging.

»Ich hatte zur Abwechslung mal beim Spielen gewonnen. Zwanzigtausend Pfund. Zwei Tage danach habe ich die Baufirma beauftragt.« Er schüttelte den Kopf. »Ich hatte mal wieder die Denkmalschutzbehörde im Nacken. Die inspizieren ab und zu alle Gebäude, die unter Schutz stehen. Sie haben die Schäden im Keller gesehen und mir die Pistole auf die Brust gesetzt, das beseitigen zu lassen. Andernfalls würden sie mir die Baubehörde auf den Hals hetzen, die dafür sorgen würde, dass das Manor für unbewohnbar erklärt wird, bis alles wieder sicher ist. Von dem Gewinn konnte ich auch den Versicherungsbeitrag für ein Jahr im Voraus bezahlen.« Craig blickte Glen an. »Ihre Versicherung zu betrügen, war nie meine Absicht.«

Was Glen ihm keine Sekunde glaubte. Vermutlich hatte er das nicht von vornherein geplant, weil seine ursprüngliche Absicht eine ganz andere gewesen war. Aber ab dem Moment, als die Fälschung entdeckt worden war, hatte er garantiert darauf spekuliert, den Wert des echten Colliers über die Versicherungssumme zu ergattern.

Craig schüttelte den Kopf. »Ich war der Überzeugung, dass das falsche Collier anstandslos versteigert würde. Ich konnte ja nicht ahnen, dass es trotz Echtheitsgutachten und Ihrem Versicherungsbericht vom Auktionshaus nochmals überprüft wird. Hätte ich das gewusst, hätte ich die Sache anders aufgezogen.«

Glen wagte nicht sich vorzustellen, was sich Craigs kriminelles Gehirn in dem Fall ausgedacht hätte. Aber Gwyn Harrington wäre dann vielleicht noch am Leben und die beiden Bauarbeiter möglicherweise auch.

Erneut schwiegen alle eine Weile.

»Sind wir hier fertig?«, wollte Alice MacNicols wissen.

»Noch nicht ganz.« Morven Boyd blickte Craig an.

»Wie war das mit Ihrer Frau? Haben Sie sie tatsächlich ermordet, wie Ihre Tochter behauptet?«

Craig schwieg.

»Ich rate zur vollumfänglichen Kooperation«, schlug seine Anwältin ihm vor. »Selbst wenn Sie noch hundert Morde gestehen, wird das an Ihrem Strafmaß nichts ändern. Aber Ihre Mithilfe bei der lückenlosen Aufklärung kann den Ausschlag geben, ob ein späteres Gnadengesuch jemals Erfolg haben könnte.«

Was ganz sicher nicht vor Ablauf von mindestens dreißig Jahren der Fall sein würde. Oder niemals, wenn es nach Glen gegangen wäre.

Craig rang sichtlich mit sich. Schließlich atmete er tief durch. »Ja. Wie Sie wissen, bin ich Ingenieur. Und auch wenn Autos nicht mein Spezialgebiet sind, verstehe ich doch genug von Motoren und dem ganzen technischen Innenleben, um die Mechanik so manipulieren zu können, dass der Wagen einen Unfall hat.« Er zuckte mit den Schultern. »Ich habe mir von einem Schrottplatz ein altes Teil besorgt, es in den Wagen eingebaut und so hergerichtet, dass alles wie ein natürlicher Schaden aufgrund von Verschleiß aussieht. Ich wusste zwar nicht genau, wann der Unfall passieren würde, aber dass er in jedem Fall geschehen würde. Und so war es dann auch.«

»Und wie ist Ihre Tochter Ihnen auf die Schliche gekommen, wenn nicht mal das Technikteam der Polizei die Manipulation bemerkt hat?«, überlegte Durie.

»Sie hat einen heftigen Streit zwischen meiner Frau und mir mitbekommen, der ziemlich hässlich wurde. Dabei habe ich auch so was gesagt wie: Ich lasse nicht zu, dass du mich ruinierst, dafür werde ich sorgen. Oder was in der Art.«

»Worum ging es bei dem Streit?«, fragte Durie.

»Meine Frau hatte meine Spielsucht entdeckt, die ich fast zwanzig Jahre vor ihr geheimhalten konnte.«

Süchtige waren in der Tat sehr erfinderisch darin, ihre Krankheit sogar vor den engsten Angehörigen zu verbergen, wie Glen wusste. Gerade Spielsucht fiel nicht auf, wenn die Eheleute getrennte Konten hatten, bis der Ruin in Form eines Gerichtsvollziehers an die Tür klopfte.

»Da hat sie begriffen, dass sie ihr Gehalt nicht für den Unterhalt des Manors zubuttern musste, weil der die Unsummen verschlingt, die ich ihr weisgemacht habe, sondern dass sie damit meine Sucht finanziert hat. Sie hat die Überweisungen auf das Unterhaltskonto des Manors sofort eingestellt und mir die Pistole auf die Brust gesetzt, entweder eine Therapie zu machen oder sie würde die Scheidung einreichen. Das hat sie dann auch getan, nachdem ich die Therapie«, er räusperte sich, »nur vorgetäuscht hatte zu absolvieren.«

»Was Sie zu dem Mord veranlasst hat«, resümierte Boyd.

Craig nickte. »Sie besaß ein gut gefülltes Sparkonto und hatte von ihrem Großvater eine wertvolle Münzsammlung geerbt. Beides hat mich erst mal eine Weile über Wasser gehalten. Einschließlich der Summe, die ich aus der Lebensversicherung bekommen habe.«

Boyds Gesichtsausdruck nach kam ihr ebenso wie Glen der Verdacht, dass diese Bereicherung durch den Tod seiner Frau Craigs wahre Mordmotiv war.

Glen kraulte Shades Kopf, was ihm das Gefühl gab, etwas Sauberes, Gutes zu berühren, statt mit Schmutz beworfen zu werden. Der Hund wedelte mit dem Schwanz und blickte ihn hoffnungsvoll an, endlich ins Freie zu können. Glen schüttelte leicht den Kopf, eine Geste, die Shade als Ablehnung kannte. Er seufzte und legte sich wieder hin.

»Noch eine Frage.« Glen blickte Craig kühl an. »Wenn ich das richtig verstanden habe, stand und fiel Ihr gesamter Plan damit, dass Bernie Napier und Jimmy MacQuarrie den Mund über den Fund halten, sodass Sie den vordatieren konnten. Was hätten Sie gemacht, wenn die das nicht getan und zum Beispiel Selfies mit dem Skelett im Hintergrund gemacht und die noch am selben oder am nächsten Tag in den sozialen Medien verbreitet hätten?«

Craig nickte. »Ehrlich gesagt: Damit habe ich sogar gerechnet. Für den Fall hätte ich selbst üppige Detailfotos an alle Medien gegeben und später behauptet, dass jemand anhand derer die Fälschung angefertigt haben muss. Natürlich hätte ich dann mit der Versteigerung warten müssen, bis die Fälschung fertig war. Der Juwelierin hätte ich erzählt, dass meine Frau das Collier in der Zeitung gesehen hätte und ich sie mit einem Duplikat zum Geburtstag überraschen will. Der Rest des Plans hätte sich nicht verändert.« Er zuckte mit den Schultern. »So oder so, man hätte mir nichts beweisen können. – Dachte ich.« Der Blick, den er erst Glen und danach Shade zuwarf, schleuderte tödliche Dolche. »Wenn Ihr verdammter Köter nicht gewesen wäre, hätte alles auch ganz fantastisch geklappt.«

»Ihr Pech, dass Mr Kincaid einen so guten Hund hat.« Morven Boyd schenkte Glen ein flüchtiges Lächeln.

Craig runzelte finster die Stirn. »Mein Plan war perfekt«, betonte er. »Das Einzige, was ich nicht vorausgesehen habe, war, dass Henderson das Collier noch mal persönlich prüfen würde, nachdem er das Gutachten vorliegen hatte. Dadurch wurde alles zerstört.«

Klar, Henderson war schuld. Glen war dankbar, dass der Mann das Collier nochmals geprüft hatte, sonst wäre dieses entsetzliche Verbrechen möglicherweise nie aufgeklärt worden. Von dem Schaden für *Currie & Stewart* ganz zu schweigen.

Boyd blickte in die Runde. »Möchten Sie uns noch etwas mitteilen, Mr Craig?«

Der Mann verschränkte die Arme. »Nein. Sie wissen jetzt alles.«

»Ende der Vernehmung: elf Uhr fünfunddreißig«, diktierte Boyd ins Aufnahmegerät und schaltete es aus. Sie nickte Sergeant Morris zu. »Zurück mit ihm in die Zelle.«

Morris legte Craig Handschellen an und führte ihn hinaus. Alle atmeten auf.

»Ich brauche ein heißes Bad«, stellte Alice MacNicols fest und schüttelte sich. »Wie gut, dass ich nicht als seine Pflichtverteidigerin bestellt wurde, sondern er mich privat engagiert hat. Das gibt mir die Möglichkeit, das Mandat niederzulegen.« Sie warf einen entschuldigenden Blick in die Runde. »Ich weiß, man kann in meinem Job nicht immer nur die Unschuldigen oder die Kleinganoven verteidigen, aber dieser – kranke Geist ...« Sie schüttelte heftig den Kopf. »Mir egal, ob das unprofessionell ist, aber den Kerl verteidige ich nicht. Und ich bedauere denjenigen jetzt schon, der zu dieser undankbaren Aufgabe verdonnert wird.« Sie zuckte mit den Schultern. »Aber es gibt ja genug Leute in unserer Zunft, die keine Probleme damit haben, den größten Abschaum zu verteidigen. Ich kann das nicht.«

Was Glen ihr nicht verdenken konnte.

»Ich denke deswegen bestimmt nicht schlecht von Ihnen«, versicherte Boyd, und Durie nickte.

Das tat auch Glen. »Ganz sicher nicht«, bekräftigte er und blickte Boyd an. »Ich danke Ihnen, dass Sie mir ermöglicht haben, die ganze Geschichte aus erster Hand zu erfahren.«

Sie winkte ab. »Hängen Sie das nicht an die große Glocke. Da Sie aber Ihre Zeugenaussage bereits vorher eidesstattlich zu Protokoll gegeben haben, kann man weder Ihnen noch uns später bei der Verhandlung gegen Craig daraus einen Strick drehen.«

»Ich werde schweigen«, versprach er. »Meine Versicherung will Craig übrigens auch wegen versuchten Versicherungsbetrugs verklagen.«

Alice MacNicols lachte kurz, ehe sie abwinkte. »Das macht den Kohl seines Strafmaßes auch nicht fetter.«

Das nicht, aber Glen hielt die Maßnahme trotzdem für erforderlich. Er vertrat den Standpunkt, dass Menschen wie Craig nicht wegen begangener Kapitalverbrechen eine Art Nachlass auf ihre sonstigen Straftaten erhalten sollten, weil die vielleicht nicht so schwer wogen wie zum Beispiel ein Mord. Sie sollten sich gerechterweise für alles verantworten müssen, was sie verbrochen hatten.

»Ich weiß«, antwortete er der Anwältin und blickte Boyd an. »Brauchen Sie mich noch?«

»Nein. Danke für Ihre Unterstützung.«

»Gern geschehen. Auf Wiedersehen. – Komm, Shade.«

Shade sprang auf und lief zur Tür voran, die Glen ihm öffnete.

»Wiedersehen«, sagten auch Durie und MacNicols.

Glen floh aus der Enge des Verhörraums und atmete erst auf, als er draußen vor dem Revier stand. Ihn gelüstete es ebenfalls nach einem Bad oder zumindest einer heißen Dusche. Doch die musste warten. Er hatte noch etwas zu erledigen.

***

Mabel MacQuarrie öffnete die Tür mit einer Miene böser Vorahnung. Ihre geschwollenen roten Augen zeigten, dass sie geweint hatte.

»Mrs MacQuarrie, darf ich einen Moment reinkommen? Es dauert nicht lange. Und ich bringe Ihnen keine weitere schlechte Nachricht«, beruhigte er sie.

Sie nickte und deutete zum Wohnzimmer. Glen ging hinein und setzte sich, als sie ihn mit einer Handbewegung dazu aufforderte. Ihre Kinder waren nirgends zu sehen.

Sie musste ihm wohl ansehen, dass er überlegte, wo die wohl sein mochten. »Meine Mutter ist mit den Kindern in den Park gegangen. Sie brauchen frische Luft. Und ich brauche mal eine Stunde, in der ich mich nicht aus Rücksicht auf sie zusammenreißen muss und ungehindert heulen kann.« Ihre Stimme brach, und sie weinte. Fischte ein Papiertaschentuch aus der Hosentasche und verbarg das Gesicht darin.

»Ich komme gerne ein anderes Mal wieder«, bot Glen an. »Mein Anliegen hat keine Eile.«

Sie schüttelte den Kopf, schnäuzte sich und sah ihn an. »Wie Sie sehen, hatte ich Recht: Jimmy hat uns nicht verlassen.«

»Das hat er nicht«, bestätigte Glen sanft. »Dafür hat er meiner Versicherung indirekt geholfen, den Diebstahl des Colliers aus Forthwater Manor aufzuklären. So grausam das für Sie auch sein muss, aber durch den Fund seiner Leiche im Manor konnte die Polizei nicht nur den Besitzer als Mörder überführen, sondern auch das gesamte Anwesen durchsuchen, wodurch das Collier gefunden wurde. Sie erinnern sich, dass ich eine Belohnung erwähnte. Meine Versicherung hat sich entschlossen, diese Summe an die Hinterbliebenen auszuzahlen.«

Gelogen, aber Glen hatte mit Carson vereinbart, einen Anteil seiner eigenen Provision an die Witwen zu zahlen. Für jeden Fall, den er aufklärte und dadurch der Agentur Geld sparte, erhielt er zehn Prozent der eingesparten Schadenssumme. Die Wiederbeschaffung des Colliers hatte ihm auf einen Schlag hundertfünfzigtausend Pfund beschert. Zwanzigtausend davon wollte er Mabel MacQuarrie und Josie Napier überlassen.

Er hatte zunächst gezögert, auch Mrs Napier etwas zu zahlen, weil ihm die Frau unsympathisch war. Aber er hatte es nicht über sich gebracht, sie leer ausgehen zu lassen. Ihre Reaktion, als er ihr vorhin den Scheck gebracht hatte, zeigte ihm, dass sein erster Eindruck von ihr nicht vollständig korrekt gewesen war. Ihre scheinbare Gleichgültigkeit hinsichtlich des Verbleibs ihres Mannes lag offensichtlich darin begründet, dass sie geglaubt hatte, er habe seine Familie böswillig verlassen. Nachdem sie erfahren hatte, dass er ermordet worden und deshalb verschwunden war, war sie voller Reue, dass sie ihm Unrecht getan hatte.

Und voller Verzweiflung, weil sie nicht wusste, wie sie ihre vier Kinder durchbringen sollte. Zwar hatte sie tatsächlich einen Job als Kassiererin in einem Kino und arbeitete wegen der Kinder abends, aber das Geld reichte nicht aus, um die Kleinen satt zu bekommen. Da erschienen ihr die zehntausend Pfund wie ein Geschenk Gottes.

Norman Hollis, den Glen wie versprochen über das Schicksal seiner beiden Arbeiter informiert hatte, hatte beschlossen, unter der Belegschaft eine Sammlung für die Hinterbliebenen zu veranstalten. Aber auch deren Erlös war nur ein Tropfen auf dem heißen Stein.

Glen reichte Mabel MacQuarrie den Umschlag mit dem Scheck. »Es ist nicht viel, aber es sollte Ihnen erst mal über das Gröbste hinweghelfen. Leider nur finanziell, denn Ihr Leid kann selbst die größte Geldsumme nicht mildern.«

»Nein.« Sie weinte wieder und legte den Umschlag ungeöffnet zur Seite. »Und es ist noch schlimmer, weil …« Ihre Stimme brach, und sie konnte nicht weitersprechen.

Shade winselte mitfühlend, setzte sich neben sie und legte ihr eine Pfote aufs Knie.

Sie gab einen Laut von sich, der wie eine Mischung aus Lachen und Schluchzen klang, und tätschelte Shade den Kopf. »Bist ein guter Hund«, schluchzte sie.

»Das ist er«, bestätigte Glen. »Wir wollen Sie nicht länger stören.« Er stand auf.

»Bitte, bleiben Sie noch einen Moment.« Sie streckte die Hand nach ihm aus.

Er setzte sich wieder.

Sie trocknete die Tränen und schnäuzte sich. »Wir haben nicht nur Jimmy verloren. Ich muss auch Missy ins Heim geben. Mein Gehalt reicht nicht, um ihre Pflegekraft zu bezahlen und uns alle durchzubringen.«

»Das tut mir sehr leid.« In diesem Moment empfand er eine solche Wut auf Craig, der dieses Leid aus purer Spielsucht und Geldgier verursacht hatte, dass er den Kerl am liebsten gevierteilt hätte. »Kann ich noch etwas für Sie tun?« Denn sie hatte ihn bestimmt nicht gebeten zu bleiben, um ihm ihr Leid zu klagen.

Sie sah ihm in die Augen. Zurückhaltend, ein bisschen ängstlich, wie es schien. »Als Sie damals zu uns gekommen sind – da haben Sie …« Sie atmete tief durch. »Haben Sie da schon gewusst, was mit Jimmy passiert ist? Passiert sein könnte?«

»Nein, Ma'am, das wusste ich nicht. Auf mein Wort. Aber ich hatte so etwas befürchtet. Weil auch sein Kollege zur selben Zeit ebenso spurlos verschwunden ist, lag der Verdacht auf ein Verbrechen nahe. Was sich leider bestätigt hat. Warum fragen Sie?«

Sie knetete ihr Taschentuch und blickte darauf, als würde das Nächste, was sie sagen wollte, sie Überwindung kosten. Schließlich blickte sie Glen an. »Ich möchte eine Lebensversicherung für meine Kinder abschließen. Damit sie versorgt sind, falls mir auch noch etwas zustoßen sollte.«

»Ich kann Ihnen gerne jemanden von unserer Agentur vorbeischicken, um Sie zu beraten.«

Aber auch das schien ihm nicht alles zu sein, was Mabel MacQuarrie auf dem Herzen hatte.

Sie nickte. Zögerte wieder. »Als Sie mir die Nachricht von Jimmys Tod brachten, erwähnten Sie, dass Sie Ihre Frau verloren haben.«

Er nickte.

»Kommt man jemals darüber hinweg?«, platzte sie heraus. »Heilt die Zeit wirklich alle Wunden?«

Das Thema war ihm mehr als unangenehm. Aber Mabel MacQuarrie brauchte eine Antwort, die sie ein wenig tröstete und ihr eine Zukunftsperspektive gab. »In Grenzen. Natürlich bleiben immer Narben zurück. Und eine Lücke, die sich, so sagte mir eine Frau, die es wissen muss, nicht einmal dann vollständig schließt, wenn man eines Tages ein neues Glück findet.«

»Aber man kann neues Glück finden? Wirklich?«

Er nickte wieder. »Das wird zwar niemals so sein wie die erste große Liebe, aber ja, das ist möglich. Man muss dem Glück, von dem Sie sicherlich im Moment den Eindruck haben, dass es nie zurückkehren wird, eine neue Chance geben. Ohne schlechtes Gewissen den Verstorbenen gegenüber. Denn sie haben uns auch geliebt und wollen ganz sicher nicht, dass wir ihnen bis an unser Lebensende nachtrauern. Sie wollen, dass wir wieder glücklich werden. Und nein, wenn wir das eines Tages wieder sind, ist das kein Verrat an ihnen.«

Sie überdachte das. Glen hatte den Eindruck, dass sie sich ein kleines bisschen getröstet fühlte, wo es keinen echten Trost geben konnte, denn ihr Gesicht hatte sich kaum merklich entspannt.

Wieder sah sie ihn an. »Haben Sie ein – neues Glück gefunden?«

Er schüttelte den Kopf. »Noch nicht. Im Moment habe ich nur Shade. Aber ohne ihn wäre alles noch sehr viel schwerer auszuhalten gewesen.«

Er streichelte Shade den Kopf. Vielleicht sollte er seinen eigenen Rat befolgen und dem Glück eine Chance geben. Nicht, dass es sich in den letzten Jahren schon mal gezeigt hätte. Aber das lag möglicherweise an ihm. Weil er sich in seiner Trauer eingeigelt hatte, waren ihm wahrscheinlich etliche Gelegenheiten entgangen, die ihm hätten helfen können. Vielleicht hatte er die gar nicht bemerkt. Und ganz gewiss hätte Davina nicht gewollt, dass er sich auf ewig an sie klammerte und sich deshalb Glücklichsein verbot.

»Aber der Tag wird kommen«, versicherte er Mabel MacQuarrie und sich selbst gleichermaßen. »Egal, wie lange das dauert. Sie schaffen das auch. Ohne jeden Zweifel.«

Sie lächelte zaghaft und sehr flüchtig. »Danke.«

Er stand auf und verabschiedete sich. Als er Minuten später auf dem Bürgersteig stand, hatte er das Gefühl, dass die Welt sich subtil verändert hatte. Dabei hatte sich offensichtlich nur in ihm etwas verändert. Ein gutes Zeichen.

Ja, es war an der Zeit, die Vergangenheit hinter sich zu lassen und nach vorne zu blicken. Und gelassen zu erwarten, was die Zukunft für ihn bereithalten mochte.

Wissenswertes

Kleine »Steinkunde«

Alle steinartigen Mineralien, die in der Schmuckherstellung verwendet werden, sind sogenannte »Schmucksteine«. Jedoch sind nicht alle von ihnen echte Steine im physikalischen und/oder chemischen Sinn. Zu den Schmucksteinen gehören auch Korallen, Bernstein (versteinertes Harz), versteinerte Fossilien (zum Beispiel versteinerte Haizähne), versteinertes Holz, Perlen oder Pechkohle (auch »Jett« oder »Witwenstein« genannt). Unter den Schmucksteinen nehmen die Edelsteine eine herausragende Stellung ein, nicht nur, weil sie in der Regel recht teuer sind.

Die Wissenschaft der Edelsteine wird »Gemmologie« genannt. Das Gewicht der Steine wird mit der Gewichtseinheit »metrisches Karat« – kurz: »Karat« – gemessen (Abkürzung kt oder international ct). 1 Karat = 0,2 Gramm.

Um als Edelstein zu gelten, muss ein Stein drei Voraussetzungen erfüllen: Er muss selten sein, er muss transparent (durchsichtig) sein und eine Mohshärte von mehr als 7 besitzen. Die Mohshärte – benannt nach dem Geologen Friedrich Mohs (1773-1839) wird in vier

Stufen von weich, mittelhart, hart und sehr hart und innerhalb dieser in zehn Härtegrade eingeteilt. Mohshärte 1 sind Mineralien, die sich mit dem Fingernagel ritzen lassen, zum Beispiel Gips oder Talkum. Mineralien ab Härte 7 ritzen Fensterglas.

»Halbedelsteine« sind alle Steine, die relativ häufig vorkommen (häufiger als die Edelsteine) und deshalb weniger wert sind. Oft sind sie undurchsichtig und haben einen geringeren Härtegrad als 7. Allerdings können auch sie recht teuer sein, reichen aber an die Preise für Edelsteine nicht heran. Opale zum Beispiel, besonders die selteneren Arten wie schwarze Opale, werden, wenn sie von bester Qualität sind, mit um die 1200 Euro pro Karat bewertet. Zum Vergleich: Ein einkarätiger Diamant von weißer Farbe, ohne Einschlüsse oder Fehler (»flawless« = fehlerfrei) kostet ungefähr 20.000 Euro.

Diamanten besitzen als Einzige Härte 10 und sind das härteste Mineral der Welt. Sie können mit normalen »Ritzwerkzeugen« (Messer, Feilen etc.) nicht geritzt werden. Um Diamanten zu bearbeiten, zum Beispiel Rohdiamanten zu zersägen und zu schleifen, benutzt man Metallscheiben, die mit Diamantpulver versehen sind, denn nur Diamant kann einen Diamanten bearbeiten. Vor dem Industriezeitalter brauchte man mehrere Tage, um einen Diamanten zu zerteilen, heute nur noch wenige Stunden. Nebenbei: Im Mittelalter (6. bis 15. Jahrhundert) waren Diamanten billige Steine, weil sie aus reinem, wenn auch extrem hart gepressten Kohlenstoff bestehen und Kohle nicht viel wert ist. (Industriediamanten werden hergestellt, indem man Graphit – Kohlenstaub – mit einem Druck von 60.000 Bar und unter einer Temperatur von 1500 Grad Celsius presst.

Dadurch verwandelt sich der Graphit in Diamanten, jedoch dauert der Vorgang mehrere Wochen.)

Schwarze Diamanten erhalten ihre Farbe durch Einschlüsse dunkler Stoffe im Inneren, meistens Graphit. Sie sind deshalb nicht mehr transparent, aber physikalisch immer noch Diamanten. Weil solche Einschlüsse selten vorkommen und noch seltener als Ergebnis ein »lupenreiner« Stein dabei herauskommt, sind schwarze Diamanten nicht nur besonders teuer, sondern auch begehrte Objekte, um die sich oftmals Mythen ranken. Meistens handelt es sich dabei um Geschichten von einem Fluch.

Um ganz sicherzugehen, ob man es mit echten Diamanten oder Industriediamanten, Glas oder anderen transparenten Steinen zu tun hat, wird eine Spektralanalyse durchgeführt. Jede transparente Steinart hat eine ganz eigene Art, das Licht zu brechen, eine Art »spektralen Fingerabdruck«, der nicht imitiert werden kann. Bei Diamanten gibt es aber noch einen recht einfachen Test, indem man die Steine anhaucht. Bleiben sie eine Weile beschlagen, handelt es sich nicht um Diamanten, denn Diamanten werden sofort wieder klar, weil sie Wärme abstrahlen, die den Atem sofort verschwinden lässt. Wir können also davon ausgehen, dass Auktionator Jack Henderson, der alle Tricks kennt, einen ersten Verdacht auf eine Fälschung bekam, indem er die angeblichen Diamanten angehaucht hat.

Fälschungen sind nicht nur bei Diamanten beliebt, weil diese teuer sind und das meiste Geld einbringen. Nachahmungen lohnen sich für Kriminelle immer, eben weil sie billig herzustellen oder zu kaufen sind und umso teurer verkauft werden können. Schon in der Antike wurde gefälscht. Bevor man die heutigen absolut sicheren Erkennungsmethoden hatte, wurden zum Beispiel transparente Halbedelsteine eingeölt oder gewachst und anschließend poliert, um ihnen den Glanz von Edelsteinen zu verleihen. Manche Steine kann man mit Klarlack oder transparentem Harz überziehen, um sie so zum Glänzen zu bringen. Sehr beliebt sind auch Wärmebehandlungen, wobei die Steine mit mehreren Hundert Grad erhitzt werden und dadurch ihre Farbe und auch die Transparenz ändern. Zwar müssen behandelte Steine grundsätzlich als solche ausgewiesen werden, woran sich Kriminelle natürlich nicht halten.

Fachleute können die meisten Fälschungen aber mit der schon erwähnten Spektralanalyse entlarven. Und sehr erfahrene Spezialistinnen und Spezialisten erkennen auch ohne diese Analyse die Fälschung oder erhalten einen Anfangsverdacht, weil auch unter einer Lupenbrille zu erkennen ist, wenn ein transparenter Stein, der einer Lichtquelle ausgesetzt wird, dieses auf eine für ihn typische Weise bricht. Dafür genügt schon Sonnenlicht oder das Licht einer Lampe.

Der Preis der Edelsteine wird nach mehreren Kriterien festgelegt: Reinheit (ohne sichtbare Einschlüsse), »flawless« (ohne Fehler wie zum Beispiel einen Riss oder eine Einkerbung), Farbe, Gewicht und Schliff.

Wie ein Stein geschliffen ist, trägt sehr dazu bei, wie seine Farbe zur Geltung kommt. Nicht jeder Schliff eignet sich für jeden Stein. Steine, die durch ein natürliches Farbspiel brillieren, wie zum Beispiel der typische schillernde Effekt von Opalen oder Mondsteinen, kommen am besten zur Geltung mit einem Glattschliff in Verbindung mit einer runden oder ovalen Form, in jedem Fall aber ohne Ecken und Kanten. Der Facettenschliff bringt das innere Feuer (das glitzernde Leuchten) von Diamanten und anderen Edelsteinen zur Geltung, durch die von den Facetten erzeugten Lichtbrechungen. Der gemischte Schliff kombiniert beide Formen und wird oft für besonders geformte Schmuckstücke verwendet. Dazu kommen die Grundformen wie Dreiecke, Vielecke, Herzform und andere. Innerhalb dieser wiederum unterscheidet man zwischen einzelnen Spezialformen wie Altarschliff oder Rose Cut. Ein besonderer Schliff ist der Brillantschliff. Nur durch ihn wird aus einem Diamanten ein Brillant.

Wer mehr über Edelsteine und ihre Geheimnisse wissen möchte, findet eine Fülle von Informationen in dem Buch »Edelsteine und Schmucksteine« von Walter Schumann.